LE SEC ET L'HUMIDE

Jonathan Littell

LE SEC ET L'HUMIDE

UNE BRÈVE INCURSION EN TERRITOIRE FASCISTE

Postface de Klaus Theweleit
traduite de l'allemand
par Daniel Mirsky

l'arbalète gallimard

L'arbalète

dirigée par Thomas Simonnet

Pour H.

MA CAMPAGNE DE RUSSIE

C'est d'un livre qu'il s'agit : *La campagne de Russie*, de Léon Degrelle[1]. Un beau livre. L'exemplaire que je possède, « Collection de luxe reliée toile aux couleurs militaires », arbore en couverture la reproduction d'une affiche de recrutement de la division blindée SS « Wallonie » ; il est publié dans la « Collection Action », dirigée par feu Jean Mabire, dont la présentation donne le ton :

> Plus encore que le décor de la guerre, c'est le moment du combat qui compte ici. Soudain, tout devient possible. Il suffit d'oser. [...]
>
> L'homme d'armes y trouvera la place qui devrait lui revenir de droit, la première, dans le mépris des valeurs bourgeoises, confortables et marchandes. Fidèle à une morale exigeante, l'homme n'est jamais si grand que lorsqu'il agit. (1)[2]

1. Éditions Art et Histoire d'Europe, 1987. L'édition originale date de 1949.
2. Le folio entre parenthèses indiqué à la fin des citations renvoie à l'édition de 1987 de *La campagne de Russie*.

Les Éditions Art et Histoire d'Europe ont pour enseigne une feuille de chêne argentée (comme celles qu'ajouta Hitler à la *Ritterkreuz* de Degrelle), et pour adresse, une boîte postale, ce qui est toujours mauvais signe. La lecture du catalogue complétera le tableau : Saint-Loup, *Götterdämmerung. Rencontre avec la Bête* ; Jacques de Launay, *Claretta et Mussolini. Amour, fascisme et tragédie* ; Léon Degrelle, *Le siècle de Hitler*, premier volume en trois tomes, douze volumes à paraître[1].

Un bref rappel historique[2]. C'est surtout avant guerre que Léon Degrelle se fit connaître, comme un jeune trublion vaguement fascisant, portant beau et cherchant, à la tête d'un mouvement populaire d'origine catholique, à bouleverser la classe politique belge. Sa popularité atteint son zénith en 1936, lorsqu'il parvint à envoyer vingt et un députés au Parlement de Bruxelles ; mais dès 1938, de plus en plus associé par l'opinion publique à l'hitlérisme montant, il marquait un net recul et avait perdu une bonne partie de son influence politique. Peu découragé, il milita durant la « drôle de guerre » pour des positions ultra-neutralistes perçues comme ouvertement pro-allemandes par une population extrêmement méfiante à l'égard des intentions

1. Pour ceux qui seraient néanmoins tentés par la vente par correspondance proposée, l'adresse est : A.H.E., BP 6008, 75362 PARIS Cedex 08.
2. Le lecteur trouvera en fin de volume une liste de mes sources principales.

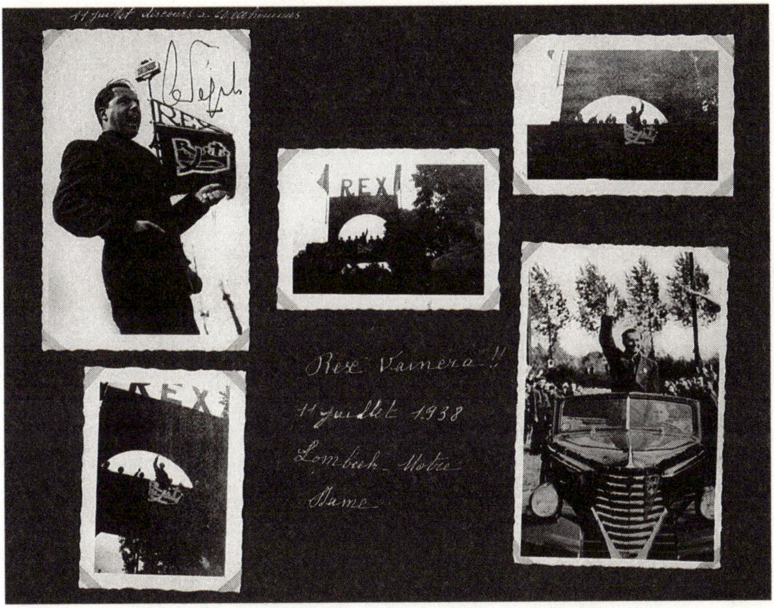

L'esthétique du chef fasciste d'avant-guerre : clichés privés et photos officielles dédicacées, soigneusement préservés dans l'album de famille d'une sympathisante, témoignent de la performance du Chef lors du grand rassemblement rexiste de Lombeek-Notre-Dame (Flandres), « le Nuremberg du pauvre », le 1er juillet 1938.

Le timbre-poste, outil de propagande rexiste. L'association abusive du roi de Belgique Léopold III à Rex est un détournement assez typique des méthodes de l'époque (les services secrets britanniques, par exemple, firent circuler en Pologne occupée un faux timbre à l'effigie de Hans Frank, le Général-Gouverneur, afin de le discréditer auprès de Hitler). Les timbres « Légion Wallonie » furent émis par la Feldpost allemande pour servir au courrier des Légionnaires au front, gratuit pour tout envoi jusqu'à 250 grammes.

du Reich. Le 10 mai 1940, jour du déclenchement de l'offensive allemande contre les Alliés occidentaux, Degrelle est interné avec de nombreux germanophiles et autres suspects par les autorités belges. Évacué lors de la débâcle, transféré à la Sûreté française à Dunkerque, réchappé de peu du massacre d'une vingtaine de prisonniers à Abbeville, battu et maltraité, trimbalé de prison en prison à travers la France, Degrelle sera enfin libéré après l'Armistice, au pied des Pyrénées. Le 21 août, de retour en Belgique, il rencontre le comte Capelle, secrétaire du roi Léopold III, qui lui explique les nouvelles orientations politiques du Palais : faire équipe avec les nationalistes flamands, avec les néo-socialistes du Parti ouvrier belge, avec les Allemands. « Et Hitler ? » affirme avoir demandé Degrelle. « Allez-y, aurait rétorqué Capelle, nous le désirons[1]. » Degrelle avait déjà rencontré Hitler en 1936 et était tout de suite tombé sous son charme ; mais une nouvelle rencontre prévue pour octobre 1940 capote (pour cause d'invasion de la Grèce) ; et les services du Militärbefehlshaber in Belgien und Nordfrankreich, qui, selon les recommandations du Führer, favorisent « autant que possible[2] » les nationalistes flamands, considérés comme « germaniques », opposent un mépris souverain à toutes ses offres de collaboration. Degrelle a beau réorganiser le rexisme sur un

1. Témoignage de Degrelle, sujet à caution, dans le film documentaire de J.-M. Charlier, *Auto-portrait d'un fasciste*.
2. Francis Balace et Alain Colignon, « Quelle Belgique dans l'Europe allemande ? », p. 7.

modèle ouvertement fasciste, avec chemises noires, marches aux flambeaux et embrigadement de la jeunesse, c'est l'« immobilisme politique[1] », la traversée du désert ; même son *Heil Hitler !* du 1er janvier 1941, qui causa la défection de nombreux rexistes à tendance belgiciste, n'y suffira pas : « *gross angelegte Reklame* » (« une réclame de grand style »), déclarera le général Reeder, l'Administrateur militaire de Belgique qui considérait Degrelle comme *ein Scharlatan*[2]. Or dès l'invasion de l'Union soviétique par l'Allemagne, en juin 1941, l'ambitieux lieutenant de Degrelle, Fernand Rouleau, soutenu par des cercles royalistes francophones inquiets de la montée en puissance de la collaboration flamande, propose la création d'une Légion « Wallonie » antibolchevique au sein de la Wehrmacht. Pris de vitesse, angoissé par la perspective d'une perte de prestige qui ne ferait qu'accélérer sa mise au placard définitive, Degrelle — qui s'en serait bien passé — n'a qu'une solution : s'engager. À son argument selon lequel son statut politique devrait lui valoir au moins un rang de lieutenant, les autorités militaires allemandes opposent une fin de non-recevoir : « Manque de connaissances militaires et techniques[3]. » Il partira donc comme *Schütze* du 1er groupe de la 1re section de la 1re compagnie. Qu'à cela ne tienne : la légende, plus tard, n'en sera que rehaussée,

1. Eddy De Bruyne, « En avant Bourguignons ! ».
2. Eddy De Bruyne, *Les Wallons meurent à l'Est,* p. 27.
3. Eddy De Bruyne, « Légion Wallonie ».

Le simple mitrailleur Degrelle « en action » pour la propagande allemande.

Une promotion rapide.

et la presse rexiste de l'époque abonde en photos du « simple mitrailleur » Degrelle.

Non seulement Degrelle survivra par miracle à quatre ans de combats parfois effroyables — *Chance Degrelle, chance éternelle*, chantonnait-on à l'époque —, mais sa rapide montée en grade et la mort de plusieurs officiers supérieurs lui donnent enfin, en 1944, le commandement effectif de la Légion, maintenant versée à la Waffen-SS en tant que SS-Sturmbrigade « Wallonien ». Les combats héroïques de son unité, notamment lors de la percée de l'encerclement soviétique de Tcherkassy, en février 1944, lui ont valu décorations, promotions[1], rencontres avec Hitler, puis, à l'automne, sa nomination de *Volksführer der Wallonen* (suprême autorité civile sur les Belges francophones dans le Reich). Son pari est gagné : par le biais de la collaboration militaire, s'imposer, auprès des Allemands, comme l'incontournable interlocuteur belge dans le cadre de l'Ordre nouveau d'après guerre. Hélas pour lui, l'après-guerre ne sera pas nazie. Abandonnant ses hommes du côté de Lübeck, début

1. Degrelle affirmait avoir été nommé *Standartenführer* (colonel) par Himmler le 20 avril 1945, et *Oberführer* le 2 mai 1945, et se faisait appeler « général ». Mais De Bruyne signale qu'on ne garde aucune trace écrite au-delà de sa promotion au grade de *Obersturmbannführer* (lieutenant-colonel) le 1er janvier 1945. L'historien Alain Colignon reconnaît la promotion au rang de *Standartenführer* mais traite la suivante d'« élévation [...] toute verbale ». À noter que dans une photographie prise en 1983, Degrelle pose en uniforme de *Standartenführer*.

mai 1945, Degrelle fuit en Norvège ; de là, un avion long-courrier le transportera en Espagne, où, malgré une condamnation à mort par contumace en Belgique, il finira paisiblement ses jours, entouré d'une cour de fidèles, impénitent, plus emmuré dans ses mensonges et ses postures stériles que jamais.

Écrite dès son arrivée en Espagne, publiée en 1949, *La campagne de Russie* est avant tout une opération de justification et d'édification de légende. À ce titre, l'ouvrage est parfois moins que franc. Mais la franchise n'a jamais étouffé Degrelle ; à la Légion, il avait dû faire interdire à ses hommes le refrain : « Léon, redis-moi tes mensonges, tu mens si bien[1]... » Les conflits internes, parfois peu glorieux, de la Légion, les nombreux limogeages de rivaux y sont entièrement occultés. Le passage de la Wehrmacht à la Waffen-SS, voulu par Degrelle dans le contexte de sa politique de pouvoir mais amèrement contesté par une partie de ses cadres militaires ainsi que par de nombreux rexistes, est noté pour ainsi dire en blanc : des longues tractations avec la SS, à partir de fin 1942, pas un mot ; début novembre 1943, la Légion est simplement devenue « une

1. Eddy De Bruyne, *Les Wallons meurent à l'Est*, p. 176. Déjà au début des années 30, Mgr Picard, le dirigeant de l'Association catholique de la jeunesse belge, se lamentait : « C'est dommage pour un garçon de tant de talent, et un catholique convaincu comme lui, qu'il mente tout le temps » (témoignage du baron Daniel Ruylandt dans *Autoportrait d'un fasciste*).

1942 : le *Leutnant* Degrelle, de la Wehrmacht.

1943 : le SS-*Obersturmführer* Degrelle, de la Waffen-SS.

Difficile, en lisant Degrelle, de comprendre les vraies raisons du transfert, mi-1943, de la Légion « Wallonie » à la SS. Celui-ci causa de violents désaccords dans les rangs de la Légion ; même le Commandeur Lucien Lippert, d'habitude très déférent envers Degrelle, s'en inquiéta : il craignait que cela ne fasse de la Légion « l'instrument d'une politique antinationale », selon les mots d'Eddy De Bruyne, ce qui ne l'empêcha pas de se faire tuer, à Tcherkassy, sous l'uniforme SS. Mais Degrelle, visiblement, avait compris où était l'avenir. L'idéologue rexiste José Streel (lui aussi violemment opposé à ce transfert) a décrit les premières rencontres entre Degrelle et les hautes instances SS : « Degrelle en revint littéralement transformé. C'est comme si un marché nouveau venait de se révéler à lui. On avait réussi à le persuader que l'avenir était à la SS et que seuls ceux qui avaient son appui pourraient jouer un rôle… » Cela devait aussi l'aider à se débarrasser de ce que l'historien Francis Balace appelle « sa triple image de fasciste latin-belgiciste-royaliste » qui lui barrait tout accès à un pouvoir réel au sein du Nouvel Ordre allemand : un calcul lucide, mais qui ne le mènera pas bien loin.

puissante unité de Waffen-SS » (168). De même pour ses chefs ; après la guerre, Degrelle a toujours soutenu avoir voulu partir comme simple fantassin[1] ; or, dans le livre, ce petit mensonge suscite un phénomène de refoulement assez frappant : ses supérieurs ou ses rivaux à la Légion ne sont jamais nommés, il n'est jamais question que d'un anonyme Commandeur de la Légion, de « nous » ou de « moi » — jusqu'au moment où ils meurent[2]. Là, Degrelle, libéré, en écrivant, de leur poids rétrospectif, peut enfin leur donner un nom, un visage, qui plus est un visage glorieux (ce sont non plus des rivaux mais des martyrs) :

> Une grenade avait tué le chef national de la Jeunesse rexiste, le prévôt John Hagemans, ancien étudiant communiste [...], converti à notre idéal, devenu le héraut de la grandeur de nos vieux Pays-Bas et le guide épique, l'enchanteur passionnément aimé de la génération nouvelle. (139)

Ou bien, à Novo-Buda, le 13 février 1944 (la Légion, à ce moment la SS-Sturmbrigade « Wallonien », doit prendre la relève d'une unité allemande) : « Le commandeur Lippert et moi-même allâmes prendre connaissance de la situation au P.C. [...] » (248). Alors que Lippert commande la Légion depuis juin 1942,

1. Dans *Auto-portrait d'un fasciste*, Degrelle affirme avoir reçu un télégramme personnel de Hitler le nommant *Leutnant* : « Immédiatement, j'ai refusé. »
2. Une maigre exception : le capitaine Pauly est nommé lors de la scène de la bataille de Gromovaïa-Balka (où Degrelle d'ailleurs s'invente de toutes pièces un rôle héroïque, démenti par les faits) ; mais Pauly avait été vite limogé.

c'est seulement ici que le lecteur apprend son nom ; le même jour et sept pages plus loin, il meurt. Mais juste auparavant :

> Notre commandeur, [...] Lucien Lippert [...]. Jeune officier d'élite de l'armée belge [...], il était venu à la croisade antibolcheviste en véritable chevalier chrétien. Il avait un visage admirablement pur, au teint frais, aux yeux graves et clairs. Lieutenant-colonel à vingt-neuf ans, il ne vivait que pour son apostolat [etc.]. (254)

Dans la seconde moitié du livre, une fois qu'il est lui-même devenu Commandeur, Degrelle peut se permettre d'être plus charitable avec les héros et les martyrs de la division « Wallonie » : les Régibeau, Leroy, Hellebaut, Thyssen, Verpoorten, Derricks apparaîtront en foule à partir de l'Estonie ou de la Poméranie, pour mourir glorieusement, ou bien disparaître de nouveau dans le sillage d'un Chef toujours en mouvement.

Avant tout, le propos déclaré du livre est de donner un sens au combat des SS wallons, discrédités par la défaite. Il s'agissait, explique de manière éloquente Degrelle dans sa préface, et à plusieurs reprises dans le livre, de redonner une voix à la Belgique vaincue au sein de la future Europe organisée par l'Allemagne. « Seuls ceux qui se seront battus auront droit à la parole », dira-t-il ailleurs. Car, ne l'oublions pas :

> Le Reich a perdu la guerre.
> Mais il eût pu parfaitement la gagner.

Le 11 juillet 1943, Konrad Schellong, Commandeur de la Vlaamsche Legioen devenue SS-Sturmbrigade « Langemarck », prononce un discours à l'occasion de la fête nationale flamande. Le lion flamand noir sur fond jaune, emblème de la Legioen, jouxte un drapeau SS.

Léon Degrelle, encore officier de la Wehrmacht, prononce un discours à Berlin (vers janvier 1943). Derrière lui, encadré de croix gammées, se déploie l'aigle bicéphale du Saint Empire romain germanique, emblème des Jeunesses légionnaires, superposé à la croix de Bourgogne, rouge sur fond blanc, de la Légion wallone.

La Collaboration, en Belgique, est, comme bien des choses en ce pays, une affaire de communautés. Dès la reddition, les nationalistes flamands — modérés comme extrémistes — se précipitent au service de l'occupant, rêvant déjà d'une Grande Flandre englobant non seulement les Flandres belges et françaises mais aussi les Pays-Bas. Leur statut racial de « Germains » leur donne un net avantage sur les rexistes, qui voudraient bien, de leur côté, en faire autant. Une Légion flamande est rapidement mise sur pied, forçant les francophones à créer leur propre Légion wallonne un peu plus tard afin de ne pas être en reste. Dès le début, la compétition est âpre : si les Flamands quittent Bruxelles deux jours avant les Wallons, ceux-ci, en accélérant leur entraînement, parviennent à partir pour le front quatre jours avant leurs concurrents. Mais la *Flamenpolitik* de l'Administration militaire allemande continuera longtemps à gêner Degrelle, qui en sera réduit, le 17 janvier 1943, à proclamer la « germanité » des Wallons. À ma connaissance, malgré l'existence de bureaux de recrutement conjoints, les deux unités n'ont jamais combattu ou même défilé ensemble.

Le 8 août 1941, Léon Degrelle prononce un discours à l'occasion du départ de la Légion « Wallonie » pour le front de l'Est. Au fond, à droite, flanquant les drapeaux nazis et le portrait de son nouveau maître, pend l'emblème « bourguignon » qu'il a choisi pour la Légion. Les officiers allemands l'entourent, le peuple belge l'écoute.

Le 5 mars 1944, Degrelle parle au Palais de Chaillot, à Paris. La croix de Bourgogne est maintenant au centre, l'aigle de la Légion des volontaires français et le gamma de la Milice encadrent le double éclair de la SS. Séparé des collaborateurs français venus l'écouter par un service d'ordre musclé, et appuyé par une fanfare de la Luftwaffe, le « soldat de l'Europe » fraîchement adoubé par Hitler tance la Collaboration française pour sa mollesse face au péril bolchevique.

> Jusqu'en 1945, la victoire de Hitler resta possible.
> Hitler vainqueur eût, j'en suis certain, reconnu à notre peuple le droit de vivre et d'être grand [...]. (12)

Passons sur le peu d'acuité de l'analyse stratégique de Degrelle : l'argument en son entier est profondément malhonnête. Alors qu'avant guerre le mouvement Rex militait au nom d'une Belgique unie et royaliste, Degrelle, en 1943, adhérait avec enthousiasme aux plans hitlériens de dépeçage de son pays. La Flandre comme la Hollande seraient annexées au Reich, ou bien pourraient former une Grande Flandre autonome ; un nouvel État, ou *Gau*, serait créé, la Grande Bourgogne, comprenant, d'après les notes de Kersten, le masseur de Himmler :

> [...] les vieilles possessions bourguignonnes, au nord, l'Artois, le Hainaut et le Luxembourg ; la Lorraine, la Franche-Comté et l'ancien duché de Bourgogne ; au sud, le Dauphiné et la Provence, auxquels seraient ajoutées la Picardie, y compris Amiens, et la Champagne, y compris Reims et Troyes [...]. Hitler n'avait pas encore décidé quelle serait la capitale, mais examinait les titres de Reims et de Dijon. L'allemand et le français seraient les langues officielles. L'État serait gouverné par un Administrateur du Reich et un Chancelier. On envisageait de nommer Léon Degrelle, le chef des rexistes belges qui s'était tant distingué au front, comme le premier Administrateur du Reich[1].

1. Felix Kersten, *The Kersten Memoirs 1940-1945* (The Macmillan Company, 1957), p. 184 (ma traduction de l'anglais). Il n'y a jamais eu de projet allemand officiel ; Hitler

Durant la guerre déjà, Degrelle ne s'en cachait pas : à Sigmaringen et même avant, il avait ouvertement affiché des ambitions annexionnistes, à la grande colère du gratin de la Collaboration française[1]. Or la défaite change la donne, et l'enjeu, fin 1945, est de sauver non plus un projet irréalisable mais l'image d'un Chef pur et intègre, qui n'hésitera pas à se comparer au Christ soi-même :

> J'ai foncé, balai au poing, parmi ces bandes corrompues qui épuisaient la vigueur de ma patrie. Je les ai fouaillées et flagellées. J'ai détruit, devant le peuple, les sépulcres blanchis sous lesquels elles cachaient leurs turpitudes, leurs brigandages, leurs lucratives collusions. (10)

DES MOTS

Ce n'est pas en fait de la politique de Degrelle qu'il sera question ici, mais de son langage. « [...] disons avec des mots vrais ce que fut leur épopée, comment ils ont combattu, comment leurs corps ont souffert, comment leurs cœurs se sont

a toujours refusé de se prononcer de manière définitive sur ses plans, qui comportent donc de nombreuses variations selon l'époque ou l'interlocuteur. Celui qu'évoque Kersten, qui le tenait de Himmler, n'est ainsi à prendre qu'à titre d'exemple. Balace et Colignon étudient cette question en détail dans « Quelle Belgique dans l'Europe allemande ? », *op. cit.*

1. Eddy De Bruyne, « Sigmaringen or Degrelle vs. the French Collaboration in exile 1944-1945 ».

donnés» (13), écrit-il. Bien; regardons ce que nous disent au juste ces *mots vrais*. Dans le texte.

«Le fascisme est un mode de production de réalité [...] pas une question de forme de gouvernement ou de forme d'économie, ou d'un système quel qu'il soit», écrit Klaus Theweleit dans son grand livre de 1977, *Männerphantasien*[1]. Theweleit, le premier peut-être, a voulu prendre les fascistes au mot. Travaillant sur un corpus d'environ deux cents romans, mémoires et journaux rédigés par des vétérans des *Freikorps* allemands de 1918-1923, il a tenté d'analyser la structure mentale de la personnalité fasciste. Impossible de résumer ici ce livre brillant, polymorphe, insaisissable; tout au plus pourrons-nous tenter d'en esquisser les conclusions générales. Le «fasciste» ou «mâle-soldat» (*soldatischer Mann*)[2], pour Theweleit, ne peut pas être compris en termes de psychanalyse freudienne, il doit être approché plutôt par le biais de la psychanalyse de l'enfance (Melanie Klein, Margaret Mahler) et de la psychose (Michael

1. *Male Fantasies*, vol. I, pp. 220-221 (édition américaine). Degrelle fera indirectement écho au diagnostic de Theweleit dans *Auto-portrait d'un fasciste* : «Si je n'avais pas eu cette chape de christianisme, j'aurais été bien devenu volontiers socialiste [*sic*]. En fait, j'ai jamais été un garçon de droite.»
2. Theweleit utilise les deux termes de manière plus ou moins indifférenciée, avec peut-être, dans *Männerphantasien*, une préférence pour «fasciste». On verra dans sa postface à ce livre-ci que trente ans plus tard il privilégie plutot *soldatischer Mann* pour désigner ce que l'on devrait sans doute considérer comme un complexe, au sens psychanalytique du terme.

Balint et d'autres), ainsi que de concepts hérités de Deleuze et Guattari. Le modèle freudien du Ça, du Moi et du Surmoi, et donc de l'Œdipe, ne peut pas lui être appliqué, car le fasciste, en fait, n'a jamais achevé sa séparation d'avec la mère, et ne s'est jamais constitué un Moi au sens freudien du terme. Le fasciste est le « pas-encore-complètement-né ». Or ce n'est pas un psychopathe ; il a effectué une séparation partielle, il est socialisé, il parle, il écrit, il agit dans le monde, de manière hélas souvent efficace, il prend même parfois le pouvoir. Pour y parvenir, il s'est construit ou fait construire — par le truchement de la discipline, du dressage, d'exercices physiques — un Moi extériorisé qui prend la forme d'une « carapace », d'une « armure musculaire ». Celle-ci maintient à l'intérieur, là où le fasciste n'a pas accès, toutes ses pulsions, ses fonctions désirantes absolument informes car incapables d'objectivation. Mais ce Moi-carapace n'est jamais tout à fait hermétique, il est même fragile ; il ne tient réellement que grâce à des soutiens extérieurs : l'école, l'armée, voire la prison. En période de crise, il se morcelle, et le fasciste risque alors d'être débordé par ses productions désirantes incontrôlables, la « dissolution des limites personnelles ». Pour survivre, il extériorise ce qui le menace de l'intérieur, et tous les dangers prennent alors pour lui deux formes, intimement liées entre elles : celle du féminin et celle du liquide, de « tout ce qui coule ». Comme le fasciste ne peut pas entièrement anéantir la femme (il en a besoin pour se reproduire), il la scinde en deux figures : l'Infirmière (ou la Châtelaine) blanche, vierge bien sûr, qui généralement meurt ou en tout cas se pétrifie, à moins que le fasciste ne l'épouse, auquel cas elle disparaît purement et simplement du texte ; et l'Infirmière (ou la Prostituée) rouge, que le fasciste, afin de maintenir son Moi, tue, de préférence en l'écrasant à coups de crosse et la transformant en bouillie sanglante. Quant à la menace du liquide, le fasciste peut soit la projeter sur le bolchevisme, auquel cas elle revient sous la forme de la Marée rouge, contre laquelle il érige la digue de ses armes et de son corps (dur), soit la dompter, en faisant par exemple couler la foule dans le canal rigide de la parade national-socialiste.

(Avant de poursuivre, notons ceci. Le corpus étudié par Theweleit, pour vaste qu'il soit, est restreint à des écrits produits en une seule langue, l'allemand, et par une génération d'hommes nés dans l'espace germanophone avant, mettons, 1900. À la lecture du livre de Degrelle, j'ai tout de suite repéré certaines des images et des figures dégagées par Theweleit. J'ai voulu voir si, en appliquant sa méthodologie, il était possible de vérifier ses thèses, expérimentalement pour ainsi dire, sur un homme écrivant dans une autre langue et issu d'une autre génération, une qui, notamment, n'a pas connu la Première Guerre mondiale. Mener, si l'on veut, une étude de cas. Le lecteur jugera du résultat. On mentionnera quoi qu'il en soit une limitation importante, concernant le rapport de Degrelle à la femme. On retrouve bien dans *La campagne de Russie* les deux figures majeures dégagées dans *Männerphantasien* : la Prostituée rouge, tout d'abord, dans une isba en Ukraine : « Une grosse fille, rouge comme un homard, évoluait de Russe à Russe, à la lueur d'un quinquet. Elle était vêtue uniquement d'une lingette qui lui descendait à mi-corps. Elle gloussait ignoblement, inlassable, continuant son manège jusqu'à ce que le circuit fût épuisé » (49) ; puis, en Poméranie, l'Infirmière blanche : « Une de nos infirmières belges, une veuve admirable, avait ses trois fils au combat. Ils se firent tuer tous les trois, avec un égal héroïsme. La mère, si affreusement poignardée, n'accepta point d'abandonner sa tâche un instant : au contraire, voulant se dévouer là même où ses garçons étaient tombés, elle me supplia de lui permettre d'exercer son apostolat en première ligne. Elle secourait nos blessés, dans cet ouragan de mitraille, avec une vaillance si extraordinaire qu'elle gagna la Croix de fer » (392-393). Or les figures féminines de Degrelle dévient parfois curieusement du modèle de Theweleit : si la *Flintenweib*, la femme-soldat bolchevique, « se roulait sur le sol, en pleine crise d'hystérie » (130), était « particulièrement déchaînée, hurlante, folle de fureur » (196), comme il se doit, sa mort ressemble inexplicablement à celle de la Châtelaine blanche : « L'une surtout, au visage gentiment moucheté de taches de rousseur, redondait comme une lionne. Un petit sein tout blanc avait sauté de sa tunique kaki, dans l'acharnement du combat. Elle mourut ainsi. Les taches de rousseur brillaient sur son visage comme des fleurs de bruyère nivéale, et le sein, menu et glacé, luisait doucement. Après le combat, nous la recouvrîmes de neige pour que le poids de la mort fût léger à sa dépouille… » (196). Je souhaitais analyser plus avant ce réseau de correspondances et de divergences, mais j'ai dû y renoncer : le texte offre trop peu d'exemples, l'échantillonnage n'est pas fiable. Il aurait fallu élargir la lecture à l'ensemble du corpus degrellien ; or, cela, je l'avoue, je n'en ai pas le courage. Théoriquement parlant, c'est la principale faiblesse de cette étude.)

Ainsi, comme on l'a vu, le fasciste, pour se structurer, doit structurer le monde, généralement en tuant, et structure aussi le langage, donc le réel. « Quand la République est appelée "marécage", écrit Theweleit, ce n'est pas simplement une substitution d'un mot à un autre ; l'homme sent réellement sur son corps la crasse et la gadoue[1]. » La métaphore, pour le fasciste, n'est jamais *seulement* une métaphore (d'où le pouvoir, l'incroyable efficacité des métaphores fascistes). Dans ce qui nous semble avec le recul le cliché idéologique le plus éculé, des sensations physiques précises sont mises en jeu ; elles sont pour le fasciste vraies, il peut toucher, sentir la réalité de ce qu'il

1. Theweleit, *op. cit.*, vol. I, p. 412.

L'Infirmière blanche : Degrelle félicite des volontaires wallonnes de la Croix-Rouge allemande partant pour le front (printemps 1944).

La Prostituée rouge : le cadavre d'une *Flintenweib* bolchevique photographié par une compagnie de propagande allemande (1941).

Bien évidemment, lorsque c'est la propagande soviétique qui photographie la *Flintenweib* (ici, la célèbre sniper ukrainienne Pavlitchenko), c'est tout naturellement sous les traits et l'apparence de la Châtelaine blanche, démontrant ainsi la réversibilité des contenus qui servent de surface de projection aux processus décrits par Klaus Theweleit.

Selon Theweleit, l'épouse du fasciste, nécessaire à sa reproduction, est, quand il écrit, une figure systématiquement absente. Cela se vérifie dans *La campagne de Russie*, où l'existence de Marie-Paule Lemay, première femme de Degrelle et mère de ses cinq enfants, n'est jamais mentionnée. Il peut y avoir à cela des motifs tout à fait conscients : en 1945, lorsqu'il rédige le livre,

Degrelle est séparé de son épouse, qui durant son séjour au front avait vécu une histoire avec un officier autrichien de la Luftwaffe (dont on retrouva le cadavre, peu après un passage de Degrelle en Belgique, avec une balle dans la nuque ; malgré la tentative d'un juge SS d'inculper le Chef de Rex, l'affaire ne fut jamais élucidée). Mais la possibilité que la décision d'occulter sa femme soit un choix délibéré de Degrelle ne contredit en rien l'hypothèse de Theweleit : les projections inconscientes, on le sait bien, prennent toujours appui sur des contenus issus du réel, et sont toujours habiles à se donner de bonnes raisons.

L'existence de Mme Degrelle peut néanmoins se déduire, dans le livre, de la brève apparition de ses enfants, mentionnés en une phrase lors de l'épisode de la parade triomphale à Bruxelles, le 1er avril 1944 : « J'avais hissé dans mon blindé la ribambelle émue de mes enfants » (291), écrit Degrelle. Il existe de nombreuses photographies de cette parade, souvent reproduites dans les livres, calendriers ou sites internet célébrant l'épopée des combattants wallons ; pour eux comme pour Degrelle, il s'agit de l'apothéose, le moment de gloire suprême. Celle que je reproduis ici m'a donné, la première fois que je l'ai vue, un violent sentiment d'horreur. Pour le fasciste hilare, exultant, que représentent donc ses propres enfants ? Ils me semblent, ici, n'avoir pas plus d'existence réelle pour lui que ceux qu'il tue ou fait tuer ; il les traite comme des figures vides, à déployer en toute liberté, au même titre que les fleurs et les médailles, dans le cadre de mises en scène grandioses : pour lui, en fait, il n'y a simplement rien de *vivant* (mais c'est là une interprétation tout à fait personnelle).

affirme. Quand Degrelle écrit : « Les Soviets abattant le Reich, c'était Staline couché sur le corps d'une Europe à bout de résistance et à point pour le viol » (19), il pense peut-être au sort des femmes allemandes, mais c'est son anus à lui qui se serre convulsivement. Et, à l'inverse, tout ce que vit le fasciste vient lui confirmer la réalité de ses productions. En Russie, il y avait réellement de la boue, de la pluie ; sous le soleil, les cadavres ennemis se décomposent réellement, et on n'a effectivement pas le temps ou les moyens de les enterrer. Mais lorsque le fasciste écrit, la boue et le cadavre prennent un tout autre sens que celui d'une réalité objectivement observée. Soit un cliché :

> La lutte en Russie, c'était la lutte du barbare et de l'homme civilisé. Le barbare huttait n'importe où, mangeait n'importe quoi. L'homme civilisé était débordé par ses habitudes, par son besoin de confort, par ses servitudes et par son ignorance de la nature. Un bac de feuilles suffisait au Tatar, au Samoyède et au Mongol. Mais nous autres, nous n'aurions pas pu nous passer de brosses à dents qui mettaient deux mois pour nous arriver !
>
> Le matériel compliqué, les bagages, le fatras de la civilisation devaient, infailliblement, être vaincus. Et l'homme des bacs à feuilles, après des milliers de kilomètres franchis sans besoin, ayant gagné la bataille du sauvage sur l'homme policé, finirait par défiler, hilare et velu, sous le quadrige glorieux d'*Unter den Linden*... (91)

Nous traînions avec nous, à travers des pays impossibles, le handicap de la civilisation ; la horde des félidés qui était

> à nos trousses avait la légèreté de mouvements et la solidité des barbares : la brute vainquit le camion, parce que la brute passait où le camion ne passait pas.
>
> La défaite allemande dans les neiges et la fange de la Russie, en 1943 et 1944, fut pour une large part la défaite d'une armée trop bien outillée, empêtrée dans ses impedimenta. (264)

Que ce cliché n'ait rien d'original, ou même de particulièrement fasciste — on le trouve dès l'Antiquité, avec l'opposition Grecs/Perses ou Athènes/Sparte, chez les musulmans défaits par les Mongols, chez les Turcs sédentarisés de l'Empire ottoman, dont le sultan gardait toujours une tente dans la cour de son palais sur le Bosphore, pour se rappeler ses origines nomades —, cela ne gêne en rien la production degrellienne. Qu'il soit matériellement faux non plus : nul besoin d'être un expert pour savoir qu'en 1943 et 1944 les forces allemandes avaient gaspillé pratiquement l'ensemble du matériel moderne avec lequel elles avaient commencé la guerre, et, incapables de le remplacer, en étaient largement — à l'exception de quelques divisions d'élite — revenues au cheval, au chariot et à la pelle de tranchée[1], alors que l'armée soviétique (avec le soutien du Lend-Lease américain) était devenue une des armées les plus mécanisées du monde.

1. Voir en particulier Omer Bartov, *L'armée d'Hitler. La Wehrmacht, les nazis et la guerre* (Hachette Littératures, coll. « Pluriel », 2003), pour les conséquences sur l'armée allemande de cette primitivisation forcée.

Degrelle le sait pertinemment, il le décrit même en détail dans les derniers chapitres de son livre. Non, ce qui compte, et ce qui crève les yeux, c'est qu'un texte pareil *opère*.

(Une telle approche, soit dit en passant, nous permettrait facilement de confirmer qu'un homme comme Adolf Eichmann, lui, n'est pas un « fasciste ». Toute sa production verbale et écrite le prouve : il noie sa vacuité morale dans un *bürokratisches Amtsdeutsch*, mais il ne produit pas du texte structurant, opérateur[1]. Arendt avait raison : il sert docilement le national-socialisme comme il aurait pu servir une firme commerciale ; il n'a pas besoin de tuer des Juifs pour survivre psychiquement. Lorsqu'il affirme n'avoir jamais été antisémite, on peut le croire, à ceci près bien entendu qu'il a fini par s'identifier à son rôle, surtout en Hongrie en 1944 ; la guerre finie, l'illusion se dissipe d'elle-même.)

1. J'invite le lecteur sceptique à se reporter au corpus Eichmann : ses entretiens avec le journaliste néerlandais Sassen, partiellement publiés en Allemagne par *Der Stern* et aux États-Unis, en novembre 1960, par le magazine *Life* sous le titre « Eichmann Tells His Own Damning Story » ; ses interrogatoires par la police israélienne, partiellement publiés en allemand sous le titre *Das Eichmann-Protokoll* (Severin und Siedler, 1982) et en anglais sous le titre *Eichmann Interrogated* (Farrar, Straus & Giroux, 1983) ; son procès, dont les minutes sont intégralement disponibles sur internet, ou, mieux encore, qu'on peut aborder par le magnifique film de Rony Brauman et Eyal Sivan, *Un spécialiste* ; et ses mémoires, rédigés entre sa condamnation et son exécution, récemment publiés en Allemagne mais pas encore traduits.

Opère donc quoi ? Sans doute ce que Theweleit appelle la « maintenance du Moi ». C'est, pour le fasciste, une question de vie ou de mort. Dans le cas qui nous occupe, celui de Degrelle tel qu'il peut se lire à travers *La campagne de Russie*, la maintenance du Moi passe par une série rigoureuse, presque mécanique, d'oppositions, dont le second terme représente la menace qui guette le Moi-carapace, et le premier les qualités qui permettront au fasciste de le renforcer et donc d'échapper à la dissolution psychique, péril autrement grave que la défaite militaire. Le texte de Degrelle tout entier se structure — et donc structure pour lui le réel — grâce à ces oppositions. La principale, nous le verrons, est celle du sec et de l'humide ; il y a aussi le rigide et l'informe, le dur et le mou, l'immobile et le grouillant, le raide et le flasque, le dressé et le couché, le propre et le sale, le cuit et le cru, le repu et l'affamé, le glabre et le velu, le clair et le trouble, le translucide et l'opaque, le mat et le luisant, le doux et le visqueux, et ainsi de suite. Ce sont ces opérations qu'il nous faut maintenant suivre à travers les *mots vrais*, plus vrais que lui-même ne le sait, de Degrelle.

LE RIGIDE

Contre tout ce qui coule, le fasciste doit évidemment ériger tout ce qui bande. Contre « la ruée soviétique [...], le déversement de ses peuplades grouillantes [...], toute une jeunesse se dressa» (20) ; et ces jeunes en pleine tumescence «pensaient au baptistère de Florence et à la cathédrale de Reims, à l'Alcazar de Tolède et au beffroi de Bruges» (19-20). La civilisation européenne qu'ils défendent, verticale, est une civilisation de tours.

> Nous arrivâmes [...] en face de la capitale de l'Estonie, la fameuse Reval des Chevaliers teutoniques, juchée à flanc de coteau, piquetée de clochers aigus et dominée par les puissants remparts du glorieux bourg.
>
> Chaque vieille cité des pays Baltes [...] possédait son majestueux château fort, d'où avaient rayonné, pendant des siècles, la civilisation et l'ordre germaniques ; elle avait ses églises blanches aux clochers bleus, élancés comme des flèches [etc.]. (296)

Stargard en flammes, Poméranie, février 1945 :

> Les vieilles tours carrées des églises médiévales se découpaient, droites et sombres, au-dessus des gigantesques torches. Elles résistaient dans cet ouragan, comme si elles voulaient jeter encore vers le ciel l'appel des siècles civilisés qui mouraient dans cet incendie.
>
> [...]
>
> Cette Europe qui brûlait vive, c'était le pays de chacun de nous. Ces tours carrées et austères de l'Est étaient les sœurs des grandes tours grises de Saint-Rombaut de Malines et du beffroi de Bruges[1]. [...] Et je ne pus m'empêcher de

1. Il est curieux de constater chez ce Commandeur de la division «Wallonie», qui se rêvait dictateur d'une Grande Bourgogne francophone, le recours systématique

La canalisation de tout ce qui coule : 28 août 1941, au camp d'entraînement de Meseritz, les légionnaires rexistes et les membres des Formations de combat de Fernand Rouleau prêtent serment de fidélité à Léon Degrelle.

15 juin 1942, front du Donets : la Légion « Wallonie » fête le trente-sixième anniversaire de Léon Degrelle. John Hagemans, décoré à cette occasion, écrira à un ami belge : « Il y a eu ici une cérémonie admirable le 15 juin, pour l'anniversaire du Chef. Prestation de serment en sa présence avec tous les participants en feldgrau. Ce fut très simple mais d'une grandeur vraiment extraordinaire… »

Affiches de recrutement wallones et flamandes.

pleurer, seul à cette terrasse rougie, face à cette vieille ville qui sombrait, face à ces tours altières qui émergeaient encore, si fortes et si noires dans leur malheur… (366)

Et, simplement pour que la distinction soit claire :

Narva marquait la frontière de l'ancienne Europe et de l'Asie slave. Des deux côtés de la petite rivière qui coupait la ville se dressaient les deux mondes : sur la rive occidentale était planté le vieux château crénelé des Chevaliers teutoniques ; juste en face, au-delà de l'eau, la ville russe étageait les oignons verts de ses églises orientales. (297)

En règle générale, mieux vaut toujours être dressé que plat ou couché ; c'est plus sûr :

Pour que nul de mes garçons ne s'affolât, je m'étais planté sur le parapet de la tranchée. Je n'y avais pas grand mérite. […] On pourrait tirer tant que l'on voudrait, on me raterait chaque fois. […]

J'avais récupéré un officier supérieur estonien […] dévoré par une peur panique. […] Il s'était couché tout plat contre mes bottes, raide comme une planche : une balle, au lieu de m'atteindre au pied, le cogna en plein dans la figure, le traversa d'un bout à l'autre et ressortit entre ses deux fesses.

---

aux références culturelles flamandes. Il est vrai, comme me le fait remarquer une amie belge, que l'architecture flamande est tout hérissée de tours effilées et élancées, alors que la Wallonie est plutôt dominée par des citadelles basses et trapues. Mais Degrelle mentionne aussi à plusieurs reprises les moulins à vent des Flandres (225) ; repus, les légionnaires sont comparés aux personnages d'un tableau flamand (111) ; et ainsi de suite.

> Il se tordit comme un ver, cracha, cria, excréta. C'était trop tard. La digestion de la balle s'était faite trop vite. Dix minutes après, il était mort. (314)

On le voit bien, il n'y a pas que l'Europe qui bande : le fasciste, le soldat qui la défend, aussi. « J'aimais la vie de soldat, droite comme un *i*, dégagée des contingences mondaines, des ambitions et de l'intérêt. [...] Le grouillement vipérin des rivalités, des susceptibilités et des malhonnêtetés des arènes politiciennes me donnait des nausées » (79). En effet, le mal n'est pas qu'à l'Est, il est déjà au sein de l'Europe. C'est le « bourbier officiel » contre lequel le fasciste mène le « dur combat de l'ordre, de la justice, de la propreté » (9). Et comme l'explique Degrelle, là où la démocratie s'envase dans les marais, il faut ériger des fondations fermes :

> Je voulais débarrasser mon pays de la domination dictatoriale des forces d'argent qui corrompaient le pouvoir, faussaient les institutions, souillaient les consciences, ruinaient l'économie et le travail. Au régime anarchique des vieux partis, tous avilis par de lépreux scandales politico-financiers, je voulais substituer, légalement, un État fort et libre, ordonné, responsable, représentatif des énergies véritables du peuple.
>
> [...]
>
> Un pays ne peut vivre dans le désordre, l'incompétence, l'irresponsabilité, l'incertitude, la pourriture. (9)

Pour ce faire, le fasciste dispose d'une arme imparable : le *balai*, symbole régulièrement mis en scène par les rexistes à partir de 1936. Et s'il échoue, si à la fin les tours brûlent, s'effondrent, la raison en est évidente : « Cette infanterie se révéla molle » (364). Inévitables aussi les conséquences de cette mollesse : « [...] sur la moitié de l'Europe exsangue, s'épandrait la marée jaune des Soviets vainqueurs » (20). Nous y reviendrons.

L'ENNEMI

Un adversaire aussi polymorphe ne peut qu'être polysémique. Il est le plus souvent, bien entendu, le Russe (205 occurrences dans le texte[1]), le Rouge (119 fois), le Soviet ou le Soviétique (63 fois), ou encore le bolcheviste[2] (47 fois) ; mais il est aussi le Mongol (28 fois), les Asiates ou les Asiatiques (17 fois), les Cosaques (14 fois), le moujik (10 fois), les Sibériens (9 fois), le Kirghize (8 fois), le Tatar ou Tartare (7 fois), le Kalmouk (6 fois), et le Samoyède (2 fois). Il n'est qu'une fois le Slave. On trouve encore : demi-sauvages, coupe-jarrets, forçats soviétiques,

1. Ne disposant pas, comme certains chercheurs, de ressources informatiques de pointe, j'ai dû me résigner à un comptage manuel, donc forcément imprécis, de ces termes. Les chiffres avancés sont à prendre comme un ordre de grandeur. Je n'ai compté que les formes nominales, non les formes adjectivales telles que « char soviétique » ou « soldat russe ».

2. J'avoue ne pas vraiment savoir si le terme « bolcheviste », que je n'ai rencontré nulle part ailleurs, est un belgicisme ou un degrellisme. Je penche plutôt pour la seconde hypothèse.

forçat sibérien, parachutistes, partisans, staliniens, nicaises, Russkis, bachi-bouzouks, monstres, sauvages, indigènes, hordes de Kirghizes, Mongol mouflard, Kalmouk verdi, moujiks cuivreux, horde de félidés. J'en ai certainement oublié.

La répartition chiffrée des termes est toutefois un peu trompeuse, car elle ne tient pas compte de l'usage qu'en fait Degrelle. À la lecture, on constate que généralement le Russe, le bolcheviste, le Cosaque est loin du fasciste ; il opère, militairement, au niveau stratégique ; dès qu'il se rapproche, le menace directement au corps à corps, les termes glissent, dérapent. Parfois à quelques lignes d'écart, comme ici : « Les Russes étaient à trente mètres d'eux » (65) ; puis « [...] les Rouges s'abattirent, à plusieurs milliers, sur la cinquantaine de survivants » (66). Quand les soldats wallons sont cernés, acculés comme à Novo-Buda : « Oui, ils étaient là, non seulement les Russes d'Europe, mais les Mongols, et les Tatars, et les Kalmouks, et les Kirghizes, ayant supporté, depuis des semaines, comme des bêtes sauvages, la course dans les terres poisseuses, le repos dans les fourrés, la nourriture grossière grappillée dans les champs morts [...]. Ils étaient là » (250). Et durant l'assaut, les fascistes roulent « dans la fange sanglante avec des Kirghizes et des Mongols » (377). Le lexique de Degrelle décrit, suit, épouse les courbes de sa pression artérielle, de son rythme cardiaque. Le Mongol n'est pas un homme ni même un adversaire, c'est un symptôme.

DE LA COLONISATION ALLEMANDE COMME OPÉRATION DE MAINTENANCE DU MOI

Lorsque les forces allemandes passent la frontière soviétique, le 22 juin 1941, elles avancent dans un territoire aussi informe politiquement et économiquement que topographiquement (« *die Steppe* »). Ce territoire, il faut d'urgence le structurer, le quadriller, le strier, au risque d'y sombrer.

> L'armée se battait, avant tout, à la hache, à la scie et à la pioche. Des troupes d'avant-garde traquaient l'ennemi, le délogeaient, kilomètre par kilomètre. Derrière eux, des centaines de pionniers ouvraient à même les montagnes [nous sommes ici au Caucase] une route taillée de toutes pièces parmi les pires obstacles. [...] Les véhicules chenillés les plus puissants pouvaient utiliser parfaitement ces pistes [...] et atteindre ainsi les sommets.
>
> [...]
>
> Pendant que les pionniers taillaient cette voie d'accès [... de] véritables villes forestières étaient nées. Tout Allemand a dans le cœur un chalet de montagne. Certaines de ces petites constructions étaient des chefs-d'œuvre de grâce, de confort et de solidité. Chacune avait son nom. (147-148)

Cette reterritorialisation (au sens deleuzien du terme[1]) implique non seulement l'espace physique mais aussi ses représen-

1. Pour les concepts de déterritorialisation et reterritorialisation, voir l'œuvre de Deleuze et Guattari, en particulier *Capitalisme et schizophrénie*, t. I : *L'anti-Œdipe*.

tations : « Chaque jour, il fallait de nouvelles cartes, tellement la progression était rapide. Des camions spéciaux, insérés dans nos colonnes, les imprimaient au fur et à mesure du déroulement de l'offensive. Un ordre merveilleux présidait aux moindres détails » (114). Là où il y avait de l'informe, du vide, de l'inutilisé, et une gadoue paralysante — « Dès qu'on approchait de ces blocs d'immeubles, on était écœuré par une fade odeur de boue et d'excréments, montant des marécages qui entouraient chacun des édifices » (25) —, les Allemands déploieront au fur et à mesure de leur avancée du rectiligne, du planifié, de l'utile et des communications :

> Si l'Allemagne Nationale-Socialiste triomphait, elle serait maîtresse, à l'Est, d'une prodigieuse terre d'épanouissement, collée à son flanc même, liée à elle directement par les voies de chemin de fer, les fleuves, les canaux, ouverte à son génie de l'organisation et de la production. (18)

Voici la définition qu'en donne Theweleit : « Le processus d'accumulation primaire dans l'industrie ouvre les frontières d'un potentiel productif humain jusqu'alors inconnu, mettant en branle des flots d'argent, de biens, et de travailleurs, propulsés en avant sur les flots de sueur et de sang des travailleurs et des peuples non européens. En parallèle se développe un processus de *limitation*, dirigé contre l'évolution des plaisirs humains. Deleuze et Guattari nomment ce premier processus la *déterritorialisation* — l'ouverture de nouvelles possibilités de production désirante à travers le "corps sans organes" — et le second processus la *reterritorialisation*, qui est la mobilisation des forces dominantes pour empêcher les nouvelles possibilités productives de se transformer en nouvelles libertés humaines. » (Theweleit, *Male Fantasies*, t. I, p. 264.)

Quelque part à l'Est : Lucien Lippert et Léon Degrelle contemplent l'avenir radieux.

Le Commandeur de la Légion Lucien Lippert (bras croisés) supervise l'entraînement de ses hommes. À sa gauche, en vareuse blanche, l'adjudant Pierre Dengis, chef de peloton.

L'ode de Degrelle à la colonisation allemande vaut la peine d'être citée en longueur :

> Depuis l'accession de l'Ukraine à l'Europe, tout ce hinterland était devenu un chantier fabuleux. Là où, un an plus tôt, nous n'avions trouvé que des voies de chemin de fer rongées par le laisser-aller slave et des immeubles noircis par les incendies systématiques des Soviets, se dressaient des gares modernes, larges de quinze ou de vingt voies, jalonnées de vastes bâtiments neufs, en béton ou en briques.
>
> [...]
>
> Nous, soldats, avions conquis un espace ruiné, que les Soviets avaient totalement anéanti ou désemparé, fabrique par fabrique, avant de se retirer vers l'est. Il avait suffi de quatorze mois à l'industrie allemande pour rebâtir, créer, ordonner, transformer tout de fond en comble.
>
> Au Dniepr, le spectacle était le même que dans le bassin du Donetz. Un pont à deux étages — un étage pour les trains, un étage pour les autos — avait été jeté en quelques mois sur ce fleuve de plus d'un kilomètre de largeur. La ville brillait de tous ses feux, à perte de vue. Partout dans la nuit on voyait les lumières d'usines puissantes. [...]
>
> [...] En un an, l'Allemagne avait créé en Russie la plus riche colonie du monde. (166)

L'aspect entièrement fantasmatique de cette vision importe peu ici. On sait que même de nombreux observateurs nazis étaient épouvantés par l'incurie, l'ineptie, la corruption et la brutalité du régime d'occupation du gauleiter Koch et de ses cadres, et qu'à Berlin les critiques pleuvaient[1]. Mais ce qui intéresse Degrelle, ce n'est pas la vérité, c'est le réel, sa réalité fasciste : son journal ne se nommait-il pas justement *Le Pays réel* ? Les choses sont ainsi parce qu'elles ne peuvent être qu'ainsi ; si le national-socialisme conquiert, il doit organiser et bâtir, donc il organise et bâtit, c'est une évidence devant laquelle les faits pèsent peu. Sa conception même de l'espace physique, son imaginaire spatial sont fondés sur cette prémisse. S'il en était autrement, tous les autres mécanismes de maintenance du Moi qu'il met en œuvre se gripperaient. Le doute ne peut pas l'effleurer ; toute entorse à ce schéma est un accident, une erreur passagère qui ne remet rien en question : si des villageois passent chez les partisans, c'est qu'ils « avaient été traités, parfois, avec maladresse par des administrateurs allemands » (177).

LE FASCISTE NE SE REND PAS, IL COULE

Or, ni les partisans, ni l'Armée rouge, ne pourront jamais venir à bout de cet esprit d'ordre, de cet esprit ordonné qu'incarne

1. Voir par exemple dans diverses publications allemandes les journaux ou rapports du haut fonctionnaire du ministère pour les Territoires occupés de l'Est Otto Bräutigam, ou, pour des synthèses d'historiens, l'introuvable *German Rule in Russia 1941-1945* d'Alexander Dallin, *The House Built on Sand* de Gérard Reitlinger, ou encore *Der Fall Theodor Oberländer (1905-1998). Ein Lehrstück deutscher Geschichte* de Philipp-Christian Wachs.

le fasciste ; seul l'humide peut en avoir raison. Degrelle le dit très explicitement, dès le début de son livre :

> Qui n'a pas réalisé l'importance de la boue dans le problème russe ne peut rien comprendre à ce qui se passa durant quatre années au front européen de l'Est. [...]
>
> Il est encore possible de triompher du froid, de progresser par quarante degrés au-dessous de zéro. La boue russe, elle, est sûre de sa domination. Rien n'en vient à bout, ni l'homme ni la matière.
>
> [...]
>
> Staline échappa au désastre à quinze jours près. Quinze jours de soleil de plus, et tout le charroi des vainqueurs eût pu suivre. [...]
>
> Hitler avait broyé des millions de soldats soviétiques, annihilé leur aviation, leur artillerie et leurs chars, mais il ne put rien contre ces abas qui tombaient du ciel, contre cette gigantesque éponge huileuse qui happait les pieds de ses soldats, les roues de ses camions-citernes, les chenilles de ses panzers. La plus grande et la plus rapide victoire militaire de tous les temps fut stoppée, au stade final, par de la boue, rien que par de la boue, la boue élémentaire, vieille comme le monde, impassible, plus puissante que les stratèges, que l'or, que le cerveau et que l'orgueil des hommes. (27-28)

Ainsi, plus terrifiante encore pour le fasciste que le Rouge, cette « boue énorme, l'effrayante boue russe, épaisse comme du caoutchouc fondu » (171), s'épand dans une prolifération lexicale incontrôlable : mer de limon (22), boue [...] noire,

La boue, 1. Légionnaire wallon, date et lieu inconnus.

La boue, 2. Légionnaire wallon, région du Donets, fin printemps 1942.

épaisse comme de la poix (22), limon putride (30), immense cloaque (80), barbotières obscures (126), eau fangeuse (127), bourbiers (146, 215), boue fétide (153), vasières visqueuses (171), boue glutineuse (176), bas-fonds gâcheux (186), mer gâcheuse (208), monstrueuse glu (209), fange profonde (209), flots glutineux (213), tourbe (213), un demi-mètre de vase (216), boue goudronneuse (216), grenouillères noirâtres (217), cloaque prodigieux (217), eau vasarde (221), tragique poche visqueuse (228), bourbe sirupeuse (231), boue épique (231), une argile visqueuse, pareille à du mazout (234), fleuve de lave (236), boues fabuleuses (238), boue pareille à du mastic (357), guérets glutineux (361).

Et de fait, cette qualité visqueuse a vite fait de s'étendre au bolcheviste lui-même :

> Des Russes se glissaient parmi nous [...], monstres palustres dégoûtants de vase, hirsutes, les pommettes plates et rouges, riant dans leurs dents jaunes. (239)
>
> Déjà des Russes, véritables reptiles de boue et de nuit, se glissaient dans les isbas. (241)
>
> Maintenant, les soldats soviétiques se battaient jusqu'à la mort ou nous glissaient dans les doigts comme des couleuvres. (190)

Pour faire face à cette fange, pour tenir, une seule solution : se raidir encore plus.

> Je trouvais le général Gille l'œil dur, les dents serrées. Il me donnait des ordres raides comme du bois. [...]
>
> Mes notes aux officiers partaient, acérées comme des flèches. (256-257)

> Mes soldats étaient tapis dans les talus et les blés, silencieux, figés comme du bois mort. (302)

> Nos soldats étaient enfoncés comme des pieux dans leurs barbotières. Ils étaient désormais insensibles à tout. (241)

Dans le pire des cas, les fascistes pourront toujours se transformer en « soldats-tortues » (87).

CORPS SECS, CADAVRES HUMIDES

J'avais songé, au départ, à sous-titrer ce texte *Anatomie d'un discours fasciste*. Car c'est bien, en grande partie, d'anatomie qu'il va s'agir. Ce qui est en jeu, pour le fasciste, c'est l'intégrité de son corps (même s'il s'agit d'un corps imaginaire). Il n'est donc pas étonnant que le corps devienne à la fois l'enjeu, le site et la victime principale du conflit psychique confrontant le Moi-carapace à la menace de sa dissolution.

Le corps propre du fasciste va tout de suite susciter un ensemble de représentations cohérentes, que le contraste avec le corps hideux du Rouge rendra encore plus lisible :

> Ces géants hirsutes, ces Mongols oreillards au crâne melonné, au poil noir et dru, aux pommettes plates comme des tranches de couenne, ces Asiatiques félins aux petites pupilles brillantes, jamais lavés, haillonneux, infatigables, paraissaient des monstres préhistoriques à côté de nos jeunes soldats au corps frêle, aux reins levrettés, à la peau fine. (192)

> Les bolchevistes [...] se rendirent, des géants aux yeux bridés, pareils à des gorilles, que mataient à coups de crosse nos gamins à peau de fillette.
>
> Hélas! la moitié de ces enfants-belluaires avaient été foudroyés [...]. Leurs corps fluets flottaient sous les cascades. (137)

Le contraste s'étend à la voix : « Les Rouges [...] sautèrent à l'assaut, en poussant leurs hurlements habituels. Un autre cri, strident, cri de voix plus frêles, leur répondit » (137). Quant au désir qui pourrait habiter ce corps, il est, on l'aura compris, à l'image de ses convictions politiques : « Ces garçons de seize ans, de dix-sept ans, étaient d'une pureté, d'un idéalisme cristallins » (173). Or, quand ils sont entre eux — quand il n'y a pas de bolcheviste dans les parages —, les fascistes sont souvent dévêtus. Leurs qualités solaires peuvent alors éclater au grand jour : « Nus comme des Adamites » (30) ; « Vigoureux et nus, nous nous élançâmes, nageant sans fin dans la mer chantante » (297) ; « Nous nous lancions à peu près nus sur nos chevaux, ivres de fendre l'air, d'être jeunes, d'être forts, de dominer, de nos yeux ardents, la steppe ardente ! » (90-91). Mais, pour collective qu'elle soit, cette nudité n'a rien d'équivoque. En effet, le fasciste travaille sans répit sur son corps pour le purifier de l'humide, que celui-ci prenne la forme du « bourbier officiel » ou des moiteurs de l'érotisme :

> Jadis, nous avions pu avoir une vie banale, souillée par les abdications des nécessités quotidiennes. Le front nous avait donné le goût du dépouillement. Nous étions vierges de toute haine et de tout désir. Nous avions maté nos corps, tué nos ambitions, purifié et tendu notre don. La mort elle-même ne nous faisait plus peur. (80)

Il ne faut bien entendu pas prendre cette dernière affirmation à la lettre. En fait, la mort est pour le fasciste la source de toutes les terreurs — non seulement en elle-même, mais en ce qu'elle véhicule un péril pire que la mort, la dissolution précisément.

(Une petite digression est ici nécessaire. Le vocabulaire assez chargé que déploie Degrelle pour décrire ses jeunes camarades — « peau de fillette », « reins levrettés », « corps fluets » — soulève à son propos une question, celle de l'homosexualité. Or, selon moi, il n'en est rien. Theweleit s'est longuement interrogé sur les rapports complexes entre fascisme et homosexualité : s'appuyant sur les travaux de Guy Hocquenghem, il conclut à leur incompatibilité fondamentale[1]. Historiquement, en effet, malgré des tentatives de rapprochement menées par une tendance minoritaire et dissidente, en théorie (Hans Blüher) comme en pratique (Ernst Röhm), fascisme et pédérastie n'ont jamais fait bon ménage. Le pouvoir déterritorialisateur de l'anus est bien trop corrosif, la sodomie menace les limites d'une manière fondamentale, que le fasciste ne saurait supporter. Tout au plus, un certain nombre de figures fascistes — le meeting, le sport collectif, les mouvements de jeunesse — pourront-elles laisser la place à un certain homo-érotisme, mais raréfié, idéalisé, et entièrement asexué. Theweleit, à un moment, suggère que « les enfants en train de devenir homosexuels cherchent peut-être à se sauver du même dilemme que le soldat [fasciste, le « pas encore complètement né »] », mais trouvent leur solution « dans une forme particulière de *sexualité* », alors que le fasciste, lui, la trouve dans la « terreur blanche »[2]. Si tel est le cas, on pourrait regretter que Degrelle n'ait jamais su s'ouvrir à cette forme de plaisir : peut-être ne lui manquait-il justement, pour devenir un être humain, qu'un bon coup de pine au cul.)

1. Voir *Male Fantasies*, t. I, pp. 54-57, et surtout t. II, pp. 306-345, le chapitre intitulé « Homosexuality and the White Terror », ainsi que Guy Hocquenghem, *Le désir homosexuel* (Éditions universitaires, 1972).
2. Theweleit, *op. cit.*, t. II, p. 315.

Degrelle et la fine fleur de la jeunesse européenne.

Un des « enfants-belluaires… au corps frêle » de la Légion, Jacques Jourdain, parti au front en mars 1942 à la suite de John Hagemans, et tué au Caucase d'un minuscule éclat d'obus en plein cœur.

Reprenons. Le fasciste, bien entendu, ne meurt pas : il tombe au champ d'honneur, il dépose sa vie, il se sacrifie, il fait le don de sa personne à son idéal. Il n'en reste pas moins que le corps est essentiellement un sac plein de liquide (sang, pus, urine, excréments), et que, lorsqu'il est ouvert, ça coule de partout. Et cet écoulement, cette liquéfaction corporelle affole le fasciste. Pour tenter de maîtriser cette angoisse, il va mettre en œuvre un certain nombre de stratégies de maintenance, toutes fondées sur le corps, le sien propre et celui de l'autre.

Tout d'abord, il s'agit de projeter la liquéfaction inhérente à la mort (en tant que violation des limites) sur le corps ou plutôt le cadavre de l'ennemi. Mais une fois lancé sur cette pente, le fasciste n'en fera jamais assez, et cela va vite et largement déborder.

> Sur les pistes, les cadavres des Rouges pourrissaient, nombreux. [...] Des monceaux de Mongols et de Tatars gisaient, en pleine putréfaction, dégageant, par tous les orifices, des milliers de larves jaunâtres. (91)
>
> Des rongeurs puants rampaient, se faufilaient dans le ventre des soldats morts. Les corps noircis s'agitaient parfois, comme s'ils vivaient encore. (95)
>
> Sous les cinquante degrés de chaleur, les corps fauchés devant nous par les Stuka se décomposaient et se liquéfiaient en deux ou trois jours. Puis le soleil les ébarouissait.

> [...] Les bolchevistes tués étaient plus noirs que des nègres, fondants et luisants. (112)
>
> Nous dûmes, pendant plusieurs semaines, assister à la lente décomposition de ces corps, arc-boutés sous nos yeux. Finalement, les têtes se décrochèrent, l'une après l'autre, et dégringolèrent dans les rochers. Il ne resta plus, au-dessus des épaules, que les vertèbres du cou, blanchâtres, hallucinantes, superposées comme des colliers de négresse. (162)

Si ce processus de liquéfaction n'est pas assez rapide, le fasciste s'énerve et l'accélère :

> Les cadavres des Russes étaient plus livides que jamais : leur bas-ventre s'était mis à verdir, d'un vert tendre d'herbe nouvelle. La présence continuelle de ces morts, tout nus autour de nous, finissait par nous rendre enragés : à coups de pied, nous les poussâmes l'un après l'autre du haut des parapets [...] (152)

Même le gel ne peut empêcher la désintégration du cadavre bolcheviste :

> [...] tous les cadavres de Russes qui flottaient dans l'eau, deux jours auparavant, venaient d'être gelés sur place. Une main dépassait du verglas, ou une botte, ou une tête.
>
> Les traîneaux éliminaient lentement ces obstacles, rabotant des nez, des joues, qui s'effritaient comme de la sciure de bois.
>
> Au bout de quelques jours, tout fut nivelé : seuls des demi-mains, des demi-visages subsistèrent au ras du verglas

> blanc, comme des poissons monstrueux près des vitres d'un aquarium. (59)

Le fasciste, bien sûr, va tout faire pour éviter d'être atteint par cette dissolution. Mais elle l'envahit, elle parvient même à pénétrer son corps : « Nous avions bu ce Mongol pendant plusieurs semaines » (78), se rend-il compte avec horreur en découvrant un cadavre pourri dans le puits de son campement. Et il n'est pas idiot, il comprend bien que son propre corps risque fort de suivre le même chemin. Or cela, il faut à tout prix l'empêcher. Ainsi va-t-il devoir mettre en œuvre une reterritorialisation systématique de ses propres morts. Cette entreprise, chez Degrelle, s'articule sur trois plans : celui du kitsch, celui de la blessure, et celui de l'enterrement.

Le kitsch, d'abord. C'est ce que j'appelle le côté Tintin de Degrelle[1]. Le comique en est involontaire, et ne fait figure de

1. Le rapprochement n'est pas entièrement fortuit. Degrelle et Hergé sont tous deux issus d'un même milieu, catholique et conservateur, où racisme et antisémitisme, à divers degrés, allaient de soi. Les deux hommes se sont connus vers la fin des années vingt ; mis en relation par l'abbé Norbert Wallez, fervent admirateur de Mussolini, ils naviguèrent un temps ensemble dans les salles de rédaction du *Petit Vingtième*, supplément « jeune » du quotidien catholique ultra *Le Vingtième Siècle* (où officiera aussi le jeune reporter Tintin). En 1932, Hergé illustrait pour Degrelle *Histoire de la guerre scolaire, 1879-1884*, qui se vendit à plus de 100 000 exemplaires. Mais à partir de la rupture fracassante de Degrelle avec sa famille politique d'origine, en 1935, et du début de la dérive de Rex vers une droite réellement fascisante, Hergé prendra nettement ses distances ; loin du nazisme militant de Degrelle, sa collaboration durant la

« kitsch fasciste » que rétrospectivement, pour une sensibilité contemporaine réceptive à l'humour du détail qui tue. Je me limiterai à deux exemples :

> Le moulin était notre premier objectif.
>
> Mon chauffeur, un héros de la guerre de 1914-1918, Léopold Van Daele, s'élança en avant même des chars, en terrain découvert. Il était flamand. Un moulin à vent, c'était un élément familier des paysages de sa patrie... Il atteignit, le premier, une des ailes noires, balaya trois staliniens d'une rafale de mitraillette.
>
> Mais, du fond de la tranchée, un Mongol, collé près d'un soutènement, le visait, canon en l'air. La balle lui entra sous la mâchoire, ressortit en haut du crâne. Il eut encore l'incroyable énergie d'aller à sa poche et, en vieux chrétien, de saisir son chapelet. Puis il tomba mort, les yeux bleus grands ouverts, fixés sur le moulin large et puissant, pareil aux vieux moulins des remparts de Bruges, au pays de Flandre... (225)

> [...] Lucien Lippert s'élança, arriva jusqu'à la porte.
>
> À cette seconde-là, il poussa un cri terrifiant qui s'entendit jusque tout au bout de Novo-Buda, le cri surhumain de l'homme à qui on arrache soudainement la vie : la poitrine ravagée par l'énorme trou d'une balle [le livre donne « belle »,

---

guerre à un *Soir* « volé » par la censure allemande relèvera (malgré un certain nombre de planches ouvertement antisémites) d'une logique purement opportuniste. Posture qui portera ses fruits à la Libération : Hergé s'en tirera avec deux nuits en prison, et, tandis que Degrelle se confira dans les miasmes étriqués du nazisme en exil, le père de Tintin aura vite fait de « nettoyer » ses œuvres d'avant-guerre, pour devenir le sympathique dessinateur que l'on sait.

Léon Degrelle revendiquera longtemps, avec un malin plaisir, son « côté Tintin », en cherchant durant de nombreuses années à récupérer l'image positive de ce dernier. Vers la fin de sa vie, il rédigea un livre s'attribuant la paternité du héros de Hergé, mais fut dissuadé de le publier, en partie, par l'intervention (qui fit scandale en Belgique) d'un tintinophile célèbre, Stéphane Steeman. Plusieurs années après la mort de Degrelle, un volume intitulé *Tintin mon copain*, de format album sur papier glacé, daté du jour de Noël 2000, et publié à Klow (capitale de la Syldavie), par une maison d'édition tout aussi inexistante que la ville, commença à circuler sous le manteau. La couverture, qu'il m'est interdit de reproduire ici, arbore un (mauvais) dessin figurant Tintin en uniforme SS ; d'après certains sites internet, il serait de la main de Degrelle, mais cela paraît douteux. Steeman, qui avait lu le manuscrit original, juge le texte édité assez conforme à ses souvenirs ; mais l'iconographie, abondante et délétère, aurait été en grande partie ajoutée par un militant d'extrême droite qui gravitait dans l'entourage de Degrelle, et qui aurait fait éditer le livre ainsi trafiqué pour son propre compte. Au cours de ce texte hétéroclite et parfois incohérent, parmi de longues digressions sur sa propre carrière, des tirades antisémites, et des « révélations » visant à mouiller Hergé le plus possible sous couvert de le défendre, Degrelle cherche avant tout à se poser en modèle unique du célèbre reporter. Un exemple : la photo ci-dessus, largement diffusée vers 1936 et reproduite dans le livre. Degrelle raconte (p. 19) avoir claqué les revenus de ses premières publications pour acheter cette culotte de golf, « accoutrement [...] d'une élégance suprême », à laquelle il consacre un chapitre entier. D'après lui, « Hergé [...] était ébloui par un tel luxe » ; la culotte lui paraissait « le sommet de l'originalité ». Ainsi, « il apparut tout naturel à Hergé de revêtir (au crayon) d'une culotte de golf, toute pareille à la mienne, le jeune Tintin encore tout nu ». Degrelle maintient avoir été le seul, dans le cercle de Hergé, à avoir porté une telle culotte ; en fait, à cette époque, ce vêtement était extrêmement répandu dans la bourgeoisie belge, comme, dans une moindre mesure, les culottes d'équitation (dont la mode devait se continuer chez les militaires, surtout allemands, quelques années plus tard). D'autres photos de la houppette ou du visage rond de Degrelle, ainsi que du clebs de Hitler prétendument modèle de Milou, sont tout aussi convaincantes. « Vous racolez, affirme lui avoir lancé Steeman. — Absolument, aurait répondu Degrelle, imperturbable, pour qu'on me lise. »

superbe coquille] explosive, Lucien Lippert était tombé d'un bloc, à genoux.

Il passa la main sur son front. Il eut encore l'extraordinaire lucidité de ramasser sa casquette sur le sol et de la remettre sur sa tête pour mourir nettement, à l'ordonnance… (254-255)

Déjà ici, le plan du kitsch est lié à celui de la blessure : on le voit, celles qui sont infligées aux légionnaires sont décrites avec minutie. Degrelle n'a pas le choix : l'opération de maintenance du Moi engagée ici doit reposer sur des parcelles de réalité, et il ne peut pas simplement nier l'effet de la guerre sur son corps et celui de ses camarades. Impossible à neutraliser, il nécessite donc qu'on le canalise. On constate à la lecture que les descriptions des morts fascistes sont aussi nombreuses que celles des cadavres ennemis, et les suivent régulièrement, en un mouvement de va-et-vient : Degrelle les fait alterner, et donc les met en rapport. Or ces descriptions relèvent d'un champ sémantique (rouge, blanc, chair, coupé, cassé, déchiré) qui, pour horrible qu'il soit, contraste fortement avec celui où baigne le cadavre bolcheviste (vert, jaune, graisse, fondu, pourri, désagrégé).

Un de mes camarades s'était écroulé contre moi : sa tête n'était plus qu'un cerceau macabre ; les yeux, le nez, les joues, la bouche avaient disparu, vidés par l'explosion. (68)

[…] de sa bouche sortait un flot de bulles sanglantes. La

> patrouille soviétique, avant de l'abandonner, lui avait crevé la poitrine d'une dizaine de coups de couteau. Il anhélait. Ses plaies palpitaient et s'ouvraient comme si elles avaient été vivantes. (144)

> L'un d'eux [...], fluet comme une fillette, avait eu les deux pieds et une main déchiquetés [...].
>
> [...] Chaque jour, il devenait plus transparent. Mais il souriait à chaque visite. (176)

> Un petit volontaire de seize ans [...] avait reçu [...] une balle en plein dans la bouche. Le pauvre gamin s'était redressé un instant, épouvanté, ne comprenant rien à ce qui lui arrivait. Il ouvrait la bouche toute grande, gorgée de sang, ne pouvant plus parler mais voulant s'expliquer tout de même. Il retomba, se tordit dans la vase et hoqueta pendant quelques secondes avant de mourir. (224)

Même après sa mort, le fasciste reste généralement sec :

> Leurs corps gisaient sur les pierres, les yeux dilatés, la barbe rousse et frêle. Les côtes, desséchées, avaient déjà crevé les vareuses gris-vert. (150)

> La file des cadavres ivoirins s'allongeait près des chariots. (260)

Ou bien, si vraiment c'est impossible, au moins reste-t-il dur : « Notre officier allemand de liaison était planté tout droit, comme un piquet, dans la bourbe épaisse, la tête engloutie, les pieds en l'air » (251).

On a l'impression, à lire tant d'exemples, que cette tentative pour neutraliser la mort du fasciste, au-delà des qualités de transparence, dureté, blancheur, ou sécheresse que j'ai évoquées, passe en fin de compte essentiellement par la précision atroce du détail. Décrivant sa propre mort, le langage du fasciste découpe, décortique, dissèque, et donc classifie, catégorise, quadrille l'horreur qui le rattrape. Il épingle sa mort comme on épingle un papillon, pour éviter que cette mort fuie, s'écoule, et l'engloutisse.

De toute façon, le cadavre fasciste, quel que soit son état, ne restera pas dangereux longtemps. On le fera vite disparaître. Et, une fois proprement inhumé, non seulement il ne présente plus de risques pour ses camarades encore vivants, mais lui-même est à l'abri, au sec et au chaud, protégé de l'humide, du froid, de la dissolution.

> Le lendemain, nous enterrâmes nos morts. Nous jonchâmes leurs tombelles de têtes dorées de tournesols, fleurs de grandeur et de gloire. (127)
>
> Nous profitions de cette courte accalmie pour creuser en hâte la terre crayeuse, blanche comme de la chaux. Nous y couchions les corps raidis des dizaines de camarades auxquels nous avions croisé les bras, comme aux gisants de pierre de nos vieilles cathédrales. Nous avions le cœur serré en rejetant les pelletées de terre qui recouvraient les jambes

> d'abord, puis le buste : puis il fallait bien que le visage disparût. (135)

Or, même enterré, des périls guettent le mort fasciste :

> Nous avions entouré de solides pieux de bois le petit cimetière, afin de le protéger des bêtes fauves, à l'hiver.
>
> [...]
>
> Là-bas restaient nos morts, entre les grands pieux noirâtres autour desquels, dans les neiges prochaines, tourneraient les museaux affamés et les pattes nerveuses des loups. (144-145)

Preuve que la transformation du corps fasciste en cadavre représente un immense danger pour les survivants, ceux-ci sont prêts à risquer leur vie pour assurer des funérailles à leur camarade. En même temps, comme on vient de le voir, on ne peut l'enterrer n'importe où ni n'importe comment, sous peine de voir l'opération perdre de son efficacité.

> Il fallut défendre furieusement l'isba près de laquelle [Lippert] avait succombé, jusqu'au moment où nos soldats en larmes eurent achevé de l'inhumer à l'intérieur de la maisonnette.
>
> L'ennemi réoccupa les environs.
>
> Mais la légion « Wallonie » ne voulait pas laisser son commandeur mort au pouvoir des Russes. À la nuit, le lieutenant Thyssen, dont le bras, transpercé par une balle le 6 février, ruisselait de pus, rampa avec des volontaires, se

La mise en scène du mort fasciste, 1. L'ambitieux John Hagemans, ex-communiste repenti et nationaliste thiois, nommé Prévôt des Serments de la Jeunesse rexiste par Degrelle avant qu'il n'emmène ses ouailles se faire étriper à l'Est, fut tué à son tour le 26 août 1942 à Tieriakov, dans le Caucase. Degrelle, peu désolé de voir disparaître un potentiel rival, s'agenouille solennellement pour contempler le visage calme et serein du gisant, qu'on dirait endormi.

La mise en scène du cadavre bolchevique. J'ai trouvé cette photographie de propagande dans un recueil édité dans les années quatre-vingt-dix par un ancien nazi, Paul Carell, sans mention de date ni de lieu. Dégagée de tout contexte, elle opère sur un plan purement symbolique — *le* plutôt qu'*un* cadavre russe —, exactement de la même manière que les descriptions de cadavres désagrégés qui hantent le livre de Degrelle.

La mise en scène du mort fasciste, 2. Une carte postale de propagande fort encourageante, qui nous montre un jeune légionnaire se recueillant devant les tombes de deux de ses camarades tués sur le front du Donets au printemps 1942.

jeta sur l'ennemi, réoccupa l'isba, déterra le cadavre et le ramena sous la mitraille jusqu'à nos positions.

Nous l'étendîmes entre quelques planches rustiques. Nous étions décidés à réaliser la percée en emportant son corps avec nous, si la trouée était encore possible.

Ou bien, fidèles à son souvenir, nous succomberions sur son cercueil. (255)

Cet émouvant épisode est bien entendu absurde : même si les Wallons sortent le corps de Lippert du *Kessel* de Tcherkassy, ce ne sera que pour l'enterrer un peu plus loin, en Ukraine toujours, dans un endroit qui sera à son tour bientôt envahi par les Russes. Mais la lecture des trente-cinq pages qui suivent, décrivant la percée des survivants, aura vite fait de nous montrer que l'enjeu de l'épisode n'est pas là, car il ne sera plus jamais fait mention de Lippert : on ne saura pas s'il a finalement été abandonné en cours de route ou bel et bien porté jusqu'au bout, et cela n'a en fait aucune importance, l'épisode a joué son rôle, le pus ruisselant du bras du lieutenant Thyssen pourra cesser de ruisseler, l'intention signifiante suffit déjà à empêcher toute future dissolution du cadavre signifié, et Degrelle, rassuré que son corps et sa carapace tiennent toujours, pourra passer à autre chose en toute sérénité. Le texte a *agi*, le Moi, temporairement, est maintenu, inutile d'en rajouter.

LE RETOUR DU REFOULÉ

Hélas, le fasciste a beau tout faire pour rejeter l'humide sur le bolcheviste et garder ses propres morts au sec, l'humide revient à lui. « Tuer des Rouges ne servait pas à grand-chose. Ils se reproduisaient comme des cloportes, se renouvelaient sans cesse » (225). Non seulement ce grouillement immonde est impossible à maîtriser, mais la résistance que lui oppose le fasciste est condamnée d'avance. Lui-même voué à la dissolution, le bolcheviste n'a qu'un but : transformer le fasciste en bouillie. Degrelle trouve dans le portefeuille d'un jeune officier russe tué dans son char une lettre adressée à sa famille : « Ces jours-ci, j'ai écrasé beaucoup de Fritz sous mes chenilles. Bientôt la bannière rouge flottera sur Berlin ! » (357-358). Effectivement, lorsque le Russe à son tour devient un « soldat-tortue », le fasciste est *kaputt*.

> Les chars soviétiques [...] menaient une monstrueuse chasse à l'homme, tournant autour des isbas, s'amusant à écraser nos camarades un par un, qu'ils fussent indemnes, qu'ils fussent blessés ou qu'ils fussent morts. (69)

> Les quinze chars ennemis avaient broyé nos trous de fusiliers. Les hommes avaient été écrasés dans la boue, sous les chenilles.
>
> [...]

> Les chars continuaient à tonner, à fouailler dans les deux chemins, à broyer nos malheureux fantassins, traqués de toutes parts. (251-252)

> Les blindés soviétiques, avec une sauvagerie horrible, avançaient à travers les chariots, les broyaient sous nos yeux, une par une [*sic*], comme des boîtes d'allumettes, écrasant chevaux, blessés, mourants. (270)

Défait, le fasciste se confond avec la boue. Ou avec la pluie :

> Je vis [l'officier allemand] brusquement éclater et se volatiliser. Il avait reçu, en plein corps, un obus du troisième char.
>
> Il se passa quelques secondes d'épouvante. Puis d'innombrables petits morceaux de chair, pas plus gros que des oreilles, retombèrent dans la neige, lentement, de tous les côtés, sur nous et autour de nous... Flic... Flac... C'était tout ce qui subsistait du joyeux lieutenant qui fêtait, une minute plus tôt, notre victoire passagère... (272-273)

Il va de soi que le catalogue des périls qui hantent le fasciste ne serait pas complet sans *la* blessure.

> [...] un jeune SS [...] était étendu, les vêtements ouverts, le ventre et les jambes brunis de sang gelé ; des monstres lui avaient coupé avec un couteau les organes sexuels et les lui avaient plantés dans la bouche. (203)

La peur de la castration déborde la zone génitale, s'étend presque par métonymie au reste du corps :

> Ils accouraient [...], avec un trou monstrueux et sanglant au lieu de la mâchoire. Souvent, la langue haletait encore, rose, fébrile, tellement longue dans cette bouillie...
>
> [...] Certains, qui avaient été atteints en courant, portaient des éclats d'acier plantés dans les organes sexuels : ceux-ci frémissaient affreusement, bleuâtres. (390)

Soyons clair : si notre hypothèse est exacte, ce qui est atteint, quand le fasciste est châtré, n'est pas sa queue comme organe de plaisir, mais son phallus comme centre et pivot de sa résistance à l'ennemi, extérieur comme intérieur. Sans phallus pour le riveter, le Moi-carapace ne peut plus se maintenir et sera vite débordé. Alors le fasciste se volatilise.

> Mais ses affreuses blessures au bas-ventre, bien que cicatrisées, l'avaient atteint pour toujours. Au bout de quelques semaines, il vit bien qu'il ne pourrait plus jamais vivre comme les autres. Il prit alors à l'armurerie une mine d'un kilogramme, se rendit au bord de l'Oder et se fit sauter.
>
> On retrouva, sur la berge, un poumon et quelques vertèbres. Ce fut tout. (198)

Degrelle n'est rien, si ce n'est cohérent.

LA GRENOUILLE

Ces figures ne sont pas statiques, elles glissent, évoluent. Le lecteur aura peut-être remarqué que les descriptions de cadavres soviétiques ne dépassent pas les deux cents premières pages du livre ; après l'échec de l'offensive allemande à l'automne 1942, devant Touapsé, cette image disparaît presque entièrement. Il y aura encore des cadavres rouges, mais peu, et souvent gelés. Sans doute ne servaient-ils que pour l'avancée dans l'informe ; pour la retraite, d'autres représentations doivent prendre leur place. En effet, à partir de l'épisode de Tcherkassy, en février 1944, la figure du crapaud, furtivement entraperçue au tout début du livre, vient massivement s'imposer.

> [...] les poussées d'un ennemi primitif, insensible aux éléments, dont les milliers de soldats-crapauds patouillaient comme à plaisir dans l'empois des marais interminables. (209)

> Les Russes grouillaient comme des crapauds dans ces limons sombres. (239)

Cela continue en Pologne : les Rouges avancent, « véritable invasion de batraciens sortant des marécages du Pripet » (290). Puis en Poméranie : « Les moujiks surgissaient par centaines des bourbiers, comme des nuées de batraciens coassants, bruns et violets » (377). Même les blindés se reptilisent : sur l'Oder, Degrelle voit « des chars soviétiques, longs comme des alligators » (404). Seul un fasciste, c'est évident, pourrait percevoir la boue comme l'élément naturel de son ennemi : elle est le cauchemar de tout soldat, et à ce titre hante la littérature de guerre,

L'avancée. Traversée du Donets, juillet 1942.

La retraite. Percée du *Kessel* de Tcherkassy, février 1944.

de Xénophon à Michael Herr. Mais, comme on l'a vu, bien autre chose est en jeu pour Degrelle que la réalité des « servitudes et grandeurs militaires ». Degrelle, à la différence de certains de ses contemporains, estime que l'Europe vaincue est condamnée non pas à une *Versteppung*, une « steppisation », mais bien à une *Versumpfung*, une « marécagisation ». Il est donc naturel que l'ennemi, pour reprendre un vocable à Hitler, soit un *Sumpfmensch*, un « homme des marais ».

LE VENTRE

Ces opérations de maintenance du Moi s'articulent à travers le livre en de multiples séquences. Nous en avons déjà suivi l'une des principales, il y en a d'autres. Ainsi, à titre d'exemple, la question de l'appétit. Pour les Russes, l'affaire est claire : « ils engoulaient n'importe quoi » (239). « Ces soldats informes vivaient de ce qu'ils trouvaient dans les isbas, dans les champs d'hiver ou sur les cadavres : têtes de tournesols moisies, gousses de maïs boueux, pain durci » (192). Et ce « n'importe quoi » aura vite fait de rejoindre l'immonde, le décomposé :

> Les mets de surchoix étaient des lambeaux des chevaux crevés qui gisaient dans la boue. La population se les disputait avec acharnement.
>
> Nous avions dû abattre un cheval incurable, horrible à voir, tout couvert de pustules répugnantes. Nous n'eûmes

> même pas le temps d'aller chercher un chariot pour conduire son cadavre hors de la ville. Vingt personnes s'étaient précipitées sur cette dépouille ignoble, lacérant la peau, agrippant la chair encore fumante. (39-40)
>
> Dans une gare, [je] vis plusieurs [Asiates] qui creusaient le sol. Ils extrayaient des vers rouges et électriques, longs comme la main. Ils les gobaient comme ils eussent gobé un œuf. La pomme d'Adam de ces vermivores s'agitait avec une satisfaction évidente. (22)

Au bout de ce parcours gastronomique, en toute logique, se retrouve la forme la plus achevée de l'abject, le cadavre bolchevique, qui, s'il ne fond pas trop vite, peut même servir d'en-cas :

> Une nuit, des cris épouvantables nous réveillèrent. Nous [...] ouvrîmes les portes d'un wagon de prisonniers : des Asiates, voraces comme des murènes, se battaient en s'arrachant des morceaux de viande. Ces morceaux de viande, c'était de la viande humaine ! Le wagon se disputait les restes d'un Mongol mort qui avait été disséqué avec des lamelles de boîtes de conserve. (22)

Le cannibalisme parmi les prisonniers russes est un lieu commun non seulement de la propagande allemande mais aussi des journaux privés et des lettres de soldats du front de l'Est. Il correspond certainement à une réalité, d'ailleurs peu surprenante vu les conditions de détention des 3 350 000 soldats soviétiques capturés en 1941, dont 60 % sont morts de faim, la plupart avant la fin de l'année (en janvier 1942, quand il aura besoin de main-d'œuvre pour ses camps et ses industries SS, Himmler s'en plaindra). Ce qui nous intéresse ici, toutefois, c'est la fonction stratégique de cette image pour Degrelle : « Beaucoup de ces Asiates, amenés de leurs steppes sauvages, préféraient ronger une côte de Kalmouk ou de Tartare [*sic*] plutôt que de courir le risque de mourir de faim » (22). Première constatation : cannibales comme cannibalisés (et vermivores aussi, d'ailleurs) sont des Asiatiques, Mongols, Tatars ou Kalmouks[1] ; ensuite, ils ne meurent pas réellement de faim, impossible, l'ordre allemand a tout prévu, des stocks ont été positionnés le long des voies, mais leur instinct sauvage ne les laisse même pas en « courir le risque ». Et puisqu'ils sont anthropophages par nature plutôt que par la force des circonstances, on peut conclure que pour eux tout est affaire de cannibalisme :

> Quelques cochons ignobles patrouillaient devant les postes soviétiques, mangeant sans scrupule les corps nauséeux, pourris rapidement par le soleil. Les Rouges regardaient avec envie ces pourceaux créophages [*sic*] qui barbotaient, à vingt mètres d'eux, dans les intestins verdis de leurs compatriotes. Visiblement, ils brûlaient du désir d'attirer dans leurs lignes ces bêtes dégoûtantes. Ils parvinrent finalement à en saisir une. Nous entendîmes leurs cris de bonheur. L'anthropophagie

1. Voir plus haut, p. 42, pour la fonction de ce champ sémantique.

soviétique se pratiquait, à Tieriakov, par animal interposé. (138)

CQFD. Si le lecteur m'a suivi jusqu'ici, il ne sera pas étonné de l'ébahissante circularité de cette démonstration.

Le Belge, en revanche, a un appétit de Gaulois.

> Nos soldats [...] parvenaient à absorber et à digérer des quantités prodigieuses de nourriture. [...] J'en vis deux [...] engloutir, en trois jours, la bagatelle de vingt et une poules, du gésier au sot-l'y-laisse. Beaucoup parvenaient à avaler, en guise d'en-cas, une oie entière, à neuf heures du matin. Un de mes jeunes officiers se remplit le jabot, un jour, sous mes yeux, de trente œufs sur le plat.
>
> [...]
>
> Au crépuscule, avant de repartir, nos tournebroches s'envoyaient encore d'énormes poêlées de pommes de terre sautées, des bottelettes de gros radis et des mannées de crudités. (111)

Même en cas de crise, le fasciste assure le ravitaillement. À Novo-Buda, dans le *Kessel* de Tcherkassy :

> En attendant [la trouée], comment ne pas mourir de faim ? [...]
>
> J'installai sur [des chevaux] mes Wallons les plus débrouillards : « Filez ! Cherchez ! Allez dans les isbas les plus écartées, passez sous le nez des Russes, s'il le faut ! Mais ramenez de quoi faire du pain ! Ouste ! Et revenez vite ! »

Le « cannibale bolchevique » : des prisonniers de guerre soviétiques affamés mendient du pain en échange de vêtements. Cliché de propagande allemande, date et lieu non identifiés.

Le Wallon mange, Caucase, fin été 1942. De g. à d. : l'interprète André Herremans, le caporal Charles Biltrays, le lieutenant Degrelle, le lieutenant Jean Vermeire et le lieutenant Lassois.

> J'avais découvert quelques boulangers parmi la troupe. Notre isba possédait un four à demi détruit. Ils le remirent en état.
>
> Quelques heures plus tard, nos cavaliers revinrent avec des sacs de farine jetés en travers de leurs montures.
>
> [...]
>
> Dès la fin de l'après-midi, j'envoyai aux positions des pains ronds au goût bizarre, plats comme des assiettes. Chacun reçut un quartier de ces tourteaux étranges.
>
> D'autres soldats me ramenèrent quelques vaches égarées.
>
> Elles furent aussitôt tuées, éventrées, débitées à coups de hansarts de fortune, en centaines de morceaux grossiers.
>
> Il était impossible de trouver des poêles. Je fis faire, à la porte, de grands feux de palançons. Les éclopés, les inaptes au combat reçurent chacun une pique ou une baïonnette. Ils avaient pour mission de rôtir au feu les morceaux saignants. [...] deux fois par jour, chaque homme reçut, aux positions, son morceau de viande, plus ou moins cuit, qu'il déchirait à pleines dents, comme un Iroquois. (257-258)

Il arrive quand même que le ravitaillement se dégrade. Mais même alors, l'alimentation du fasciste reste de l'ordre du dur et du sec :

> Nous cassions à la hache la margarine, le saucisson et le pain, durs comme du roc. (44)

> Nous ne recevions que [...] du pain, que nous coupions à coups de baïonnette, et des boîtes de viande, congelée à la fabrique et recongelée de maîtresse façon sur les troïkas. (62)

Il y a bien un cas limite ; nous y viendrons[1]. Auparavant, il serait intéressant de voir ce que devient la langue du fasciste lorsqu'elle se confronte à un ennemi autre que le Rouge.

L'AUTRE ENNEMI

Degrelle consacre un chapitre de *La campagne de Russie* à la bataille des Ardennes[2] (les résonances napoléoniennes de son titre priment effectivement sur la précision). Le 16 décembre 1944, des forces allemandes rassemblées dans le plus grand secret et nominalement placées sous le commandement du Generalfeldmarschall Gerd von Rundstedt enfoncent les lignes alliées sur un front traversant les Ardennes belges, visant Liège et Luxembourg, puis Anvers. Degrelle ne s'y est pas battu ; avec ses nouvelles recrues, collaborateurs ayant fui la libération de la Belgique, il devait retourner au pays dans le sillage des armées allemandes pour administrer les territoires nouvellement reconquis, « pour que soient évitées les erreurs de l'occupation allemande de 1940 à 1944 » (336). Degrelle rêvait en vérité d'être le premier à entrer dans Bruxelles et de prendre le pouvoir en Belgique avant l'arrivée de la Collaboration flamande, qui attendait

1. Voir p. 102.
2. Cette bataille est souvent appelée « seconde bataille des Ardennes » en France ; pour les Américains, qui l'ont gagnée, c'est *the Battle of the Bulge*, du nom du saillant formé par la percée allemande.

loin du front[1]. L'enlisement rapide de l'offensive, bloquée par les Américains à Bastogne, mettra un terme à ces ambitions de la dernière heure et renverra Degrelle en Poméranie, où il n'hésitera pas à faire tuer, en attendant l'inévitable, une bonne partie de ses volontaires (la plupart d'ailleurs recrutés de force).

À la grande différence du bolcheviste, l'Américain est virtuellement monosémique ; à peine est-il à l'occasion traité de Yankee. Pas un nègre ne pointe son nez camard dans le texte de Degrelle. Même le Belge semble plus dangereux que lui : « instincts bestiaux des foules [belges], violences hurlantes d'argousins forcenés » (346). Instructive aussi, la comparaison entre le cadavre américain et le cadavre russe :

1. Voir Eddy De Bruyne, « Degrelle's war-time years in a nutshell ». Il n'est bien entendu pas question de telles manœuvres dans *La campagne de Russie*, pas plus que des massacres de Courcelles et de Bouillon, perpétrés à l'été 1944 : Degrelle ne s'y réfère — sans les nommer expressément — que pour nier énergiquement toute responsabilité (voir 346-347). Or, si les historiens belges s'accordent pour attribuer les tueries de Courcelles à un coup de sang de Victor Matthys (le numéro 2 de Rex, fusillé en 1945), Degrelle est clairement impliqué dans les exécutions de Bouillon, commises en représailles du meurtre par la Résistance belge, le 8 juillet 1944, de son frère Édouard, pharmacien et sympathisant rexiste : un autre pharmacien, Henri Charles, fut assassiné le lendemain par un commando rexiste ; et Degrelle, après avoir envoyé un télégramme à Himmler exigeant la mort de 100 otages (télégramme qui a survécu dans les archives), aurait lui-même désigné aux Allemands un certain nombre de notables bouillonnais, la plupart choisis parmi ses opposants politiques d'avant guerre, dont trois finirent dans une forêt, fusillés par la SIPO de Liège.

> Une file de jeunes Américains [...] étaient morts [dans une tranchée] [...]. Ils avaient conservé leur beau teint de brique de garçons bien nourris et hâlés par le grand air. Ils avaient été fauchés par des rafales de chars. Deux d'entre eux avaient eu la face aplatie comme une enveloppe. Mais ces visages privés de relief avaient conservé une noblesse impressionnante. (339)

À la marée rouge répond l'étau anglo-américain. Les blindés US « se ruent [...], dépassent, [sont] puissants » (333). Les Alliés bombardent, rasent dans les Ardennes des villages entiers, dont Degrelle décrit la destruction avec pathos et, surtout, un vocabulaire radicalement différent de celui qu'il avait déployé pour l'Est :

> Les bombardiers évoluaient par centaines, miroitant comme des chevesnes.
>
> [...] Houffalize [...] fut, à deux reprises, accablé et broyé [...] laminé.
>
> [...]
>
> Les avions alliés [...] convertirent, à coups de bombes, la ravissante cité en un monstrueux amas de ruines, sous lesquelles gisaient des monceaux de civils morts.
>
> L'Ardenne fut aplatie en quelques jours. (342-343)

Et ainsi de suite. Pas une goutte, pas une flaque de boue. Le chapitre d'ailleurs s'intitule « La soupape des Ardennes » (et donc pas la soupe). On se bat à sec, dans le sec, et éventuellement on perd, justement, par le sec. L'agent de la défaite allemande, ici, n'est pas la gadoue ni même la neige, c'est le soleil :

> Les divisions parties en flèche et complètement victorieuses se trouvèrent isolées et privées de carburant parce qu'un soleil éblouissant inonda l'Ardenne du matin au soir, pendant dix jours, permettant à une fantastique flotte de bombardiers américains de broyer irrémédiablement tous les nœuds de communication. (344)

Conséquence de ce ciel clair, attribut de l'Occidental solaire : la panne sèche.

Force est de constater que si les Anglo-Américains peuvent menacer le fasciste militairement, ils ne posent aucun danger pour son Moi-carapace, et ne sont d'aucune utilité pour sa maintenance. Idéologiquement, a priori, rien ne les en empêche; Bernanos, en son temps, avait bien démontré qu'on pouvait être hanté tout autant par le barbare d'outre-Atlantique que par celui de l'Est :

> … quelque petit cireur de bottes yankee, un marmot à tête de rat, demi-saxon, demi-juif, avec on ne sait quoi de l'ancêtre nègre au fond de sa moelle enragée, le futur roi de l'Acier, du Caoutchouc, du Pétrole, le Trusteur des Trusts, le futur maître d'une planète standardisée, ce dieu que l'Univers attend, le dieu d'un univers sans Dieu[1].

1. Georges Bernanos, *La grande peur des bien-pensants* (Grasset, 1931), p. 454, repris dans *Essais et écrits de combat*, t. I (Gallimard, « Bibliothèque de la Pléiade », 1971), p. 348.

Chez Degrelle, rien de tout ça. L'Anglo-Américain reste une figure essentiellement *neutre*. Parce que justement il n'est pas question ici d'idéologie. Le rexiste aura beau tonner contre le ploutocrate yankee ou le *bankster* de la City — il ne s'en prive d'ailleurs guère —, cela ne dépassera jamais le niveau du politique, ou du mot d'esprit. Inversement, avec le bolcheviste (ou le judéo-bolchevique des hitlériens), ce n'est jamais seulement de la politique, c'est toujours en deçà ou au-delà du politique. Si la Marée rouge hante toute la littérature fasciste, si elle n'est pas propre à Degrelle, c'est bien parce qu'elle déploie toute une série d'associations qui travaillent, menacent, font vibrer la structure mentale très particulière du fasciste. Cela, pour des raisons historiques et culturelles, l'ennemi occidental qu'est l'Anglais ou l'Américain en est incapable. Pour le fasciste, il ne sert à rien, il pourrait tout aussi bien être absent du livre, car il n'a aucun rôle à y jouer, aucune fonction stratégique. Sa présence est purement anecdotique. Ce qui n'est pas le cas, en revanche, d'une certaine absence.

LE JUIF

Dans *La campagne de Russie*, un invisible : le Juif. Comme s'il n'existait pas. Absence étrange, presque oppressante[1]. Deux

1. De même, dans *Auto-portrait d'un fasciste*, Degrelle ne mentionnera pas une seule fois le mot « Juif ». Jean-Michel Charlier, d'ailleurs, ne cherchera pas à lui poser de questions à ce sujet.

infimes exceptions ne font que la souligner, presque la mettre en valeur. L'une est une simple précision politico-géographique : Degrelle campe dans un village qui « portait le nom de la fameuse politicienne juive de Berlin, Rosa Luxemburg » (54). La seconde est un peu plus élaborée :

> Une file de Rouges, abattus par une rafale de mitrailleuse, m'avait surtout impressionné. Ils étaient tombés l'un sur l'autre, comme un château de cartes.
>
> [...] je voulus photographier cette scène macabre.
>
> Au moment où je regardais dans le viseur de l'appareil, il me sembla qu'un des corps avait légèrement remué. Certes, des milliers de vers grouillaient sur eux, jaunâtres, ignobles. Mais je voulus en avoir le cœur net. Le cadavre qui paraissait avoir frémi avait la capote retournée sur la tête. Je m'approchai, pistolet au poing, et rabattis brusquement le vêtement. Deux yeux effrayants de fureur me fixèrent, pareils à deux escarboucles.
>
> C'était un meneur bolcheviste. Il était couché dans ce pourrissoir depuis la veille et avait laissé les larves le recouvrir. Il tenait sur lui un testament dans lequel il déclarait que, juif, il était décidé à tout pour venger les juifs.
>
> La passion des hommes n'a pas de limites... (149)

Inutile de commenter cette lamentable fable morale, ni d'épiloguer sur le sort de ce « meneur bolcheviste » juif, sort que Degrelle ne mentionne évidemment pas ; ses ennemis pourraient lui reprocher de ne pas l'avoir laissé sous ses larves. Ce sera le seul Juif vivant ou mort que le lecteur croisera. Une telle occultation du Juif, bien entendu, n'est pas rare dans la littérature parahistorique visant à glorifier l'épopée allemande en Russie, elle serait même plutôt la norme, à voir les livres de Jean Mabire, ou les best-sellers de Paul Carell, *alias* Paul Karl Schmidt[1]. Il y a à ce mutisme de solides raisons tactiques : après Nuremberg, il n'est plus de bon ton de parler des Juifs, cela peut même être dangereux, en tout cas cela ne peut que nuire à la Cause. Soit. Mais il se pourrait aussi qu'il y ait une autre raison, pour ainsi dire ontologique. Je l'avance à titre de proposition : en 1945, le génocide est de facto achevé, il ne reste quasiment plus un seul Juif, à l'Est ; la *Judenfrage*, la Question juive, est réglée ; à quoi bon alors parler d'un problème qui n'en est plus un ? Pour Degrelle, quand il écrit, la solution finale est toujours déjà achevée. Il est donc naturel que son livre soit aussi *judenrein* (vide de Juifs) que le territoire où il se déploie. « Et nous mordîmes dans la gloire comme dans un fruit glacé et amer » (75).

1. Le 3 juillet 1943, Paul Schmidt/Carell, qui visiblement n'envisageait pas encore sa future carrière d'auteur à succès, déclarait dans le *Donau Zeitung* de Belgrade : « La question juive n'est pas une question d'humanité et n'est pas une question de religion, mais une question d'hygiène politique » (cité dans Raul Hilberg, *La destruction des Juifs d'Europe*, t. 2, édition définitive, complétée et mise à jour, Gallimard, coll. « Folio histoire », 2006, p. 1370).

De cela, pas un mot dans le texte de Degrelle. Ce n'est pas nié ; c'est comme si ça n'avait pas existé. Pourtant, ça a bien existé ; et impossible, à l'Est, de ne pas l'avoir ouï dire, commenté, si ce n'est vu. Degrelle, en Espagne, aurait un jour affirmé à un journaliste : « L'antisémitisme, c'était une bêtise des Allemands. » C'est un peu court, même s'il est vrai qu'il n'a jamais participé directement à l'extermination des Juifs, et qu'avant la guerre l'antisémitisme ne faisait pas partie de son répertoire politique. Mais déjà au Palais de Chaillot, au retour de Tcherkassy en mars 1944, il parlait de « la juiverie internationale, qui ne pouvait s'étendre que dans les ruines de l'Europe », des « internationales juive, moscoutaire et financière [...], les maîtres d'hier ». Et à partir de son exil espagnol, il basculera franchement dans l'antisionisme et le négationnisme le plus nauséabond : dès 1949, il proposait ses services au mufti de Jérusalem pour combattre les Israéliens ; au fil des années, il apportera un soutien appuyé à Faurisson, reprendra ses thèses les plus outrées dans une *Lettre au Pape à propos d'Auschwitz*, et ira même, dans une version primitive (heureusement restée inédite) de *Tintin mon copain*, jusqu'à nier l'existence des chambres à gaz par la bouche de Milou.

[En haut :] Plage de Skede, Lettonie, le 15 décembre 1941. Exécution des femmes et enfants juifs du ghetto de Liepaja au bord de la mer Baltique par des collaborateurs du 21e bataillon de police letton et des membres de la Schutzpolizei allemande sous le commandement de Fritz Dietrich, chef local de la SS et de la police.

[En bas :] Région de Rovno, Galicie, le 13 octobre 1942. Exécution des femmes et enfants juifs du ghetto de Mizocz par des policiers allemands et des collaborateurs ukrainiens.

LE PÈRE EST MORT, VIVE LE FILS

Et si cette gloire nous éloigne des Juifs, elle nous ramène inévitablement vers leur *nemesis*. *La campagne de Russie*, après tout, est aussi une affaire de carrière. À peine Degrelle est-il sorti vivant du *Kessel* de Tcherkassy qu'un général vient le trouver :

> J'étais hirsute, couvert de plaques de boue gelée. Je me mis au garde-à-vous.
>
> — Venez, me dit-il. Le Führer a fait téléphoner trois fois. Il vous attend. Voilà deux jours qu'on vous cherche de tous les côtés. (284)

Un trajet en avion et un long décrassage plus tard :

> Je n'eus le temps de rien voir, ni de penser à rien : le Führer s'était avancé vers moi, m'avait pris la main droite dans ses deux mains et l'étreignait avec affection. Le magnésium illuminait la pièce. Des appareils de cinéma filmaient la rencontre.
>
> Moi, je ne voyais que les yeux de Hitler, extraordinairement vifs et bons ; je ne sentais que ses deux mains qui pressaient la mienne, je n'entendais que sa voix, un peu rauque, qui m'accueillait, me répétait : « Vous m'avez donné tant d'inquiétude !... »
>
> [...]
>
> Je regardais avec stupéfaction le Führer. Ses prunelles

> possédaient encore leur feu étrange, direct et ensorcelant. Mais les préoccupations de quatre années de guerre avaient donné à l'homme une impressionnante majesté. Les cheveux avaient blanchi. Le dos s'était voûté, à étudier interminablement les cartes et à porter le poids d'un monde.
>
> Le Führer d'avant la guerre avait disparu, le Führer ardent, aux cheveux châtains, au corps net, au dos droit comme un pin des Alpes.
>
> [...]
>
> Le Führer travaillait, des nuits entières, dans un recueillement absolu. Il arpentait jusqu'au matin cette grande baraque, méditant, préparant ses ordres. Seuls vivaient près de lui le feu, dans la large cheminée, inspirée de la préhistoire germanique, et un chien, un beau grand chien roux, qui gîtait dans une caisse, au bout de la table. (286-288)

Degrelle retrouvera Hitler quelques mois plus tard, lors de la courte campagne d'Estonie, pour recevoir ses feuilles de chêne.

> Je fus tout particulièrement surpris en voyant comment, depuis six mois, Hitler avait repris une vigueur nouvelle.
>
> Son pas était paisible, assuré, son visage reposé, d'une étonnante fraîcheur. Depuis la guerre, il avait grisonné beaucoup. Son dos s'était courbé. Mais tout son être rayonnait de vie, d'une vie mesurée, disciplinée.
>
> Il me décora. Puis il me guida vers une petite table ronde.
>
> [...]

Le 20 février 1944, après la percée de Tcherkassy, Hitler remet à Degrelle sa *Ritterkreuz*. De g. à d. : Degrelle ; son supérieur, le SS-*Gruppenführer* Gille, commandant de la 5e SS-Panzerdivision « Wiking » ; le SS-*Brigadeführer* Fegelein, officier de liaison de Himmler auprès de Hitler et futur beau-frère de ce dernier. Himmler, hors champ, se trouve juste à gauche de Fegelein.

Le 25 août 1944 (ou le 27, selon les sources), lors des combats de la Légion en Estonie, Degrelle rencontre de nouveau Hitler pour recevoir les feuilles de chêne ajoutées à sa *Ritterkreuz*. Entre les deux hommes, le SS-*Obergruppenführer* Steiner, commandant du IIIe (germanische) SS-Panzerkorps.

Degrelle prendra longtemps plaisir à mettre en scène un Hitler tout à fait surprenant. Lorsqu'il décrit leur première rencontre, à l'été 1936, on reste dans un registre familier : « Dès le premier contact, c'était quelque chose d'extraordinaire !... comme je l'ai pénétré et comme il m'a pénétré. » Mais quand il parle de 1944, on est ailleurs : « Je vois encore le brave Hitler me prendre dans ses bras... [...] c'était l'homme affectueux, sans complications... Quand il a vu mes bottes, il me dit : "Écoutez, Léon, combien vous avez de pointure ? — 42. — Ah ben moi dis j'ai 43." Puis il s'en va à son armoire, il prend une des paires de ses bottes, il fourre dedans, à chaque pointe, un morceau du *Völkischer Beobachter*, j'essaye ses bottes, c'est comme ça que ça se passait ! C'était l'homme qui me tartinait des sandwichs avant que je m'en aille ! C'était l'homme qui au moment où j'allais partir m'apportait une bouteille de champagne, lui qui supportait pas la boisson !... J'ai passé une nuit extraordinaire avec Hitler... » (Entretiens de Degrelle dans *Auto-portrait d'un fasciste*).

> Au moment du départ, comme s'il eût voulu graver à jamais dans mon cœur un souvenir plus personnel, Hitler revint me prendre la main dans ses deux mains : « Si j'avais un fils, me dit-il lentement, affectueusement, je voudrais qu'il fût comme vous... »
>
> Je scrutai ses yeux clairs, si sensibles, à la flamme simple et rayonnante. Il s'en alla sous les sapins, par un chemin semé de brindilles. Longtemps, je le suivis du regard... (334-335)

On pourrait faire remarquer que l'admiration de Degrelle pour Adolf Hitler est fondée sur un malentendu. Degrelle est certainement un raciste forcené — ses Soviétiques, pour prendre au hasard, « presque tous de race jaune », ont « des poils durs comme les soies des sangliers » (56), sont « laids comme des macaques » (71), des « aliborons mafflus » (130), des « masses pelues » (192), des « marmousets aux têtes de lérots, craquelins », avec des « têtes vicieuses » (321) —, mais c'est un raciste culturel, pas biologique. La Race, dans son livre, ne joue aucun rôle. Ses petits gars se font tuer non pour la pureté du sang mais « pour leurs vieux pays, dorés par les siècles, et pour la patrie commune, l'Europe, l'Europe de Virgile et de Ronsard, l'Europe d'Érasme et de Nietzsche, de Raphaël et de Dürer, l'Europe de saint Ignace et de sainte Thérèse, l'Europe du Grand Frédéric et de Napoléon Bonaparte » (20). De telles valeurs n'ont aucun sens pour un Hitler ; son Nouvel Ordre européen sera une table rase : les autres s'adapteront ou disparaîtront. Heureusement pour lui, Degrelle est flexible (on l'a vu sur la question bourguignonne), ce n'est pas un Pétain, un Quisling, un Horthy : tristes épaves de l'Histoire. Et, fin 1945, un Hitler mort lui sera presque aussi utile qu'un Hitler vivant en 1944.

Revenons au vocabulaire de ces descriptions, d'ailleurs fort peu originales (nul besoin qu'elles le soient, au contraire[1]). Il est visiblement, dans le cadre de notre analyse, cohérent : le Chef des forces du Sec, nimbé de magnésium, a des yeux extraordinairement vifs, qui brillent d'une flamme étrange, il est ardent, son corps est net, droit comme un pin, le feu vit près de lui, et il s'en va sous les sapins. Si ce phallus majestueux et solaire penche un peu, c'est à force de strier l'espace (les cartes) : dur labeur de la reterritorialisation. Seules pourraient surprendre le lecteur moderne la bonté de ses yeux, sa voix affectueuse ; même dans les mémoires des proches de Hitler, ce ne sont pas là les termes qu'il suscite ordinairement (on dit plus volontiers que ses yeux ou sa voix fascinent, ensorcellent, subjuguent).

Or si quelque chose frappe, dans ce moment zénithal de la trajectoire degrellienne, c'est la vacuité du langage, l'absence totale

1. Alain Colignon me signale que la rhétorique de Degrelle, au sujet de Hitler, s'inspire de celle, contemporaine, d'Alphonse de Chateaubriand.

d'une charge émotionnelle réelle comparable, par exemple, à celle que véhicule l'humide sous toutes ses formes. La fameuse phrase : « Si j'avais un fils [...], je voudrais qu'il fût comme vous » — que Degrelle ressortira inlassablement jusqu'à la fin de ses jours, que même ses ennemis les plus acharnés ne se privent jamais de citer — ne peut être lue que comme une revendication politique ; cet adoubement est un *coup de dés*, un bluff à l'égard de l'avenir et de l'Histoire. Ceux qui m'auront suivi jusqu'ici comprendront qu'il est impossible de voir dans cette adoption imaginée ou imaginaire une histoire de famille, une quelconque scène œdipienne. Degrelle n'est pas Speer. Pour le fasciste, toujours en deçà du Moi, le Père, le Fils sont des figures sociales, vides et mortes, pas des réalités vivantes. Le Führer peut se permettre, devant les caméras, d'afficher une inquiétude ostentatoire pour son nouveau protégé, on l'imagine mal réagissant à la mort de Degrelle autrement que par un vague *Quel dommage, un si bon soldat* (ou, à la rigueur, comme pour Heydrich en juin 1942 : « Quelle stupidité qu'un homme aussi irremplaçable s'expose ainsi au danger[1] »). Il en va de même pour son fils putatif. L'attentat du 20 juillet 1944 n'est jamais mentionné dans *La campagne de Russie* (politiquement, c'est inutile, et psychiquement, pas nécessaire), et

1. Henry Picker, *Hitlers Tischgespräche im Führerhauptquartier 1941-1942*, Percy Ernst Schramm, 1983, p. 386.

ses séquelles physiques, pourtant attestées par tous les observateurs qui ont vu Hitler après, sont occultées, voire niées (« Depuis six mois [soit février 1944], Hitler avait repris une vigueur nouvelle »). Et lorsque Degrelle apprend la mort du Führer :

> Un jeune colonel allemand, envoyé par Himmler, se tenait tout raide devant moi, les traits tirés.
> J'avais compris avant qu'il eût dit un mot.
> Je m'étais mis au garde-à-vous.
> — Le Führer est mort…, murmura-t-il.
> Nous nous tûmes tous les deux. Le forgeron [son hôte], lui aussi, se taisait.
> Puis deux larmes, les larmes des cœurs purs, coulèrent sur ses vieilles joues tannées… (416)

Ce forgeron mythique tombe à pic pour lubrifier un peu cette morne scène. Et si l'humide est bien, comme je le pense, la figure de tout ce qui menace ou touche le « pas-encore-complètement-né », il est normal qu'à part ces larmes de crocodile — et encore, chez un autre — il n'y en ait pas trace ici. Que du dur, du froid, pas une émotion vraie. Degrelle en serait bien incapable. Ces tableaux ritualisés ont une vocation uniquement stratégique, ils sont le signe de la réussite politique : si Degrelle est le Fils du Chef, alors il peut prétendre à être Chef lui-même, et ce sera clairement son positionnement d'après-guerre, option prise avant même la rédaction de ce

Quelques jours après avoir reçu sa décoration des mains de Hitler, Degrelle rencontre Goebbels, qui voit tout de suite le parti qu'il pourra tirer, en cette phase critique de la guerre, d'un authentique héros non allemand.

Très vite, le nouveau « soldat politique » se retrouve en couverture de l'édition belge de *Signal*, le *Life* nazi, diffusé à travers l'Europe occupée ou alliée à l'Allemagne en vingt-cinq langues.

Début 1944, le Reich est aux abois. Sous les coups de boutoir soviétiques, les fronts s'effondrent les uns après les autres, et les Allemands ne parviennent plus à remplacer les hommes et le matériel perdus. Les volontaires étrangers de la SS prennent ainsi une nouvelle importance, et la machine de propagande nazie, de plus en plus, cherche à mettre l'accent sur la nécessaire unité paneuropéenne face à la déferlante des hordes bolcheviques. Degrelle, toujours attentif à la moindre opportunité, jouera en virtuose sur ce registre, comme le montre bien son discours du Palais de Chaillot en mars 1944 ; ce qui d'ailleurs ne l'empêchera pas de continuer à militer pour le dépeçage de la France et de la Belgique au profit de sa Grande Bourgogne : projet qu'il aura hâte d'oublier après la guerre, au profit du « soldat de l'Europe » qui se retrouvera, lui, au cœur de son dispositif élaboré d'autojustification.

L'encerclement du gros des forces allemandes du front ukrainien autour de la ville de Tcherkassy leur coûta 19000 morts et la totalité de leur matériel blindé. Cela n'empêcha pas Degrelle, dont la SS-Sturmbrigade joua un rôle important dans la percée des 25000 survivants, de la célébrer comme une victoire. (Curieusement, la Légion flamande, qui s'y est pourtant battue tout aussi vaillamment, sera, elle, interdite de défilé.) Le 1er avril 1944, il effectue en présence du SS-*Obergruppenführer* Josef « Sepp » Dietrich une revue à Charleroi, ville choisie pour souligner les origines prolétaires de nombreux Légionnaires et affirmer le caractère socialiste de Rex. Après des remises de médailles et des discours, les Légionnaires se rendent à Bruxelles à bord de blindés empruntés pour la circonstance à la division « Hitlerjugend » ; au cours d'un arrêt dans la forêt de Soignes, des jeunes filles de la Jeunesse légionnaire fleurissent copieusement les véhicules. Arrivé place de la Bourse, au centre de Bruxelles, Degrelle hisse sur son blindé trois de ses enfants, et défile une heure durant sur le boulevard Anspach, au milieu d'une foule considérable. C'est l'apogée de sa gloire militaire, ce que donne bien à voir son visage extatique, comme illuminé par l'hystérie collective ambiante. À peine cinq mois plus tard, au même endroit, la foule accueillera cette fois les troupes alliées libérant Bruxelles.

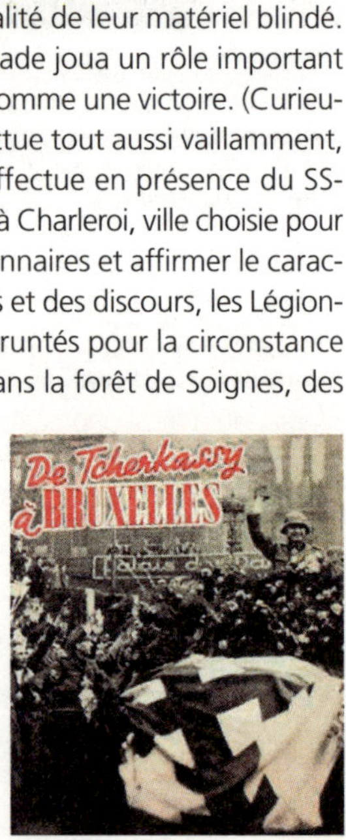

livre, pourtant écrit « à chaud ». Degrelle, réfugié en Espagne, aimera mieux rester un gros poisson dans le petit étang des néo-nazis impénitents, et jusqu'à la fin poser pour des calendriers ou des revues dans son uniforme de colonel SS, bardé de médailles, plutôt que de se taire, ou que de parler, mais au risque de subir le sort de ses volontaires, « livrés à l'horrible police politique belge, traînés aux gémonies, jetés dans des basses-fosses ou dans des camps de concentration comme de vulgaires malfaiteurs internationaux » (398-399), tout cela pour avoir juste eu le malheur de « profess[er] des idées politiques différentes de celles des "libérateurs" de septembre 1944 » (346). Si la Seconde Guerre mondiale joue pour Degrelle, au niveau psychique, un rôle absolument crucial, viscéral, elle se réduit, dans le monde des hommes réels, pour les millions de morts sacrifiés sur l'autel de la maintenance du Moi fasciste, à un malentendu, une idiote question d'« idées politiques différentes ».

« THALASSA ! THALASSA ! »

Tout cela, bien sûr, n'est que justification après coup. En réalité, la guerre du sec et de l'humide ne pouvait que tourner en eau de boudin. Revenons un peu en arrière. Degrelle, à l'automne 1942, est à la pointe de l'avancée allemande qui vise le flanc sud du massif caucasien. Maïkop est tombé, doivent suivre Touapsé, puis Adler et Soukhoumi. Mais les armées du Führer, après avoir pataugé pendant plus de deux mille kilomètres, s'enlisent, et les fascistes partent à vau-l'eau.

Entre eux et leur objectif, un pic, « la masse impressionnante du mont Indiouk, haut de treize cents mètres, précédé d'une formidable chênaie, serrée comme un taillis et où on distinguait seulement, de-ci, de-là, les failles grises de quelques rochers. De là-haut, nous disaient les prisonniers, on voyait la mer… ». L'accès à cette érection monstrueuse est entravé par une rivière, la Pschich, « un précipice très difficilement accessible, profond de plusieurs centaines de mètres : au creux de cette gorge, un torrent cavalcadait sur des rochers gigantesques ». Cet obstacle, le dernier, doit être pris d'assaut par des chasseurs alpins allemands appuyés par des Stuka ; Degrelle et ses hommes n'auront qu'à « surveiller l'ennemi et attendre les nouveaux ordres ». Ils ne perdent donc « pas un détail du dernier grand combat du Caucase » (156).

> Nous suivions, avec une exactitude parfaite, la progression amie, car de la forêt montaient régulièrement les fusées blanches des assaillants. C'était émouvant au possible. […] Au bout de deux heures, des fusées jaillirent du feuillage, presque en haut de l'Indiouk. Nous pensions, en frémissant, aux premiers chasseurs qui atteindraient le sommet. Nous nous rappelions le « Thalassa ! Thalassa ! » de l'*Anabase*.

> Eux aussi allaient crier « La mer ! La mer ! » comme les dix mille héros antiques de la retraite narrée par Xénophon.
>
> Ils ne le crièrent point, hélas ! Les fusées ne progressaient plus. […]
>
> Les compagnies de chasseurs n'avaient pu vaincre l'énorme forêt. Elles s'étaient émiettées au fur et à mesure de la progression, englouties par l'obstacle. (156-157)

De toute façon, qu'y avait-il derrière cette montagne ? Encore de l'eau. Or, l'accès à la mer (peut-être la bonne) barré par un phallus plus puissant que le leur, les fascistes sombrent. Et s'ils ne peuvent plus avancer, ils vont rapidement se liquéfier.

> Une nuit, le temps tourna. Le vent s'anordit. La tempête tordit la tête des grands chênes, déferla en ouragan, noya nos abris-tombeaux dans lesquels l'eau jaillissait le long des racines sectionnées. Elle monta jusqu'au ras des trous.
>
> Nous nous affolâmes, essayant de vider les puits au moyen de nos gamelles. Nous dûmes nous déclarer battus.
>
> La côte, balayée par le vent et la pluie, perdit en quelques jours son feuillage. La Pschich s'enfla, roula dans le vallon ses rebonds tumultueux, culbuta les ponts de bois, coupant dans notre dos toute possibilité de ravitaillement […].
>
> Chaque soldat barbotait dans le noir, une puisette à la main, essayant, vainement, de vider son trou. (158-159)

Construire hâtivement et désespérément des « cabanes érémitiques » (159) ne sera d'aucun secours. Tout se dégrade irrémédiablement. L'hygiène :

Durant toute la nuit, l'eau montait dans la cagna; elle atteignit, le matin, vingt ou trente centimètres de hauteur. Elle nous servait à noyer nos poux. Nous allions, à tout instant, en chercher des poignées sous nos vareuses ou contre nos jambes. Nous les jetions tristement dans l'eau qui clapotait sous nos branchages.

Depuis deux mois nous n'avions plus changé de linge. La vermine nous dévorait à un point incroyable. Un matin, je me déshabillai en plein vent et tuai plus de sept cents poux en une seule séance! (159)

Le ravitaillement :

[Les] charognes écœurantes [de nos chevaux] furent bientôt l'essentiel de notre nourriture. [...]

Pendant une semaine nous vécûmes en mastiquant des morceaux de viande limoneuse que nous allions tailler avec nos couteaux dans les fesses étiques des juments crevées. (159-160)

La santé :

Transpercés, rongés par la faim, gîtant dans des tanières dégoûtantes [*sic*] d'eau, nous fûmes bientôt attaqués par toutes sortes de maladies. Une épidémie de jaunisse avait envahi notre secteur : chaque matin, des files de soldats sortaient de leur trou, fiévreux, avec d'hallucinantes têtes safranées. (160)

Résultat : « Les effectifs fondaient » (160). Le fasciste, jauni, mongolisé par l'humide, devient une flaque. Et ces eaux, débordant complètement son Moi-carapace, lui ramènent ses pires angoisses, les « cadavres gonflés de bolchevistes, charriés au hasard des courants » (159). Même la limite entre le corps propre du fasciste et le cadavre décomposé du Rouge ne peut être maintenue :

> Mais, plus que les trous d'eau, nous épouvantaient les maudits cadavres des Russes qui se liquéfiaient entre nos postes. Tâtonnant dans l'ombre, nous dérapions sur ces paquets putrides, enfonçant tout le pied dans un ventre gluant. Nous étions alors pris de désespoir, ne sachant comment nous purifier de cette affreuse fange humaine qui nous collait à la peau et nous écœurait à vomir. (163)

C'est la fin.

> Nous étions à bout. À bout!
> À bout de forces physiques.
> À bout de ressort moral.
> Nous ne résistions plus que parce que notre honneur de soldat était en jeu. (163)

Cet « honneur », on l'aura bien compris, c'est le Moi, ou plutôt l'armure rigide qui, pour le fasciste, en tient lieu. Lézardée de tous côtés, elle ne pourra se préserver que grâce à la retraite. Le fasciste, qui, dans sa démesure, rêvait de se confronter au tout-liquide et de l'assécher (au moins jusqu'à l'Oural), ne pourra échapper à la noyade que par la fuite.

Bien entendu, il ne reculera que pas à pas, érigeant de nouvelles digues à chaque étape. Elles sauteront les unes après les autres. C'est le déferlement. Tcherkassy :

> Nous ne voyions plus à un mètre devant nous. L'air n'était plus qu'un paquet d'eau ; le sol était une rivière dans laquelle nous nous enfoncions jusqu'aux genoux.
>
> […]
>
> La division téléphonait, de demi-heure en demi-heure, au P.C. : « Il faut tenir ! Il faut tenir ! Il faut tenir ! » (239)

En vain, car « jamais il n'avait plu sur la terre avec une violence pareille » (241). Le corps fasciste se défait à vue d'œil : les soldats ont « les yeux vides, le corps ballant », « le corps vacillant de fatigue » (263) ; les blessés se sentent « pourrir vivants » (260). Même le commandement se laisse aller devant l'étendue du désastre :

> — *Grosse Scheisse ! Grosse Scheisse !* [*sic*] (Grande merde ! Grande merde !) criait inlassablement le général.
>
> — *Grosse Scheisse !* ponctuait avec conviction le chef d'état-major.
>
> — *Grosse Scheisse !* répétait, aussi affirmatif, l'ordonnance qui nous apportait des tartines. (309-310)

Est-ce vraiment un hasard si Max Ernst, avec toute l'acuité du vrai surréaliste, intitulait ce grand tableau peint entre 1940 et 1942 *L'Europe après la pluie* ?

Et contre l'humide, le mou ne peut rien.

> La vague soviétique déferla, submergea toute l'Ukraine, déborda dans tous les sens et atteignit, en quelques jours, le Dniestr à la frontière roumaine !
>
> C'était un raz de marée.
>
> L'Ukraine entière, la belle Ukraine [...] était noyée sous la vague aboyante des Mongols et des Kalmouks macrocéphales, aux moustaches mouillées, aux dents de métal blanc [...]. (289)

> [...] en juillet 1944 [...] Minsk fut balayé. En deux semaines, un formidable raz de marée submergea le front allemand, enfonçant tout, s'étalant jusqu'à trois cents kilomètres de profondeur. (293)

Début 1945, les forces soviétiques s'en prennent à la Pologne, à l'Allemagne elle-même. « Partout, la marée s'épandait » (353) ; « des dizaines de milliers de Russes débordaient nos gâtines » (405). Les survivants, « anéantis par la fatigue, par la boue, par les milliers de projectiles » (373), cherchent à s'en extirper comme ils peuvent. Les blessés sont « traînés à travers la fange » (369) ou y « périssent d'épuisement » (371). Plus rien ni personne n'est à l'abri, les signes, un par un, glissent, contaminent le fasciste : « Les autos stoppaient brusquement, jetant comme des crapauds, tête en avant dans la neige boueuse, de sémillants officiers d'état-major accrochés aux toits des voitures » (387). Çà et là subsistent brièvement quelques parcelles de sec ou de dur :

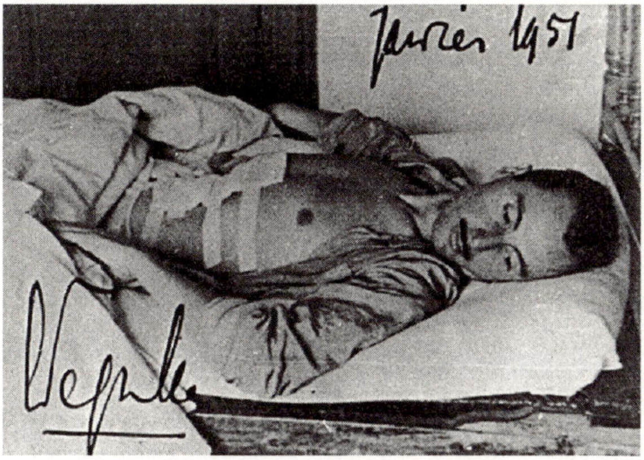

Il importe, pour apprécier à leur juste mesure les images déployées au long de cette analyse, de tenir compte de la distinction entre la nécessité inconsciente du fasciste de structurer et de renforcer son Moi extériorisé, et sa volonté consciente de bâtir et de projeter son image. Il faut aussi reconnaître que les deux niveaux, sans cesse, se superposent ou s'entremêlent, ce qui génère de nombreux plans d'interférences, voire d'ambiguïtés. Prenons cette photo : comment faut-il la lire ? Comme le moment d'effondrement du Moi-carapace de Degrelle, où l'informe s'écoule par les fissures de son corps crevé, à peine retenu par les bandages ? Ou comme la savante mise en scène de son héroïsme viril et fatigué ? On ne peut même pas la dater et la situer (la date manuscrite semble être celle de la dédicace). D'après *Tintin mon copain* (p. 138), elle représenterait Degrelle après l'accident du Heinkel, en 1945 (effectivement le bras droit, fracturé à ce moment-là, paraît retenu par une attelle) ; mais dans *Degrelle m'a dit*, un livre illustré publié sous le nom d'une de ses admiratrices espagnoles, la duchesse de Valence, la légende indique : « Voici [Léon Degrelle], ventre recousu, à la fin d'une de ses nombreuses opérations qu'il subit en exil, pour essayer de réparer les dégâts d'une de ses cinq blessures, reçues au Caucase en 1942. » Or, d'après De Bruyne, aucune de ces blessures n'avait requis d'hospitalisation ; Degrelle, en revanche, les avait copieusement exploitées « à des fins de propagande personnelle » (*Les Wallons meurent à l'Est*, p. 176). Y a-t-il même, ici, une cicatrice sous les pansements ?

La somptueuse demeure que Degrelle se fit bâtir près de Málaga, « La Carlina », pose le même type de question : juchée au sommet d'une petite montagne, incarnant de manière démesurée son sens aigu de la représentation, elle met en scène simultanément son esthétique médiévo-fascisante un peu désuète, sa mégalomanie et son obsession — voire sa hantise — de la verticalité, elle-même véhiculée et commandée par tout un circuit fermé d'images inconscientes se renvoyant les unes aux autres.
Elle pourrait aussi, notons-le au passage, rester comme symbole de l'affairiste, mi-homme d'affaires, mi-margoulin, qu'il est devenu. Comment, en effet, Degrelle a-t-il financé son château en Espagne ? Les historiens ont démontré qu'au début de son exil il vivait du butin de meurtrières razzias rexistes sur les bijouteries de Bruxelles, effectuées juste avant la Libération ; puis il monta une société de BTP, qui, forte de ses contacts amicaux avec les huiles du régime franquiste, décrocha le contrat pour construire plusieurs bases de l'OTAN en Espagne. Mais cette affaire solda aussi la fin de « La Carlina » : insatisfaits de la qualité des travaux, les Américains refusèrent de payer Degrelle, et il fit une faillite retentissante, qui l'obligea, vers le milieu des années soixante, à vendre son palace. Peu importe ; il y aurait d'autres affaires, et Degrelle n'est pas mort pauvre ; et s'il a passé quarante-neuf ans à vivoter psychiquement, dans le monde des choses il a vécu comme un prince déchu, berçant ses regrets, dans les bras des belles filles et un luxe ostentatoire, sous le soleil radieux de la péninsule.

« Enfin il ne resta plus que l'îlot du poste de commandement, entouré par la horde hurlante des égorgeurs » (371). Elles sont vites balayées. « Les Russes [...] submergèrent Brallentin et Repplin [...]. Quelques panzers allemands [...] essayèrent en vain d'endiguer le flot. Il déferla » (375). Et le fasciste de désespérer : « Comment parviendrons-nous à ne pas être noyés dans le tourbillon final ? » (406).

La dernière position militaire de Degrelle se situera « au-dessus d'une large dépression marécageuse » (399).

BOUDU SAUVÉ DES EAUX

De tous ses châteaux en Espagne, il ne restera à Degrelle, *alias* José de Ramirez Reina, *alias* Juan Sánchez..., qu'un château en Espagne, justement, « La Carlina », où il coulera de longs jours tranquilles (jusqu'à ce qu'une faillite l'emporte). Plantant ses hommes au bord de la Baltique fin avril 1945, il fuit vers le nord, harcelé par les Mosquito britanniques (non sans prendre le temps d'expédier une série de courriers pour réclamer qu'on lui confère le nom de « von Tcherkassy »). Bien entendu, cela n'est pas très joli pour un officier SS, mais c'est un cas de *force majeure*. À Malente, le 2 mai 1945, il tombe en effet sur Himmler :

> Ses petits yeux vifs clignotaient dans la demi-lumière du crépuscule. Lui, toujours si sec et si discret dans ses sentiments, me prit avec force les mains : « Vous avez été fidèles, vous et vos Wallons, me dit-il, vous êtes restés les derniers à nos côtés dans le combat et le malheur. Un jour l'Allemagne s'en souviendra. »
>
> [...]
>
> Brusquement, au moment de démarrer, il redescendit la vitre de la portière et martela ses [*sic*] mots : « Degrelle, vous serez nécessaire un jour. Tout changera vite. Gagnez six mois. Vous devez vivre ! » (421-422)

À la SS, les ordres sont les ordres. Degrelle obtempère et traverse la frontière du Danemark. Même là, l'humide le guette. Les partisans investissent Copenhague ; un des officiers qui l'accompagnent se jette « au centre de la ville, dans le délire des émeutes. Celles-ci assaillaient les soldats isolés qui ne s'étaient pas garés à temps. L'officier, le chauffeur, l'auto sombrèrent dans cette obscure tragédie » (426). Mais le plénipotentiaire du Reich, le Dr. Werner Best, « affalé dans sa cuisine, derrière dix-neuf valises » (426), réussit, malgré tous les obstacles, à faire passer Degrelle en Norvège, où se trouve le « dernier front antibolcheviste [...] trois cent mille soldats allemands [...] parfaitement armés et ravitaillés » (424). Durant la traversée, la mer, complice plutôt que menaçante, « frémissait, brasillait, luisait à l'infini » (431). À Oslo, après un bon bain, il rencontre le gouverneur Terboven, qui, pourtant relativement occupé par ses préparatifs de suicide, met à sa disposition « un avion privé [...] l'appareil du ministre Speer », s'il veut bien « risquer [sa] chance, tenter [...] de gagner l'Espagne ». Degrelle : « Je n'avais pas le choix. J'acceptai » (434-435).

Il vole toute la nuit du 8 au 9 mai 1945, « entre guerre et paix, comme entre terre et ciel » (436), à bord d'un « avion solitaire, portant toujours orgueilleusement ses croix gammées » (437), au-dessus de la Hollande, la Belgique, la France. Sa « seule chance de salut [... : les] fleuves de champagne et de whisky » qu'ingurgitent les vainqueurs (436). À la vue des lumières de Bruxelles, il « [serre] les dents pour ne point verser de larmes » (438). Puis, du côté d'Arcachon, alors que « l'essence [s'épuise] de plus en plus » (438), c'est la mer, de nouveau menaçante : « C'était étrange de voir sous soi les crêtes moutonneuses des lames et la mer clapotante, toute proche, prête à nous engloutir » (439). Décidément, il était écrit que *La campagne de Russie* s'achèverait dans l'eau. L'appareil, au large de la côte espagnole, à court d'essence, tente un atterrissage forcé sur une plage.

> Le Heinkel, qui n'avait pas descendu son train escamotable, glissa sur sa coque à deux cent cinquante kilomètres à l'heure. Je vis le moteur de droite sauter, brillant comme une boule de feu. L'appareil tourna, se précipita vers la mer, entra dans les flots, s'y écrasa.

Degrelle en Espagne, 1949.

Degrelle en Espagne, 1983.

Tout me porte à croire que pour Degrelle le temps s'est littéralement arrêté en 1945 ; ou plutôt que, ayant désembrayé par rapport à la réalité incarnée par la guerre, ce temps a continué de tourner en roue libre, dans le cycle glacial de la pure répétition, laissant un Degrelle évidé comme figé dans ses productions mentales, maintenu rigide et protégé du réel par son uniforme SS comme un homard l'est par sa carapace. Entre ces deux photos, prises à trente-quatre ans d'écart, qu'est-ce qui change ? Le visage frais, vif, allègre de la première s'est empâté, mais il n'a pas changé ; on ne peut même pas dire qu'il a vraiment vieilli ; il semble plutôt s'être solidifié, pétrifié peu à peu en un masque reptilien, plaqué sur le chaos ; et le sourire radieux du combattant solaire est peu à peu devenu la grimace hideuse de la mort.

> L'eau s'engouffrait dans la cabine enfoncée et nous montait à mi-corps. J'avais cinq fractures. [...] Des Espagnols, nus comme des Tahitiens, arrivaient à la nage jusqu'à notre avion naufragé.
>
> [...] Une ambulance accostait.
>
> Cette fois, vraiment, la guerre était finie... (439-440)

Dans l'eau, mais pas à l'eau. « Sans doute avions-nous été matériellement vaincus » — certes —, « mais j'avais gardé ma force et ma foi » (440). Car si la campagne de Russie est perdue, reste *La campagne de Russie*. De toute évidence, les souffrances, les horreurs des combats, le choc de la défaite ont sérieusement ébranlé cette armure qui est la seule chose qui maintienne l'intégrité d'un Degrelle. Il est urgent de la rafistoler ; et pour ce faire il n'y a plus qu'un moyen. La mention finale « Hôpital militaire "Mola", San Sebastián (Espagne), août-décembre 1945 » (440) trahit la hâte ; dès que son bras droit est sorti du plâtre, il se met au travail. Bien plus qu'un testament politique, une entreprise d'autojustification, ou un brûlot destiné à remettre sa carrière d'après guerre sur les rails, *La campagne de Russie* est avant tout une vaste opération de sauvetage du Moi degrellien, naufragé ballotté par les flots. Et cette opération, contrairement à la guerre elle-même car menée à une échelle bien plus modeste, sera un succès. Plus efficace que les puisettes du Caucase, l'écriture permettra à Degrelle d'écluser les flots qui submergent son psychisme, et, à l'aide des stratégies rhétoriques que j'ai tenté d'esquisser, de les canaliser, de les évacuer, et de tirer la chasse. Le livre servira ainsi d'éponge ; Degrelle s'en sortira sec, son Moi-carapace, un uniforme amidonné de colonel SS, plus rigide que jamais, prêt pour la suite des événements. Après Moi, le déluge.

Plage de San Sebastián, le 8 mai 1945 : l'épopée de Degrelle prend fin dans le doux ressac de l'Atlantique.

POSTFACE DE KLAUS THEWELEIT

Lorsque j'achevai en 1977 mon étude sur les *Freikorps*, ces milices qui en Allemagne réprimèrent, dans les années qui suivirent 1919, les révoltes de travailleurs et qui plus tard se célébrèrent comme « les premiers soldats du IIIe Reich », je ne pouvais deviner quel rôle jouerait ce livre — publié sous le titre *Männerphantasien* (« Fantasmes mâles ») — dans le débat, placé sous le signe d'un féminisme en plein essor, sur la question des genres. En revanche, il y avait une chose que je tenais pour sûre : je m'étais livré à une approche inédite, à la tentative de ne plus considérer le fascisme et plus spécifiquement le nazisme comme le fruit monstrueux d'une « idéologie » effroyable, mais de le décrire, en me fondant sur une étude de la relation homme-femme dans l'histoire européenne, comme une manière violente d'établir la « réalité ». En d'autres termes, je considérais la réalité politique meurtrière d'un État fasciste fondé sur la violence non comme la conséquence des convictions, des idées ou des intérêts industriels en jeu, mais comme la traduction des états corporels dévastateurs dont souffraient ses protagonistes. L'État fasciste était une réalité produite par le corps de celui que je nomme le « mâle-soldat ».

Rudolf Augstein, directeur du *Spiegel*, salua ce livre comme « l'une des publications en langue allemande les plus stimulantes de l'année 1977 ». L'enthousiasme de la grande majorité des historiens allemands fut plus mesuré. Les historiens cultivent des préjugés contre les textes autobiographiques, qu'ils qualifient de « sources secondaires » ou de « littérature ». Ils ne font pas confiance à des approches qui privilégient l'étude des *affects* des protagonistes de l'histoire : « Les sentiments ? Qu'est-ce que c'est ? » Ils se fient encore moins aux approches psychanalytiques, notamment parce qu'ils ignorent tout d'elles. À cela s'ajoute leur mauvaise conscience : voilà encore quelqu'un d'*étranger à leur domaine* qui s'attelle aux tâches qu'eux-mêmes, parfois, négligent.

L'accueil réservé au livre par les historiens des États-Unis a été plus chaleureux. Cela s'explique par le fait que de nombreux enfants de Juifs ayant gagné les États-Unis pour échapper à la Shoah vivent et enseignent dans les *campus communities* ; ces jeunes scientifiques attendaient impatiemment que des *Allemands plus jeunes* se confrontent à l'engagement nazi de leurs parents. Serait-ce par cette voie que les *Male Fantasies* sont arrivées entre les mains de Jonathan Littell ?

Lorsque l'auteur des *Bienveillantes* a pris contact avec moi à l'automne 2007, j'avais entendu parler de son roman, mais ne l'avais pas lu : la traduction allemande n'est pas encore parue. Jonathan Littell m'a envoyé une illustration accompagnée d'un texte bref; il s'agit d'une photographie de 1944 où l'on voit le fasciste belge Léon Degrelle assister à une parade avec trois de ses enfants; tous, le bras tendu, font le « salut hitlérien ». Dès les premières pages du texte, je découvre mon nom, et comprends que Littell a lu *La campagne de Russie* de Degrelle « avec mes yeux », c'est-à-dire en recourant aux catégories que j'ai élaborées et appliquées au fascisme dans *Männerphantasien*.

Un ami me traduit l'ensemble du texte de Littell; je suis impressionné. Le *close reading* que Jonathan Littell a fait du livre consacré par Degrelle à la campagne de Russie ne se contente pas de reprendre à son compte les grilles de lecture que j'ai appliquées aux récits de guerre, journaux et mémoires des miliciens allemands du début des années 20; Littell retrouve aussi chez Degrelle — bien que ce dernier soit de vingt à trente ans plus jeune que les miliciens des *Freikorps* et appartienne à une autre culture — presque exactement les mêmes comportements et champs lexicaux, ordonnés autour de la peur panique de la « dissolution des limites corporelles ». La fange, la boue, le marécage, le visqueux, la bouillie qui désignent l'ennemi, le « communisme » en tant que « marée rouge », la peur de tout ce qui liquéfie les corps, de la femme érotique, de la *Flintenweib* (« femme-soldat ») à laquelle le mâle-soldat oppose l'Infirmière blanche, virginale, la *verticalité* de sa propre présence

au monde, sa carapace corporelle endurcie, indissoluble — tout cela se retrouve de façon analogue dans la langue degrellienne. Littell réorganise ces champs en oppositions binaires — le dur contre le mou, etc. — à l'instar du titre même de son texte, qui évoque Claude Lévi-Strauss. Et c'est en effet la *structure de la corporéité* du mâle-soldat qui m'importait dans les *Männerphantasien*, qui représentaient une tentative de décrire le fonctionnement de la terreur fasciste.

Ce qui est décisif, c'est que la carapace du corps, dans sa motricité musculaire, se dresse non seulement contre une extériorité menaçante, contre le « grouillement » de la réalité, la féminité vorace ou le prolétariat fangeux qui inverse l'ordre du monde, mais aussi contre la propre intériorité corporelle, contre le mélange de sang et de merde dont le mâle-soldat, menacé par la fragmentation, craint qu'il n'emplisse ses entrailles. La « marée rouge » vient autant de l'intérieur que de l'extérieur ; elle est même plus puissante à l'intérieur. C'est aussi contre elle que doit être érigée l'héroïcité fasciste ; contre elle que se dresse perpétuellement le drapeau sur sa hampe ; contre elle qu'il faut tendre le bras vers le ciel, pour que le *Führer* puisse s'en saisir et tirer l'enlisé de sa bourbe. Le texte de Jonathan Littell détaille ces aspects, y compris l'évolution des structures du Moi spécifiques qui correspondent à cette forme de corporéité, à ce côté « pas-encore-complètement-né » du fasciste.

Je me réjouis bien sûr de cet hommage inattendu que

l'étude consacrée à Degrelle par Jonathan Littell rend au livre *Männerphantasien*, qui fête cette année ses trente ans ; notamment parce que je l'interprète comme une confirmation de mon hypothèse selon laquelle il existe une *structure universelle* « du » corps du mâle-soldat — autrement dit « du » fasciste politique, que, dans l'exercice d'une violence typique, l'on peut rencontrer dans la culture virile tant eurasiatico-américaine que japonaise ou islamique. Cette hypothèse s'appuie sur différentes sources : sur l'analyse de tortionnaires du monde entier qu'a proposée Kate Millett ; sur ce qu'a écrit Rigoberta Menchú au sujet des sévices des « escadrons de la mort » au Guatemala ; sur le travail que Mika Haritos-Fatouro a consacré à la manière dont étaient formés les membres de la police militaire grecque sous la dictature ; sur la torture telle qu'on l'a connue dans les dictatures militaires d'Amérique du Sud ; sur les descriptions du comportement des surveillants dans les prisons nord-américaines ; mais aussi sur la figure du « fasciste qui prend plaisir à pratiquer la torture » dans *Salo ou Les 120 journées de Sodome* de Pier Paolo Pasolini — film réalisé au moment même où je rédigeais les *Männerphantasien*.

Ces exemples incitent à élargir ou à préciser certaines de mes conclusions antérieures. Quelques repères : *l'homme qui accouche de lui-même* en tuant autrui ; le *rire* du tortionnaire ; le corps régi par des institutions ; la transgression autorisée vers le crime divin ; la *sexualisation* de la violence ; l'*exhibition* théâtrale de la violence, sa *mise en scène*.

Rigoberta Menchú décrit comment les tueurs des escadrons de la mort jouissent du dénouement de leur spectacle meurtrier. Elle évoque leur sentiment d'appartenance, en tant que force agissante, à une puissance supérieure. Au cœur de leurs actes se trouve une *transgression autorisée vers le crime*, qui s'exhibe en même temps qu'elle s'opère. Voilà d'ailleurs la *promesse centrale* faite au corps fasciste, sa voie royale pour atteindre une *totalité* psychique. Il fête ce moment par le *rire*. C'est une *fiesta* (pour reprendre leurs propres termes). Le corps est absorbé par sa propre croissance, par sa transmutation en un nouveau corps, immense, celui du pouvoir tiré de la mise à mort : c'est le corps d'une violence instituée et masculine, qui accorde au fasciste une absolution totale, l'exalte dans ses forfaits, le rémunère, le récompense, lui octroie un nouveau corps, sain (*heil*).

Il ne s'agit donc jamais seulement de la mise à mort, mais aussi d'une re-naissance institutionnalisée. Ainsi, pour le corps *de l'Allemand*, les camps de concentration n'ont pas uniquement été conçus comme des usines d'extermination. C'étaient aussi de *vastes laboratoires d'expérimentation* destinés à *donner naissance* au surhomme aryen à venir. Celui-ci était censé surgir de la mort des Juifs. L'*énergie* supérieure de tout ce qui était « juif » devait se fondre dans le nouveau « sur-corps » allemand. Ce n'est donc pas un processus qui s'expliquerait simplement par la « haine de tout ce qui est juif », selon l'analyse très superficielle de Daniel Jonah Goldhagen, que Jonathan Littell critique à juste titre. Il s'agit plutôt d'une *jalousie* fondamentale ; une *jalousie* et une *colère* contre le statut de « peuple élu » que « l'Allemand » en tant qu'« aryen » revendique évidemment pour lui-même. L'État hitlérien était la superstructure organisatrice de cette permission auto-accordée de tendre vers une totalité corporelle à travers le meurtre des Juifs ; meurtre autorisé, ressenti de manière orgiaque et censé faire advenir « l'homme nouveau ».

J'insisterais encore davantage que dans les *Männerphantasien* sur le fait qu'une telle sensation est conditionnée par le déplacement de l'ensemble de la sexualité du principe de plaisir vers un « principe de douleur et de violence ». Les jeunes gaillards étudiés par Rigoberta Menchú vont jusqu'à « baiser » un corps dont ils ont déjà coupé plusieurs membres. Leur « sexualité » est à ce point déphasée que leur sexe paraît ne plus pouvoir être excité par autre chose que des actions ou fantasmes violents. Le « travail », la « naissance », la « sexualité » occupent l'intériorité psychiquement dévastée et institutionnellement restructurée du corps fasciste *sous une forme inversée*. Le travail représente pour les fascistes un effort de répression contre leur propre corps, ils ne naissent à eux-mêmes qu'en supprimant la vie d'un autre, leur sexualité se résume à l'exercice de la violence dans de grands éclats de rire. Qu'on se reporte à tous ces « visages joyeux » sur les photos accompagnant le texte de Jonathan Littell. « Le fasciste » est joyeux, rieur, fier comme

un gamin, parfois saisi par le sublime (ou au contraire à terre, accablé par la plus profonde des *dépressions*).

Le corps fragmenté de cet homme régi par des institutions se caractérise par une activation/désactivation compulsive d'attitudes et de perceptions. Il allume, il éteint. Commutations. *Clivages*. Un corps arrive, un autre s'en va, ce qui provoque l'étonnement infini des « autres » : « Est-ce toujours la même personne ? » Non, ce n'est pas la même personne. Le corps individuel, le corps partiellement anesthésié, le corps obéissant comme le corps transgressif cohabitent dans le corps du mâle soldatisé, juxtaposés, commutables. En tant que producteur de réalité, le « fasciste » est un répertoire institutionnel de postures doté d'un commutateur. Son « bonheur » procède de ce qu'il répond à ce qu'on attend de lui et qu'il fonctionne en conséquence.

C'est ainsi que je conçois le « fonctionnement » d'Eichmann. Idéologiquement, il n'a même pas besoin d'être un « antisémite », comme le remarque justement Jonathan Littell. C'est un antisémite *fonctionnel* : « Nous devons nous débarrasser d'eux ! Et c'est à "Eichmann" d'organiser ça ! » Il ne lui en faut pas plus. Et pourtant, contrairement à ce que pensait Hannah Arendt, cela n'est ni « froid » ni « banal », c'est même le *bonheur suprême* de ce fonctionnaire. Il est *exterminateur* dans la mesure où il n'*a besoin* d'aucun autre sentiment de soi. Du moment qu'on le laisse faire, *rien ne manque à son bonheur*, il est un *nazi fervent* — comme le montre, me semble-t-il, l'excellent documentaire *Un spécialiste*, consacré à Eichmann par Rony Brauman et Eyal Sivan. L'obsession de Himmler pour la « solution finale » gênait l'équilibre qu'Eichmann avait trouvé dans son « travail », qui consistait à débarrasser, « avec le moins d'accrocs possible », le *corps* social allemand (*Volks*körper) de toute « judéité » ; tandis que le « plaisir » de Himmler procédait de l'extermination. La majorité des Allemands naviguaient émotionnellement entre ces deux pôles, avec une prédilection pour le pôle incarné par Himmler, pour autant que je puisse en juger de ma connaissance des Allemands de l'après-guerre, c'est-à-dire de la génération des parents.

Mon père, un brave employé des Chemins de fer, trouvait qu'on en avait sans doute tué quelques-uns *de trop*. Il disait ça *sans émotion aucune*. Les sentiments, c'est-à-dire les larmes, ne lui venaient que lorsqu'on lui racontait comment des partisans russes avaient assassiné de braves soldats allemands dans une embuscade. Dans une interview accordée à Jesús Ruiz Mantilla, Jonathan Littell dit qu'il lui « paraît toujours aussi étrange qu'il reste de la place dans la tête des assassins pour aimer leurs enfants, leur famille — et qu'ensuite ils se remettent à torturer leurs semblables et les enfants de leurs semblables ». Ce mystère a été l'une de mes principales motivations pour me plonger durant cinq ans dans les abîmes de la « littérature » fasciste allemande. J'ai été élevé par des antisémites « modérés » et russophobes acharnés, qui en même temps investissaient toute leur énergie dans les soins dont ils entouraient leurs six enfants ; qui renonçaient à tout luxe, à tout confort, aux voyages ; qui ne s'autorisaient pas grand-chose, sauf lors des grandes fêtes de famille ; qui n'étaient pas non plus simplement *méchants*. Non, ils s'occupaient de nous, la mère, en accomplissant ses tâches domestiques, chantait à longueur de journée tout le répertoire des chansons populaires allemandes ; ils avaient « bon cœur ». Mais aucun recoin de ce cœur ne pouvait s'ouvrir à ce qui était « juif », même longtemps après la guerre. De vrais *fous* ! Comment pouvait-on vivre sans *chercher* ne serait-ce qu'un début d'explication au *fonctionnement psychophysique* de tels corps ? Comment pouvait-on vivre en étant leurs *rejetons* ? Et bon sang, que portait-on en soi de tout cela ? Aujourd'hui, je ne comprends toujours pas pourquoi *l'ensemble des enfants* de ma génération n'ont pas été obligés de devenir plus ou moins *psychanalystes*.

J'ai pu observer sur mon père et sur les membres de son entourage qu'ils n'étaient pas des nazis d'un point de vue « idéologique ». Ils n'étaient pas en mesure « intellectuellement » de réciter l'inepte chapelet nazi, encore moins de le défendre. Ils étaient des nazis *corporellement* ; une partie de leur corporéité réclamait l'« anéantissement » d'autrui, de formes de vie divergentes. On pouvait soi-même faire partie de ces dernières, lorsque les parents qui nous élevaient avaient des éruptions de colère qui nous incluaient dans ces menaces de mort. Et en même temps ils évoquaient en permanence leur « culture supérieure ». Comment était-ce possible ?

Lorsque mes recherches se sont heurtées au constat que les réponses freudiennes n'expliquaient pas de manière satisfaisante l'obsession d'anéantissement des nazis et de leur génération de tueurs, j'ai dû aller puiser ailleurs ; une aide significative m'a notamment été fournie par l'« antipsychiatrie » française, Deleuze, Guattari. Jonathan Littell cite ces noms et d'autres dans son texte. Avec le recul, j'y associerais plus étroitement Pasolini. Dans son dernier film, il trace une ligne qui part de la Sodome biblique, traverse l'Antiquité et rejoint les tortionnaires de *L'Enfer* de Dante ; elle se poursuit par les sévices des libertins sadiens, passe par les SS pour aboutir au colonialisme-soldatisme de l'Italie moderne, au cours des années 70 du siècle dernier. Pasolini voit dans toutes ces étapes différentes configurations du « même » : le *fasciste universel au rire sarcastique, la main à la braguette*, se masturbant tandis que les victimes se tordent de douleur sous ses yeux, qu'elles sont exécutées, brûlées, dépecées. C'est une culture de l'anéantisseur qui s'est insinuée dans nos sociétés dès le début de notre « civilisation », qui a toujours été présente quelque part. Nous mourons, lui se branle, tout en tenant un discours *saturé de culture*.

Dans une interview accordée à la *Frankfurter Allgemeine Zeitung* du 28 novembre 2007, Claude Lanzmann loue l'« absolue exactitude » du roman de Jonathan Littell. « Tout est vrai. Les noms des personnes, des lieux. » Mais il achève son entretien par ces mots : « Littell a inventé la langue des bourreaux. Or, pour moi, les bourreaux ne parlent pas comme chez Littell — les bourreaux ne parlent pas du tout. » Sur ce point, Lanzmann se trompe. Les bourreaux ont refusé de parler *face à sa caméra*, c'est vrai. Mais *entre eux* ils ont toujours parlé beaucoup et de bon cœur ; je me borne ici à renvoyer au discours de plusieurs heures que Himmler a tenu devant ses hommes, les principaux meneurs SS, à Posen (aujourd'hui Poznań) en octobre 1944 (Romuald Karmakar en a tiré un film instructif). Par ailleurs, ils n'ont cessé d'*écrire* ; ils ont exhibé leurs actes et se sont exhibés eux-mêmes en tant que véritables *piliers culturels* de l'Europe face à la menace d'une nuée de sous-hommes orientalo-bolcheviques. D'innombrables pages célèbrent leurs corps frappés de têtes de mort, érigés comme derniers remparts contre l'engloutissement de l'Occident. Seulement, on a (la plupart du temps) refusé d'y prêter une attention soutenue. On disait : « On les connaît », ces inepties débitées par les fascistes. Oui, on connaît leur idéologie « du sang et du sol ». Elle est facile à réfuter. C'est un jeu d'enfant pour le moindre petit rédacteur de tracts de gauche.

Or le « fascisme » est un état corporel ; une *matière* dangereuse, qui pousse *puissamment et violemment* à un ajustement, une soumission de l'état du monde à l'état du corps fasciste.

Jonathan Littell, qui n'a pas travaillé à son texte sur Léon Degrelle après mais pendant l'écriture des *Bienveillantes* — c'est-à-dire *pendant* qu'il construisait la langue de l'officier SS Maximilien Aue —, prouve ce faisant qu'il n'a en aucune façon *inventé* la langue de son protagoniste, contrairement à ce que pense Lanzmann. Littell ne se contente pas de reproduire avec exactitude « les faits, les noms et les lieux », il a aussi étudié très attentivement le matériau linguistique disponible des « bourreaux », dont celui rassemblé dans *Männerphantasien* ; et il lui a également fallu cinq ans pour rédiger son roman. Pour celui qui veut donner une forme littéraire cohérente aux résultats de recherche obtenus, ces cinq ans représentent une durée minimale pendant laquelle il doit étudier de façon approfondie l'horreur du corps fasciste, la digérer, afin d'éviter de vomir en permanence, d'être brisé par elle.

Un grand nombre de personnes ont lu et loué *Männerphantasien*, surtout dans les milieux universitaires américains. Peu se sont vraiment appuyés sur l'ouvrage pour leurs recherches ; manifestement, c'est trop douloureux. Ainsi l'étude que Jonathan Littell a consacré au « fils d'Hitler » belge Léon Degrelle m'a-t-elle d'autant plus intéressé. À présent, j'attends la traduction allemande des *Bienveillantes*.

Fribourg-en-Brisgau, décembre 2007

Le commandant tchétchène Chamil Bassaev, le 11 août 1999, dirigeant une incursion rebelle au Daghestan, dans la région de Botlikh.

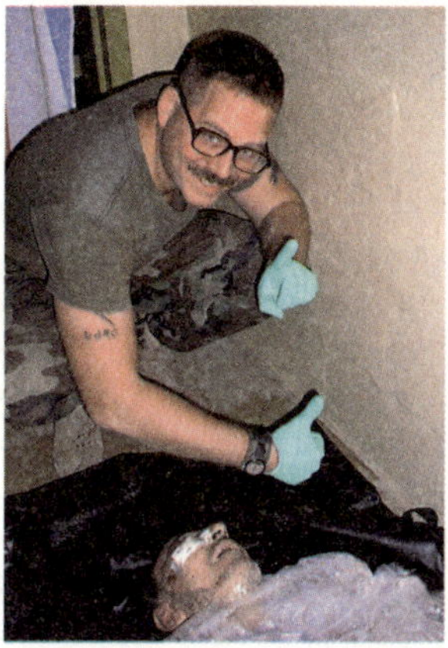

Le caporal américain Charles Graner posant le 4 novembre 2003 dans la prison d'Abu Ghraib devant le cadavre d'un détenu mort sous la torture.

Le sourire hilare du mâle-soldat, son exultation corporelle devant la mort qu'il donne, n'est pas, comme on le voit ici, une particularité du « fasciste » ou du nazi. Ce constat soulève certaines questions, à commencer par celle des limites du champ d'application des théories de Theweleit : qu'elles puissent facilement être étendues à l'ensemble du monde occidental, à des Français ou à des Américains par exemple, je le crois, et il me semble que mon étude du texte de Degrelle le démontre ; mais qu'en est-il du terroriste suicidaire islamique, du combattant tamoul ou tchétchène (comme Bassaev), du génocidaire rwandais, du coupeur de bras sierra-léonais[1] ? On connaît l'échec de toutes les tentatives pour étendre la psychanalyse freudienne aux peuples non européens (mais les théories de Theweleit ne sont-elles pas précisément post-freudiennes, proches de l'école « antipsychiatrique » de Deleuze et Guattari ?). Sans même s'éloigner autant des *Freikorps* et des nazis, il faudrait peut-être tout d'abord mener ce type d'étude sur la production, verbale ou écrite, de bourreaux ou simplement de militants

1. Le magnifique livre de l'ancien enfant-soldat Ishmael Beah, *A Long Way Gone*, devrait être attentivement lu dans cette perspective : si presque chaque meurtre — ceux commis par les rebelles comme ceux, souvent atroces, commis par le narrateur — y est accompagné par un grand éclat de rire, il n'y a par contre aucune trace dans ces Mémoires de l'imagerie délirante, féminine et liquide, qui hante et travaille toute la littérature « fasciste ».

staliniens, et voir si l'on peut dégager de cette production — où les clichés idéologiques de « marée rouge » et de « pute bolchevique » n'ont bien entendu pas cours, mais sont remplacés par d'autres, peut-être tout aussi analysables — des correspondances rigoureuses (même si inversées) ou au contraire des divergences fortes avec la figure du « mâle-soldat pas-encore-complètement-né » dégagée par Klaus Theweleit.

Lui-même reconnaît que sa pensée évolue : si, par exemple, les *Männerphantasien* semblent suggérer que la structure mentale du « fasciste », une fois fixée dès le plus jeune âge, n'évolue plus, il tendrait aujourd'hui à voir cela davantage comme un continuum, un moment d'une évolution : le « fasciste » pourrait donc « guérir » ? Ou bien, par le combat et le meurtre, parachever les défenses de son corps, de son Moi extériorisé, pour parvenir à un point d'équilibre, voire de *statis*, où son fascisme ne relèverait vraiment plus que du domaine de l'opinion politique ? À l'inverse, un homme dit « normal » pourrait-il devenir un « fasciste » ? Problème théorique grave : si le « mâle-soldat/fasciste » est un homme resté bloqué à un stade antérieur à la formation du Moi autonome, comme l'affirme Theweleit, comment un homme ayant achevé un développement psychique ordinaire, névrotique ou non, mais en tout cas relevant de l'Œdipe, pourrait-il sous la pression des circonstances (appelé à dix-huit ans pour être envoyé au front, par exemple) devenir un « fasciste » ? Un « tueur ordinaire », certes, cela on le sait bien (voir les travaux de Christopher Browning) ; mais un « fasciste » dans l'acception theweleitienne du terme ? Klaus Theweleit, lui, semble penser que c'est possible : « Même des tueurs normaux deviennent le tueur qui rit », m'a-t-il dit. Car il pense que « tout homme a en lui une part de ce corps, du corps du "mâle-soldat" » — tout homme, ou, tout au moins, ceux qui acceptent de passer à l'acte. Je n'en suis pas si sûr, sans pourtant avoir de réponse définitive. Il me semble évident qu'un homme poussé par son psychisme à s'engager volontairement dans un groupe constitué dédié à la violence extrême, comme les *Freikorps*, la Légion étrangère, les paramilitaires sud-américains, les forces spéciales russes ou américaines, ou bien encore al-Quaida, n'est pas dans la même situation que les millions d'appelés des guerres de masse modernes, ou les centaines de milliers de fonctionnaires de carrière impliqués, de par leur position, dans des processus d'extermination ou de torture bureaucratisés. Eichmann m'apparaît, ici, comme le cas-limite, et mon interprétation de son langage et de ses postures corporelles diffère nettement de celle avancée par Theweleit. La question, pour l'instant, doit rester ouverte.

J. L., décembre 2007

Annexes

L'édition originale de 1949.

La réédition de 1987.

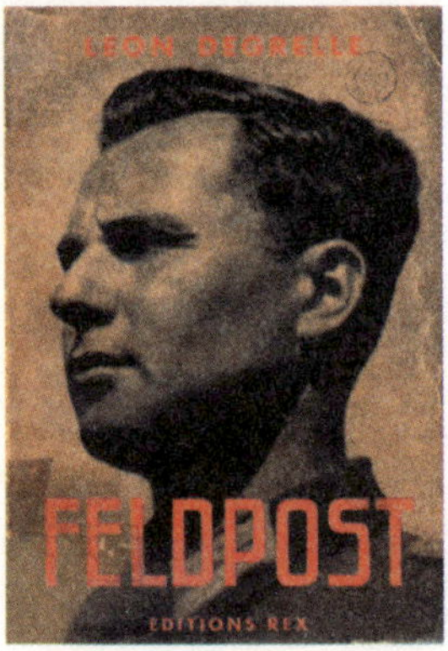

La version primitive de 1944.

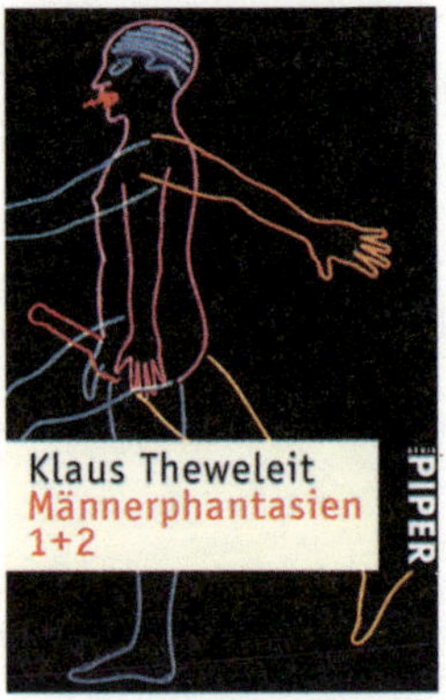

Un chef-d'œuvre encore jamais traduit en français.

SOURCES

Le texte

DEGRELLE, Léon, *Feldpost* (Ignis, 1942). Une version primitive de *La campagne de Russie*, frappée d'interdiction en 1944 par la justice belge.

– *La campagne de Russie, 1941-1945* (La Diffusion du Livre, Le Cheval Ailé, 1949). 1re édition.

– *Front de l'Est, 1941-1945* (La Table Ronde, Paris, 1969). Le même texte, réédité sous un autre titre.

– *La campagne de Russie, 1941-1945*, préface de Jean Mabire (Art et Histoire d'Europe, 1987). C'est l'édition d'après laquelle je cite. Selon un site d'extrême droite qui reprend en format pdf l'édition de 1949, celle-ci comporterait nombre de modifications dues aux éditeurs; mais je n'ai pas cherché à comparer les deux textes.

– « Un appel aux Français! AUX ARMES POUR L'EUROPE », discours prononcé le 5 mars 1944 au Palais de Chaillot, Paris. Texte disponible en ligne.

– *Tintin mon copain* (Éditions Pélican d'or, Klow, Syldavie, 2000). L'éditeur et la date de ce livre posthume, certainement retravaillé par un membre de l'entourage de Degrelle, sont fictifs. Diffusé sous le manteau, il est disponible sur internet, et se trouve chez des libraires spécialisés en Belgique.

Sources historiques

[Note : cette liste sélective ne comporte que les ouvrages cités dans le texte.]

BALACE, Francis, et COLIGNON, Alain, « Quelle Belgique dans l'Europe allemande? », in *Jours de guerre*, n° 10 (RTBF-Crédit Communal, 1994), pp. 7-41.

COLIGNON, Alain, « Degrelle », notice biographique de *La nouvelle biographie nationale* éditée par l'Académie royale de Belgique (Mardaga, 1980).

– « Le mythe Tintin, retour sur le passé d'Hergé », entretien publié dans *Regard*, 8 mai 2001.

De Bruyne, Eddy, *Les Wallons meurent à l'Est* (Didier Hatier, 1991).
– « En avant Bourguignons ! », édité en ligne sur son site *Léon Degrelle 1941-1945*.
– « Légion Wallonie » (en anglais), édité en ligne.
– « Degrelle's war-time years in a nutshell » (en anglais), édité en ligne.
– « Sigmaringen or Degrelle vs. the French Collaboration in exile 1944-1945 » (en anglais), édité en ligne.
– « Le corps des officiers belges pendant la Seconde Guerre mondiale : le cas de Lucien Lippert », édité en ligne.

Autres documents

Charlier, Jean-Michel, *Auto-portrait d'un fasciste*, film documentaire, 1978. Interdit de diffusion en France, partial et hautement sujet à caution, ce film peut être visionné sur internet.
Mabire, Jean, et Lefèvre, Éric, *Légion Wallonie, 1941-1945* (Art et Histoire d'Europe, 1988). Ouvrage à la gloire de la Légion, illustré de 650 photos.

Sources théoriques

Deleuze, Gilles, et Guattari, Félix, *Capitalisme et schizophrénie*, t. 1 : *L'anti-Œdipe* (Minuit, 1972).
Theweleit, Klaus, *Männerphantasien*, t. 1 : *Frauen, Fluten, Körper, Geschichte* (Stroemfeld, Roter Stern, 1977).
– *Männerphantasien*, t. 2 : *Zur Psychoanalyse des Weißen Terrors* (Stroemfeld / Roter Stern, 1978).
– Réédition en livre de poche : *Männerphantasien 1 und 2* (Piper, 2000). Livre hélas non disponible en français. Pour ceux qui, comme moi, ne lisent pas l'allemand, ne reste que l'édition américaine :
– *Male Fantasies*, deux volumes (University of Minnesota Press, 1987). C'est d'après celle-ci que je cite et traduis. Il existe aussi des traductions en serbo-croate, en suédois, en néerlandais et en italien.

REMERCIEMENTS

Je tiens à remercier un certain nombre de personnes, sans qui ce livre n'aurait pu exister dans sa forme actuelle :

Au Ceges/Soma, qui m'a fourni une bonne partie de l'iconographie présentée ici, Rudi Van Doorslaer, Chantal Kesteloot, Anne Roekens, Mareike Post, et surtout Alain Colignon, dont j'ai particulièrement apprécié la disponibilité et l'humour.
Eddy De Bruyne, qui a généreusement mis à ma disposition ses archives personnelles.
Francis Balace, de l'Université de Liège.
Kristoph Tassin, pour la collection de son grand-père.
Stéphane Steeman.

Aux Éditions Gallimard, Antoine Gallimard, Pierre Nora, Richard Millet, Dominique Froelich, Claudie Dupont-Pommat, Pascal Fiévé, Pascale Richard, et Thomas Simonnet, ainsi que les nombreuses autres personnes de la maison qui ont apporté leur concours à ce livre, parfois sans que je le sache.

Pierre Monestier, pour une couverture qui ne fut pas.

Et enfin Maurice Jeanmart, pour les nombreuses clefs, offertes au fil des années, aux portes sans cesse démultipliées de la belgitude.

CRÉDITS PHOTOGRAPHIQUES

Pages 11, 15h, 21, 22h, 45b, 56, 61b, 120-121 : collection Ceges. 12, 18, 22b, 30, 31, 37b, 38hg, 38hd, 38bd, 49, 61h, 66, 92d, 97, 98, 107, 108, 112g, 115, 120, 138h, 138bg : droits réservés. 15b, 45h, 50, 56b, 68, 74h, 79b : Alexis-D.R. 30d : Bundesarchiv Coblence. 37h, 38bg : droits réservés/ collection Eddy De Bruyne. 67 : TopFoto/Roger-Viollet. 74b : Jean Lekeux-D.R. 79h : Russian State Archive for Film and Photographic Documents, Krasnogorsk. 88 haut et bas : United States Holocaust Memorial Museum, Washington [Les opinions exprimées dans ce livre et le contexte dans lequel ces deux images sont utilisées ne représentent pas nécessairement les opinions ou les positions du United States Holocaust Memorial Museum et leur utilisation n'implique en aucune manière son approbation ou son soutien.]. 92g : AFP. 103 : Wadsworth Atheneum Museum of Art, Hartford (USA). 112d : Jacques de Schutter-D.R. 126-127 : Jules Matthieu-D.R./collection Eddy De Bruyne. 135g : AP/Sipa. 135d : AFP courtesy ABC News. 138bd : Piper Verlag, Munich.

Page 105 : © ADAGP, 2008 pour l'œuvre de Max Ernst.

TABLE DES MATIÈRES

Ma campagne de Russie 9

Des mots 24

Le rigide 35

L'ennemi 41

De la colonisation allemande comme opération de maintenance du Moi 43

Le fasciste ne se rend pas, il coule 47

Corps secs, cadavres humides 52

Le retour du refoulé 70

La grenouille 72

Le ventre 75

L'autre ennemi 81

Le Juif 85

Le père est mort, vive le fils 90

« Thalassa ! Thalassa ! » 99

Boudu sauvé des eaux 109

POSTFACE *de Klaus Theweleit* 117

POST-SCRIPTUM 135

ANNEXES

Sources 139

Remerciements 141

Crédits photographiques 142

Composition Qualame.
Photogravure IGS.
Achevé d'imprimer par l'imprimerie Clerc
à Saint-Amand-Montrond le 09 avril 2008.
Dépôt légal du 1er tirage : mars 2008.
Dépôt légal : avril 2008.
Numéro d'imprimeur : 9675
ISBN 978-2-07-011945-5 / Imprimé en France.

160542

Brainpower Training

Marilyn vos Savant

Brainpower Training

Das Aktivprogramm für Wissen und geistige Fitness

Bechtermünz Verlag

Inhaltsverzeichnis

7 Danksagung
7 Vorwort

TEIL I
Gedächtnis und Erinnerungsvermögen

Kapitel 1: Gedächtnis und Erinnerungsvermögen — **Psychologie**
14 Aussagen und Begriffe
22 Zahlen und Namen

Kapitel 2: Literaturkenntnisse — **Weltliteratur**
30 Allgemeine Kenntnisse
38 Fachkenntnisse

Kapitel 3: Wortschatz — **Wirtschaft**
46 Allgemeiner Wortschatz
54 Fachwortschatz

Kapitel 4: Schriftliches Ausdrucksvermögen — **Philosophie**
62 Klarheit und Folgerichtigkeit der Gedanken
71 Treffende Formulierung der Gedanken

Teil II
Verstehen und Begreifen

Kapitel 5: Verstehen und Hinterfragen — **Humanbiologie**
80 Das Wie verstehen
88 Das Warum verstehen

Kapitel 6: Logik und Schlußfolgerung — **Mathematik**
96 Mathematische Logik
106 Logisches Denken

Kapitel 7: Einfallsreichtum und Inspiration Naturwissenschaften
115 Einsicht und Aha-Erlebnisse
123 Kreativität

Kapitel 8: Verschlüsselte Informationen Film
131 Zahlencodes
143 Buchstabencodes

Teil III
Konkretes Denken

Kapitel 9: Bildnerisches Denken Kunstgeschichte
153 Was stimmt hier nicht?
178 Was fehlt hier?

Kapitel 10: Gemeinsamkeiten und Unterschiede erkennen Religion
196 Auffällige Ähnlichkeiten
207 Grundlegende Unterschiede

Kapitel 11: Fähigkeit zur Analogiebildung Politikwissenschaft
215 Standardanalogien
224 Gegensatzpaare

Kapitel 12: Logisches Denken Geschichte
231 Logische Abfolge von Ereignissen
240 Zeitliche (chronologische) Abfolge von Ereignissen

Teil IV
Abstraktes Denken

Kapitel 13: Räumliches Vorstellungsvermögen Geometrie
248 Dreidimensionalität
256 Vierdimensionalität

	Kapitel 14: Orientierungsvermögen	**Geographie**
265	Auf lokaler Ebene	
276	Auf globaler Ebene	
	Kapitel 15: Strukturelles Denken	**Poesie**
287	Schnelligkeit	
295	Genauigkeit	
	Kapitel 16: Augen-Gehirn-Koordination	**Musik**
303	Schnelligkeit	
310	Genauigkeit	
317	Über die Autorin	
319	Register	

Danksagung

Mein besonderer Dank gilt Richard Romano, meinem „Freitag", der die gesamten (beträchtlichen) Recherchen für dieses Buch erledigt hat. Er hatte ein Auge auf die Fehler, lehrte mich nebenbei den Wert eines wirklich schlechten Witzes erkennen, und er hat auch noch einen Großteil des ersten Entwurfs mit zwei Fingern getippt (na ja, manchmal auch mit dreien). Vielleicht hat er mich deshalb ständig angefleht, ihn stundenweise zu bezahlen ... Die Verschandelung der schönsten und teuersten Kunstwerke der Jahrhunderte geht komplett auf die Kappe von Nat Estes. *Wir* hingegen sind zu bescheiden, um zu behaupten, daß wir etwas damit zu tun hatten.

Vorwort

Wer hat noch nie gesagt (und noch viel öfter *gedacht*) „Manchmal glaube ich, bereits alles Gelernte aus der Schulzeit vergessen zu haben?" Es ist nicht nur eine der häufigsten Klagen, wenn unser Gedächtnis nachzulassen scheint, sondern zeigt auch die Unzulänglichkeiten unserer Ausbildung auf.

Hinzu kommt, daß unser Leben in den letzten Jahren immer stärker konkurrenzbestimmt geworden ist. Diese Situation wird noch durch unsere stark computerisierte und informationsorientierte Gesellschaft verschärft. Es ist nicht leicht, mit dieser Entwicklung Schritt zu halten. Denken Sie nur an all das, was Sie gerne tun würden, sich aber den Anforderungen nicht gewachsen fühlen, wie z.B. sich selbständig zu machen oder sich aktiver in sozialen Belangen zu engagieren. Ein sehr wichtiger Teil der Ausbildung sollte nicht die reine Ansammlung von Wissen sein, sondern das Selbstvertrauen zu stärken. Denn ist letzten Endes nicht Selbstvertrauen der *wahre* Schlüssel zum Erfolg? Und wer würde sich nicht selbstbewußter fühlen, wenn er ein besseres Denkvermögen besäße? Fügen Sie noch „Wissen" als weitere Zutat hinzu, und Sie haben das Rezept für den Erfolg.

Nun sagen Sie vielleicht: „Das ergibt zwar einen Sinn, aber muß ich nicht in erster Linie auch intelligent genug sein?" Keine Angst. Sie sind es. Die meisten Leute sind weitaus intelligenter, als sie glauben.

Intelligenz ist eines der faszinierendsten Geheimnisse des Lebens. Keiner weiß, wie wir sie erlangt haben, wieviel davon wir besitzen oder was sie eigentlich genau ist. Doch Intelligenz strahlt eine noch stärkere Anziehungskraft aus als Geld. Und die meisten Menschen besitzen davon – wie vom Geld – eine durchschnittliche Menge, manche wiederum sehr viel und manche sehr wenig. Eines jedoch ist sicher: Wir alle wollen mehr.

Was hält uns dann davon ab, unsere Intelligenz zu fördern?

Obwohl jeder Mensch einen anderen (genetisch festgelegten) Körperbau hat, denken die meisten, sie könnten verhältnismäßig einfach durch einen guten Haarschnitt, gutsitzende Kleidung und charmantes Verhalten attraktiver werden – was natürlich stimmt. Könnten Sie entscheiden, wer mehr Sex-Appeal hatte: Clark Gable oder Humphrey Bogart? Vivian Leigh oder Bette Davis? Unmöglich festzustellen.

Obwohl wir unseren Körperbau also geerbt haben, können wir unser Aussehen und unsere Gesundheit verbessern, wenn wir viel und regelmäßig Sport treiben. Linda Hamilton und Raquel Welsh haben zwar nicht viel miteinander gemein, aber beide besitzen wunderschöne Körper – und die haben sie nicht in einer „Genetik-Lotterie" gewonnen. Raquel ist eine Fitneßexpertin, und Linda hat ihren zartgebauten Körper durch hartes Training gestählt.

Und was ist nun mit Geld? Wir wissen natürlich, daß auch Geld vererbt wird! Wir mögen andere Menschen genauso um ihr Geld beneiden, wie wir sie um ihre schönen Augen beneiden, aber wir wissen auch, daß da noch etwas anderes mitspielt: „Jeder ist seines Glückes Schmied." Das heißt, wenn man hart arbeitet und seine Ideen gewinnbringend umsetzt, kann man etwas verändern – und zwar *viel* verändern.

Irgendwann meint man festzustellen, daß man mit seiner Intelligenz auf einer bestimmten Stufe *stehengeblieben* ist – aber genausogut könnte man behaupten, daß das eigene Aussehen nicht mehr verändert werden kann! Was den Körper betrifft, geht das natürlich nur bis zu einem gewissen Grad, da wir aus ihm nicht herauskönnen, aber warum sollten wir so leichtfertig eine Möglichkeit zur geistigen Selbstverwirklichung aufgeben? Wie würden wir aussehen und wo wären wir, wenn wir sagten: „Weil ich nicht attraktiv, stark oder reich *auf die Welt gekommen bin,* brauche ich mich wohl nicht gut zu kleiden, Sport zu machen oder hart zu arbeiten." Oder: „Weil ich alles in der Schule Gelernte vergessen habe, brauche ich nun nicht einmal *versuchen,* meinen Verstand wieder zu trainieren." Solche Aussagen wären absurd. Natürlich können wir etwas tun, wir *sollten* es sogar. Und zwar aus folgendem Grund:

Ein wacher Verstand ist – wie ein Kunstwerk – etwas Schönes. Er hebt uns über das Gewöhnliche hinaus – ob wir nun gut aussehen, tapfer sind oder keines von beidem – und läßt uns daher den Poeten erstrebenswerter erscheinen als den Prinzen. Ein wacher Verstand kann uns faszinieren, erheitern, gefangennehmen. Wenn wir die größten Künstler, Schriftsteller und Politiker der Geschichte betrachten, wünschen wir oft, wir könnten diese Menschen sehen, sie kennenlernen und mit ihnen leben – kurz, sie *sein.*

Aber warum? Bestimmt nicht aufgrund ihres Aussehens oder ihres Körperbaus! Wen kümmert es denn, wie viele Liegestützen Mozart schaffte? Es ist sein Geist, sein Verstand, der uns betört. Wenn wir die Möglichkeit hätten, ins Wien des 18. Jahrhunderts zurückzukehren, und wählen dürften, entweder einer von Mozarts gesunden, kraftstrotzenden Nachbarn oder Mozart selbst zu sein – wie würden wir uns wohl entscheiden? Und zwar nicht, weil unsere Körper unwichtig sind, sondern weil uns der Geist, der Verstand auch *wichtig* ist.

Selbst die Werbung und die Medien haben dies inzwischen erkannt und sich darauf eingestellt. Der amerikanische Fernsehsender *ABC World News* beispielsweise will seine Zuschauer mit folgender Werbung ködern: „Sehen Sie sich die Nachrichten mit mehr Verstand an." Dieser Satz steht über einer Fotografie von Peter Jennings, und die Plakate hängen an allen Bushaltestellen und Straßenecken. Eine Titelstory der Zeitschrift *Fortune* trägt die Überschrift: „Die Macht des Gehirns: Wie intellektuelles Kapital zu Amerikas wertvollstem Besitz wird." Und der amerikanische Kongreß hat die neunziger Jahre zum „Jahrzehnt des Gehirns" erklärt. Schauspielerinnen, einst zufrieden damit, wegen ihres Aussehens bekannt zu sein, sehen nun gerade darin die größte Beleidigung ihres Berufes. Kurz gesagt, es war einmal klug, *attraktiv* zu sein. Doch diese Zeiten sind Gott sei dank längst vorbei. In den Neunzigern ist es attraktiv, *klug* zu sein.

Noch wichtiger ist, daß geistige Anziehungskraft – im Gegensatz zu körperlicher – nicht nur bleibt, sondern mit der Zeit sogar wächst. Wenn wir die Zwanzig, die Dreißig oder sogar die Vierzig hinter uns gelassen haben und befürchten, unsere Attraktivität ließe langsam nach – wäre es dann nicht großartig, intelligenter zu sein als je zuvor? Was bleibt denn länger und anhaltender im Gedächtnis? Das Gesicht oder die Intelligenz eines Mannes? Der Körper oder der Verstand einer Frau?

Doch bevor Sie gleich das erste Kapitel in Angriff nehmen, möchte ich Ihnen noch darlegen, was Sie von diesem Buch – für das Sie ja schließlich hart erarbeitetes Geld ausgegeben haben – erwarten können. „Brainpower-Training" reiht sich nicht in den aktuellen Trend psychologischer Bücher ein, in denen der Autor meist nur gute Ratschläge (basierend auf seinen eigenen Erfahrungen) gibt, wie man Pläne erfolgreich umsetzen kann – vielleicht hat der Autor dies ja tatsächlich geschafft, vielleicht wollte er aber auch nur berühmt werden! „Brainpower-Training" ist ein Arbeitsbuch, das heißt, in den einzelnen Kapiteln werden bestimmte Fähigkeiten trainiert, die von den Autoritäten der Psychometrie für die grundlegenden Indikatoren der menschlichen Intelligenz gehalten werden. Diese Fähigkeiten bzw. Talente werden auch in Schulen, an Arbeitsplätzen, in der Regierung und der Armee getestet.

Doch dieses Buch ist nicht dazu gedacht, Ihnen beizubringen, wie Sie solche Tests besser bestehen können – dieses Ziel wäre zu niedrig gesteckt. Nein, es soll Ihnen helfen, generell besser durchs Leben zu kommen. Wenn Sie Ihre intellektuellen Fähigkeiten ausbauen und dabei einen Großteil Ihrer Schulbildung wieder auffrischen, dann erhöhen Sie Ihre Chancen beträchtlich, genau das zu erreichen.

Wie ist das Buch aufgebaut? Und wie arbeiten Sie damit?

Jedes Kapitel beginnt mit einigen Aussagen, zu denen Sie Stellung nehmen sollen. Mittels dieser Aussagen können Sie herausfinden, wie gut bestimmte Fähigkeiten bei Ihnen ausgebildet sind. Sie werden bestimmt einiges über sich selbst erfahren. Anschließend folgen einige Übungen, die genau darauf zugeschnitten sind, diese bestimmten Fähigkeiten zu trainieren – die Übungen sind anfangs leicht, mit der Zeit jedoch steigt ihr Schwierigkeitsgrad (manchmal *sehr!*). Sie sollten mindestens eine Gruppe von Übungen auf einmal angehen und anschließend Ihre Punktzahl notieren sowie die Zeit festhalten, die Sie für das Lösen benötigt haben. Aber nehmen Sie den Zeitfaktor nicht zu ernst – Sie werden nicht abgefragt, sondern sollen üben! Nehmen Sie sich deshalb so viel Zeit, wie Sie brauchen, um alle Übungen zu beenden, bevor Sie fortfahren. (Das ist auch einer der Gründe, warum Sie nicht soviel aus Ihrer Schulzeit behalten haben, wie Sie gerne hätten: Es wurde mehr Wert darauf gelegt, den Schüler mit Wissen „vollzustopfen" und daß er Prüfungen bestand, als ihm tatsächlich etwas Essentielles beizubringen. *Sie* sollen mit Hilfe dieses Buches Ihre geistigen Fähigkeiten verbessern, und es gibt keine Noten, über die Sie sich Sorgen machen müßten!) Trotzdem ist das Training des Verstandes – genau wie das Training des Körpers – nicht immer leicht. Wenn dem so wäre, könnte man schließlich keine Fortschritte machen.

Auf die Übungen folgen Tips und Anregungen, wie Sie die jeweiligen Fähigkeiten verbessern können. Manche Vorschläge werden Ihnen helfen, manche nicht; suchen Sie sich diejenigen aus, die Ihnen zusagen. Sie können natürlich auch jederzeit Variationen ausprobieren, wenn Ihnen welche einfallen. Sie kennen sich schließlich selbst am besten, also zögern Sie nicht, kreativ zu sein. Doch belassen Sie es nicht dabei. Machen Sie gleich mit der zweiten Gruppe von Übungen weiter, solange Sie das Thema noch frisch im Gedächtnis haben. Beginnen Sie mit den leichteren Übungen, und hören Sie mit den schwierigeren auf. Geben Sie sich wieder Punkte, und stoppen Sie die Zeit. Sollten Sie eine höhere Punktzahl als bei der ersten Gruppe von Übungen und weniger Zeit benötigt haben, dann herzlichen Glückwunsch! Das Training lohnt sich also, und Ihre geistigen Fähigkeiten nehmen zu.

Die zweite Hälfte eines Kapitels ist genauso aufgebaut, nur geht es darin um einen anderen Aspekt der jeweiligen Fähigkeit.

Denken Sie immer daran: Sie werden hier nicht abgefragt. Entspannen Sie sich also, und genießen Sie die Übungen – so, als würden Sie ein Kreuzworträtsel lösen. Vor allem sollten Sie sich so lange Zeit nehmen, wie Sie brauchen, um eine Antwort zu finden (oder aufzugeben). Das Buch weglegen sollten Sie immer erst, wenn Sie am Ende eines Kapitels angekommen sind. Ideal wäre das Durcharbeiten eines ganzen Kapitels pro Tag. Sollten Sie jedoch mehr Ambitionen haben, hindert Sie niemand daran weiterzumachen!

Die Übungen sind so angelegt, daß Sie Ihr bereits vorhandenes Wissen und Ihre Fähigkeiten erweitern. Deshalb arbeiten wir auch nicht mit (den für solche Bücher oft typischen) „unsinnigen" oder „weltfremden" Themen. Die Kapitel vermitteln Ihnen „echte" Informationen aus Bereichen, über die jeder Bescheid wissen sollte. Je vertrauter Ihnen diese Bereiche werden, desto mehr wächst jene Selbstsicherheit, die Sie als Grundlage brauchen, um sich mit bestimmten Themen näher zu beschäftigen – oder sei es auch nur, damit Sie sich auf der nächsten Cocktailparty etwas mehr entspannen können.

Dieses Buch vermittelt Ihnen (und arbeitet mit) Informationen aus den Bereichen Literatur, Kunstgeschichte, Philosophie, Wirtschaft, Psychologie, Weltgeschichte, Religion. Politik, Naturwissenschaften, Film und Musik. Mit anderen Worten: viel von dem Schulstoff, den Sie bereits fast vergessen haben. Doch keine Angst – es ist leichter, als es aussieht! Abgesehen davon müssen Sie den Stoff ja nicht lernen. Im Gegenteil: Im Laufe der Übungen werden Sie ihn ganz nebenbei aufnehmen, und ehe Sie sich versehen, schnappen Sie hier und dort bereits vergessen geglaubte Begriffe und Themen wieder auf und schließen Wissenslücken. Vielleicht überraschen Sie sich ja selbst dabei, daß Sie bestimmte Themen plötzlich interessant finden – oder daß sie ihren Schrecken verlieren.

Unser Ziel ist es zu erreichen, daß Sie mit Hilfe echter – und vor allem verwendbarer – Informationen in den Übungen ohne bewußte Anstrengung Wissen in sich aufnehmen. Und die Autorin ist sicher, daß Sie auf die eine oder andere Weise von diesem Buch bestimmt profitieren werden.

Also dann – viel Glück! (Auch wenn ich nicht glaube, daß Sie das wirklich brauchen.)

Marilyn vos Savant
New York, New York

TEIL I

Gedächtnis und Erinnerungsvermögen

Gedächtnis und Erinnerungsvermögen

Aussagen und Begriffe

K U R Z T E S T

→ **Haben Sie ein normales Gedächtnis? Überlegen Sie, ob folgende Aussagen auf Sie zutreffen:**

❶ Manchmal glaube ich, bereits alles in der Schule Gelernte vergessen zu haben, nur die Informationen und Sachkenntnisse nicht, die ich bei der Arbeit brauche.

❷ Wenn Sie mich fragen würden, was ich gestern in der Zeitung gelesen habe, könnte ich Ihnen nicht viel mehr als die Überschriften wiedergeben.

❸ Obwohl ich bestimmt schon eine ganze Menge wichtiger Informationen gelesen habe, kann ich offenbar nur wenige davon behalten.

❹ Ich hätte fürchterliche Angst davor, einen Vortrag ohne schriftliche Unterlagen zu halten, selbst wenn es um eines meiner Lieblingsthemen ginge.

❺ Ich verliere oft Dinge wie Sonnenbrillen und Regenschirme, weil ich sie z.B. beim Mittagessen vergesse oder im Taxi liegenlasse.

Selbst wenn all diese Aussagen auf Sie zutreffen, sind Sie vermutlich völlig normal! Aussage 1 trifft z.B. auf fast jeden zu. Und Aussage 4 hat mit dem Erinnerungsvermögen nicht das geringste zu tun; es bedeutet nur, daß man sich scheut, vor Menschen zu sprechen. Es wäre kein Problem für Sie, genauso lange und ohne Notizen zu einem Freund zu sprechen. Auch Aussage 5 hat nichts mit dem Gedächtnis zu tun, sondern deutet eher auf leichte Zerstreutheit hin. Doch gegen 2 und 3 etwas zu unternehmen, das könnte sich für Sie lohnen. (Wenn wirklich keine dieser Aussagen auf Sie zutreffen sollte, schreiben Sie mir unbedingt! Jeder meiner Bekannten würde Sie liebend gerne in seine Firma übernehmen.)

ÜBUNGEN

Trainieren Sie Ihr Gedächtnis anhand der folgenden Übungen aus dem Bereich der Psychologie. Lassen Sie sich ruhig Zeit, und überlegen Sie gründlich. Lesen Sie den Abschnitt einmal durch (aber ohne ihn zu „lernen"), und beantworten Sie dann in aller Kürze die Fragen, ohne jedoch noch einmal in den Text zu sehen. Denken Sie daran: Diese Übung dient dem Gedächtnistraining. Die Antworten dazu finden Sie am Ende der Übungen.

→ Die folgenden Neurosen werden als „Übertragungsneurosen" bezeichnet:

Als HYSTERIE bezeichnet man einen Zustand, in dem ein Angstgefühl so übermächtig wird, daß es einen Sinnesverlust (z. B. Blindheit) oder eine Lähmung (z. B. die Unfähigkeit zu gehen) hervorruft.

OBSESSION (Besessenheit) nennt man eine Störung, bei der unterdrückte – man vermutet sexuelle – Energie in eine sich ständig wiederholende, meist sinnlose Tätigkeit wie häufiges Händewaschen umgesetzt wird.

PHOBIE wird ein Angstzustand genannt, bei dem sich die Angst auf ein ganz bestimmtes Objekt oder eine konkrete Situation bezieht, z. B. Angst vor Katzen oder Höhenangst.

→ Und nun die Fragen:

❶ Welches Gefühl wird bei Hysterie übermächtig?
❷ Welche Art von sexueller Energie wird bei einer Obsession umgesetzt?
❸ Welcher besondere Zustand führt zu einer Phobie?

→ Die folgenden Neurosen werden als „Narzistische Neurosen" bezeichnet:

DEMENTIA PRAECOX ist eine Störung, die heute besser bekannt ist unter dem Begriff „Schizophrenie". Die betroffene Person leidet unter schweren Bewußtseinsstörungen, die ihre Wahrnehmung der Außenwelt stark beeinträchtigen.

MELANCHOLIE ist der Zustand tiefster Depression, die nicht notwendigerweise von einer manischen Phase begleitet sein muß.

Als PARANOIA bezeichnet man die Projektion einer Schuld, die völlig unrealistische Ausmaße angenommen hat und sich in einem krankhaften Wahn äußert, der zu einem gestörten Identitätsempfinden oder persönlichem Sicherheitsempfinden der betroffenen Person führt.

➔ Und nun auch zu diesen Neurosen einige Fragen:

❹ Wie wurde Schizophrenie ursprünglich bezeichnet?
❺ Wie wurde Depression ursprünglich genannt?
❻ Was hat bei einer Paranoia völlig unrealistische Ausmaße angenommen?

➔ Und hier sind die Antworten:

❶ ein Angstgefühl, ❷ unterdrückte sexuelle Energie, ❸ ein Angstzustand, ❹ Dementia praecox, ❺ Melancholie, ❻ die Projektion einer Schuld.

Nun, wie ist es gelaufen? Geben Sie sich für jede richtige Antwort einen Punkt. Die meisten Menschen werden hier ein bis zwei richtige Antworten haben, das ist normal. Drei bis vier Punkte sind wirklich gut, und fünf bis sechs hervorragend. Eine niedrige Punktzahl ist normal, weil man in der Regel eher wahrnimmt, was man schon kennt, als seine Aufmerksamkeit auf neue Informationen zu richten. Wenn wir z. B. einen Artikel über ein uns vertrautes Thema lesen, erinnern wir uns oft nur an das, was wir vorher bereits wußten. Über neue Informationen haben wir hinweggelesen, so, wie wir unbekannte Wörter überspringen.

➔ Für die Aufmerksamsten unter Ihnen folgen nun noch zwei Fragen, mit denen Sie „Extrapunkte" sammeln können:

❼ Wie hießen die erwähnten „Übertragungsneurosen"?
❽ Und wie hießen die „Narzistischen Neurosen?"

(Kleine Anmerkung: Wenn Sie gerade eine Therapie machen und deshalb im Thema drin sind, ist die Fragestellung natürlich viel zu leicht für Sie.)

Wie erinnert man sich an Aussagen und Begriffe?

Den Gedächtnisvorgang können wir uns als dreistufigen Prozeß vorstellen. Zuerst sehen oder hören wir eine neue Information, als zweites verarbeiten und organisieren wir sie im Kopf, und als drittes rufen wir die Information wieder ab, wenn wir sie benötigen. Egal welche dieser Stufen wir trainieren – es fördert in jedem Fall unser Erinnerungsvermögen. Die folgenden Vorschläge beziehen sich nur auf das Erinnern an Aussagen und Begriffe; auf Zahlen und Namen lassen sie sich nicht anwenden. Der Grund ist folgender:

Wenn wir uns an Aussagen und Begriffe erinnern sollen, arbeiten wir mit Konzepten, die wir wiedererkennen. Wir arbeiten mit Worten, die „wörtlich" etwas bedeuten, und mit Begriffen, die einen gewissen Bezug zum wirklichen Leben haben, also einen Sinn ergeben. Zahlen und Namen hingegen haben keinen solchen Bezug. So gibt es z.B. überhaupt keinen Grund, eine bestimmte Adresse mit dem Ort in Verbindung zu bringen, an dem ein Freund lebt, und das Aussehen eines Fremden gibt uns keinerlei Hinweise auf seinen oder ihren Namen. Man könnte es in etwa mit dem Erlernen einer fremden Sprache vergleichen.

Doch lassen Sie uns für den Moment noch bei der Erinnerung an Fakten und Begriffe bleiben. Vergewissern Sie sich, daß Sie die Informationen vor allem richtig in sich aufnehmen. Setzen Sie sich im Hörsaal ganz vorne hin, oder beugen Sie sich beim Essen vor, damit Sie der entsprechenden Person näher kommen. Selbst wenn der andere normal schnell spricht, bitten Sie ihn, das Gesagte noch einige Male zu wiederholen, als hätten Sie nicht richtig verstanden. Vermutlich bringt das den anderen dazu, immer etwas langsamer zu sprechen, was nur von Vorteil ist. Zudem: Wenn jemand weniger sagt, konzentriert er sich in der Regel auch eher auf die wesentlichen Informationen. Fragen Sie den Sprecher dann, welche nun die wichtigsten und erinnerungswertesten Informationen seiner Aussage waren. Er müßte dies am besten wissen, und Sie kommen in den Genuß einer kurzen Zusammenfassung.

Aber nehmen wir einmal an, Sie hören nicht, sondern lesen etwas, an das Sie sich erinnern möchten. Vermeiden Sie jede Ablenkung, selbst wenn Sie glauben, sie sei als „Begleiterscheinung" unerläßlich. Der Fernseher ist der größte Störfaktor, und das Radio ist auch nicht viel besser. Selbst die Gesellschaft anderer Menschen sollten Sie meiden, außer diese sind ebenfalls mit etwas beschäftigt und somit leise.

Weiter: Erinnern Sie sich noch daran, daß Ihnen in der Schule immer gesagt wurde, Sie sollten nicht jedes Wort einzeln lesen, sondern Ihre Augen über die ganze Zeile wandern lassen? Wörter für sich betrachtet ergeben nämlich nicht so leicht einen Sinn. Das Gedächtnis wird also verbessert, wenn man sich nicht zu sehr auf Einzelheiten fixiert, sondern statt dessen den Gesamtsinn zu erfassen sucht. Mit anderen Worten: Versuchen Sie, im Geist einen *Eindruck* vom Ganzen zu bekommen.

Um sich an größere Textabschnitte leichter erinnern zu können, ist es empfehlenswert, sich auf einige Schlüsselwörter zu konzentrieren. Dazu sollten Sie sich entspannen, die Wörter an sich vorbeitreiben lassen und nur die relevanten in sich aufnehmen. Auf diese Weise könnten Sie sich eventuell sogar Notizen machen.

Um etwas fest im Gedächtnis zu verankern, sollten Sie die gleiche Information lieber zweimal schnell hintereinander lesen als einmal langsam. Die Wiederholung ist das wichtigste Element für das Gedächtnistraining. Das heißt jedoch nicht, daß Sie sich für das Lesen mehr Zeit nehmen sollten. Lesen Sie das Ganze zweimal, aber auch doppelt so schnell.

Was tut man nun, wenn man sich an eine Aussage nahezu wörtlich erinnern soll? Versuchen Sie es damit: Schließen Sie die Augen, und schreiben Sie jedes Wort an eine imaginäre Tafel, wie ein Lehrer es tun würde. Bevor Sie die Augen öffnen, „lesen" Sie das Geschriebene noch einmal durch. Öffnen Sie dann die Augen, und „lesen" Sie es sofort noch einmal.

ÜBUNGEN

Und nun noch ein paar weitere Übungen:

→ Im folgenden werden die häufigsten „Abwehrmechanismen" vorgestellt:

VERLEUGNUNG bedeutet die vollständige Zurückweisung der Wirklichkeit oder bestimmter Aspekte der Wirklichkeit und kann zu einem Rückzug in ein Fantasieleben führen.

VERSCHIEBUNG (Verlagerung) bedeutet, ärgerliche Gefühle gegenüber einem „gefährlichen" Objekt (z. B. einer Person, die sich rächen könnte) auf ein weniger gefährliches (z. B. eine Katze) zu verlagern.

INTELLEKTUALISIERUNG ist eine Form der Rationalisierung, mit deren Hilfe manchmal versucht wird, eine Konfrontation mit Problemen zu vermeiden.

Als ISOLIERUNG wird die Rationalisierung bezeichnet, wenn sie völlig zusammenhanglos und fast gefühllos angewendet wird.

PROJEKTION bedeutet, daß eine Person die eigenen Gefühle auf eine andere Person überträgt.

➔ **Füllen Sie nun die Lücken mit den entsprechenden Begriffen. Die Antworten finden Sie im Anschluß.**

❶ „Verleugnung" ist die vollständige Zurückweisung der ....

❷ „Verschiebung" bedeutet den Transfer von .... Gefühlen.

❸ Mit Hilfe der ....
wird manchmal versucht, einem Problem aus dem Weg zu gehen.

❹ Als „.........................." wird Rationalisierung manchmal beschrieben, wenn sie zusammenhanglos und fast gefühllos angewendet wird.

❺ „Projektion" bedeutet, ... auf einen anderen zu übertragen.

Und zum Schluß noch fünf Definitionen:

➔ **Die restlichen der häufigsten Abwehrmechanismen sind:**

REAKTIONSBILDUNG (Gefühlsverkehrung) nennt man es, wenn der Leidende sich selbst davon überzeugt, daß er genau das Gegenteil seiner furchtbaren Gefühle empfindet.

REGRESSION bedeutet, daß sich jemand in ein früheres, weniger bedrohliches Entwicklungsstadium – manchmal sogar in die Kindheit – zurückversetzt.

REPRESSION (Verdrängung) heißt, einfach ausgedrückt, mit aller Macht etwas zu verdrängen, das man als „schmerzlich" empfindet. Sie ist eine unserer stärksten Abwehrmechanismen.

REVERSION (Umkehrung) veranlaßt den Leidenden zu glauben, daß er mit dem Objekt seiner Empfindungen die Gefühle getauscht hat.

SUBLIMATION ist vermutlich die Energie, die oft hinter künstlerischer Kreativität steckt. (Das Umsetzen der eigenen Gefühle in sinnvolle Arbeit läßt Neurosen fast wünschenswert erscheinen!)

→ Und dazu nun noch einige Fragen:

❻ Bei der „Reaktionsbildung" überzeugt sich der Leidende selbst davon, daß er das .... seiner furchtbaren Gefühle empfindet.
❼ „Regression" bedeutet, daß man sich in ein früheres, weniger bedrohliches Entwicklungsstadium – manchmal sogar in die Kindheit – ....
❽ „Repression" heißt, das zu ...., was man als schmerzlich empfindet.
❾ Die „Reversion" veranlaßt den Leidenden zu glauben, er habe mit dem Objekt seiner Empfindungen .... getauscht.
❿ „Sublimation" soll die Energie sein, die hinter .... steckt.

→ Antworten:

❶ Wirklichkeit, ❷ ärgerlichen, ❸ Intellektualisierung oder Rationalisierung, ❹ Isolierung, ❺ Gefühle, ❻ Gegenteil, ❼ zurückversetzt, ❽ verdrängen, ❾ Gefühle, ❿ Kreativität.

Und wie haben Sie dieses Mal abgeschnitten? Wenn Ihre Punktzahl doppelt so hoch ist wie vorher, haben Sie sich verbessert. Zugegeben, dies waren fast zweimal so viele Übungen, aber auch wesentlich schwierigere. Viel wichtiger ist: Haben Sie das Gefühl, Sie hätten sich verbessert?

Um das Gedächtnis zu verbessern, gibt es eigentlich nur drei wirklich wichtige Dinge, die ich die drei W nenne:

❶ Wiederholen,
❷ Wiederholen, und nochmals
❸ Wiederholen!

Wenn wir das Gefühl haben, unser Gedächtnis ließe nach, liegt es oft in erster Linie daran, daß wir eine Information gar nicht richtig aufgenommen haben. Deshalb sollte der erste Schritt zur Verbesserung des Gedächtnisses darin bestehen, daß man lernt, die Information richtig und ganz in sich „aufzunehmen" und dies in Zukunft bewußt zu tun. Als nächstes braucht man eine Methode, um wichtige Informationen beim Sehen oder Hören zu speichern. Je einfacher diese Methode ist, um so besser.

Um die Wiederholung kommt man jedoch nicht herum. Wiederholen Sie neue Informationen immer sofort, dann fünf Minuten später wieder und schließlich noch einmal nach dreißig Minuten – erst dann haben Sie sie wahrscheinlich vollständig aufgenommen. Das mag Ihnen am Anfang ziemlich schwierig vorkommen, und vermutlich gelingt es Ihnen die ersten Male auch noch nicht – aber mit der Zeit wird es einfacher.

Bedenken Sie auch, daß es Ihnen immer leichter fallen wird, sich an ein Thema zu erinnern, je mehr Sie darüber wissen. Um es drastisch auszudrücken: Mit der Zeit werden Sie merken, daß im Wahnsinn sozusagen Methode steckt und Ihnen das Ganze immer weniger so vorkommt, als versuchten Sie, Russisch zu lernen. Sollten Sie also wieder zur Schule gehen – ob nach nur einem Sommer oder nach einem ganzen Jahrzehnt – und es kommt Ihnen vor, als seien in Ihrem Gehirn sämtliche Sicherungen durchgebrannt und auf Ihrer Stirn stehe in Großbuchstaben DURCHGEDREHT geschrieben, dann denken Sie daran: Der Trick besteht darin durchzuhalten. Mir ist es nicht anders ergangen.

Gedächtnis und Erinnerungsvermögen

Zahlen und Namen

KURZTEST

→ Welche der folgenden Aussagen treffen auf Sie zu?

1. Bevor ich eine Telefonnummer wähle, muß ich sie mir ständig vorsagen, da ich sie sonst vergesse.
2. Wenn ich im Supermarkt bin und entdecke, daß ich meine Einkaufsliste vergessen habe, fühle ich mich völlig hilflos.
3. Ich kann meine Kontonummer nicht auswendig.
4. Ich bin mir nicht sicher, ob ich meine Autonummer genau weiß.
5. Ich vergesse ständig wichtige Namen.

Glauben Sie, wenn Sie den Aussagen oft zugestimmt haben, nur nicht, Sie seien ein hoffnungsloser Fall! Denken Sie erst mal über folgendes nach:

Es ist völlig normal, wenn man sich nicht an Telefonnummern erinnern kann (Aussage 1), und außerdem auch nicht besonders wichtig. Bei Aussage 2 handelt es sich um ein Gefühl und nicht um ein Gedächtnisproblem. Wenn Sie zwischen den Regalen durchgehen, werden Sie sich an das meiste, was Sie brauchen, erinnern. Und was Aussage 3 angeht: Die Menschen, die ihre Kontonummern auswendig können, gebrauchen diese wahrscheinlich sehr häufig – das heißt aber noch nicht, daß sie ein besseres Gedächtnis haben. Bezüglich Aussage 4 wäre zu sagen, daß es recht sinnvoll ist, seine Autonummer zu kennen, wenn man das Auto in einer überfüllten Parkgarage sucht. Gegen Nummer 5 sollten Sie jedoch auf alle Fälle etwas unternehmen.

Kurz: Es könnte nicht schaden, wenn Sie Ihr Gedächtnis ein wenig auf Vordermann brächten, aber vermutlich ist es längst nicht so schlecht, wie Sie anfangs dachten.

ÜBUNGEN

Und jetzt folgen die ersten Übungen.

→ **Im folgenden werden einige der berühmtesten Psychiater und Psychologen vorgestellt:**

Der Psychiater **Alfred Adler** führte den Begriff „Minderwertigkeitsgefühl" ein, der später oft fälschlicherweise, als „Minderwertigkeitskomplex" bezeichnet wurde.

Der Psychiater **Sigmund Freud** gilt weithin als Vater der Psychoanalyse. Er behauptete, Neurosen hätten sexuelle Ursachen.

Der Psychiater **Carl Jung** prägte die Begriffe „Extroversion", „Introversion" und „Kollektives Unbewußtes".

Der Psychologe **Ivan Pawlow** führte den Begriff „Konditionierter (bedingter) Reflex" ein. Sein Versuch mit dem Hund, bei dem nach Ertönen einer Klingel vermehrter Speichelfluß auftrat, wurde weltberühmt.

Der Psychologe **B. F. Skinner** war ein ausgesprochener Verfechter des „Behaviorismus". Er wurde berühmt durch seinen „Skinnerschen Kasten", in dem das Verhalten von Tieren beobachtet werden konnte.

→ **Einige Fragen hierzu:**

❶ Wer führte den Begriff „Minderwertigkeitsgefühl" ein?
❷ Wer behauptete, Neurosen hätten sexuelle Ursachen?
❸ Wer entwickelte den Begriff des „Kollektiven Unbewußten?"
❹ Wer führte den Begriff „Konditionierter Reflex" ein?
❺ Wer war ein ausgesprochener Verfechter des „Behaviorismus"?

Das war grauenvoll, nicht wahr? Versuchen wir es noch einmal. (Und glauben Sie nie jemandem, der behauptet, Psychologie wäre ein „leichtes" Fachgebiet.)

Gehen Sie zum Anfang zurück. Lesen Sie jeden Absatz noch einmal, ignorieren Sie jedoch die Vornamen. Versuchen Sie, sich nur den Nachnamen und einige (relevante) Wörter aus dem Absatz einzuprägen.

➔ **Dieselben Fragen noch einmal:**

❶ Wer führte den Begriff „Minderwertigkeitsgefühl" ein?
❷ Wer behauptete, Neurosen hätten sexuelle Ursachen?
❸ Wer entwickelte den Begriff des „Kollektiven Unbewußten?"
❹ Wer führte den Begriff „Konditionierter Reflex" ein?
❺ Wer war ein ausgesprochener Verfechter des „Behaviorismus"?

Psychiatrie und Psychologie sind nicht gerade einfache Fachgebiete, aber auch nicht die schwierigsten. Wenn Sie mit obigen Übungen Schwierigkeiten hatten, hat das mit Ihrer Intelligenz nicht das geringste zu tun. Sie müssen nur Ihr Gedächtnis etwas trainieren – dann läßt sich auch leicht die Schüchternheit überwinden, die oft von einem schlechten Gedächtnis herrührt.

➔ **Hier sind die Antworten:**

Geben Sie sich für den ersten und den zweiten Durchgang getrennt Punkte:
❶ Adler, ❷ Freud, ❸ Jung, ❹ Pawlow, ❺ Skinner.

Eine durchschnittliche Punktzahl für den ersten Durchgang wären 1 oder 2 richtige Antworten, 3 und 4 wären gut und 5 richtige Antworten sehr gut. Vielleicht kamen Ihnen die Namen bekannt vor – aber wir haben bewußt nicht nach allgemeinen Informationen gefragt, denn wir wollten nicht Ihre Psychologiekenntnisse abfragen, sondern Ihr Gedächtnis trainieren.

Haben Sie sich beim zweiten Durchgang verbessert? Falls ja, zeigt dies zumindest, daß Wiederholung und/oder Konzentration auf die wesentlichen Fakten weiterhelfen. (Und es zeigt natürlich auch, daß Sie etwas gelernt haben!)

Wie erinnert man sich an Zahlen und Namen?

Ob Sie es glauben oder nicht: Es ist *schwieriger*, sich an Zahlen und Namen zu erinnern, als eine fremde Sprache zu erlernen. Viele Fremdsprachen haben wenigstens ansatzweise mit unserer eigenen Sprache etwas gemein. Wir können beispielsweise durch Frankreich, Spanien oder Italien reisen und tatsächlich viele der Wörter, die wir sehen, lesen. Schlimm wird es erst, wenn uns die Wörter so fremd vorkommen wie Hieroglyphen, was besonders oft bei Zahlen und Namen passiert. An welche der folgenden Zeilen können Sie sich z.B. leichter erinnern?

5-9-14-7-18-15-19-19-1-10-12-9-7-5-10-13-1-14-14-19-9-12-26-12-9-13-21-14-20-5-18-8-5-13-4-1-21-6-9-8-18-5-13-19-15-6-1

oder

Ein großartiger Mann sitzt im Unterhemd auf Ihrem Sofa

Wie Sie vielleicht vermutet haben, enthält die obere Zeile genau die gleiche Menge an Zahlen wie die untere an Buchstaben. Da wir aber nicht mit Zahlen „lesen“, sagen sie uns nichts. Wenn wir sie lesen könnten, würden wir sofort erkennen, daß sie für die Buchstaben (1–26) im Alphabet stehen und exakt die zweite Zeile wiedergeben.

Ich persönlich gebe mich nur mit dem Erinnern an Zahlen oder Namen ab, wenn ich mindestens eine der beiden folgenden Fragen mit „Ja“ beantworten kann:

❶ Brauche ich diese besondere Information noch einmal, und falls ja, ist sie dann schwierig zu lokalisieren?

❷ Stehe ich dumm da, wenn ich mich an diese Information in Zukunft einmal nicht erinnern kann?

Die wenigen Zahlen, die ich *wirklich* brauche, präge ich mir ein, indem ich sie aufschreibe. Ich schreibe sie persönlich ins Telefonbuch und schaue erst nach, wenn ich einmal geraten habe. Wenn ich falsch lag, korrigiere ich mich und versuche es noch einmal. Die einfachste Methode für mich, eine Nummer oder einen Namen zu *vergessen*, besteht darin, jedesmal mein Adreßbuch herauszuholen, wenn ich telefonieren oder einen Brief schreiben will. Einmal gab ich die Telefonnummern meiner Tochter und meines Sohnes in der Schule in den Wahlspeicher des Telefons ein, und ich konnte mich nicht einmal ein *Jahr* später an sie erinnern.

Wenn Sie für eine kreative Technik zu haben sind, probieren Sie es doch einmal mit Assoziationsspielen. Ein gutes Buch zu diesem Thema wäre „Gedächtnistraining" von Douglas J. Herrmann (FALKEN Verlag, Bd. 4789).

Manche Menschen stellen sich Dinge bildlich vor, andere versuchen es mit Wortassoziationen wie Akronymen (Wort aus den Anfangsbuchstaben mehrerer Wörter), Epigrammen (Sinngedicht) oder Reimen. Hier ist ein Merkvers, mit dem man sich z.B. die Reihenfolge und die Namen der Planeten sehr gut merken kann:

„Mein Vater Erklärt Mir Jeden Sonntag Unsere Neuesten Pläne."

Mein	(Merkur)
Vater	(Venus)
Erklärt	(Erde)
Mir	(Mars)
Jeden	(Jupiter)
Sonntag	(Saturn)
Unsere	(Uranus)
Neuesten	(Neptun)
Pläne	(Pluto)

ÜBUNGEN

Nun wird's Zeit für weitere Übungen.

→ Die folgenden psychologischen Therapien gehören vermutlich zu den bekanntesten:

Die PSYCHOANALYSE ist das älteste Verfahren, um seelisch bedingte Störungen zu behandeln. Nach ihr wird das seelische Er-Leben vom Unbewußten gesteuert.

Mit Hilfe der PSYCHOTHERAPIE werden seelische Störungen behandelt, indem ein psychotherapeutisch ausgebildeter Arzt oder ein Psychotherapeut oder Psychologe eine persönliche, oft sogar emotionale Beziehung zu dem Patienten aufbaut.

Eine VERHALTENSTHERAPIE geht gezielter vor, das heißt, ein bestimmtes Verhalten soll mit Hilfe von konditionierenden (beeinflussenden) Methoden wie Belohnung und Bestätigung verändert werden.

Die KOGNITIVE VERHALTENSTHERAPIE geht ebenfalls gezielt vor, bezieht sich aber auf inneres, also nicht direkt beobachtbares Verhalten (wie Gedanken und Gefühle), die sie mit Konditionierungsmethoden zu ändern sucht.

GESTALTTHERAPIE. Ah, die moderne Gestalttherapie dürfen wir Ihnen natürlich nicht vorenthalten: Sie soll Sie dahingehend beeinflussen, zu zeigen und zu sagen, was Sie fühlen, da man dem, was Sie tatsächlich sagen, nicht traut. (Tatsache!)

→ Hier die Fragen dazu:

❶ Wie nennt man das älteste Verfahren zur Behandlung von seelisch bedingten Störungen, die vom Unbewußten gesteuert werden?

❷ Wie heißt die Therapie, bei der seelische Störungen durch den Aufbau einer persönlichen Beziehung behandelt werden?

❸ Wie heißt die Therapie, bei der das Verhalten durch Konditionierungsmethoden verändert werden soll?

❹ Wie nennt man die Therapie, bei der Gedanken und Gefühle durch Konditionierungsmethoden beeinflußt werden sollen?

❺ Und wie heißt die moderne Therapie, mit deren Hilfe man schlichtweg dazu gebracht werden soll zu sagen, was man tatsächlich fühlt?

Ich hoffe, diese Übung war nun etwas leichter – und daß Sie hier und dort den Trick von vorhin angewendet haben, nämlich das Wort „Therapie" zu streichen wie vorhin die Vornamen. Nebensächlichkeiten auszulassen läßt den ganzen Erinnerungsprozeß viel einfacher werden. So können sich Menschen beispielsweise viel leichter an Ihren Namen erinnern, wenn Sie den abgekürzten mittleren Namen auf Ihrer Visitenkarte weglassen.

→ Hier die Antworten:

❶ Psychoanalyse, ❷ Psychotherapie, ❸ Verhaltenstherapie, ❹ Kognitive Verhaltenstherapie, ❺ Gestalttherapie.

Und, wie sieht's aus? Jede Punktzahl über 3 ist sehr gut.

→ **Aber erinnern Sie sich, was wir über das Wiederholen gesagt haben? Versuchen Sie zum Schluß noch einmal, die (bereits gestellten) Fragen zu beantworten. (Die Antworten stehen direkt darunter, also decken Sie sie ab):**

❶ Wer führte den Begriff „Minderwertigkeitsgefühl" ein?
❷ Wer behauptete, Neurosen hätten sexuelle Ursachen?
❸ Wer entwickelte den Begriff des „Kollektiven Unbewußten"?
❹ Wer führte den Begriff „Konditionierter Reflex" ein?
❺ Wer war ein ausgesprochener Verfechter des „Behaviorismus"?

→ **Antworten:**

❶ Adler, ❷ Freud, ❸ Jung, ❹ Pawlow, ❺ Skinner.

Haben Sie sich weiter verbessert? Wenn ja, haben Sie Ihre Fähigkeiten bereits etwas ausgebaut. Üben Sie jeden Tag ein wenig, dann fällt es Ihnen immer leichter, diese Fähigkeiten auch anzuwenden.

Unser Gedächtnis ist ein gewaltiges Werkzeug unseres Verstandes. Über dieses Thema wurde bereits eine Menge veröffentlicht. Doch meiner persönlichen Überzeugung nach ist das Gedächtnis für das Funktionieren des Verstandes gar nicht so wichtig. Die meisten der von mir untersuchten Erinnerungsmethoden sind sehr schwer zu lernen, nur mühsam anzuwenden und trotzdem nicht viel mehr als ein (vielleicht ausgefallener) Ersatz für das Schreiben einer kleinen Liste, die man in die Hosentasche stecken kann.

Mit anderen Worten: Ich denke, wir sollten unser Gedächtnis trainieren, um das Verständnis zu verbessern. Um sich an einen wichtigen Namen zu erinnern, kann man dann hin und wieder einen Trick anwenden. Darüber hinaus jedoch sollten wir uns nicht zu viele Gedanken machen. Es gibt viel zu viele wichtige Dinge und Informationen in unserem Leben, um sie alle im Kopf behalten zu können.

Manche Psychologen behaupten, daß wir nie wirklich etwas „vergessen", daß unser Gehirn mehr einem Computer gleiche, als wir glauben, und alle Arten sowohl wertvoller als auch unnützer Informationen (z.B., daß auf dem Speicher noch Spielzeug und alte Hüte liegen) speichert. Das ist an sich natürlich ein positiver Tatbestand, aber wenn ich mich an manche Träume der letzten Jahre erinnere, frage ich mich doch, ob es nicht auch sein Gutes hätte, wenn man die Kunst des Vergessens kultivieren würde.

Stellen Sie sich nur einmal vor: Wir könnten all die gräßlichen Ereignisse vergessen, die in der Kindheit und nach der Abi-Abschlußfete passiert sind, die peinlichen Situationen an unserem ersten Arbeitsplatz, ja, selbst unsere enttäuschenden Beziehungen! Natürlich würde sich das verheerend auf das Einkommen der Psychiater und Psychologen auswirken, aber sein Gutes hätte das schon, nicht wahr?

Literaturkenntnisse

Allgemeine Kenntnisse

KURZTEST

➔ **Verfügen Sie über gute allgemeine Kenntnisse im Bereich Literatur? Überlegen Sie, ob folgende Aussagen auf Sie zutreffen:**

❶ Ich habe bemerkt, daß ich Gespräche mit belesenen Leuten vermeide und dadurch oft soziale und geschäftliche Kontakte verliere.

❷ Wenn ich mich in ein Gespräch mit solchen Leuten verwickelt sehe, verabschiede ich mich so bald wie möglich – außer, sie sehen gut aus, natürlich.

❸ Trotzdem scheine ich mich auf den meisten Partys gut durchmogeln zu können, selbst wenn ich viel Zeit am Büfett verbringen muß.

❹ Ich halte mich in Gesprächen ganz gut, solange sie nicht länger als zwanzig Minuten dauern.

❺ Wenn's doch länger dauert, lenke ich das Gespräch auf soziale Themen.

Wenn Sie 1 und 2 zustimmen, mangelt es Ihnen an Selbstvertrauen. Ein wenig mehr Kenntnisse wirken hier bestimmt Wunder. Wenn die Aussagen 3 und 4 auf Sie zutreffen, ergeht es Ihnen nicht anders als den meisten Menschen, auch wenn Ihnen das nicht zusagen mag. Nummer 5 zeigt, daß Sie sich zwar in Unterhaltungen behaupten können und genügend Selbstbewußtsein haben, Ihnen aber Kenntnisse in anderen Bereichen fehlen.

ÜBUNGEN

Möbeln Sie Ihre Kenntnisse durch folgende Übungen, die sich alle auf Weltliteratur beziehen, etwas auf. Während wir rückwärts durch die Literaturgeschichte der westlichen Welt gehen, sollten Sie sorgfältig jede einzelne Gruppe von Titeln und Autoren lesen und anschließend die entsprechenden kurzen Übungen machen.

→ Hier sind drei Romane aus dem 20. Jahrhundert:

AUF DER SUCHE NACH DER VERLORENEN ZEIT von **Marcel Proust** (1927)
DER ZAUBERBERG von **Thomas Mann** (1924)
ULYSSES von **James Joyce** (1922)

→ Ordnen Sie, ohne nachzusehen, die Titel in Spalte B den Autoren in Spalte A zu:

	A	B
❶	**James Joyce**	AUF DER SUCHE NACH DER VERLORENEN ZEIT
❷	**Thomas Mann**	DER ZAUBERBERG
❸	**Marcel Proust**	ULYSSES

→ Und hier nun vier Romane aus dem 19. Jahrhundert:

KRIEG UND FRIEDEN von **Leo Tolstoi** (1869)
SCHULD UND SÜHNE von **Fjodor Dostojewski** (1866)
MADAME BOVARY von **Gustave Flaubert** (1856)
MOBY DICK von **Herman Melville** (1851)

→ Ordnen Sie wieder, ohne nachzusehen, die Titel in Spalte B den Autoren in Spalte A zu:

	A	B
❹	**Fjodor Dostojewski**	KRIEG UND FRIEDEN
❺	**Gustave Flaubert**	SCHULD UND SÜHNE
❻	**Herman Melville**	MADAME BOVARY
❼	**Leo Tolstoi**	MOBY DICK

→ **Und jetzt drei englische Romane aus dem 19. Jahrhundert:**
STURMHÖHE von **Emily Brontë** (1847)
JANE EYRE von **Charlotte Brontë** (1847)
EMMA von **Jane Austen** (1816)

→ **Und Sie wissen bereits, was zu tun ist:**

	A	B
❽	**Jane Austen**	JANE EYRE
❾	**Charlotte Brontë**	STURMHÖHE
❿	**Emily Brontë**	EMMA

→ **Antworten:**
❶ ULYSSES, ❷ DER ZAUBERBERG, ❸ AUF DER SUCHE NACH DER VERLORENEN ZEIT, ❹ SCHULD UND SÜHNE, ❺ MADAME BOVARY, ❻ MOBY DICK, ❼ KRIEG UND FRIEDEN, ❽ EMMA, ❾ JANE EYRE, ❿ STURMHÖHE.

Und, wie war das für den Anfang? Ich wette, nicht schlecht. Die meisten Leute wissen eine ganze Menge mehr, als sie glauben, und brauchen nur ein wenig Unterstützung, um mit dem Thema wieder vertraut zu werden. Vermutlich waren Sie bei den meisten Namen anfangs recht unsicher, obwohl sie Ihnen alle vertraut vorkamen. Sie wußten beispielsweise, daß alle Personen Autoren und nicht Komponisten waren, aber Sie wußten nicht viel über deren Bücher (das hängt natürlich auch davon ab, wie lange Ihr Schulabschluß schon zurückliegt).

Das ist nicht überraschend. Die meisten von uns bekommen ihre Bildung in sehr zartem Alter „aufgezwungen" und wenden schließlich dem Lernen für immer den Rücken zu. Selbst wenn wir das ändern wollen, fehlt uns meist die Zeit dazu.

Wie lassen sich die allgemeinen Kenntnisse über Literatur verbessern?

Eine der besten Methoden, sich mehr Allgemeinwissen anzueignen, ist Lesen – vor allem Belletristik. Fachbücher sind natürlich auch gut, in der Regel aber zu spezialisiert. Hier geht es zunächst einmal um breitgefächertes Wissen. Sie lernen dabei nicht nur etwas über das Leben, sondern können mit anderen auch darüber diskutieren. Eine der angenehmsten Methoden, etwas zu lernen, besteht darin, mit einer guten Freundin/einem guten Freund oder seiner Partnerin/seinem Partner zusammen ein gutes Buch zu lesen. Ob Sie es nun alleine lesen oder zu zweit – es kann die unglaublichste Wirkung haben. Erstaunlich, wie sich plötzlich die eigene Weltperspektive ändert, die eigenen Ängste weniger wichtig und die Zufriedenheit schal werden, wenn man bei einer Pizza um Mitternacht oder einem Kaffee im Morgengrauen über ein Buch diskutiert.

Und falls Sie alleine leben, kann eine Erkundung der Welt der Literatur genauso intensiv und vergnüglich sein, wie alleine zu reisen, wenn auch anfangs ebenso furchterregend. Einen großen Roman in die Hand zu nehmen kann dem Aussteigen aus einem Taxi in Shanghai gleichkommen: Jeder scheint zu wissen, wo er hin muß, nur Sie nicht. Die Währung in Ihrer Tasche gleicht Spielgeld. Auf den Speisekarten in den Schaufenstern stehen Schriftzeichen, die wie Gekritzel aussehen. Also setzen Sie sich erst einmal auf eine Bank und sehen sich um. Ein Kind stolpert über Ihren Schuh und kichert. Ein Papierdrachen hängt in einem Baum. Die Luft ist erfüllt vom Klang der Glockenspiele. Da sitzen Sie nun, alleine in Ihrer kleinen Privatsphäre, und fühlen sich großartig. Und ebenso ist es mit einem guten Buch: Es gibt nur Sie in diesem kleinen Winkel der Welt, und nichts anderes zählt. Sie werden das schon noch erleben.

Doch Bücher „befriedigen“ nicht nur die Sinne – sie vermitteln auch viel Allgemeinwissen, meist sogar, ohne daß wir es bewußt wahrnehmen. Mein Rat ist folgender: Kaufen Sie sich einen gut geschriebenen, modernen Roman, der in „einer anderen Welt“ spielt. Angenommen, Sie kommen aus einer kleinen oder mittelgroßen Stadt, dann versuchen Sie es mit *Fegefeuer der Eitelkeiten* von Thomas Wolfe (1987). Die Handlung spielt in New York, und das Buch ist voll fesselnder Details über das Großstadtleben. Oder wie wäre es mit *Das fahle Pferd* von Agatha Christie (1962) oder einem anderen ihrer herrlichen Krimis? Von Pflanzen bis hin zu Gift erfahren Sie alles mögliche. Natürlich könnten Sie sich ebenso ein Lehrbuch der Botanik kaufen, doch würde Ihnen das auch nur annähernd soviel Vergnügen bereiten? Botaniklehrbücher beschränken sich eben nur auf die Botanik. Sie vermitteln Ihnen längst nicht so viele Informationen wie die Bücher von Agatha Christie.

Wenn Sie nach einigen Monaten mit Büchern moderner Autoren wieder in Form gekommen sind, könnten die Klassiker eventuell unwiderstehlich werden. Doch beherzigen Sie meinen Rat: Heben Sie sich die Klassiker wirklich auf, bis Sie soweit sind, denn sie sind nicht einfach. Wenn Sie *Ulysses* oder *Auf der Suche nach der verlorenen Zeit* zur Hand nehmen und schon seit langem nichts Schwieriges mehr gelesen haben, wird sich Ihr Gehirn hinterher anfühlen wie Ihre Beine nach der ersten Abfahrt der Skisaison, nämlich wie aus Gummi. Für diese Juwelen der Weltliteratur braucht man Übung.

Doch wie sieht's dann in der „Hochsaison" aus? Wenn Sie bereits voller Begeisterung die mittelschweren Pisten (der Literatur) hinabsausen und nur noch gelegentlich hinfallen? Wenn Sie zu den schwarzen Pisten hinüberschielen und Ihr Herz jauchzt? Ob Sie es wohl schaffen würden? Ich wette, Sie können es!

ÜBUNGEN

Es folgen nun einige der unzähligen Werke zweier Autoren, die Sie kennen sollten – wenigstens vom Hörensagen.

➔ Als erstes stellen wir Hermann Hesses Romane vor (die Liste ist nicht vollständig):

DEMIAN (1919), ZARATHUSTRAS WIEDERKEHR (1920), SIDDHARTA (1922), STEPPENWOLF (1927), NARZISS UND GOLDMUND (1930) und DAS GLASPERLENSPIEL (1943).

➔ Und sodann das einzigartige literarische Genie William Shakespeare, von dem die folgenden Theaterstücke stammen (die Entstehungszeit ist nicht immer genau bestimmbar):

Geschichtsdramen:
HEINRICH VI., TEIL I, II, III (1590), RICHARD III. (1592), RICHARD II. (1594), KÖNIG JOHANN (1596), HEINRICH IV., TEIL I UND II (1597), HEINRICH V. (1598) und HEINRICH VIII. (1612; vermutlich mit John Fletcher zusammen geschrieben).
Komödien:
DIE KOMÖDIE DER IRRUNGEN (1592), DER WIDERSPENSTIGEN ZÄHMUNG (1593), DIE BEIDEN VERONESER (1594), LIEBES LEID UND LUST (1594), EIN SOMMERNACHTSTRAUM (1595), DER KAUFMANN VON VENEDIG (1596), VIEL LÄRM UM NICHTS (1598), WIE ES EUCH GEFÄLLT (1599), ZWÖLFTE NACHT ODER WAS IHR WOLLT (1599), DIE LUSTIGEN WEIBER VON WINDSOR (1600), TROILUS UND CRESSIDA (1601), ENDE GUT, ALLES GUT (1602), MASS FÜR MASS (1604) und DIE BEIDEN EDLEN VETTERN (1612; Autorenschaft nicht sicher, vielleicht aber mit John Fletcher zusammen geschrieben).
Tragödien:
TITUS ANDRONICUS (1593), ROMEO UND JULIA (1594), JULIUS CAESAR (1599), HAMLET (1600), OTHELLO (1604), KÖNIG LEAR (1605), MACBETH (1605), ANTONIUS UND KLEOPATRA (1606), COROLIAN (1607) und TIMON VON ATHEN (1607).
Tragikomödien:
PERIKLES (1608), CYMBELINE (1609), EIN WINTERMÄRCHEN (1610) und DER STURM (1611).

➔ Und nun die erste Übung:

Gehen Sie noch einmal zurück, und lesen Sie die Liste von Hesses Büchern und Shakespeares Theaterstücken durch. Das muß sein, weil ich weiß, daß Sie sie das erste Mal nur überflogen haben. Lesen Sie sie diesmal wirklich durch. (Es wird Sie nur ein oder zwei Minuten kosten).

➔ Und eine zweite Übung:

Ordnen Sie die Werke von Shakespeare (nun in chronologischer Reihenfolge aufgelistet) einem Buchstaben zu: (G) für Geschichtsdrama, (K) für Komödie, (T) für Tragödie und (TK) für Tragikomödie. Aber nicht heimlich nachschauen! Dies ist eine Übung, kein Test!

(1) HEINRICH VI., TEIL I, II, III, (2) RICHARD III., (3) KOMÖDIE DER IRRUNGEN, (4) TITUS ANDRONICUS, (5) DER WIDERSPENSTIGEN ZÄHMUNG, (6) DIE BEIDEN VERONESER, (7) LIEBES LEID UND LUST, (8) ROMEO UND JULIA, (9) RICHARD II., (10) EIN SOMMERNACHTSTRAUM, (11) KÖNIG JOHANN, (12) DER KAUFMANN VON VENEDIG, (13) HEINRICH IV., TEIL I UND II, (14) VIEL LÄRM UM NICHTS, (15) HEINRICH V., (16) JULIUS CAESAR, (17) WIE ES EUCH GEFÄLLT, (18) ZWÖLFTE NACHT ODER WAS IHR WOLLT, (19) HAMLET, (20) DIE LUSTIGEN WEIBER VON WINDSOR, (21) TROILUS UND CRESSIDA, (22) ENDE GUT, ALLES GUT, (23) MASS FÜR MASS, (24) OTHELLO, (25) KÖNIG LEAR, (26) MACBETH, (27) ANTONIUS UND KLEOPATRA, (28) COROLIAN, (29) TIMON VON ATHEN, (30) PERIKLES, (31) CYMBELINE, (32) EIN WINTERMÄRCHEN, (33) DER STURM, (34) HEINRICH VIII. und (35) DIE BEIDEN EDLEN VETTERN.

➔ Hier die Antworten:

(1) G	(2) G	(3) K	(4) T	(5) K	(6) K
(7) K	(8) T	(9) G	(10) K	(11) G	(12) K
(13) G	(14) K	(15) G	(16) T	(17) K	(18) K
(19) T	(20) K	(21) K	(22) K	(23) K	(24) T
(25) T	(26) T	(27) T	(28) T	(29) T	(30) TK
(31) TK	(32) TK	(33) TK	(34) G	(35) K	

Wie haben Sie sich geschlagen? 30 bis 35 Richtige? Ich bin beeindruckt, das hätte ich nicht gedacht. 20 bis 30? Überraschend, nicht wahr? Sie können nun die meisten von Shakespeares Theaterstücken schon zuordnen, wenn Sie nur den Titel hören. Das ist wirklich gut. 10 bis 20? Wiederholen Sie die Übung. Zuerst lesen, dann zuordnen. Weniger als 10? Versuchen Sie es morgen noch einmal.

Nun zu den letzten Übungen im ersten Teil unseres vergnüglichen Streifzugs durch die Weltliteratur.

➔ Zwei Werke aus dem Mittelalter:

DAS DEKAMERON von **Boccaccio** (1348)
DIE GÖTTLICHE KOMÖDIE von **Dante** (1321)

→ **Drei Titel aus dem antiken Griechenland:**
KÖNIG ÖDIPUS von **Sophokles** (etwa 450 v.Chr.)
ILIAS und ODYSSEE von **Homer** (9. Jh. v.Chr.)

Was Sie nun tun sollen? Gehen Sie einfach zurück, und lesen Sie die Aufzählungen noch ein-, zweimal durch. Sie haben bereits genug getan.

Nun kennen Sie also das Geheimnis, wie man „allgemeine Kenntnisse aus der Literatur gewinnen" kann. Im Prinzip ist es „Erfahrung sammeln". Und das können Sie durch Lesen noch besser als im richtigen Leben – denn Sie haben nur die Möglichkeit, *ein* reales Leben zu führen, mittels Büchern können Sie sich jedoch in *vielen* verschiedenen Welten umsehen. Und wer weiß? Vielleicht sind Sie von einer so fasziniert, daß Sie Ihren Lebensstil ändern, z.B. mehr ausgehen oder mehr verreisen. (Nehmen Sie auf Reisen ein Buch mit; Nicholas Byam Shaw, der Vorsitzende des Londoner Verlagshauses *Macmillan Publishing Ltd.*, erzählte mir, daß er auf seinen Reisen immer ein Buch von Proust bei sich habe. „Und wenn ich irgendwo auf einem Flughafen warten muß", sagte er, „hole ich – egal, was um mich herum vorgeht – einfach mein Buch raus und trete in eine andere Welt ein. Die Zeit vergeht wie im Fluge.")

Vor allem, wenn Sie alte Klassiker kaufen wollen, empfehle ich Ihnen, einen Second-Hand-Buchladen aufzusuchen (oder, falls Sie eine altertümliche Atmosphäre mögen, ein Antiquariat; falls nicht, können Sie in einem modernen Buchladen eine billigere und schönere Ausgabe erstehen). Ich möchte Ihnen einmal etwas erzählen. Wie es so geht, ist mein *Ulysses* im Laufe der Jahre verschwunden, und an einem diesigen Sonntag nachmittag machte ich mich auf zu einem netten kleinen Laden in New York, um das Buch zu ersetzen. Schon nach kurzer Zeit bekam das frische Brot auf meinem Arm Gesellschaft durch *Ulysses* und zwei andere staubige Bücher. Zu Hause wollte ich *Ulysses* in mein Bücherregal stellen, legte das Buch aber aus unerfindlichen Gründen auf dem Sofa im Schlafzimmer ab. Spät in der Nacht knipste ich das Leselicht dort an und entdeckte die verblichene, 45 Jahre alte Ausgabe im Lichtkegel – und tauchte erneut ein in diese andere Welt.

Literaturkenntnisse

Fachkenntnisse

KURZTEST

➔ Wie steht's mit Ihrem literarischen Fachwissen? Überlegen Sie, ob folgende Aussagen auf Sie zutreffen:

❶ Mit der Zeit kann ich mich nicht mehr erinnern, ob ich etwas über ein Buch oder das Buch selbst gelesen habe.

❷ Ich weiß nicht einmal, ob ich mich an das Buch oder den Film erinnere.

❸ Wenigstens bin ich ziemlich gut in „Trivial Pursuit" und anderen Wissensspielen.

❹ Na ja, ich verblüffe die Leute auf Partys nicht gerade.

❺ Ich vermeide Partys und andere gesellige Anlässe häufig, damit niemand merkt, wie wenig ich weiß. Ich treffe mich lieber mit Geschäftskollegen, weil ich mich in meinem Fachgebiet sicher fühle.

Wenn Sie den ersten vier Aussagen zustimmen, können Sie aufatmen – Sie sind völlig normal. Auch wenn es Ihnen nicht gefällt, so sind Sie doch wenigstens nicht alleine. Sollte Nummer 5 auf Sie zutreffen, fühlen Sie sich zu Unrecht unsicher. Alle Singles, die ich kenne, beklagen sich darüber, wie schwierig es sei, Leute kennenzulernen – aber die meisten meiden gesellige Anlässe, bei denen sie Kontakte knüpfen könnten. Welch eine Verschwendung! Aber lesen Sie weiter.

ÜBUNGEN

➔ Lesen Sie zuerst die Inhaltsangaben der modernen Romane, die wir im ersten Teil dieses Kapitels vorgestellt haben. Beantworten Sie anschließend kurz die Fragen dazu.

AUF DER SUCHE NACH DER VERLORENEN ZEIT ist ein siebenteiliger Romanzyklus. Wie der Titel bereits andeutet, befindet sich der Erzähler „auf der Suche nach der verlorenen Zeit". Indem er sich an bestimmte Begebenheiten in der Vergangenheit plötzlich wieder erinnert und mit aktuellen vergleicht, erkennt er im Rückblick deren wahre Bedeutung.

DER ZAUBERBERG befaßt sich mit der Entwicklung eines jungen Mannes in einem Sanatorium für Tuberkulose in den Schweizer Alpen, die symbolisch für das dekadente Europa an der Schwelle zum Ersten Weltkrieg steht.

In ULYSSES, das den „literarischen Vorteil" hatte, in den USA bis 1933 sowohl nahezu unbekannt als auch verboten gewesen zu sein, wird der Zerfall der Gesellschaft anhand der Ereignisse eines einzigen Tages im Leben der drei Protagonisten – alle Einwohner Dublins – aufgezeigt.

➔ Beantworten Sie nun, ohne nachzusehen, folgende Fragen:

❶ In welchem Romanzyklus wird eine „Suche nach der verlorenen Zeit" mittels Erinnerungen durchgeführt?

❷ Welcher Roman beschreibt symbolisch ein dekadentes Europa an der Schwelle zum Krieg?

❸ In welchem Roman, der in den USA verboten wurde, geht es um den Zerfall der Gesellschaft?

➔ Antworten:

❶ AUF DER SUCHE NACH DER VERLORENEN ZEIT, ❷ DER ZAUBERBERG, ❸ ULYSSES.

Sie sollten nun die Inhaltsbeschreibungen der drei Bücher wissen; falls nicht, lesen Sie sie noch einmal durch.

→ Es folgen kurze Inhaltsangaben der Romane aus dem 19. Jahrhundert:

In KRIEG UND FRIEDEN geht es um den Einmarsch von Napoleons Armee 1812 in Rußland und dessen Auswirkungen auf mehr als 500 Menschen aus allen Gesellschaftsschichten während der darauffolgenden Jahre.

SCHULD UND SÜHNE schildert den seelischen Zustand eines armen Studenten, der glaubt, den perfekten Mord begangen zu haben, bis ihn seine Schuld unbarmherzig zu einem Geständnis treibt. Erst dann kommt die Reue (Sühne), und er findet Frieden.

MADAME BOVARY schildert das tragische Leben der unausgefüllten Ehefrau eines Landarztes, die so verzweifelt auf der Suche nach einer romantischen Liebesbeziehung ist, daß sie sich in Schulden stürzt und Ehebruch begeht, was sie schließlich in den Selbstmord treibt.

MOBY DICK schildert die Suche nach dem großen weißen Wal gleichen Namens, der sich Käpt'n Ahab mit Leib und Seele verschrieben hat. Die Geschichte handelt im Prinzip symbolisch von Gut und Böse. Sie ist leichtverständlich geschrieben, abenteuerlich und führt zu dem spannenden Höhepunkt, den wohl jeder kennt.

→ Noch ein paar Übungen:

❹ Geben Sie in einem Satz den Inhalt von KRIEG UND FRIEDEN wieder.
❺ Und nun von SCHULD UND SÜHNE.
❻ Als nächstes von MADAME BOVARY.
❼ Und zum Schluß von MOBY DICK.

Hier gibt es keine Standardantworten. Sie können aber sicherlich ganz gut beurteilen, wie Sie abgeschnitten haben – vermutlich nicht schlecht, oder? Aber Sie werden noch besser!

Wie erwirbt man am besten literarische Fachkenntnisse?

Wenn Sie von einem klassischen Roman profitieren möchten, sollten Sie zuerst die dazugehörigen Erläuterungen lesen – falls Sie nicht das Interesse verlieren, wenn Sie wissen, wie ein Buch ausgeht. (Versuchen Sie es trotzdem! Denken Sie daran: Wir alle sterben einmal, und wir wissen, wie unser Leben „ausgeht". Aber das heißt ja noch nicht, daß wir deshalb das Interesse an allem verlieren müßten, was im Leben davor geschieht.)

Große Romane sind meist sehr komplex, und mit etwas Vorbereitung haben Sie mehr Spaß an ihnen. Aber setzen Sie sich bloß nicht selbst unter Druck! Kaufen Sie sich die Erläuterungen zu dem Buch, lesen Sie sie einfach durch, ohne sich mit Einzelheiten aufzuhalten, und befassen Sie sich dann mit dem Buch. Unbeantwortete Fragen ergeben sich dann beim Lesen von selbst. Und noch etwas: Sehen Sie sich eine Romanverfilmung – wenn überhaupt – erst nach dem Lesen an. Das Interessante an einem Roman ist der Schreibstil des Autors. Die Handlung, die Charaktere und deren Entwicklung werden mit bestimmten Worten beschrieben und sollten nicht losgelöst davon betrachtet werden. Wenn die Filmversion eines Romans gut ist – schön. Doch der Erfolg des Films beruht nicht auf dem Erfolg des Romans und hat auch wenig mit ihm zu tun. Ein Film ist ein völlig andres Medium, und wenn Sie sich Hollywoods umgearbeitete Version der Handlung oder der Charaktere vorher ansehen, können Sie sich an dem zugrundeliegenden Buch nicht mehr richtig erfreuen.

Noch wichtiger: Lesen Sie nie die Kurzfassung eines großen Romans, weil Sie ihn nicht ganz lesen wollen. Das wäre so, als würden Sie sich einen Musikfilm ansehen, aus dem die Lieder herausgeschnitten worden sind. Ohne die Originalworte des Autors wird das Buch zu einem ganz anderen – und, nebenbei gesagt, langweilig.

Natürlich gibt es noch andere Möglichkeiten, sich neben dem Lesen von Belletristik „Fachwissen" anzueignen, aber ich kenne keine, die so einfach, billig und vergnüglich ist. Trotzdem möchte ich Ihnen noch einige vorstellen.

Besuchen Sie z.B. einen Einführungskurs für Erwachsene zu einem Ihnen fremden Thema. Wenn Sie sich immer für Kunst interessiert haben, wählen Sie bewußt einen Kurs über das Reparieren von Haushaltsgeräten. Umgekehrt, wenn Sie ein Genie im Umgang mit Geräten sind, sollten Sie einen Kunstkurs besuchen. Es geht also darum, sich genau mit dem zu beschäftigen, was Sie bisher – vielleicht – gemieden haben. Am Ende des Kurses wird Ihr Selbstbewußtsein um einiges gestiegen sein.

Ein weiterer Vorschlag: Suchen Sie die Bekanntschaft von Leuten, die ganz anders sind – oder scheinen – als Sie selbst. Besuchen Sie sie zu Hause, und plaudern Sie mit ihnen über ihr Leben. Achten Sie darauf, daß Sie mindestens ebensoviel geben wie nehmen, wenn nicht sogar mehr. Wenn Sie also bewußt vertrautes Terrain verlassen, lernen Sie nicht nur eine Menge, sondern geben vermutlich auch viele Vorurteile auf, die Sie einfach aufgrund Ihrer Angst vor dem Unbekannten aufgebaut hatten.

Eine dritte Möglichkeit besteht darin, in Ihrer Freizeit ein wenig ehrenamtlich zu arbeiten. Viele karitative oder gemeinnützige Einrichtungen wären begeistert, wenn Sie ihnen Ihre Hilfe anbieten würden. Und Sie hätten die Chance, ohne allzu großen Druck neue Bereiche zu erforschen, die Ihnen sonst nicht offenstünden. Sie können z.B. jede Menge „Fachkenntnisse" hinter den Kulissen Ihres örtlichen Fernsehsenders oder Heimatkundemuseums erwerben. Oder sogar bei der Polizei oder der Feuerwehr, wenn Sie dort genommen werden. Und gleichzeitig täten Sie etwas Gutes.

ÜBUNGEN

→ Und jetzt kommen wir zu den noch ausstehenden Inhaltsangaben:

STURMHÖHE erzählt die stürmische, aber unglückselige Liebesaffäre zwischen dem seltsamen, leidenschaftlichen Heathcliff und der leiblichen Tochter seines Adoptivvaters, die einen anderen heiratet. Ihrer beider Leben sind trotzdem bis zum Tode eng ineinander verstrickt.

Die zurückhaltende und doch leidenschaftliche JANE EYRE ist Waise und arbeitet als Gouvernante für Mr. Rochester, einem launischen, gewalttätigen Mann. Das entsetzliche Geheimnis – er ist bereits mit einer geisteskranken Frau verheiratet – wird erst am Tag ihrer geplanten Hochzeit gelüftet.

EMMA, deren Leben neben der Pflege ihres Vaters ereignislos verläuft, mischt sich immer stärker in die Herzensangelegenheiten anderer Leute ein, bis sie selbst darin verstrickt wird.

➔ Und hier eine weitere Übung:

❶ Was haben alle drei oben genannten Romane miteinander gemein?

❷ Und was haben alle drei Autoren gemeinsam?

➔ Antworten:

❶ Am auffälligsten ist das romantische Element – ob es sich nun um Leidenschaft, Liebe oder eine Mann-Frau-Beziehung handelt, und ❷ alle Autoren sind weiblich und Engländerinnen.

Emily (STURMHÖHE) und **Charlotte** (JANE EYRE) **Brontë** waren Schwestern, wobei man **Emily** im allgemeinen für talentierter hielt als **Charlotte**. Eine dritte Schwester, **Anne**, schrieb ebenfalls Romane, erfuhr jedoch keine große Beachtung.

Jane Austen (EMMA) wird häufig als größte aller Romanschriftstellerinnen bezeichnet. Sie schrieb unter anderem auch VERNUNFT UND GEFÜHL, STOLZ UND VORURTEIL und MANSFIELD PARK.

➔ Nun noch zum Inhalt der ältesten Werke:

Im DEKAMERON (einem Novellenzyklus) erzählen sich zehn Personen, die vor der Pest auf ein Landgut geflohen sind, in zehn Tagen hundert Geschichten, um sich die Angst und die Zeit zu vertreiben.

DIE GÖTTLICHE KOMÖDIE ist ein episches Gedicht, das den Autor durch die Hölle, das Fegefeuer und das Paradies führt. Und als wäre das noch nicht genug, basiert dieses Werk auch noch auf den Lehren Thomas von Aquins.

KÖNIG ÖDIPUS ist ein Theaterstück über einen tragischen Helden, der als Kind seiner Mutter weggenommen und vom Vater in der Wildnis ausgesetzt wurde. Später tötet er seinen Vater und heiratet seine Mutter (unwissentlich, da er ja beide nicht kannte). Als er die Wahrheit erfährt, blendet er sich aus Reue selbst.

Die ILIAS ist ein episches Gedicht von zwei Dutzend Büchern Umfang und in daktylischen Hexametern geschrieben. Sie beschreibt die Ereignisse der letzten Tage des Trojanischen Krieges, wenn auch in mystischer Verklärung. Es ist immer noch nicht geklärt, ob Homer ein einzelner Dichter war oder das Pseudonym mehrerer.

Die ODYSSEE ist ebenfalls ein episches Gedicht, wenn sie auch oft als „erster Roman" bezeichnet wird. Sie erzählt die Abenteuer, die Odysseus auf seiner Heimkehr vom Trojanischen Krieg zu bestehen hat, wobei Sagen und Legenden anderer Länder mit verwoben werden.

Ihre Übung? Haben Sie noch nicht genug gelesen? Aber Scherz beiseite: Abgesehen davon, daß dies alles Klassiker sind, ist es höchst unwahrscheinlich, daß Sie jemals eines dieser Werke lesen werden. Sie sind viel zu abstrus, um Ihnen von praktischem Nutzen zu sein. Aber Sie sollten wenigstens wissen, daß es sie gibt. (Und falls Sie sich einmal stark genug fühlen, sie doch zu lesen, erleben Sie vielleicht eine angenehme Überraschung.)

Fachkenntnisse schärfen Ihren Verstand. Sie können besser verstehen, was Sie in der Zeitung lesen oder in den Fernseh- und Radionachrichten hören. Sie sehen die Welt und was auf ihr vorgeht mit anderen Augen, und das erleichtert Ihnen das Leben. Vielleicht am wichtigsten jedoch ist, daß Fachwissen Ihnen mehr Selbstvertrauen verleiht – und dies brauchen wir alle, um die Unmengen an Informationen, die uns täglich überfluten, zu ertragen und uns trotzdem noch eine eigene Meinung bilden zu können – was heutzutage sehr schwierig ist.

Und noch etwas, was Sie vielleicht überraschen wird. Sie haben nun zwar (wie ich hoffe) ein etwas größeres Interesse an der „anderen Welt", in die Sie für den geringen Preis eines Romans oder eines Büchereiausweises eintreten können – trotzdem rate ich Ihnen: Reden Sie nicht darüber, was Sie alles gelesen haben.

Ich kann jetzt förmlich hören, wie Sie protestieren: „Was?! Ich soll mir die Mühe machen, einen großen Klassiker – vielleicht sogar Prousts siebenteiligen Romanzyklus – zu lesen, und dann noch nicht einmal die Genugtuung haben, auf der nächsten Cocktailparty seinen Namen richtig aussprechen zu können?" Ganz richtig! Denn darum ging es hier überhaupt nicht. Wenn Sie diese sieben Bände tatsächlich gelesen haben, betrachten Sie es sozusagen als Geheimnis. Benutzen Sie Ihre Kenntnisse nicht, um Ihre Nachbarn zu beeindrucken, sondern lieber, um Ihr Selbstbewußtsein zu stärken. Lassen Sie zu, daß Ihr verbessertes Verständnis der Welt Ihren Geist und Ihren Verstand beflügelt.

Denn: Menschen, die mit ihrem Wissen angeben, wirken kleiner, nicht größer. Und sie *sind* auch kleiner – deshalb versuchen sie ja so sehr, das Gegenteil zu beweisen. Machen Sie nicht den gleichen Fehler. Seien Sie einfach Sie selbst – und im geheimen stolz auf sich.

Wortschatz

Allgemeiner Wortschatz

KURZTEST

→ Trifft eine oder mehrere dieser Aussagen auf Sie zu?

❶ Beim Lesen überspringe ich die mir unbekannten Wörter.
❷ Aber zumindest versuche ich herauszufinden, was sie im Kontext zu bedeuten haben.
❸ Meistens habe ich Erfolg damit.
❹ Wenn es wirklich wichtig ist, sehe ich ein Wort nach.
❺ Wenn ich lese, habe ich immer ein Wörterbuch neben mir liegen.

Keine Sorge – wenn Aussage 1 zutrifft, ist das ganz normal. Eine Bejahung von Nummer 2 jedoch kann Verschiedenes bedeuten. Haben Sie Aussage 2 zugestimmt, 3 aber nicht, ist das ein gutes Zeichen; haben Sie aber auch Nummer 3 bejaht, ist das schlecht. Sie bekommen durch den Kontext nur ein vages Bild davon, was ein Wort bedeutet. Wenn Sie z.B. etwas Naturwissenschaftliches lesen und ein Wort nicht verstehen, sollten Sie besser nicht raten. Und wenn Sie ein politikwissenschaftliches Buch lesen, passen Sie höchstwahrscheinlich die Bedeutung eines Wortes Ihrer politischen Einstellung an, das heißt, Sie weisen ihm die Bedeutung zu, die Ihnen genehm ist. Haben Sie Aussage 4 bejaht, ist das hervorragend. Wenn 5 tatsächlich auf Sie zutrifft, ist das sehr ungewöhnlich und zeigt, daß Sie nie auf einem Heimtrainer lesen!

ÜBUNGEN

Nun kommen einige Übungen aus dem Bereich der Wirtschaft. (Und wenn Sie wollen, können Sie bereits anfangen, die Zeit zu stoppen.)

➔ Lesen Sie die „allgemeine" Definition der folgenden Wörter:

STEUER: Vorrichtung zum Lenken
BEITRAG: Anteil zum Ganzen, den jemand beisteuert
KURS: ein Lehrgang oder Unterrichtszyklus
AUFLAGE: Gesamtzahl der auf einmal hergestellten Exemplare eines Buches

➔ Ergänzen Sie die folgenden Sätze mit den passenden Wörtern (aber nicht nach oben schielen!):

❶ STEUER: Vorrichtung zum ....
❷ BEITRAG: Anteil zum ...., den jemand beisteuert
❸ KURS: ein .... oder Unterrichtszyklus
❹ AUFLAGE: .... der auf einmal hergestellten Exemplare eines Buches

➔ Und hier drei weitere Wörter:

PRODUKTION: Ergebnis geistiger Leistung
VERMÖGEN bedeutet Leistungsfähigkeit oder Können.
LIQUIDIERUNG bedeutet, jemanden zu töten.

➔ Und die Lückentexte dazu:

❺ PRODUKTION: Ergebnis geistiger ....
❻ VERMÖGEN bedeutet Leistungsfähigkeit oder ....
❼ LIQUIDIERUNG bedeutet, jemanden zu ....

➔ Und noch ein paar Wörter:

PRODUKTIVITÄT: schöpferische Leistung einer Person
BESCHÄFTIGUNG: einen Zeitvertreib haben
ARTIKEL: ein kleiner Aufsatz in einer Zeitung oder einer Zeitschrift
EXPORT: helle, nicht sehr bittere Biersorte

→ **Und wieder der Lückentext:**

❽ PRODUKTIVITÄT: schöpferische .... einer Person
❾ BESCHÄFTIGUNG: einen .... haben
❿ ARTIKEL: ein kleiner .... in einer Zeitung oder einer Zeitschrift
⓫ EXPORT: helle, nicht sehr bittere ....

→ **Zum Schluß noch drei Wörter:**

BANK: Sitzmöbel für mehrere Personen
BÖRSE: Beutel zur Aufbewahrung von Geld
SCHULD: Verpflichtung zu einer Gegenleistung

→ **Und der Lückentext:**

⓬ BANK: .... für mehrere Personen
⓭ BÖRSE: Beutel zur Aufbewahrung von ....
⓮ SCHULD: Verpflichtung zu einer ....

→ **Antworten:**

❶ Lenken, ❷ Ganzen, ❸ Lehrgang, ❹ Gesamtzahl, ❺ Leistung, ❻ Können, ❼ töten, ❽ Leistung, ❾ Zeitvertreib, ❿ Aufsatz, ⓫ Biersorte, ⓬ Sitzmöbel, ⓭ Geld, ⓮ Gegenleistung.

Und wie ist es gelaufen? (Sie können jetzt die Stoppuhr abstellen.)

Wie kann man den allgemeinen Wortschatz vergrößern?

Die Wörter dürften Ihnen bereits bekannt gewesen sein. Die Übungen sollten Sie jedoch dazu bringen, sich die Wörter noch einmal genau anzusehen und eventuell eine weitere Bedeutung der Ihnen bereits bekannten hinzuzufügen. Nehmen wir zum Beispiel das Wort „Liquidierung". In seiner allgemeinen Bedeutung tritt die Gewaltkomponente sehr stark zutage. Und in dem Wort „Vermögen" stecken die Wörter „Macht", „Mögen", „Können" und „Kraft", was sowohl auf das Können (einer Person) als auch auf die Macht des Geldes oder dessen (Kauf-)Kraft verweist.

Wie Sie sehen, geht es hier nicht um das Erreichen einer möglichst hohen Punktzahl, sondern darum zu erkennen, daß hinter Wörtern mehr steckt, als man zunächst vermutet. Kurz: Die Wörter, die Sie *nicht* nachschlagen, können unter Umständen wichtiger sein, als diejenigen, die Sie nachschauen!

Ein Tip: Erinnern Sie sich an den kleinen Scherz zu Anfang dieses Kapitels (Sie sollten beim Lesen immer ein Wörterbuch zur Hand haben)? Nun, *legen Sie beim Lesen tatsächlich immer ein Wörterbuch neben sich!* Ohne Scherz. Ich will Ihnen erklären, warum.

Sie sollen natürlich nicht jedes Ihnen unbekannte Wort nachschlagen und deswegen auch keine Schuldgefühle bekommen. Kaufen Sie einfach ein gutes, handliches Wörterbuch, und gewöhnen Sie sich an, es zusammen mit dem Buch, das Sie gerade lesen, überall mit hinzunehmen. Ich mache das ständig. Stellen Sie sich die beiden Bücher als Tasse und Untertasse vor – die gehören auch zusammen. Wenn Sie sich zum Lesen aufs Bett fallen lassen, nehmen Sie das Buch in die Hand und legen Sie das Wörterbuch auf den Nachttisch. Sie müssen es ja nicht benutzen, aber es sollte jedenfalls daliegen, als eine Art Rückversicherung. Und falls Sie es brauchen, ist es gleich zur Hand.

Am besten schauen Sie die Wörter nach, deren Bedeutung Sie zwar zu kennen glauben, aber wo Sie nicht ganz sicher sind. Ich will Ihnen einige Wortpaare zeigen, die Sie vielleicht überraschen werden. Meistens wird angenommen, sie hätten die gleiche Bedeutung, aber in Wirklichkeit sind sie sehr verschieden.

INTELLIGENT – INTELLEKTUELL: Eine „intelligente" Person ist klug und geistig begabt, aber eine „intellektuelle" Person betont das Geistige und Verstandesmäßige zu sehr.

ARCHETYP – PROTOTYP: Ein „Archetyp" ist die Urform, das Muster, das zukünftigen Generationen als Modell dienen soll, während ein „Prototyp" die erste Ausführung eines Modells oder eines Gegenstandes ist.

IDEELL – IDEAL: „Ideell" bedeutet, daß etwas nur in der Vorstellung vorhanden ist, während etwas „Ideales" vollkommen und mustergültig ist.

KLIMATISCH – KLIMAKTERISCH: „Klimatisch" bedeutet „das Klima betreffend", während „klimakterisch" „zum Klimakterium (den Wechseljahren) gehörig" bedeutet.

RATIONELL – RATIONAL: Ein „rationeller" Mensch wirtschaftet sparsam und zweckmäßig, während ein „rationaler" Mensch vernunftgemäß handelt.

PHYSISCH – PYHSIKALISCH: „Physisch“ bedeutet „natürlich, körperlich“, während „physikalisch“ bedeutet „zur Physik gehörend“.

IGNORANT – ARROGANT: Ein „ignoranter“ Mensch nimmt etwas aus Überheblichkeit oder Unwissenheit nicht zur Kenntnis, aber ein „arroganter“ Mensch ist anmaßend und eingebildet.

Sie können ganz leicht überprüfen, ob Ihr Wortschatz groß genug ist: Lesen Sie einmal eine Woche lang die Titelseite Ihrer Zeitung sehr kritisch durch, und kreisen Sie jedes Wort, dessen Bedeutung Sie nicht sicher kennen, mit einem Stift ein. Halten Sie sich nicht zurück – Sie müssen die Wörter nicht nachschauen!

Nun, vermutlich werden Sie entdecken, daß das Ergebnis ganz schön deprimierend ist.

Ein großer Wortschatz ist sehr viel wichtiger, als Sie anfangs vermutlich geglaubt haben. Es ist unglaublich schwierig, über Begriffe und Ideen zu reden oder nachzudenken, wenn Ihnen die richtigen Wörter fehlen. Natürlich gibt es auch unsichere Menschen, die mit Absicht vielsilbige Wörter verwenden, um andere zu beeindrucken, aber das ist nicht gerade Sinn der Sache. Nun, abgesehen davon, daß Sie aufgrund eines größeren Wortschatzes besser kommunizieren können, wird auch Ihre Intelligenz gesteigert. Und das gilt für jeden! Sie müssen zwar etwas dafür tun und immer am Ball bleiben – doch offensichtlich sind Sie dazu bereit, sonst würden Sie ja dieses Buch nicht lesen.

Da wir gerade vom Lesen sprechen ... Versuchen Sie es mal mit den handlichen Büchlein „Grund- und Aufbauwortschatz“, die viele Verlage herausbringen. Ich habe keinen besonderen Favoriten, aber ich kann Ihnen einen Vorschlag machen: Wenn es Sie zu sehr an das Vokabellernen erinnert, lesen Sie die Worte einfach runter wie einen Roman. Das heißt, Sie sollen nicht über jeder Seite brüten, bis Sie sich vorkommen, als seien Sie wieder in der Schule gelandet. Nein, überfliegen Sie die Seiten oberflächlich, wie manchmal die Headline der Zeitung. Ihnen wird trotzdem vieles im Gedächtnis bleiben, so daß sich diese kleine Ausgabe bestimmt lohnt.

ÜBUNGEN

Die Begriffe in den folgenden Übungen werden nun immer fachspezifischer. Wir beginnen mit noch recht allgemein gehaltenen Definitionen und gehen am Schluß zu wirklich spezifisch wirtschaftlichen über. (Stoppen Sie wieder die Zeit, und addieren Sie sie zu der der letzten Übung hinzu.)

➔ Definitionen:

LANGFRISTIG: eine lange Frist dauernd oder geltend
KURZFRISTIG: eine kurze Frist dauernd oder geltend
MAKRO-: ein Präfix, das „groß“ oder „lange“ bedeutet
MIKRO-: ein Präfix, das „klein“ oder „kurz“ bedeutet
FREIER MARKT: ein Ort, an dem alle kaufen und verkaufen dürfen
FESTER MARKT: ein Ort, wo Kauf und Verkauf gesetzlich geregelt sind

➔ Ergänzen Sie die Sätze:

❶ LANGFRISTIG: eine .... Frist dauernd oder geltend
❷ KURZFRISTIG: eine .... Frist dauernd oder geltend
❸ MAKRO-: ein Präfix, das „groß“ oder „....................“ bedeutet
❹ MIKRO-: ein Präfix, das „klein“ oder „....................“ bedeutet
❺ FREIER MARKT: ein Ort, an dem .... kaufen und verkaufen dürfen
❻ FESTER MARKT: ein Ort, wo Kauf und Verkauf gesetzlich .... sind

➔ Weitere Definitionen:

BRUTTOSOZIALPRODUKT: was ein Land pro Jahr produziert und verkauft

BRUTTOINLANDSPRODUKT: was ein Land pro Jahr innerhalb seiner Grenzen produziert und verkauft

PREISINDEX FÜR LEBENSHALTUNGSKOSTEN: Meßziffer, die die Auswirkung von Preisschwankungen auf die Lebenshaltungskosten anzeigt

LEBENSHALTUNGSKOSTEN: die Kosten für die Aufrechterhaltung seines persönlichen Lebensstils

→ **Und nun die dazugehörigen Lückentexte:**

❼ BRUTTOSOZIALPRODUKT: was ein Land pro .... produziert und verkauft

❽ BRUTTOINLANDSPRODUKT: was ein Land pro Jahr innerhalb seiner .... produziert und verkauft

❾ PREISINDEX FÜR LEBENSHALTUNGSKOSTEN: Meßziffer, die die Auswirkung von Preisschwankungen auf die .... anzeigt

❿ LEBENSHALTUNGSKOSTEN: die Kosten für die Aufrechterhaltung seines persönlichen ....

→ **Antworten:**

❶ lange, ❷ kurze, ❸ lang, ❹ kurz, ❺ alle, ❻ geregelt, ❼ Jahr, ❽ Grenzen, ❾ Lebenshaltungskosten, ❿ Lebensstils.

Nun, wie steht's? (Sie können nun aufhören, die Zeit zu stoppen.) Wenn Sie die ersten acht Fragen sinngemäß richtig beantwortet haben, ist das hervorragend.

Die beiden letzten Begriffe „Preisindex für Lebenshaltungskosten" und „Lebenshaltungskosten" sind schwer zu unterscheiden, zeigen jedoch etwas Wichtiges auf, was sich nicht auf Wirtschaft, sondern den Wortschatz bezieht – doch dazu müssen Sie ein wenig lesen. Stauben Sie die Lexika Ihrer Kinder ab, und schlagen Sie die Bedeutung dieser beiden Begriffe nach. Überlegen Sie dann, ob es gut oder schlecht ist, wenn die Lebenshaltungskosten steigen bzw. sinken. Man sollte nämlich wissen, was sich hinter bestimmten Begriffen verbirgt und nicht einfach kritiklos die Informationen aus den Nachrichten übernehmen (oder sich gar am Gesichtsausdruck des Nachrichtensprechers orientieren, nach dem Motto: Lächelt er, sind die Nachrichten gut, runzelt er die Stirn, sind sie schlecht!).

In der ersten Hälfte dieses Kapitels wurden Wörter in ihrer allgemeinen Bedeutung vorgestellt. Wenn Sie sie noch einmal anschauen, werden Sie feststellen, daß all diese Wörter offensichtlich kein Ein-Wort-Synonym haben. Die meisten Wörter haben keines. Neue Wörter werden oft in eine Sprache übernommen, weil sie etwas *anderes* ausdrücken. Deshalb ist es so wichtig, möglichst viele von ihnen zu kennen. Wenn Sie einen größeren Wortschatz haben, fühlen Sie sich bei einem Gespräch sicherer (und damit auch wohler). Sie können Ihre Gedanken und Gefühle besser mitteilen, und vermutlich fällt es Ihnen leichter, in Ihrem Leben das zu erreichen, was Sie sich wünschen.

Doch dies läßt sich nicht bewerkstelligen, indem Sie Wörter lernen, die Sie nie verwenden bzw. selten zu Gesicht bekommen (unser aktiver Wortschatz ist viel kleiner als unser passiver, das heißt, wir verstehen viel mehr Wörter, als wir verwenden). Also denken Sie praktisch. Nutzen Sie Ihre Zeit sinnvoll, und schlagen Sie nicht zuviel nach. Hören Sie statt dessen Ihren Bekannten zu – vor allem jenen, die Sie bewundern. Achten Sie auf Wörter, die Sie nicht kennen – *jene* sollten Sie zuerst nachschauen. Erstens verstehen Sie dann die anderen besser, und zweitens können Sie diese Wörter selbst verwenden.

Falls Sie Zeit haben, spricht natürlich nichts dagegen, daß Sie Wörter aus Zeitungen und Büchern nachschlagen, aber passen Sie auf – übernehmen Sie typische Wörter aus der Schriftsprache nicht in Ihren aktiven Wortschatz, außer Sie empfinden sie tatsächlich als bereichernd. Es gibt nämlich Wörter, die zwar in der Schriftsprache, aber beim Sprechen kaum verwendet werden. Der Unterschied zwischen beiden Ebenen sollte Ihnen bewußt werden.

Wortschatz

Fachwortschatz

KURZTEST

→ **Angenommen, Sie lesen ein Sachbuch über ein bestimmtes Thema – das kann von Bienen bis Basketball alles sein. Wenn Sie auf ein Wort stoßen, das Sie nicht kennen, dessen Bedeutung Sie aber gerne erfahren würden, welche der folgenden Aussagen trifft dann auf Sie am ehesten zu?**

❶ „Ich habe der Einfachheit halber ein zweites Lesezeichen im Glossar plaziert und sehe natürlich sofort nach!"

❷ „Ich lese die ganze Seite durch und schaue, ob ich nicht doch irgendwie die Bedeutung herauskriegen kann."

❸ „Ich übergehe das verdammte Wort einfach. Und wenn zu oft ein fremdes Wort auftaucht, pfeffere ich das Buch in eine Ecke und schau höchstens noch einmal rein, wenn ich etwas Bestimmtes suche."

Trifft Nummer 1 auf Sie zu, dann lesen Sie die letzte Seite noch einmal. Sie sollten möglichst selten ein Wort aus der Schriftsprache (wie „plazieren") beim Sprechen verwenden, denn das hört sich fürchterlich geschwollen an, und bedeutet nicht, daß Sie auch nur einen Deut cleverer sind als andere. Das Verhalten in Nummer 2 ist ganz normal; trifft diese Aussage auf Sie zu, wissen Sie bereits, daß Nachschlagen nicht immer hilfreich ist. Und wenn Sie sich wie in Nummer 3 beschrieben verhalten, ist das auch völlig normal. Sie müßten nur noch lernen, wie Sie ein Buch besser beurteilen können, bevor Sie es kaufen. Leider ist das Problem des „Fehlkaufs" ein weitverbreitetes Phänomen, über das jedoch nur selten gesprochen wird.

ÜBUNGEN

Es folgen eine Reihe Wörter, die Sie bereits aus der ersten Hälfte des Kapitels kennen; hier geht es nun aber um ihre „wirtschaftliche" Bedeutung. (Stoppen Sie erneut die Zeit; wir vergleichen sie später mit der früher gemessenen.)

→ Definitionen:

STEUER: vom Staatsbürger zu leistende Abgabe, die ihm vom Staat auferlegt wird

BEITRAG: eine einmalige oder laufende Zahlung an den Staat

KURS: Handelspreis einer Währung

AUFLAGE: vom Staat geforderte Leistung oder Verpflichtung von seiten eines Unternehmens für einen bestimmten Zeitabschnitt

→ Ergänzen Sie folgende Sätze (Vorsicht, hier kommt ein bißchen Humor ins Spiel!):

❶ Die ständige Anhebung der .... zwang in den letzten Jahren viele Haushalte dazu, ihr Geld selbst zu drucken.

❷ Herr W., ein passionierter Jäger, ärgerte sich fürchterlich, daß er seinen .... irrtümlich an den Tierschutzbund überwiesen hatte.

❸ Der .... der DM fiel ins Bodenlose, nachdem die Zentralbank neue Scheine aus Versehen auf Löschpapier gedruckt hatte.

❹ Der Chemiekonzern umging die strengen .... des Umweltministeriums, indem er einfach Kaffeefilter in die Türme einbaute.

→ Und das gleiche Spiel noch einmal:

PRODUKTION: Erzeugung von Gütern oder Waren

VERMÖGEN: Geld und in Geld schätzbarer Besitz

LIQUIDIERUNG: Auflösung eines Unternehmens

→ Und wieder müssen Sie die Lücken schließen:

❺ Die .... von Honig fiel den Bienen dieses Jahr extrem schwer, da alle Blumen aus Protest gegen die Umweltverschmutzung ihre Blüten zugeklappt hatten.

⑥ Triumphierend wollte die Polizei das .... des Waffenhändlers beschlagnahmen, fand aber nur Spielzeugpistolen im Safe.

⑦ Nachdem die .... des Unternehmens beschlossen war, fielen natürlich alle Aufträge ins Wasser.

....

→ Und ein vorletztes Mal:

PRODUKTIVITÄT: das Verhältnis zwischen den Kosten zur Herstellung eines Produktes und dem Wert des fertiggestellten Produktes

BESCHÄFTIGUNG: in einem Arbeitsverhältnis stehen

ARTIKEL: eine Warengattung

EXPORT: die Ausfuhr von Waren

....

→ Der Lückentext:

⑧ Die .... von Firma A war wesentlich geringer als die von Firma B, da aufgrund eines Computerfehlers zu viele Arbeiter entlassen worden waren.

⑨ Letztes Jahr war die Arbeitslosenquote sehr hoch. Sogar die Arbeitsbienen waren ohne ....

⑩ In seiner Verliebtheit hatte der Auszubildende M. die .... statt mit Preisschildern mit Herzchen versehen.

⑪ Das Unternehmen beschloß eine neue Werbestrategie, um den .... von Winterstiefeln in die Sahara anzukurbeln.

....

→ Nun heißt es Abschied nehmen von den humorvollen Übungen:

BANK: Anstalt, Unternehmen für den Geldverkehr

BÖRSE: Markt für Wertpapiere und Devisen

SCHULD: Verpflichtung zur Rückgabe von geliehenem Geld

....

→ Ein letztes Mal der Lückentext:

⑫ Die .... konnte mühelos beraubt werden, da der Wachmann statt der Alarmanlage versehentlich den Videorekorder eingeschaltet hatte.

⑬ Nachdem die Computer in Streik getreten waren, brach an der .... Panik aus.

⑭ Die Staats-.............................. stieg stark an, nachdem sich die Politiker geweigert hatten, für Entfernungen unter 10 km auf Flugzeuge zu verzichten.

→ **Antworten:**
❶ Steuern, ❷ Beitrag, ❸ Kurs, ❹ Auflagen, ❺ Produktion, ❻ Vermögen, ❼ Liquidierung, ❽ Produktivität, ❾ Beschäftigung, ❿ Artikel, ⓫ Export, ⓬ Bank, ⓭ Börse, ⓮ Schuld.

Wenn Sie 10 bis 14 richtige Antworten haben, sind Sie spitze. 8 bis 10 ist immer noch gut. Weniger als 8 Richtige könnte bedeuten, daß Sie diese Übung nicht richtig ernstgenommen haben (und wir können uns einfach nicht vorstellen, warum!).

Sie können die Uhr nun weglegen.

So läßt sich der Fachwortschatz erweitern

Da auf das Thema „Fehlkauf", wie bereits erwähnt, nur selten eingegangen wird, möchte ich Ihnen diesbezüglich ein paar Tips geben:

Wollen Sie Ihren Wortschatz unter einem bestimmten Gesichtspunkt vergrößern oder mehr über ein Thema erfahren, wissen jedoch nicht, welches Buch Sie kaufen sollen? Dann nehmen Sie eines mit Glossar. Bevor Sie das Buch lesen, sehen Sie sich erst das Glossar an. Es geht nicht darum, daß Sie sich die Wörter einprägen sollen, sondern darum, erst einmal einen kleinen Überblick zu bekommen und mit den Wörtern vertraut zu werden. Dadurch werden Sie unbewußt die Wörter wiedererkennen, wenn Sie ihnen im Buch begegnen. Legen Sie ein zweites Buchzeichen in das Glossar, und schlagen Sie beim Lesen die Ihnen unbekannten Wörter nach. Es ist wirklich ganz einfach, erleichtert Ihnen das Leben jedoch beträchtlich, wenn Sie etwas dazulernen wollen. (An alle Schriftsteller und Verleger: Haben Sie dies gelesen?!?)

Doch wie soll man solche Wörter lernen, die einem jeden Tag in der Zeitung begegnen? Beim Zeitunglesen etwas nachzuschlagen würde jeden verrückt machen – also brauchen Sie daran gar nicht erst zu denken. Sie können sich jedoch eine kleine Liste mit den Wörtern anlegen, die Sie nicht kennen – fügen Sie aber pro Tag höchstens ein neues Wort hinzu. (Sie würden sonst zu früh zuviel tun!) Schlagen Sie aber erst im Lexikon nach, wenn sich etwa zehn Wörter angesammelt haben.

Es wäre ganz gut, wenn Sie sich zusätzlich zum großen Lexikon ein paar kleinere Wörterbücher zulegten (kaufen Sie aber bloß keine „Wörterbuchenzyklopädien“ – sie sind meist unhandlich und oft nicht von besonders guter Qualität). So wäre es zum Beispiel sinnvoll, ein medizinisches Wörterbuch, ein juristisches Wörterbuch und verschiedene andere wissenschaftliche Wörterbücher im Haus zu haben. Sie können sich natürlich auch ein Basketball-Wörterbuch zulegen, wenn Sie das interessiert. Fachwörterbücher sind in der Regel besser, um Fachbegriffe nachzuschlagen, als ein Universalwörterbuch, da sie stärker auf das jeweilige Thema eingehen. Dadurch erleichtern sie einem den „Zugang“ zum jeweiligen Fachgebiet, weil die Begriffe umfassender erklärt werden und sie sich nicht mit kurzen Definitionen begnügen. Wie dem auch sei, Wörterbücher helfen Ihnen, Zeit zu sparen.

Ein Beispiel: Sie überfliegen einen Artikel über einen neuen Versuchsaufbau, der einen Durchbruch in der Chemie bedeutet, und stolpern über den Ausdruck: „... die Reaktion im Kolben ...“ Da Sie kein Chemiker sind, wissen Sie nicht so richtig, was Sie davon halten sollen. Schlagen Sie das Wort „Kolben“ im Wörterbuch nach, finden Sie folgenden Eintrag:

❶ Zylindrisches Maschinenteil, das sich im Zylinder eines Automotors hin- und herbewegt;
❷ Blütenstand, z.B. bei Mais;
❸ der verstärkte hintere Teil des Gewehrschaftes;
❹ hitzebeständiges Reaktionsgefäß aus Geräteglas in verschiedenen Formen (z.B. Erlenmeyerkolben).

Wären Sie Chemiker, hätten Sie sofort gewußt, welche Bedeutung die richtige ist. Da Sie aber (vermutlich) keiner sind, sollten Sie für solche Fälle möglichst ein Wörterbuch der Chemie zur Hand haben.

ÜBUNGEN

➔ Und hier weitere Übungen zum Wirtschaftswortschatz (stoppen Sie wieder die Zeit):

LANGFRISTIG: eine längere Zeitspanne, in der wirtschaftliche Veränderungen möglich sind

KURZFRISTIG: eine kurze Zeitspanne, in der wirtschaftliche Veränderungen nicht möglich sind

MAKROÖKONOMIE: die Analyse gesamtwirtschaftlicher Zusammenhänge auf nationaler oder weltweiter Ebene

MIKROÖKONOMIE: die Analyse einzelwirtschaftlicher oder lokaler Phänomene und Zielsetzungen

FREIE MARKTWIRTSCHAFT: eine Wirtschaftsordnung, in der sich jedes Individuum oder Unternehmen frei am Kauf oder Verkauf von Waren beteiligen kann

PLANWIRTSCHAFT: eine Wirtschaftsordnung, in der die Regierung die gesamte Volkswirtschaft zentral steuert – von den Waren bis zu den Preisen

➔ Achtung! Bei den Lückentexten ist wieder Humor angesagt:

❶ .... gesehen wird der Preis von im Dunkeln leuchtenden Gebissen stark fallen.

❷ .... gesehen ist der Markt für Lipgloss mit Knoblauchgeschmack nicht sehr rosig; aber wer weiß, was die Zukunft bringt?

❸ Nach einer Untersuchung der .... Situation Japans hat eine amerikanische Firma eine Bedarfslücke mit enormem Gewinnpotential entdeckt: Da die Japaner gerne rohen Fisch essen, wäre es äußerst lukrativ, ihnen Öfen zu verkaufen, in denen gekochter Fisch wieder roh wird.

❹ Und nach einer Untersuchung der .... Situation stellte die Firma fest, daß sie nach einer Produktweiterentwicklung sogar in den Heimaquariumsmarkt einsteigen könnte.

❺ In einer .... würde der Tante-Emma-Laden in Ihrer Nachbarschaft eine große Vielfalt an Schwämmen – unter anderem in Form von Palmen oder Orangen – anbieten.

❻ In einer .... würde der gleiche Laden nur eine bestimmte Sorte Schwämme anbieten – und die wären alle braun.

➔ **Und noch vier Begriffe aus der Wirtschaft:**

BRUTTOSOZIALPRODUKT (BSP): Geldwert aller Güter und Dienstleistungen, die innerhalb eines Jahres in einem Land produziert und verkauft wurden

BRUTTOINLANDSPRODUKT (BIP): der innerhalb der Grenzen eines Landes pro Jahr erarbeitete Teil des BSP (ohne Außenhandel und Außeninvestitionen)

PREISINDEX FÜR LEBENSHALTUNGSKOSTEN: Meßziffer, die anzeigt, wie sich die Preisbewegungen bei Waren auf die Lebenshaltungskosten auswirken

LEBENSHALTUNGSKOSTEN: die Kosten für die Aufrechterhaltung seines persönlichen Lebensstils

➔ **Und jetzt darf wieder geschmunzelt werden:**

❼ Das .... des primitiven Inselstaates Ober-Ugnalia belief sich auf ein wirksames Heilmittel für Schuppenflechte und vierhundert hübsche Felsbrocken.

❽ Das .... von Ober-Ugnalia war dann das Heilmittel für Schuppenflechte, nachdem die vierhundert hübschen Felsbrocken an die USA verkauft worden waren.

❾ Der .... zeigt an, daß man heute als Mitglied der Mittelschicht genug verdient, um sich einen gleichwertigen, wenn nicht sogar besseren Lebensstandard leisten zu können als die Nachbarn.

❿ Je mehr die .... steigen, desto schwieriger wird es für die Mitglieder des Jet-Set, sich jene Dinge zu leisten, die sie schon immer am meisten geliebt haben: guten Wein, schicke Kleidung und verschwiegene Anwälte.

➔ **Antworten:**

❶ Kurzfristig, ❷ Langfristig, ❸ makroökonomischen, ❹ mikroökonomischen, ❺ freien Marktwirtschaft, ❻ Planwirtschaft, ❼ BSP, ❽ BIP, ❾ Preisindex für Lebenshaltungskosten, ❿ Lebenshaltungskosten.

Und wie haben Sie sich dieses Mal geschlagen? (Sie können nun die Uhr weglegen.)

Mark Twain sagte einmal: „Der Unterschied zwischen dem richtigen Wort und dem beinahe richtigen ist derselbe wie zwischen einem Blitz und einem Glühwürmchen."

Um die richtigen Worte war Mark Twain selten verlegen. Doch wenn Sie seine Bücher oder die eines anderen Autors lesen, können Sie sich nur an ihnen erfreuen, wenn Sie sie verstehen. Denken Sie daran, wie es dem Großvater geht, wenn die Verwandtschaft da ist und er sein Hörgerät nicht trägt. Obwohl er „nur ein bißchen taub" ist, scheint er völlig von der Unterhaltung ausgeschlossen zu sein. „Nur" weil er ein paar Worte nicht mitbekommt, kann er an dem Gedankenaustausch nicht mehr teilnehmen. Und genauso ergeht es *Ihnen,* wenn Sie etwas lesen, ohne über den nötigen Wortschatz zu verfügen. Sie wissen nicht, um was es geht, oder – noch schlimmer – wie der Großvater würden Sie nicht einmal merken, daß Sie nicht wissen, um was es geht!

Doch Wörter können nicht alle unsere intellektuellen Mängel kurieren. Bevor wir uns also deshalb verrückt machen, sollten wir einmal sehen, was Sartre in seinem Aufsatz „Was ist Literatur?" geschrieben hat:

„Wenn man es den Wörtern überläßt, sich in Freiheit zu ordnen, dann werden sie Sätze formen, und jeder Satz enthält die ganze Sprache und verweist auf das ganze Universum."

Schriftliches Ausdrucksvermögen

Klarheit und Folgerichtigkeit der Gedanken

KURZTEST

→ **Sind Sie zufrieden damit, wie Sie sich ausdrücken können? Versuchen Sie es anhand der folgenden Aussagen herauszufinden:**

❶ Briefeschreiben bereitet mir Schwierigkeiten, deshalb vermeide ich es nach Möglichkeit. Ich ziehe es vor, mich mit Leuten zu treffen oder mit ihnen zu telefonieren.

❷ Ich kann mich schriftlich recht gut ausdrücken, aber mündlich nicht. Mir ist es lieber, jemandem zu schreiben, als mit ihm zu reden.

❸ Wenn ich mit jemandem rede, scheint alles, was ich sage, irgendwie falsch zu klingen.

❹ Die Leute bitten mich häufig darum, meine Worte noch einmal zu wiederholen. Es ist wirklich frustrierend.

❺ Hinterher fällt mir immer etwas Schlaues ein, was ich hätte sagen *können,* aber leider nicht getan habe.

Wenn die erste Aussage auf Sie zutrifft, bedeutet das vielleicht nur, daß Sie einfach *nicht gerne* schreiben. Trotzdem wäre es wichtig für Sie, es zu können. Natürlich ist es schlimmer, Menschen zu meiden als Papier; wenn also die zweite Aussage auf Sie zutrifft, kann das Ihnen genauso zum Nachteil gereichen, wie bei der ersten. Stimmen Sie Aussage 3 zu, dann leiden Sie zwar, tun aber nichts dagegen; wenn Aussage 4 zutrifft, bemühen Sie sich wenigstens. Machen Sie weiter so! Sollte Nummer 5 auf Sie passen, dann geht es Ihnen genau wie *mir!*

ÜBUNGEN

Es folgen einige Übungen aus dem Bereich der Philosophie. Keine Angst, es sind nur Übungen! Sie werden zu diesem Thema nicht abgefragt! Bitte beim Ergänzen der Lückentexte nicht noch einmal schnell nachlesen, was oben steht! Hier geht es darum, Ihre schriftliche Ausdrucksfähigkeit zu verbessern. Gehen Sie es also ruhig an.

→ Folgende griechische Philosophen gelten als die einflußreichsten und (vielleicht) wichtigsten in der Geschichte:

Sokrates wandte sich als erster der antiken Philosophen vom Studium der Natur und des Universums ab und dem Menschen und dem menschlichen Verhalten zu. Er hat zwar keine eigenen Schriften hinterlassen, doch seine Ideen wurden von seinem berühmten Schüler Platon überliefert.

Platon verwendete den „Dialog", um seine (und Sokrates') Ideen zu übermitteln. Ein Dialog war eine Art Theaterstück mit Darstellern, Requisiten und Bühne. In den frühen Dialogen tritt Sokrates auf, der in Form eines Vortrags seine großen Ideen verkündet; in den späteren Dialogen verarbeitet Platon seine eigenen wissenschaftlichen Lehrsätze.

Aristoteles war ein Schüler Platons. Seine berühmtesten Werke, ebenfalls Dialoge, gingen verloren, seine Abhandlungen hingegen blieben erhalten. Eine dritte Gruppe – die Memoranda – sind gleichfalls verschollen.

→ Ergänzen Sie folgende Sätze so, daß sie einen Sinn ergeben:

❶ **Sokrates** .... der erste antike Philosoph, der sich vom Studium der Natur und des Universums .... und dem Studium des Menschen und menschlichen Verhaltens zuwandte.

❷ **Platon** .... den „Dialog", um seine (und Sokrates') Ideen zu ....

❸ **Aristoteles** .... von Platon. Seine berühmtesten Werke, ebenfalls Dialoge, ... verloren, doch seine Abhandlungen blieben ....

→ Nun zu den zentralen Thesen dieser drei Philosophien:

Sokrates, dessen Hauptinteresse der Ethik galt, lehrte, daß Wissen Tugend sei und Schlechtigkeit das Resultat von Nichtwissen. Er glaubte, daß nie jemand wissentlich schlechte oder lasterhafte Taten begehe.

Platon, dessen Hauptinteresse der Wahrheit galt, verfaßte die „Ideenlehre" (wobei es sich nicht um Ideen im herkömmlichen Sinn handelt). Er nahm an, daß es einen Bereich der Wahrheit gebe (in dem die Ideen „wohnen") und einen Bereich der Meinung.

Aristoteles, dessen Hauptinteresse der Wissenschaft galt, war überzeugt davon, daß Logik und Strenge für die exakte Beobachtung unentbehrlich seien. Er behauptete, daß das gesamte menschliche Wissen von den „besonderen" Erfahrungen der Sinne herrühre und dies die Grundlage bilde, wie wir das „Allgemeine" wahrnehmen.

→ **Und jetzt weitere Lückentexte:**

❹ **Sokrates,** dessen Hauptinteresse der Ethik ...., ..., daß Wissen Tugend .... und Schlechtigkeit das Resultat von Nichtwissen.

❺ **Platon,** dessen Hauptinteresse der Wahrheit ...., ... die „Ideenlehre" (wobei es sich hier nicht um Ideen im herkömmlichen Sinn handelt).

❻ **Aristoteles,** dessen Hauptinteresse der Wissenschaft ...., war .... davon, daß Logik und Strenge für die exakte Beobachtung unentbehrlich seien.

→ **Und zum Schluß zum Nachprüfen die Antworten:**

❶ war, abwandte, ❷ verwendete, übermitteln, ❸ war, ein, Schüler, gingen, erhalten, ❹ galt, lehrte, sei, ❺ galt, verfaßte, ❻ galt, überzeugt. (Natürlich können Sie auch andere Wörter mit der gleichen Bedeutung einsetzen.)

Und so erreichen Sie Klarheit und Folgerichtigkeit der Gedanken

Ist es überhaupt wichtig, daß man sich schriftlich gut ausdrücken kann? Ja – und zwar nicht nur für akademische Zwecke, sondern auch im Alltag. Stellen Sie sich einmal vor, Sie hätten Probleme mit Ihrer Versicherung (und wer hat die nicht?). Sie möchten die Sache jetzt endlich geregelt haben, doch alle Telefonanrufe verliefen bisher fruchtlos. „Wir können erst etwas unternehmen, wenn uns etwas Schriftliches vorliegt" ist die Standardantwort. Ein anderes

Beispiel: Mit Sicherheit können Sie Rechnungen und Rezepte nicht mündlich weitergeben, oder? Wenn Sie sich schriftlich nicht gut ausdrücken können, bekommen Sie in solchen Situationen oft Probleme.

Hier ist mein erster Vorschlag, wie Sie Ihre schriftliche Ausdrucksfähigkeit verbessern können:

Schreiben Sie an Ihre lokale Zeitung Leserbriefe. Auf der Welt passieren sicherlich eine Menge Dinge, mit denen Sie nicht einverstanden sind. Suchen Sie sich ein Thema aus, denken Sie gründlich darüber nach, und schreiben Sie die wichtigsten Substantive auf, die Ihnen dazu einfallen (z.B.: „Verschmutzung", „See", „Fabrik" und „natürliche Lebensräume"). Machen Sie dann eine Liste der Adjektive, die Ihre Gefühle zu diesem Thema wiedergeben (z.B.: „verpestet", „übelriechend" und „harmonisch"), und schließlich der ausdrucksstärksten Verben, die man hier verwenden kann (z.B.: „verseuchen", „infizieren"). Versuchen Sie dann, einen Brief zu schreiben, indem Sie diese Wörter zu einem sinnvollen Text zusammensetzen. Legen Sie den Brief jedoch beiseite, und schicken Sie ihn nicht ab!

Wiederholen Sie diesen Vorgang einmal die Woche. Nehmen Sie jedesmal ein anderes Thema, verlängern Sie Ihre Listen – bis zu dem Tag, an dem Ihr Brief wirklich gut geschrieben ist und überzeugend klingt. Diesen Brief sollten Sie der Zeitung schicken. Doch belassen Sie es nicht dabei. Egal, ob Ihr Brief veröffentlicht wird oder nicht – üben Sie weiter, und schicken Sie ab und zu einen weiteren gelungenen Brief ab. Ihre schriftliche Ausdrucksfähigkeit wird sich mit Sicherheit verbessern (und abgesehen davon bewirken Sie vielleicht tatsächlich etwas!).

Der nächste Tip hilft Ihnen sicherlich, die Scheu vor privaten Briefen zu verlieren. Schreiben Sie, ohne nachzudenken, Ihre Gefühle und Gedanken auf. Grammatikalisch korrekt sollten Sie natürlich schon schreiben, aber das alleine ist es nicht: Ein Brief muß auch gut strukturiert sein. Es folgt ein Brief, den ich ohne Nachdenken und Korrekturen heruntergeschrieben habe:

Liebe Leserin, lieber Leser,
heute scheint die Sonne nicht, aber irgendwie mag ich das. Diesige Tage tun den Augen gut. Ich wohne zig Meter über dem Erdboden in einem Hochhaus. Auf der einen Seite kann man den Central Park sehen und auf der anderen den Fluß. Wenn die Sonne nicht scheint, ist die Abenddämmerung immer etwas Beson-

deres, vor allem, wenn die Straßenlaternen angehen. Ich hätte heute abend auch nichts gegen ein wenig Nebel. Wissen Sie, ich gehe heute abend in meine Lieblingskneipe um die Ecke, und ich liebe es, durch den Nebel an den alten Sandsteinmauern vorbei nach Hause zu gehen, vor allem, wenn dann auch noch eine dieser alten Pferdekutschen vorbeitrabt. Ich bin schon lange nicht mehr mit einer gefahren, aber es ist einfach schön zu wissen, daß es sie noch gibt. Sehen Sie, es ist wie mit dem Mond: Vielleicht ist er ja nicht sehr nützlich, aber es ist schön hinaufzusehen und zu entdecken, daß er noch da ist.
Ich schreibe bald wieder.

Marilyn

Wenn Ihr schriftliches Ausdrucksvermögen besser ist als Ihr mündliches, sollten Sie Mut schöpfen, denn immerhin können Sie Ihre Gedanken in Worte fassen. Vermutlich müssen Sie nur etwas selbstsicherer werden (aber müssen wir das nicht alle?).

Nun, mehr Selbstsicherheit gewinnt man durch Erfolgserlebnisse. Also sollten wir etwas unternehmen, um Ihnen einen Eindruck von Ihrem Können zu vermitteln. Nutzen Sie Ihre schriftliche Ausdrucksfähigkeit auch für Telefonanrufe, das heißt, machen Sie vor dem nächsten wichtigen Anruf eine Liste mit Schlüsselwörtern, und legen Sie diese beim Telefonieren vor sich. Versuchen Sie jedoch nicht, die Wörter abzulesen oder sie alle in das Gespräch einzubauen, sonst kann es passieren, daß Sie förmlich oder zerstreut klingen. Betrachten Sie die Liste einfach als eine Art Rückversicherung in greifbarer Nähe.

Was tun Sie nun auf Veranstaltungen, wenn Ihnen die richtigen Worte einfach nicht einfallen wollen? Oder alles, was Sie sagen, verkehrt klingt? Es ist erstaunlich, wie urplötzlich man den Namen des Autors von jenem netten Roman vergessen kann, den man erst letzten Monat gelesen hat, wenn man plötzlich einem attraktiven Exemplar des anderen Geschlechts gegenübersteht! (Keine Sorge – manche Leute vergessen dabei sogar ihre Ehepartner ...) Nun – lassen Sie auch in einer solchen Situation Ihren Gedanken einfach freien Lauf. Betrachten Sie sich als „Sprachimpressionisten“, das heißt, denken Sie sich in eine schöne Situation hinein, wie beispielsweise in ein malerisches kleines Städtchen, oder in eine schlimme, wie eine grauenvolle Fahrt mit der U-Bahn, und beschreiben Sie Ihre Empfindungen. Sprechen Sie über Licht, Farben und Töne – dabei können Sie nichts falsch machen.

ÜBUNGEN

So, es wird wieder Zeit für einige Übungen. Denken Sie daran: Sie müssen nicht exakt dieselben Worte wie im Text verwenden.

➔ **Die folgenden Sätze geben in aller Kürze wieder, was sich die drei griechischen Philosophen unter dem Begriff „Tugend" vorstellten:**

Sokrates glaubte, Wissen sei Tugend. Der Mensch müsse seine Aufgabe als menschliches Wesen erfüllen, und da er Vernunft besitze, müsse er auch vernunftsgemäß handeln.

Platon glaubte, daß Tugend mit dem Verhalten eng verbunden sei: Harmonie könne nur erreicht werden, wenn alle „Teile" der Seele (denen jeweils eine Tugend zugeordnet ist) ihre jeweilige Funktion erfüllen. Er glaubte also, daß Tugend nicht eine Frage der Einstellung, sondern Teil des Menschen sei.

Aristoteles stellte sich vor, die Tugend sei ein „goldener Mittelweg", das heißt, ein Mittelmaß zwischen zwei Extremen (z. B. Tapferkeit zwischen Feigheit und Tollkühnheit).

➔ **Und jetzt einige Fragen dazu. Ergänzen Sie bitte folgende Sätze:**

❶ **Sokrates** ...., Wissen .... Tugend. Der Mensch müsse seine Aufgabe als menschliches Wesen erfüllen, und da er Vernunft ...., müsse er auch vernunftsgemäß ....

❷ **Platon** ...., daß Tugend mit dem Verhalten eng .... sei: Harmonie könne nur erreicht werden, wenn alle „Teile" der Seele (denen jeweils eine Tugend zugeordnet ist) ihre jeweilige Funktion .... Er glaubte also, daß Tugend nicht eine Frage der Einstellung, sondern Teil des Menschen sei.

❸ **Aristoteles** ...., die Tugend sei ein „goldener Mittelweg", das heißt, ein Mittelmaß zwischen zwei Extremen (z. B. Tapferkeit zwischen Feigheit und Tollkühnheit).

Besonders Aristoteles besaß genaue Vorstellungen davon, wie eine Staatsform zu sein hatte. Er glaubte, ein Staat würde „entarten", wenn die Regierenden aus Selbstsucht heraus handelten. Er entwarf drei elementare Staatsformen, die jeweils eine „richtige" und eine „entartete" Ausprägung haben konnten. Sie unterscheiden sich vorwiegend durch die Anzahl der Regierenden voneinander.

➔ Im folgenden die drei Staatsformen in ihrer „richtigen" Ausprägung:

MONARCHIE: Ein einzelner, rechtschaffener Mann regiert im Interesse des Gemeinwohls.

ARISTOKRATIE: Eine kleine Gruppe privilegierter (adliger) Männer regiert, deren Leistungen und Taten sie zum Regieren und Tragen der Verantwortung befähigen.

POLITIE: Die breite Masse der Bürger soll durch Rat und Abstimmung an der Regierung teilnehmen, die Führung der Amtsgeschäfte aber einer fähigen Elite zufallen.

➔ Nun die gleichen Staatsformen in ihrer „entarteten" Ausprägung, die laut Aristoteles auftreten, wenn die Regierenden in ihrem eigenen Interesse handeln statt im Interesse des Gemeinwohls:

TYRANNEI: uneingeschränkte Gewaltherrschaft eines einzelnen

OLIGARCHIE: Herrschaft einer kleinen Gruppe, die ihre Macht eigennützig mißbraucht

DEMOKRATIE: Die breite Masse der Bürger regiert, ohne dazu befähigt zu sein.

Nebenbei bemerkt glaubte Aristoteles, daß aus zahlreichen Gründen die Aristokratie die beste Staatsform sei.

➔ Hier nun einige Fragen zu den elementaren Staatsformen in ihrer „richtigen" Ausprägung:

❹ MONARCHIE: Ein einzelner, rechtschaffener Mann .... im Interesse des Gemeinwohls.

❺ ARISTOKRATIE: Eine kleine Gruppe privilegierter (adliger) Männer regiert, deren Leistungen und Taten sie zum Regieren und Tragen der Verantwortung ....

❻ POLITIE: Die breite Masse der Bürger soll durch Rat und Abstimmung an der Regierung ....,
die Führung der Amtsgeschäfte aber einer fähigen Elite zufallen.

➔ Und hier einige Fragen zu den elementaren Staatsformen in ihrer „entarteten" Ausprägung:

❼ TYRANNEI: uneingeschränkte Gewaltherrschaft .... einzelnen

❽ OLIGARCHIE: Herrschaft einer ....
Gruppe, die ihre Macht eigennützig mißbraucht

❾ DEMOKRATIE: Die breite Masse der Bürger regiert, ohne dazu befähigt zu ....

➔ Antworten:

❶ glaubte, sei, besitze, handeln, ❷ glaubte, verbunden, erfüllen, ❸ stellte sich vor, ❹ regiert, ❺ befähigen, ❻ teilnehmen, ❼ eines, ❽ kleinen, ❾ sein.

Nun, wie fühlen Sie sich? Obwohl wir Sie nicht nach Einzelheiten zum Thema gefragt haben und die Sätze fast die gesamten „philosophischen" Informationen enthielten, war es doch überraschend schwierig, nicht wahr? Trotzdem haben Sie es mit etwas Aufwand bestimmt geschafft, die Sätze zu ergänzen. Das bedeutet, Sie haben richtig geübt!

Schreiben verbessert Ihr Denkvermögen, und genau das wollen Sie ja erreichen. Etwas mit den „Händen" zu erarbeiten ist eine hervorragende Möglichkeit, es zu lernen. Stellen Sie sich einmal vor, Sie müßten lernen, wie man mit einem Computer umgeht, indem Sie jemandem eine Woche lang *zuschauen*. Es würde Ihnen nicht viel bringen. Sie würden sich verloren fühlen, sobald Sie vor der Computertastatur säßen. Welch ein Unterschied wäre es, wenn *Sie selbst* eine Woche lang am Computer *gesessen* hätten!

Aus dem gleichen Grund haben uns die Lehrer in der Schule so häufig Aufsätze schreiben lassen. Sie wußten, warum – denn Schreiben verbessert das Denkvermögen erheblich. Viele jungen Leute schreiben jedoch höchst ungern, und leider belegen viele deswegen an der Uni nur noch Kurse, in denen sie keine schriftlichen Referate verfassen müssen. Das ist wirklich schade, denn durch das schriftliche Erarbeiten eines Themas könnten sie sehr viel tiefer in ein Wissensgebiet eindringen. Noch schlimmer ist es, wenn sie später in dem jeweiligen Fachgebiet einmal arbeiten wollen, denn dann müssen sie mit denjenigen konkurrieren, die sich intensiver damit auseinandergesetzt *haben.*

Ergreifen Sie also jede sich bietende Gelegenheit, Ihre Gedanken zu Papier zu bringen, denn das ist eine prima Übung. Wäre es nicht auch eine hervorragende Idee, Ihren über die ganze Welt verstreuten Freunden und Bekannten Briefe zu schreiben? (Doch halt! Es wäre vielleicht besser, nur den Bekannten zu schreiben. Gute Freunde haben nämlich oft die Angewohnheit, Briefe ewig aufzuheben – und wer weiß, vielleicht werden Sie ja eines Tages ein berühmter Schriftsteller, und jeder Brief kann gegen Sie verwendet werden.)

Schriftliches Ausdrucksvermögen

Treffende Formulierung der Gedanken

K U R Z T E S T

→ Wie geschickt sind Sie darin, Ihre Gedanken darzulegen?

❶ Ich kann meine Gedanken zwar schriftlich und mündlich ausdrücken, scheine aber nie genau den richtigen Ausdruck zu treffen.
❷ Die Leute stimmen mit mir nie überein.
❸ Wenn ich etwas sage, unterbrechen sie mich sogar häufig.
❹ Mir fällt es sehr schwer sofort zu kontern – aber *hinterher* fällt mir immer das Richtige ein!
❺ Wenn ich etwas sage, hören mir die anderen immer zu. Zuerst nicken sie zustimmend, am Schluß applaudieren sie, und ich werde mit Lob geradezu überschüttet.

Punkt 1 ist für viele ein Problem – das liegt an der mangelnden Übung. Doch wenn Aussage 2 zutrifft, hat das vermutlich eher etwas mit Ihrem Bekanntenkreis zu tun und damit, daß Sie meist eine andere Meinung vertreten als die anderen. Stimmt Aussage 3, dann neigen Sie vielleicht zu etwas langatmigen Erklärungen; doch wenn das nicht öfter vorkommt, sehen Sie die Unterbrechungen einfach als schlechtes Benehmen an. Was Nummer 4 betrifft – hinterher ist man immer klüger; Ihrem Gesprächspartner geht's vermutlich oft ähnlich. Und wenn Sie Aussage 5 zustimmen, sollten Sie sich entweder für ein öffentliches Amt bewerben, oder Sie haben ein klitzekleines Problem mit der Wahrheit.

ÜBUNGEN

Die letzten Übungen waren ziemlich anstrengend. Deshalb bleiben wir beim gleichen Thema – denn Übung macht ja bekanntlich den Meister. Jetzt wird es allerdings noch etwas schwieriger. Wenn Sie nicht wissen, wie Sie eine Frage beantworten sollen – versuchen Sie es wenigstens! Auch das gehört zur Übung.

→ Wir fassen noch einmal zusammen, was die drei griechischen Philosophen jeweils unter „Tugend" verstanden haben:

Sokrates glaubte, Wissen sei Tugend. Der Mensch müsse seine Aufgabe als menschliches Wesen erfüllen, und da er Vernunft besitze, müsse er auch vernunftsgemäß handeln.

Platon glaubte, daß Tugend mit dem Verhalten eng verbunden sei: Harmonie könne nur erreicht werden, wenn alle „Teile" der Seele (denen jeweils eine Tugend zugeordnet ist) ihre jeweilige Funktion erfüllen. Er glaubte also, daß Tugend nicht eine Frage der Einstellung, sondern Teil des Menschen sei.

Aristoteles stellte sich vor, die Tugend sei ein „goldener Mittelweg", das heißt, ein Mittelmaß zwischen zwei Extremen (z. B. Tapferkeit zwischen Feigheit und Tollkühnheit).

→ Hier nun die Aufgaben. Beschreiben Sie anhand der aufgelisteten Wörter (in der vorgegebenen Reihenfolge) die Auffassung des jeweiligen Philosophen:

❶ **Sokrates:** Tugend, erfüllen, Vernunft

❷ **Platon:** Tugend, Verhalten, Harmonie

❸ **Aristoteles:** Tugend, Mittelmaß, Extreme

Halt! Nicht gleich alles hinwerfen! Jetzt wird's wieder leichter.

→ Aristoteles besaß genaue Vorstellungen davon, wie eine Staatsform zu sein hatte. Im folgenden die drei Staatsformen in ihrer „richtigen" Ausprägung:

MONARCHIE: Ein einzelner, rechtschaffener Mann regiert im Interesse des Gemeinwohls.

ARISTOKRATIE: Eine kleine Gruppe privilegierter (adliger) Männer regiert, deren Leistungen und Taten sie zum Regieren und Tragen der Verantwortung befähigen.

POLITIE: Die breite Masse der Bürger soll durch Rat und Abstimmung an der Regierung teilnehmen, die Führung der Amtsgeschäfte aber einer fähigen Elite zufallen.

➔ Nun die gleichen Staatsformen in ihrer „entarteten" Ausprägung:

TYRANNEI: uneingeschränkte Gewaltherrschaft eines einzelnen

OLIGARCHIE: Herrschaft einer kleinen Gruppe, die ihre Macht eigennützig mißbraucht

DEMOKRATIE: Die breite Masse der Bürger regiert, ohne dazu befähigt zu sein.

➔ Schreiben Sie nun mit Hilfe der aufgelisteten Wörter (Reihenfolge bleibt!) ein oder zwei Sätze zu jeder „Staatsform":

„Richtige" Ausprägung:

❹ MONARCHIE: einzelner, rechtschaffener, im Interesse des Gemeinwohls

❺ ARISTOKRATIE: kleine Gruppe, Leistungen, regieren, befähigen

❻ POLITIE: Bürger, teilnehmen, Führung, Elite

„Entartete" Ausprägung:

❼ TYRANNEI: Gewaltherrschaft einzelner

❽ OLIGARCHIE: kleine Gruppe, Macht, mißbraucht

❾ DEMOKRATIE: Bürger, regieren, befähigt

Bedenken Sie, daß es bei diesen Übungen keine richtigen oder falschen Antworten gibt – es geht darum, die Strukturierung und Formulierung Ihrer Gedanken zu verbessern.

So lernen Sie, Ihre Gedanken treffend zu formulieren

Erinnern Sie sich daran, was ich im ersten Teil des Kapitels über das Briefeschreiben gesagt habe? Wie wäre es, wenn Sie einen Brieffreund im Ausland suchten, mit dem Sie „einfaches Schreiben" üben können? Überlegen Sie einmal: Er wäre wirklich an Ihnen und Ihren Erlebnissen interessiert (nicht wie die Verwandten, die nur bestimmte Dinge hören wollen!). Trotzdem – oder vielleicht gerade deswegen – wären Briefe an Ihre Verwandten auch eine *großartige* Übung! Brieffreundschaften sind nicht nur etwas für Kinder. Wäre es nicht faszinierend, mit jemandem aus Übersee, Asien oder sonstwo zu korrespondieren? Mit jemandem, der Ihnen z.B. erzählen könnte, wie es sich heute in der ehemaligen Sowjetunion lebt?

Eine andere schöne und hilfreiche Übung ist es, ein Tagebuch zu führen (das mache ich beispielsweise, und ich könnte wetten, daß ich es eines Tages bereue). Sie sollten zu diesem Zweck immer ein Blatt Papier auf dem Schreibtisch liegen haben, darauf notieren Sie Stichworte zu einem besonderen Ereignis oder anderes, was Sie als wichtig erachten. Schreiben Sie immer dann, wenn Sie gerade in Stimmung sind, ein paar Sätze zu jedem Stichwort. Das wäre auch schon alles.

Es ist außerordentlich wichtig und nützlich zu wissen, wie man seine Gedanken richtig strukturiert – und dies fällt beileibe nicht immer so leicht, wie es sich anhört. Für manche Menschen ist es sogar so, als müßten sie einen Sack voll Flöhe dazu bringen, sich in Reih und Glied, nach Gattungen und Arten zusammengefaßt, aufzustellen.

Bei einer Diskussion besteht einer der häufigsten Fehler darin, nicht alle Pro-und-Kontra-Argumente mit einzubeziehen. Um jemanden zu überzeugen, muß man aber alle Aspekte eines Themas berücksichtigen und darf nicht nur auf die schillerndsten, wichtigsten oder uns am meisten am Herzen liegenden eingehen.

Wenn Sie im Diskutieren noch nicht so bewandert sind, könnten Sie sich für die nächste Party bewußt mit einem Thema „bewaffnen". Ein Vorschlag: Picken Sie sich von der Titelseite einer Zeitung einen wichtigen Bericht heraus, der Sie interessiert, und lesen Sie ihn gründlich durch. Notieren Sie sich beim Lesen einige Stichwörter – das können sowohl Wörter sein, die sich auf die Story beziehen, als auch solche, die Ihrem Gedächtnis auf die Sprünge helfen. Diese Liste stecken Sie dann in Ihre Tasche, wo sie jedoch (sozusagen als

Taschentuch für alle Fälle) den Abend über bleiben sollte. Kommen die anderen nicht von alleine auf „Ihr" Thema, müssen Sie etwas nachhelfen.

Das ist nicht nur eine einfache Methode, um die eigene Ausdrucksfähigkeit zu verbessern, sondern sie kann auch helfen, eine Veranstaltung relativ „unbeschadet", das heißt, ohne eine schlechte Figur zu machen, zu überstehen. Und eventuell bringt Ihnen Ihr Beitrag sogar eine interessante Verabredung ein. (Aber Vorsicht: Tun Sie des Guten nicht zuviel, wenn Sie sich zu einem brillanten Redner gemausert haben; lassen Sie auch die anderen zu Wort kommen.)

Haben Sie übrigens schon einmal vom „Lexikon-Spiel" gehört? Wenn nicht, erkläre ich es Ihnen: Zuerst muß jemand ein Wort, von dem er glaubt, daß keiner es kennt, aus einem Lexikon auswählen. Einmal angenommen, Sie fangen an. Haben Sie ein Wort gefunden (fragen Sie vorsichtshalber jeden, ob er es nicht doch kennt), dann schreiben Sie die Definition des Wortes auf ein Stück Papier. Alle anderen schreiben nun ebenfalls eine Definition auf, die sie sich ausgedacht haben und die die anderen täuschen soll. Sammeln Sie die Papierchen dann ein. Lesen Sie anschließend alle Definitionen laut vor. Nun muß jeder aufschreiben, welche Definition er für die *richtige* hält. Alle, die richtig geraten haben, bekommen einen Punkt. Zusätzlich bekommen diejenigen, die mit ihrer falschen Definition andere getäuscht haben, für jede getäuschte Person noch einen Punkt. Setzen Sie das Spiel fort, bis jeder einmal ein Wort ausgesucht hat. Wer die höchste Punktzahl hat, gewinnt natürlich.

Ich weiß, es klingt verrückt, aber dies ist eine ideale Übung, um das schriftliche Ausdrucksvermögen und die Kreativität zu fördern.

Noch ein letzter Tip. Sollten Sie eine leicht sadistische Ader haben, können Sie Ihr schriftliches Ausdrucksvermögen auch „verfeinern", indem Sie im Urlaub Postkarten an jemanden schicken, den Sie nicht leiden können. Wenn Sie es also leid sind, immer nur an die „lieben Daheimgebliebenen" zu schreiben, warum sollten Sie dann nicht einfach Ihre „Feinde" mit besonders verführerischen Karten ein wenig ärgern? Zum Beispiel so: „Hi, Martin! Das Wetter hier auf der Insel ist einfach klasse. Und die Frauen erst! Du wirst es nicht glauben, Martin! Es ist wie im Paradies, nur gibt's hier zusätzlich noch Whirlpools. Die hiesigen Frauen halten die Männer vom Festland für die heißesten Typen überhaupt – mir geht schon langsam das Geld aus." (Ich habe nicht gesagt, Sie müßten sich an die Wahrheit halten!)

ÜBUNGEN

Und zum Schluß noch einige Übungen mit weiteren Begriffen aus der antiken und neueren Philosophie.

→ Zunächst fünf Bereiche der klassischen philosophischen Forschung:

LOGIK: die Lehre vom schlüssigen und folgerichtigen Denken und Argumentieren, wobei vor allem Struktur und Inhalt unterschieden werden.

ETHIK: die Lehre von den Normen menschlichen Handelns (Moral) und deren Rechtfertigung

ÄSTHETIK: die Lehre vom Geschmack und vor allem von der Natur des Schönen

EPISTEMOLOGIE: die Lehre von der Natur und der Herkunft des menschlichen Wissens

METAPHYSIK: die Lehre vom Sein und davon, wie die grundsätzlichen Prinzipien letztendlich unser Verständnis der realen Welt beeinflussen

→ Ihre Aufgabe:

Schreiben Sie mit den angegebenen Wörtern (unter Beibehaltung der Reihenfolge) eine kurze Definition des jeweiligen Begriffes auf. Sie müssen natürlich die obigen Definitionen nicht wörtlich wiedergeben!

❶ LOGIK: Lehre, Denken, Struktur, Inhalt
❷ ETHIK: Lehre, Handeln, Moral, Rechtfertigung
❸ ÄSTHETIK: Lehre, Geschmack, Natur, das Schöne
❹ EPISTEMOLOGIE: Lehre, Herkunft, menschlich, Wissen
❺ METAPHYSIK: Lehre, grundsätzlich, Prinzipien, beeinflussen

→ Es folgen zwei Begriffspaare, die für das Verständnis der Philosophie unerläßlich sind:

DEDUKTION: in der Logik das Schließen vom Allgemeinen auf das Besondere

INDUKTION: in der Logik das Schließen vom Besonderen (Ereignis, Beobachtung) auf das Allgemeine (Formulierung allgemeingültiger Grundsätze)

A PRIORI: mittels Vernunft und durch logisches Schließen gewonnene Erkenntnis

A POSTERIORI: aus der Erfahrung gewonnene Erkenntnis

➔ Und noch eine kleine Übung:

❻ DEDUKTION: schließen, Allgemeines, Besonderes

❼ INDUKTION: schließen, Besonderes, Allgemeines

❽ A PRIORI: Vernunft, Erkenntnis

❾ A POSTERIORI: Erfahrung, Erkenntnis

Zum Abschluß noch eine berühmte Allegorie, „Das Höhlengleichnis", mit der Sie Extrapunkte sammeln können. Platon – Sokrates dient ihm als Sprachrohr – verwendet diese Allegorie, um die Natur menschlichen Wissens zu erklären.

Stellen Sie sich ein Volk vor, das gezwungen ist, sein ganzes Leben in einer Höhle eingesperrt zu verbringen. Die Menschen sind an Ketten gelegt. Hinter ihnen lodert ein Feuer, aber da sie sich nicht umdrehen können, erkennen sie nur ihre eigenen Schatten an der Wand vor sich. Weil sie noch nie etwas anderes gesehen haben, glauben sie, diese Schatten seien lebendig.

Genauso glauben wir irrtümlicherweise, daß die Welt, wie wir sie wahrnehmen, die richtige, die wichtigste Welt sei, obwohl wir in Wahrheit nur die „Schatten" der Wirklichkeit sehen.

➔ Und nun zur letzten Aufgabe: Erklären Sie „Das Höhlengleichnis" anhand der vorgegebenen Wörter unter Beibehaltung ihrer Reihenfolge:

❿ HÖHLENGLEICHNIS: Volk, eingesperrt, Höhle, Ketten, Feuer, Schatten, Wirklichkeit, genauso, irrtümlicherweise, wahrnehmen, Welt, „Schatten"

Sicherlich haben Sie bemerkt, daß Sie für die Übungen dieses Kapitels die Schlüsselwörter einer Aussage immer in ihrer logischen Reihenfolge bekommen haben. Da wir annahmen, das Thema sei Ihnen nicht allzu vertraut, haben wir die Struktur der Originalsätze beibehalten, damit die Aufgabe nicht zu schwer wurde.

Man kann aber auch andere logische Strukturen verwenden, um etwas darzustellen oder zu schildern. Sie können Worte z.B. chronologisch ordnen, vom Wichtigen zum weniger Wichtigen übergehen oder vom Allgemeinen zum Besonderen. Zudem erleichtert ein logischer Aufbau Ihrem Zuhörer oder Ihrem Leser das Verstehen und *Ihnen* die Darstellung.

Das gilt für alle Bereiche: ob Sie nun einen Brief an die Versicherung schreiben oder Ihre Doktorarbeit über Jean-Paul Sartres These, die besagt, daß das Individuum als verantwortungsbewußtes, aber fürchterlich einsames kleines Wesen in einem riesigen Meer treibe und mit der qualvollen Freiheit der Wahl belastet sei. (Einen Existentialisten wie Sartre würden Sie zu Ihrem nächsten Familienfest gewiß nicht einladen, außer Sie wollten unangenehme Gäste vergraulen.)

Organisation macht das Leben leichter, und das gilt auch für das Schreiben. Notieren Sie sich Stichworte, ordnen Sie sie nach einer bestimmten Logik, und die halbe Arbeit ist bereits getan!

Teil II

Verstehen und Begreifen

Verstehen und Hinterfragen

Das Wie verstehen

KURZTEST

→ Fällt es Ihnen leicht zu verstehen, wie etwas funktioniert? Überlegen Sie, ob folgende Aussagen auf Sie zutreffen:

❶ Naturwissenschaften sind für mich ein Buch mit sieben Siegeln. Ich weiß nicht einmal, wie mein Toaster funktioniert.

❷ Was Dinge rund ums Haus angeht, kenne ich mich ganz gut aus, aber ich wußte nicht einmal, daß es eine Ozonschicht *gibt*, bevor ich hörte, daß sie ein Loch hat.

❸ Wenn ich im Frühjahr und im Herbst meine Digitaluhren umstellen will, muß ich erst einmal die ganzen Betriebsanleitungen hervorkramen.

❹ Ich kenne mich in den Naturwissenschaften ein wenig aus, aber offenbar kapiere ich nicht einmal, wie ich meinen Videorecorder programmieren muß.

❺ Ich weiß genug über Themen wie globale Erwärmung und SDI (Strategische Verteidigungsinitiative), um auch Entscheidungen treffen zu können.

Wenn Aussage 1 auf Sie zutrifft, brauchen Sie nur eine kleine Auffrischung Ihrer naturwissenschaftlichen Kenntnisse – aber keine Panik, den meisten Menschen geht es ähnlich. Auch wenn Sie Nummer 2 zustimmen, ist das völlig normal. Das gleiche gilt für die Aussagen 3 und 4, auch wenn es ärgerlich ist, nicht wahr? Ich komme in diesem Kapitel noch einmal auf das Thema Betriebsanleitungen zurück und gebe Ihnen ein paar Tips, wie Sie dieses Problem angehen können. Und in Aussage 5 werden sich mehr Menschen wiederfinden, als man annehmen sollte – auch diejenigen, die nicht einmal erklären können, wie ein Vergaser funktioniert, glauben, sie könnten bei diesen gewichtigen wissenschaftlichen Themen mitreden!

ÜBUNGEN

Doch wie Agatha Christies berühmter fiktiver Detektiv Hercule Poirot sagen würde: „Lassen Sie uns unsere kleinen grauen Zellen benutzen!" Die Übungen, die Ihr Verstehen verbessern sollen, stammen aus dem Bereich der menschlichen Anatomie. Nervös? Nun gut, dann bekommen Sie jetzt Gelegenheit festzustellen, warum!

➔ Die folgenden Sätze beschreiben die wichtigsten Teile und Funktionen des Nervensystems:

Das NERVENSYSTEM kontrolliert sämtliche Funktionen unseres Körpers. Gehirn und Rückenmark bilden zusammen das „Zentralnervensystem" (ZNS), die Hirn- und Spiralnerven das „periphere Nervensystem". Die Nachrichten werden mittels elektrischer und chemischer Impulse von einer Zelle zur nächsten weitergeleitet. Die elektrischen Signale werden in chemische Signale umgewandelt, sobald eine Senderzelle auf eine Empfängerzelle trifft. Die beiden Zellen selbst berühren sich jedoch nicht. Über den Spalt (die „Synapse") hinweg kommunizieren sie, indem sie Moleküle hin- und herschicken.

➔ Und dazu nun einige Fragen:

❶ WIE werden elektrische Signale vom Nervensystem verwendet?
❷ WIE werden chemische Signale vom Nervensystem verwendet?
❸ WIE gelangen Nachrichten über einen „synaptischen" Spalt?

➔ Es folgt ein kurzer Abriß über den „wahren Helden" des menschlichen Körpers, das endokrine System:

Das ENDOKRINE SYSTEM ist das „andere" der beiden großen Steuersysteme des Körpers, auch wenn kaum jemand schon einmal von ihm gehört hat. Nervensystem und endokrines System arbeiten eng zusammen und steuern die meisten Körperfunktionen. Das endokrine System versorgt den Körper mit Hormonen, die ein konstantes chemisches Gleichgewicht erzeugen (z. B. beim Blutzucker) sowie langfristige Veränderungen (wie Wachstum) und kurzfristige Veränderungen (wie die Bekämpfung von Infektionen) bewirken. Und es übt – was Sie vielleicht überraschen wird – einen starken

Einfluß auf Gefühle, Hunger, Durst und (weniger überraschend) auf den Sexualtrieb aus.

➔ Und jetzt wiederum drei Fragen:

❹ WIE steuert das endokrine System Blutzucker, Wachstum und Infektionsbekämpfung?
❺ WIE steuert das endokrine System die Gefühle?
❻ WIE steuert es Hunger, Durst und den Sexualtrieb?

➔ Es folgt eine kurze Beschreibung der wichtigsten Teile und Funktionen des Blutkreislaufs:

Wie in einem ausgeklügelten U-Bahn-System wird das BLUT über ein Netz von Arterien, Venen und Kapillargefäßen geleitet, um den Körper mit Nährstoffen und Sauerstoff zu versorgen und Kohlendioxid, Wasser und Abfallprodukte herauszuziehen. Der „Motor“, der die nötige Energie liefert, ist das Herz – es weitet sich (Extraktion) oder zieht sich zusammen (Kontraktion), um das Blut aus sich herauszupressen oder in sich hineinzupumpen. Dieses „Schlagen“ wird von einem Zentrum (in der oberen rechten Herzkammer) gesteuert, das eine Art natürlicher Herzschrittmacher ist.

➔ Und hier noch einige Fragen:

❼ WIE werden Nährstoffe und Gase durch den Körper transportiert?
❽ WIE wird der Blutstrom gesteuert?
❾ WIE wird der Herzschlag gesteuert?

Wenn Sie sich bei einer Antwort nicht sicher sind, lesen Sie den betreffenden Absatz noch einmal.

So fällt es leichter, das Wie einer Sache zu verstehen

Ein guter Tip: Wenn Sie etwas lesen (oder hören), das Sie wirklich verstehen wollen, überlegen Sie, was Sie damit anfangen möchten. Sie haben bestimmt schon von den „Fünf W“ gehört, die Zeitungsreporter immer in ihre Story einbauen müssen? Das Wer, Was, Wo, Warum, Wann? Was sie allerdings in der Regel nicht berücksichtigen, ist das Wie – und gerade dies ist für das Verstehen am wichtigsten. Schauen Sie einmal in die Wissenschaftsseite einer Zeitung – dort wird diese Frage sehr häufig beantwortet, während eine Titelstory über ein wissenschaftliches Thema selten auf das Wie eingeht. Das hat natürlich seinen Grund: Zeitungen ist mehr daran gelegen, zu berichten als zu lehren. Davon sollten Sie sich jedoch nicht beirren lassen.

Wenn Sie etwas verstehen wollen, denken Sie immer an das Wie. Probieren Sie es zunächst auf den folgenden Seiten aus, denn darum geht es primär im ersten Teil dieses Kapitels. Behalten Sie das Wort (oder den Begriff) „Wie“ immer im Hinterkopf, wenn Sie jetzt weiterlesen. Versuchen Sie, auch in anderen Bereichen des täglichen Lebens daran zu denken.

Nun noch der versprochene Rat in bezug auf Videorecorder und Digitaluhren. Es ist verständlich, daß Sie nicht nur Wörter und Sätze, sondern auch die Funktionsweise vieler Dinge verstehen wollen. Ich mache jetzt keine Witze, wenn ich Ihnen sage: Die einfachste Methode besteht darin, die Betriebsanleitung *nicht* vorneweg zu lesen (außer, natürlich, Sie gehen sonst ein Risiko ein). Untersuchen Sie zuerst den Apparat, und versuchen Sie sich vorzustellen, wie er funktionieren könnte. Geben Sie erst auf, wenn sie unbedingt müssen (weil z.B. Ihr Lieblingsfilm in fünf Minuten anfängt). Das ist wichtig!

Anfangs ist diese Methode bestimmt nicht leicht, doch mit der Zeit – und wenn Sie die Betriebsanleitung tatsächlich nur zu Rate ziehen, wenn Sie gar nicht mehr weiterkommen – wird es einfacher. Sie werden mit vielen Haushaltsgeräten und sonstigen elektrischen Geräten immer vertrauter, und das wird sich positiv auf Ihr Leben und Ihren Lebensstil auswirken.

Vor einigen Jahren habe ich diese Methode bei meinen Digitaluhren selbst ausprobiert. Ich fand mich vor die lästige Aufgabe gestellt, jedes Frühjahr und jeden Herbst Dutzende von Uhren umstellen zu müssen – angefangen bei meiner Armbanduhr über die des Computers bis hin zu der an der Mikrowelle. Zunächst mußte ich jedoch erst einmal alle Betriebsanleitungen zusammensuchen, und das Auffinden der entsprechenden Kapitel schließlich ärgerte mich mehr als das Umstellen der Uhren selbst. Also pfefferte ich die ganzen Anleitungen in eine Ecke und drückte einfach auf verschiedene Knöpfe, wenn auch anfangs ziemlich wahllos. Doch durch Ausprobieren und aufmerksames Beobachten begann ich, gewisse Muster zu entdecken. Ich bekam ein Gefühl dafür, wie diese Dinge funktionierten, und nun ist das Umstellen so einfach, daß ich diese gräßlichen Betriebsanleitungen seit Jahren nicht mehr angerührt habe.

Diese „Probieren-geht-über-Studieren-Methode" läßt sich auch beim Kochen anwenden. Wer sich immer nur an Rezepte hält, wird nie aus Resten etwas zaubern können oder auf den Gedanken kommen, in einer regnerischen Winternacht den Vorratsschrank nach etwas Eßbarem zu durchstöbern, mit dem sich etwas Leckeres fabrizieren läßt. Für jemanden, der jahrelang nur nach Rezepten gekocht hat, kann eine einfache Pizza plötzlich zu einem unüberwindlichen Hindernis werden – selbst wenn er das teuerste „extra extra virgine" Olivenöl, den frischesten Mozarella und Parmesan verwendet. Das Ergebnis wird trotzdem nicht nach Pizza schmecken, wenn der Oregano und/oder das Basilikum fehlt!

ÜBUNGEN

Nun aber wieder einige Übungen. Holen Sie tief Luft!

→ Im folgenden werden die wichtigsten Teile und Funktionen der (Sie haben es vermutlich bereits erraten) Atmungsorgane beschrieben:

Eingeatmete Luft gelangt durch eine enge Röhre (die sogenannte Trachea = Luftröhre) in die LUNGEN. Dort verteilt sie sich in das Netz der LUNGENBLÄSCHEN; Sauerstoff und Kohlendioxyd werden in den winzigen Kapillargefäßen ausgetauscht, dann wird der Sauerstoff weiter in den restlichen Körper transportiert, während das Kohlendioxyd ausgeatmet wird. Ein ATMUNGSZENTRUM im Gehirn steuert den Atemrhythmus und bewirkt, daß eine Muskeldecke unter den Lungen (das ZWERCHFELL) hoch- und runtergedrückt wird, wodurch Luft in den Körper hineingepreßt und wieder aus ihm herausgepreßt wird.

➔ Und dazu einige Fragen:

❶ WIE kommt die Luft in die Lunge?

❷ WIE werden Sauerstoff und Kohlendioxyd ausgetauscht?

❸ WIE ist das Zwerchfell an der Atmung beteiligt?

➔ Es folgt ein kurzer Überblick über die Funktionen des Verdauungstraktes:

Der VERDAUUNGSTRAKT ist eigentlich ein etwa zehn Meter langer Schlauch. Der Verdauungsprozeß beginnt bereits im Mund, wo das aufgenommene Essen durch Kauen und ENZYME zerkleinert wird. Dann gelangt es über die SPEISERÖHRE in den MAGEN, wird dort weiterverarbeitet und schließlich in den DÜNNDARM weitergeleitet. Während seiner Reise durch den langen, in Schleifen liegenden Schlauch werden dem zerkleinerten Essen nahezu alle Nährstoffe entzogen und diese vom Körper aufgenommen. Wenn alles Verwertbare herausgezogen worden ist, gelangt der Abfall in den DICKDARM und wird anschließend ausgeschieden.

➔ Und gleich die nächsten Fragen:

❹ WIE wird das Essen im Mund zerkleinert?

❺ WIE gelangt das Essen vom Mund in den Magen?

❻ InWIEfern spielt der Dünndarm die wichtigste Rolle?

➔ Zum Schluß noch ein kurzer Überblick über die Funktionsweise des Harnapparates:

HARNAUSSCHEIDUNG ist die Folge zweier Prozesse, von denen ersterer vielleicht diejenigen überraschen mag, die keine medizinischen Vorkenntnisse haben: das Filtern des Blutes und das Entfernen von überschüssigem Wasser. Die NIEREN überwachen nicht nur das Gleichgewicht der Stoffe im Blut, sondern regeln auch den Flüssigkeitshaushalt im Körper. Als Folge dieser Prozesse wird unablässig URIN (der schädliche Stoffe und Abfallstoffe aus dem Blut plus Wasser enthält) gebildet und dieser an die BLASE weitergeleitet, wo er bis zur Blasenentleerung gespeichert wird.

→ Und jetzt die abschließenden Fragen:

❼ WIE wird das Blut im Körper überwacht?

❽ WIE wird das überschüssige Wasser aus dem Körper entfernt?

❾ InWIEfern hat Urin eine zweifache Aufgabe?

Wenn Sie sich bei einer Antwort nicht sicher sind, lesen Sie noch einmal den entsprechenden Abschnitt durch und behalten Sie das Wie im Hinterkopf. Und bedenken Sie, daß mit diesen Übungen nicht Ihre Anatomiekenntnisse geprüft, sondern Ihr Verstehen verbessert werden soll. Aufmerksame Leser werden bereits gemerkt haben, daß die Fortpflanzungsorgane nicht erwähnt wurden, die doch als „Glanzlicht" der menschlichen Anatomie gesehen werden. Wir haben sie nicht etwa ausgelassen, weil wir prüde sind, sondern weil wir den Platz für Dinge brauchen, die Sie *nicht* kennen!

Die vermutlich beste Methode, um zu lernen, *wie* etwas funktioniert, ist, etwas praktisch anzugehen und nicht nur zuzusehen. Denken Sie nur an das Arbeiten mit dem PC: Die meisten von uns haben nicht nur zugeschaut, sondern sich die Grundlagen selbst erarbeitet durch das oft recht harte Learning by doing. Natürlich ist dieser Rat nicht immer leicht in die Tat umzusetzen, auch wenn unsere Motivation noch so groß sein mag. Trotzdem sollten wir es so oft wie möglich versuchen.

Eines der besten Bücher zu diesem Thema ist „Macaulays Mammutbuch der Technik" von David Macaulay. Obwohl es sich dabei eher um eine Art illustrierten Führer durch die Welt der Maschinen handelt, demonstriert er sehr anschaulich nicht nur den jeweiligen Apparat, sondern auch dessen Funktionsweise, eben das Wie.

Eines jedenfalls ist unverzichtbar, um das Wie zu begreifen, und das ist Vorstellungsvermögen! Das heißt, man sollte *aktiv* beobachten und nicht nur mit offenen Augen durch die Welt gehen! Beobachten Sie genau, wie die Welt funktioniert, und Sie werden einen neuen (und faszinierenden) Grad des Verständnisses erreichen. Sehen Sie sich um: Wird in der Nähe ein neues Gebäude hochgezogen? Großartig. Gehen Sie hin, und beobachten Sie, was dort passiert (wahrscheinlich schleppen Sie bald ein Fernglas mit sich herum). Welches Material ist gerade eingetroffen? Und wohin wird es gebracht? Warum befindet sich der Bauaufzug auf dieser Seite des Gebäudes und nicht etwa auf der anderen?

Es muß nicht auf jede Frage eine passende Antwort geben – darum geht es in erster Linie auch nicht. Wenn Sie verstehen wollen, wie die Dinge – von der Mikrowelle über den Hausbau bis hin zu Körperorganen – funktionieren, müssen Sie einen wachen Geist und eine gesunde Neugier entwickeln. Sie werden glücklicher und intelligenter – und davon abgesehen auch interessanter für andere!

Verstehen und Hinterfragen

Das Warum verstehen

KURZTEST

→ **Interessiert es Sie zu wissen,** warum **etwas funktioniert? Prüfen Sie, ob folgende Aussagen auf Sie zutreffen oder nicht:**

❶ Wenn mir bei der Arbeit oder in der Schule etwas erklärt wird, frage ich selten nach dem Warum.

❷ Offen gestanden ist das Warum mir in den meisten Fällen egal.

❸ Ich würde oft gerne die Hintergründe kennen, aber ich habe bemerkt, daß viele Menschen solche Fragen aufdringlich finden.

❹ Ich verstehe ziemlich gut, *wie* Dinge funktionieren, aber das Warum interessiert mich einfach nicht so sehr.

❺ Ist das Ergründen des Warum nicht sowieso Sache der Wissenschaftler?

Sollten Sie der ersten Aussage zugestimmt haben, dann vermutlich aus einer berechtigten Scheu heraus: Sie wollen sich nicht dort einmischen, wo Sie unerwünscht sind (oder nicht hingehören). Doch eine Bejahung der zweiten Aussage deutet auf mangelnde Neugier hin. Könnte es sein, daß Sie derzeit gelangweilt oder deprimiert sind? Falls nicht, gehen Sie vermutlich mit Aussage 3 konform. Eine Bejahung von Aussage 4 ist für jemanden mit mechanischer Denkweise normal, aber ein Ja bei Aussage 5 deutet darauf hin, daß Sie eine sehr wichtige Facette der Intelligenz ignorieren, die Ihnen viel Spaß bereiten und Ihnen Ihr Leben erleichtern könnte. Wie dieses Kapitel zeigen wird.

ÜBUNGEN

Hier folgen weitere Übungen. Die meisten basieren auf Themen, die wir in der ersten Hälfte des Kapitels eingeführt haben. Sie dienen dazu, Ihre Fähigkeit, das Warum zu verstehen, auszubauen – und vor allem zu verstehen, warum der Körper bestimmte Dinge tut.

→ Lassen Sie uns wieder zum Nervensystem zurückkehren und über einiges nachdenken, was hier schiefgehen kann:

Der SCHMERZ hat – verständlicherweise – einen schlechten Ruf, aber zumindest in einer Hinsicht eine positive Bedeutung: Die Stimulierung jener Nerven im Körper, die „Schmerzrezeptoren" genannt werden, ist ein Zeichen dafür, daß etwas nicht stimmt und daß man dem nachgehen sollte.

Mit PARALYSE (Bewegungsunfähigkeit) bezeichnet man den Verlust der motorischen Funktionen eines Körperteils, z. B. eines Beines, des gesamten Unterkörpers etc. Wenn die Schädigung zwischen dem Rückenmark und dem Muskel aufgetreten ist, verliert der betroffene Teil die Spannkraft (Tonus) und es kommt zu Muskelschwund. Wenn die Paralyse auf eine Hirnschädigung zurückzuführen ist, wird jedoch eine Rückenmarksverbindung aufrechterhalten und der Muskel zieht sich krampfhaft zusammen.

Bei einem SCHLAGANFALL platzt ein Blutgefäß im Gehirn, oder die Blutzufuhr zum Gehirn wird unterbrochen. Die Schädigung tritt auf, wenn die betroffenen Gehirnzellen keinen Sauerstoff mehr bekommen und absterben. Die Folge ist eine Funktionsstörung in jenen Körperteilen, die von diesem Gehirnteil kontrolliert werden.

→ Und jetzt einige Fragen dazu:

❶ WARUM kann Schmerz auch eine positive Bedeutung haben?

❷ WARUM führt eine Paralyse manchmal zu Muskelschwund und manchmal nicht?

❸ WARUM verursacht ein Schlaganfall eine Schädigung?

➔ Es folgen einige kurze Beschreibungen von allgemeinen Störungen des endokrinen Systems (Organe, die Stoffe in den Blutkreislauf absondern):

DIABETES (Zuckerkrankheit) ist eine Störung des Karbohydratstoffwechsels, so daß eine große Menge des Zuckers im Körper von den Zellen nicht genutzt werden kann und sich statt dessen im Blut sammelt.

Durch Probleme mit der SCHILDDRÜSE kann der Stoffwechsel des Körpers (die Geschwindigkeit, mit der Nährstoffe in Energie umgewandelt werden) entweder beschleunigt oder verlangsamt werden. Durch eine zu hohe Hormonausschüttung kommt es manchmal zu großem Gewichtsverlust und schweren seelischen Störungen. Eine zu geringe Ausschüttung kann bei Kindern dazu führen, daß sie körperlich und geistig zurückbleiben.

➔ Und wieder ist einiges zu beantworten:

❹ WARUM führt Diabetes zu einem höheren Blutzuckerspiegel?

❺ WARUM verursachen Schilddrüsenprobleme eine Stoffwechselveränderung?

➔ Hier einige Gründe für die Beeinträchtigung der Blutzirkulation:

Wenn man verwundet wird, eilen „Kamikaze-Blutkörperchen" zur Rettung herbei und sterben dabei. Sie kleben an den Wundrändern zusammen und schließen die Wunde mit einem PFROPF. Falls die Wunde ernster ist, verstopfen sie sie mit einem Blutklumpen (GERINNSEL).

Ein zu hoher, nicht behandelter Blutdruck kann zu einem SCHLAGANFALL, einem HERZSCHLAG oder einem ANEURISMA, (das heißt, eine schwache Stelle in der Arterienwand wölbt sich nach außen) führen. Wenn eine Hauptschlagader im Körper platzt, vermag der schnelle Abfall des Blutdruckes augenblicklich zum Tod zu führen.

Ein Versagen des IMMUNSYSTEMS kann tödlich sein. Immundefekte wie Aids führen zum Verlust der weißen Blutkörperchen, die normalerweise Infektionen bekämpfen, und opportunistische Krankheiten können sich ungehindert im Körper ausbreiten.

➔ **Und erneut einige Fragen:**

❻ WARUM schließt sich eine Wunde mit einem Pfropf oder einem Blutklumpen (Gerinnsel)?

❼ WARUM kann ein Aneurisma augenblicklich zum Tod führen?

❽ WARUM sind weiße Blutkörperchen so wichtig?

Falls Sie etwas nicht beantworten können, lesen Sie die Erklärungen einfach noch ein zweites Mal und versuchen es dann erneut.

Warum ist das Warum so wichtig?

Das Wie ist für das Verstehen vielleicht am wichtigsten, aber das Warum folgt dichtauf. Eine der besten Lernmethoden, um sich einen Abschnitt, ein Buch oder einen Stoff einzuprägen, besteht darin, Fragen darüber zu stellen. Man kann gar nicht genug betonen, wie wichtig dies ist. Zum einen, weil es so gut funktioniert, zum anderen, weil wir alle diesbezüglich Hemmungen haben, wenigstens bis zu einem gewissen Grad. Selbst die klügsten Leute scheuen sich oft, Fragen zu stellen, und zwar aus den unterschiedlichsten Gründen. Man kann natürlich befürchten, aufdringlich zu wirken. Aber viel häufiger liegt es daran, für „dumm" gehalten zu werden. Mir geht es nicht anders. Meine Umgebung erwartet von mir, daß ich auf alle Fragen selbst eine Antwort habe, und sind immer schockiert, wenn ich Fragen stelle. Ich genieße solche Situationen auch nicht gerade, aber ich muß damit leben.

Verstehen ist ein aktiver Prozeß. Es genügt nicht, nur seine Ohren aufzusperren. Lernen Sie, Fragen zu stellen – denn dadurch lernen Sie, mit dem Material umzugehen, sozusagen die Zügel selbst in die Hand zu nehmen. Einmal angenommen, Ihr Auto ist heute morgen nicht angesprungen und ein Typ vom Abschleppdienst beugt sich jetzt mit Ihnen über den Motor. „Vergaser dicht" sagt er und knallt die Motorhaube wieder zu. „Vergaser dicht" murmeln Sie vor sich hin und sehen Ihrem Auto nach, das nun mit dem Heck zuerst die Auffahrt hinunterrollt. Doch was *bedeutet* „der Vergaser ist dicht"? Fragen Sie den Mechaniker. Und wenn er Ihnen erzählt, daß Luftbläschen in der Benzinleitung den normalen Fluß des Benzins hemmen, geben Sie sich auch damit noch nicht zufrieden. Fragen Sie ihn, *warum* so etwas passiert. Und wenn er Ihnen antwortet, das hätte er Ihnen gerade gesagt, fragen Sie noch einmal. Das Was ist nicht das gleiche wie das Warum!

Zugegeben, der Mechaniker hätte vielleicht selbst dieses Buch nötig, aber Sie sollten trotzdem nicht aufgeben, nur weil jemand es leid ist, Ihnen etwas zu erklären – wenigstens nicht, wenn Sie für seine Dienste bezahlen. Doch das gleiche gilt auch für die Schule oder den Arbeitsplatz. Vermutlich haben Sie ein gutes Urteilsvermögen. Nutzen Sie es. Auch wenn Sie den Lehrer oder den Arbeitgeber nicht dadurch verärgern wollen, daß Sie zuviel seiner kostbaren Zeit in Anspruch nehmen oder ihn zu oft unterbrechen – verstecken Sie sich nicht hinter diesem an sich vernünftigen Vorbehalt, weil Sie Angst haben, sich durch Fragen „lächerlich" zu machen. Fragen Sie einfach!

Aber ein Buch kann man doch nicht fragen, mögen Sie jetzt einwerfen. (Und Sie würden *nicht im Traum* daran denken, den Autor anzurufen, nicht wahr?) Aber etwas anderes *können* Sie tun, etwas, was ich selbst tue, wenn ich mit etwas Schwierigem konfrontiert werde. Halten Sie beim Lesen nicht zu oft inne, um über einen Abschnitt oder eine Seite nachzugrübeln. Lesen Sie statt dessen das ganze Buch zügig durch – und lesen Sie es dann noch einmal. Überraschend vieles von dem, was Sie beim ersten Mal nicht verstanden haben, wird Ihnen beim zweiten Lesen klar werden. Es ist manchmal, als sähe man sich einen Kinofilm noch einmal an. Beim zweiten Durchgang nimmt man all die wichtigen Dinge wahr, die man beim ersten Mal verpaßt hat.

Doch wie steht es mit einem richtigen Lehrbuch, fragen Sie nun? Eines von jenen mit Verständnisübungen? Versuchen Sie es auch hier. Lesen Sie die Übungen durch, bevor Sie das Kapitel lesen. Denn die Übungen decken nicht nur die wichtigsten Punkte ab, sondern geben Ihnen auch einen Hinweis auf die Zielsetzung, die Sie beim Lesen im Hinterkopf behalten sollten. Wird z.B. die Zeit hervorgehoben? Oder Geld? Politische Geschicke? Oder persönliche Schicksale? Sehen Sie sich die Themen der Übungen gut an – sie sind der Schlüssel zum Verständnis.

ÜBUNGEN

Nun wird's Zeit für einige weitere Übungen. „Warum?" fragen Sie jetzt. (Nein, nein, bitte noch nicht!)

➔ Es folgen einige interessante Beispiele von Erkrankungen des Verdauungstraktes:

MAGENSÄURE ist stark genug; um eine Rasierklinge aufzulösen, deshalb sondert der Magen einen dicken, schützenden Schleim ab, um sich nicht selbst zu verdauen. Magengeschwüre entstehen, wenn dieser Mechanismus versagt.

SODBRENNEN, das vertraute brennende Gefühl hinter dem Brustbein, wird durch Magensäure hervorgerufen, die sich – sozusagen regelwidrig – im unteren Teil der Speiseröhre staut.

GALLENSTEINE können sehr schmerzhaft sein, doch die Gallenblase läßt sich ohne negative Auswirkungen komplett entfernen. Nach einer solchen Operation fließt die Gallenflüssigkeit direkt von der Leber in den Dünndarm.

➔ Und hier noch mehr Fragen:

❶ WARUM verdaut sich der Magen nicht selbst?

❷ WARUM kommt es zu Sodbrennen?

❸ WARUM kann die gesamte Gallenblase entfernt werden?

➔ Es folgen einige Beispiele zu möglichen Problemen mit den Atemwegen:

NIESEN ist eine einfache Methode für den Körper, einen Störfaktor aus den Nasengängen zu entfernen. Es wird meist durch winzige Teilchen ausgelöst, die sich auf den äußerst empfindlichen Nasenschleimhäuten niedergelassen haben.

HUSTEN ist eine andere Möglichkeit, um etwas Störendes zu entfernen, nur sitzen dabei die Teilchen weiter unten in den Atemwegen. Chronischer Husten kann jedoch auf eine Krankheit hinweisen.

Eine „ERKÄLTUNG" wird in Wirklichkeit von einem oder mehreren der über zweihundert verschiedenen Viren ausgelöst, weshalb eine Behandlung auch äußerst schwierig ist. Leider helfen Antibiotika hier nicht; zudem gibt es zu viele Viren, um sie schnell aufspüren und wirkungsvoll bekämpfen zu können.

➔ Und jetzt die Fragen – sicher kein Problem für Sie:

❹ WARUM niesen wir?

❺ WARUM husten wir?

❻ WARUM sind Erkältungen so schwer zu behandeln?

➔ Zu guter Letzt noch einige interessante Informationen zum Harnapparat:

NIERENSTEINE bestehen im allgemeinen aus Kalzium, das sich aus dem Urin herauskristallisiert hat. Die meisten Nierensteine sind klein genug, um durch die Harnleiter zu wandern, aber größere können sich dort festsetzen. Sie verursachen nicht nur qualvolle Schmerzen, sondern blockieren auch die Nieren. Glücklicherweise können Ärzte diese Steine heute ohne Eingriff mit einer Stoßwellenbehandlung zertrümmern, so daß die Kalziumablagerungen in kleine Teile zerfallen und leichter aus dem Körper gelangen können.

Aus den NIEREN tropft 24 Stunden am Tag Urin in die BLASE, doch die Blase meldet sich erst, wenn sich eine Menge von etwa 500 ml angesammelt hat. Dann zieht sie sich zusammen, um die Harnausscheidung einzuleiten. Gleichzeitig verschließt sie die Harnleiter, damit der Urin nicht in die Nieren zurückfließen kann.

➔ Und mit diesen Fragen schließt das Kapitel:

❼ WARUM müssen Nierensteine nicht mehr so häufig wie früher durch chirurgische Eingriffe entfernt werden?

❽ WARUM haben wir nicht ständig das Bedürfnis, die Blase zu entleeren?

Bei Problemen mit der Beantwortung sollten Sie einen zweiten Durchgang machen.

Die Schlüssel zum Verstehen sind das Wie und das Warum – wenn auch nicht immer unbedingt in dieser Reihen- und Rangfolge. Was ist letztendlich wichtiger: *Wie* wir mehr Atomwaffen bauen könnten, oder *warum* wir es tun sollten? Das heißt, das Wie ist eher eine Frage der Praktiker und das

Warum eher eine der Denker – und beide brauchen wir in dieser modernen Welt dringend.

Das führt uns zu einem wichtigen Aspekt des Verstehens, der vor allem deshalb hervorgehoben werden sollte, weil wir in einer Welt der Masseninformationen (der sogenannten Informationsgesellschaft) leben: Es gibt vieles, was man überhaupt nicht verstehen *kann,* und Sie sollten es nicht persönlich nehmen oder sich ärgern, wenn Sie dies herausfinden. Natürlich, ein nicht geringer Prozentsatz der neuen Informationen ist schlichtweg schwer zu verstehen, selbst für die Gelehrtesten und Klügsten unter uns, doch darum geht es hier nicht. Nein, es geht um den Rest der unverständlichen Informationen, um diejenigen, die *falsch* sind. Schlichtweg *falsch.*

Ptolemäus glaubte zum Beispiel, die Erde sei das Zentrum unseres Sonnensystems. Kopernikus zeigte, daß Ptolemäus' Annahme falsch war, und war sich seinerseits sicher, daß sich die Planeten in kreisförmigen Bahnen um die Sonne bewegen. Kepler schließlich zeigte auf, daß auch Kopernikus' Annahme falsch war, und wies nach, daß die Planeten sich in elliptischen Bahn um die Sonne bewegen. Die ganze Zeit über hatten die Menschen also völlig falsche Informationen „verstanden".

Kepler glaubte aber fälschlicherweise, alle Sterne befänden sich in einer dünnen Schale irgendwo außerhalb des Sonnensystems. Sie verstehen also Einstein nicht? Machen Sie sich keine Sorgen. Warten Sie einfach ab.

Logik und Schlußfolgerung

Mathematische Logik

K U R Z T E S T

➔ Treffen diese Aussagen auf Sie zu?

❶ Ich kann jedes Problem lösen, solange es mit Mathematik zu tun hat.
❷ Ich kann jedes Problem lösen, solange es nicht mit Mathematik zu tun hat.
❸ Ich verstehe etwas nur, wenn es mir Schritt für Schritt erklärt wird.
❹ Was mich betrifft: Logik ist etwas, dessen Anwendung nur Mr. Spock Spaß macht. (Hmm! Macht Logik Mr. Spock wirklich *Spaß*?)
❺ Um ehrlich zu sein, bin ich wegen der ersten beiden Fragen noch etwas durcheinander!

Wenn Aussage 1 auf Sie zutrifft, lieben Sie vermutlich streng logisches Denken. Das ist zwar in vielen Fällen bestimmt nicht schlecht – aber leider nicht immer. Stimmen Sie den Aussagen 2, 3 und/oder 4 zu, dann müssen Sie Ihre Fähigkeit, logisch zu denken, ausbauen. Fühlen Sie sich wie in Nummer 5 beschrieben, ist das völlig normal, das heißt, Ihre Fähigkeit zum logischen Denken ist nicht sehr ausgeprägt und sollte daher etwas verbessert werden. Zugegeben, die ersten beiden Aussagen sind tatsächlich verwirrend. Trotzdem, wenn Sie sie mehr als zweimal lesen mußten, brauchen Sie etwas Training!

ÜBUNGEN

Nach langem, intensivem (und natürlich logischem) Denken kamen wir zu dem Schluß, daß das beste Übungsgebiet für die mathematische Logik eben die Mathematik ist!

In den folgenden Aufgaben wird erklärt, wie man eine unbekannte Zahl findet, indem man das x auflöst. Am Schluß muß sich das x alleine auf einer Seite des Gleichzeichens befinden, das heißt, alle anderen Zeichen, die mit dabeistanden, werden eliminiert. Für den Anfang müssen Sie nur mitverfolgen, wie die mathematischen Gleichungen aufgelöst werden (selbst wenn Ihnen dies bereits bekannt ist – denken Sie mit, denn dies ist bereits Teil der Übung!). Im zweiten Teil sind Sie ganz auf sich gestellt (natürlich erfahren Sie am Schluß die Auflösungen).

Eine einfache Gleichung als Beispiel: $x + 5 = 9$

Das heißt, eine bestimmte Zahl plus 5 ergibt 9, und x steht für diese bestimmte Zahl. Intuitiv wissen wir, daß wir 5 von 9 abziehen müssen, um diese Zahl zu erhalten. Wir können aber auch von beiden Seiten der Gleichung 5 subtrahieren. Das ist sinnvoll, denn auf beiden Seiten muß das gleiche stehen. Also ist $x = 4$.

→ **Die folgenden Aufgaben zeigen, wie x bestimmt werden kann, wenn die „Intuition" nicht mehr weiterhilft, sondern nur noch logisches Folgern:**

❶ Gleichung: $2x + 9 = 33$
Wir subtrahieren von beiden Seiten 9 und erhalten: $2x = 24$
Dann dividieren wir beide Seiten durch 2 und erhalten: $x = 12$
Um das Ergebnis nachzuprüfen, ersetzen wir in der Originalgleichung das x durch 12: $2\,(12) + 9 = 33$
Und es stimmt, denn: $24 + 9 = 33$

❷ Gleichung: $3x - 7 = 8$
Wir addieren auf beiden Seiten 7 hinzu (so daß wir -7 auf der Seite der Gleichung mit dem x streichen können) und erhalten: $3x = 15$
Wir dividieren jede Seite durch 3 und erhalten: $x = 5$

Um das Ergebnis nachzuprüfen, ersetzen wir in der Originalgleichung das x durch 5: $3\,(5) - 7 = 8$
Und wieder stimmt es, denn: $15 - 7 = 8$

❸ Gleichung: $2\,(x + 2) = 14$
Wir können die Klammern auflösen, wenn wir jede Zahl darin mit 2 multiplizieren: $2x + 4 = 14$
Wir subtrahieren von jeder Seite 4 und erhalten: $2x = 10$
Wir dividieren beide Seiten durch 2 und erhalten: $x = 5$
Um das Ergebnis nachzuprüfen, ersetzen wir in der Originalgleichung das x durch 5 und multiplizieren die Summe in der Klammer mit 2: $2\,(5 + 2) = 14$
Und wieder haben wir richtig gerechnet, denn: $10 + 4 = 14$

→ **Denken Sie daran: Sie dürfen über die Zahlen nicht einfach hinweglesen. Genaues Lesen ist nämlich bereits eine Übung!**

❹ Gleichung: $5\,(x - 3) = 5$
Wir lösen die Klammern wie oben durch Multiplizieren auf: $5x - 15 = 5$
Wir addieren auf beiden Seiten 15 hinzu und erhalten: $5x = 20$
Nun dividieren wir beide Seiten durch 5 und erhalten: $x = 4$
Um das Ergebnis nachzuprüfen, ersetzen wir in der Originalgleichung das x durch 4: $5\,(4 - 3) = 5$
Bravo, es stimmt, denn: $20 - 15 = 5$

→ **Es folgen einige Textaufgaben, die durch die gleiche Vorgehensweise (und sogar mit denselben Gleichungen) zu lösen sind. Versuchen Sie es, ohne oben nachzusehen:**

❶ Eine Ameise schleppt ein belegtes Brot in 2 ½ Minuten insgesamt 33 cm weit. Sie läuft mit gleichbleibender Geschwindigkeit weiter, kommt aber in der 3. Minute nur 9 cm weit, dann wird sie vom Besitzer des Brotes zertreten. Wie weit ist die Ameise in jeder der ersten 2 Minuten gelaufen?

❷ Ein Frosch und ein fünfjähriger Junge haben im Laufe eines Nachmittags mehrere Fliegen gegessen. Der Junge aß 8 Fliegen, hat aber – wirklich wahr! – dreimal mehr Fliegen probiert als der Frosch. Da der

Junge aber wählerisch war, entschloß er sich, 7 wieder auszuspucken. Wie viele Fliegen hat der Frosch gefressen?

❸ Ein Fischer fängt eine Languste, eine Krabbe und einen Tintenfisch und wirft sie achtlos auf eine Waage. Zusammen wiegen sie 14 Kilo. Die Krabbe wiegt 2 Kilo, die Languste wiegt doppelt soviel wie die Krabbe und der Tintenfisch zusammen. Wieviel wiegt der Tintenfisch?

❹ Bei einem Eichhörnchen, das in einem Baumloch lebt, haben maskierte Waschbären eingebrochen, und es bleiben ihm nach dem letzten Diebstahl von 3 Eicheln nur noch lumpige 5 Nüsse. Aber Eicheln hat es sowieso noch nie sehr gemocht, und wenn es nun fünfmal mehr Nüsse als Eicheln hat, wie viele Eicheln hatte es dann ursprünglich?

→ **Und: Haben Sie's herausbekommen? Hier sind die Antworten:**
❶ 12 cm, ❷ 5 Fliegen, ❸ 5 Kilo, ❹ 4 Eicheln.

Überraschend, nicht wahr? Und diese Textaufgaben waren genau mit den Gleichungen zu lösen, die Sie vor einigen Minuten noch als „zu leicht" abgetan haben! Wenn Sie zwei oder mehr Aufgaben falsch hatten oder schwerer als erwartet fanden, bedeutet das, daß Ihre Fähigkeit, Schlüsse zu ziehen, nicht ausgeprägt genug ist und Sie genau solcher Übungen bedürfen. Mit anderen Worten: Wenn Sie Schritt für Schritt „geführt" werden, haben Sie keine Probleme (denn Sie haben alles sehr gut nachvollziehen können), aber auf sich alleine gestellt, hatten Sie Schwierigkeiten mit der Umsetzung.

Doch nun kann ich Ihnen ja die grausame Wahrheit verraten (was ich bis jetzt bewußt vermieden habe): Sie haben gerade Algebra-Aufgaben gelöst! Offenbar scheint das Wort „Mathematik" nicht ganz so erschreckend zu sein wie das Wörtchen „Algebra" – nun, und wir wollten vermeiden, daß Sie dieses Kapitel einfach überspringen. Aber jetzt sind Sie schon recht weit gekommen, und es war gar nicht so schlimm (oder vielleicht doch?)

Wie wird man fit in mathematischer Logik?

Es scheint eine äußerst entmutigende Aufgabe zu sein, unser logisches Denken auszubauen und zu verbessern. Vielleicht weil die meisten Menschen annehmen, man würde mit dieser Fähigkeit genauso geboren wie mit blondem Haar oder blauen Augen (oder Geld). Aber vergleichen Sie doch einmal das logische Denken eines Menschen, der nie zur Schule gegangen ist, mit dem eines hervorragend ausgebildeten Wissenschaftlers! Es ist ein Unterschied wie Tag und Nacht, nicht wahr? Das zeigt deutlich, daß man logisches Denken lernen kann, und das gilt auch für Sie.

Je öfter Sie logisches Denken üben, desto besser werden Sie – auch im Bereich der mathematischen Logik. Probieren Sie es einmal damit: Setzen Sie ein Problem in ein Bild um. Das klingt einfach, oder? Macht es Sie vielleicht sogar verlegen? Nun, genau aus diesem Grund tun es die meisten Menschen nicht – und versäumen dadurch sehr viel. Na ja, vielleicht können sich manche das Problem im Kopf vorstellen – das ist ja auch nicht verkehrt. Entscheiden Sie sich für das, was Ihnen weiterhilft – wenn Sie ein Bild zeichnen wollen, dann tun Sie's! Abgesehen davon entspricht es unserer Natur viel mehr, sich etwas bildlich vorzustellen, als es mit Worten zu umschreiben!

Vergegenwärtigen Sie sich einmal, wieviel schwieriger es ist, etwas zu beschreiben, als ein Bild davon zu zeichnen. Oder wie ein bekannter Spruch (leicht abgeändert) es beschreibt: Ein Bild sagt mehr als tausend Worte. Stellen Sie sich vor, wie „hilfreich" eine Bedienungsanleitung für den Fernseher wäre, wenn die Illustrationen fehlten! Wie würden Sie wohl die Stecker und Kabel mit dem Fernseher, dem Videorecorder und den Lautsprechern verbinden, wenn alles zwar mit Worten beschrieben wäre, aber die *Illustrationen fehlten?*

Ich gebe Ihnen nun eine nette, aber knifflige Denksportaufgabe: Wenn ein Barsch 5 Pfund plus die Hälfte seines Gewichtes wiegt, wie schwer ist er dann? Dieser Satz ist völlig korrekt und auch nicht irreführend, aber trotzdem stutzen Sie und lesen ihn noch einmal, nicht wahr? (Übrigens: Er wiegt nicht $7\frac{1}{2}$ Pfund. Wie sollte er gleichzeitig sowohl 5 Pfund als auch $7\frac{1}{2}$ Pfund wiegen?) Versuchen Sie, sich das Problem einmal bildlich vorzustellen, wie auf unserer Waage hier:

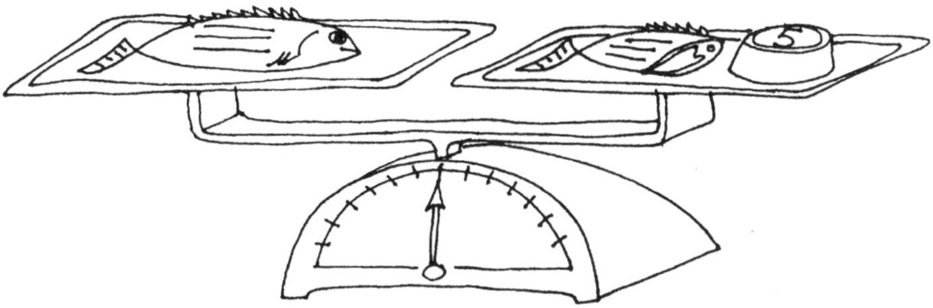

Auf der einen Waagschale liegt der Barsch, auf der anderen ein Fünfpfundgewicht und ein halber Barsch. Natürlich pendelt die Waage hin und her. Sehen Sie sich die rechte Schale auf unserer Waage einmal genauer an: Das Fünfpfundgewicht ersetzt die vordere Hälfte des Fisches. Das bedeutet nichts anderes, als daß ein anderes Fünfpfundgewicht den hinteren Teil des Fisches ersetzen kann, wie auf dem nächsten Bild dargestellt.

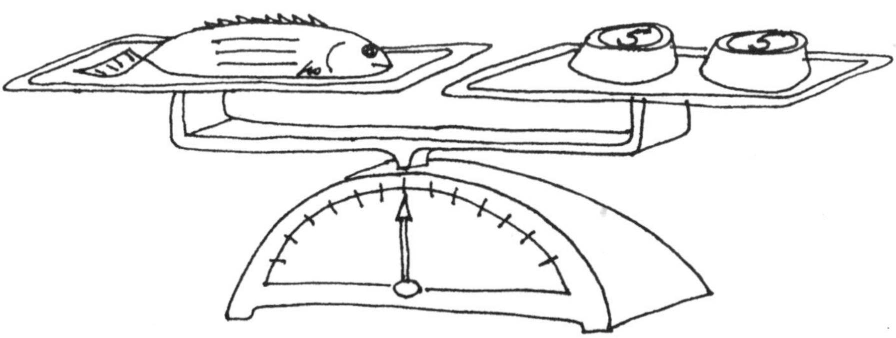

Jetzt leuchtet es uns ein, daß der Barsch 10 Pfund wiegen muß. Aber aus dem Satz konnte man das nicht so einfach herauslesen, oder? Zeichnen Sie also bei solchen Problemen immer ein Bild, oder stellen Sie sich das Ganze wenigstens bildlich vor. Wichtig ist, sich eine klare „Vorstellung" von dem Problem zu machen.

ÜBUNGEN

→ **Nun wird's Zeit für weitere Übungen:**

❶ Gleichung: $x + 8 = 4x - 4$

Wir subtrahieren von beiden Seiten x und erhalten: $8 = 3x - 4$

Wir addieren auf beiden Seiten 4 hinzu und erhalten: $12 = 3x$

Nun dividieren wir beide Seiten durch 3 und erhalten: $4 = x$

Um das Ergebnis nachzuprüfen, ersetzen wir in der Originalgleichung das x durch 4: $4 + 8 = 16 - 4$

Und ganz richtig lautet es: $12 = 12$

❷ Gleichung: $3(x + 2) = 3(8 - x)$

Wir lösen die Klammern durch Multiplizieren auf: $3x + 6 = 24 - 3x$

Wir addieren auf beiden Seiten 3x hinzu und erhalten: $6x + 6 = 24$

Wir subtrahieren auf beiden Seiten 6 und erhalten: $6x = 18$

Wir dividieren auf beiden Seiten durch 6 und erhalten: $x = 3$

Um das Ergebnis nachzuprüfen, ersetzen wir in der Originalgleichung das x durch 3: $3(3 + 2) = 3(8 - 3)$

Also: $9 + 6 = 24 - 9$

Und wieder ist das Ergebnis korrekt, denn: $15 = 15$

❸ Gleichung: $\frac{x}{10} = \frac{1}{5}$

Wir entfernen die Brüche, indem wir zuerst mit dem Nenner 10 multiplizieren: $\frac{(10)\,x}{10} = \frac{(10)\,1}{5}$

Und dann kürzen: $\frac{(\cancel{10})\,x}{\cancel{10}} = \frac{(\overset{2}{\cancel{10}})\,1}{\cancel{5}}$

Wir erhalten: $x = 2$

Um das Ergebnis nachzuprüfen, ersetzen wir in der Originalgleichung das x durch 2: $\frac{2}{10} = \frac{1}{5}$

Und siehe, es stimmt!

❹ Gleichung: $\frac{x-1}{3} = \frac{x-2}{2}$

Wir entfernen die Brüche erstens durch Multiplikation mit dem Hauptnenner: $\frac{(6)x-1}{3} = \frac{(6)x-2}{2}$

Und zweitens durch Kürzen: $\frac{(6)x-1}{3} = \frac{(6)x-2}{2}$ $\frac{\overset{2}{\cancel{(6)}}x-1}{\cancel{3}} = \frac{\overset{3}{\cancel{(6)}}x-2}{\cancel{2}}$

Wir erhalten: $2\,(x-1) = 3\,(x-2)$

Wir ersetzen die Klammern durch Multiplizieren: $2x - 2 = 3x - 6$

Wir addieren auf beiden Seiten 6 hinzu und erhalten: $2x + 4 = 3x$

Wir subtrahieren 2x von beiden Seiten und erhalten: $4 = x$

Um das Ergebnis nachzuprüfen, ersetzen wir in der Originalgleichung das x durch 4: $\frac{4-1}{3} = \frac{4-2}{2}$

Und es stimmt erneut: $\frac{3}{3} = \frac{2}{2}$

→ **Es folgen nun einige Textaufgaben, die durch die gleiche Vorgehensweise (und mit denselben Gleichungen!) zu lösen sind. Versuchen Sie es, ohne oben nachzusehen.**

Stop! Legen Sie das Buch nicht zur Seite. Sie haben die Gleichungen noch frisch im Gedächtnis und sollten das ausnutzen, das heißt, Sie haben sozusagen Ihr Aufwärmtraining schon hinter sich – versuchen Sie es also, auch wenn Sie glauben, daß Sie einige Aufgaben nicht schaffen.

❶ Ein Erdferkel hat eine bestimmte Anzahl Termiten in seiner Tiefkühltruhe. Die Zahl der Termiten plus 8 Blattläuse ist genauso groß wie die Anzahl der Termiten mal 4 minus 4. Wie viele Termiten hat das Erdferkel?

❷ Eine Stechmücke kann eine bestimmte Anzahl Leute stechen. Dreimal die Summe der Australier plus 2 Touristen ist genausoviel wie dreimal die Summe von 8 Touristen minus dieser bestimmten Anzahl Australier. Wie viele Australier kann eine Stechmücke stechen?

❸ Ein Hai kann eine bestimmte Anzahl Fische fressen. Ein Zehntel dieser Anzahl, die er fressen kann, ergibt ein Fünftel. Wie viele Fische kann der Hai also fressen?

❹ Die Bewohner eines Terrariums begannen, wie immer nach absolviertem Fitneßtraining, im Umkleideraum lauthals mit ihren Heldentaten bei der Jagd zu prahlen. Das verärgerte die Schildkröte, die erst kürzlich eine Vorliebe für Unkrautbüschel entdeckt hatte und sich deshalb nicht groß für die Jagd interessierte (nicht daß sie jemals etwas Interessantes hätte fangen können!). Sie lauschte also, während die anderen ihre Schilderungen immer mehr ausschmückten, und beschloß, sie zum Schweigen zu bringen, indem sie ihnen eine Aufgabe stellte – und zwar mit den Informationen, die sie soeben gehört hatte (sie wußte natürlich, daß die anderen nicht die Hellsten waren, da sie sich kaum um etwas anderes als ihre körperliche Fitneß kümmerten). Sie stellte ihnen also folgende Aufgabe:
Die Zahl der kleinen Pelztierchen, die die Natter verschlang, minus die 1 Fliege, die der Gecko schluckte, durch die 3 Eier geteilt, die die Klapperschlange fraß, ist genausoviel wie die Anzahl der Pelztierchen minus die 2 Heuschrecken, die der Leguan bewältigen konnte, dividiert durch die 2 Unkrautbüschel der Schildkröte. Wie viele kleine Pelztierchen hatte die Natter verschlungen?

Und jetzt, vor allem nach Aufgabe 4, reicht's Ihnen, nicht wahr? Hatten Sie wenigstens etwas Spaß dabei?

→ Hier die Antworten:
❶ 4 Termiten, ❷ 3 Australier, ❸ 2 Fische, ❹ 4 kleine Pelztierchen.

Okay, ich gebe es ja zu, das waren Nonsenssätze! Aber ich wette, es war eine gute Übung für Sie, die ganzen „4 plus 3 minus 1 dividiert durch 6"-Sätze auseinanderzuklamüsern, oder? Und es war bestimmt nicht einfach, sie in Gleichungen umzusetzen, oder täusche ich mich da etwa? Und genau darum ging es doch, nicht wahr? (Ich erwarte nun von Ihnen natürlich, daß Sie mit Ja antworten!)

Wir hatten natürlich unsere Gründe, Ihr logisches (mathematisches) Denken ausgerechnet mit Hilfe von Algebra zu trainieren. Mathematik ist eine Art logisches Umgehen mit Zahlen, und bei der Algebra geschieht dies auf einer elementaren Stufe. Das soll nicht etwa heißen, daß es einfach ist! Das Wort „elementar" deutet auf die „Essenz" (= elementarer Bestandteil einer Sache) hin, und genau dies trifft für die Algebra im Bereich der Mathematik zu. In den schwerer verständlichen Bereichen der Mathematik hat man es nicht mehr mit realen Problemen zu tun; statt dessen versucht man mittels mathematischer Operationen etwas auszudrücken, was man nicht direkt greifen kann. Nehmen wir als Beispiel die „Quadratwurzel": Man errechnet sie nach einer bestimmten Methode, und mit Hilfe von Papier und Stift kann das fast jeder – doch dabei wendet man nur eine bestimmte Regel an und setzt nicht seine Logik ein, um einen neuen Weg der Berechnung zu finden.

Nutzen Sie jede Möglichkeit, um mathematische Logik im Alltag zu üben. Auf diesem Gebiet rostet man fürchterlich ein – und zwar schnell. Machen Sie z.B. Ihre Steuererklärung selbst (außer Sie haben berechtigte Gründe anzunehmen, daß Sie durch die Hilfe eines Steuerberaters eine Rückzahlung bekommen). Natürlich kostet das Zeit, aber Sie trainieren dadurch Ihren Geist, und das ist mindestens ebenso wichtig wie ein Training des Körpers. Und schließlich kostet der Gang ins Fitneßstudio auch Zeit. Sie wissen ja, daß Sie so oft wie möglich Treppen steigen sollten, auch wenn der Aufzug schneller ist; genauso ist es mit dem Verstand. (Einen Taschenrechner dürfen Sie aber trotzdem verwenden, denn er ersetzt nicht das logische Denken, sondern erleichtert Ihnen die Arbeit. Komplizierte Brüche zu berechnen trainiert bestimmt nicht das logische Denken.) Fazit: Gönnen Sie Ihrem Geist also mindestens ebensoviel Training wie Ihrem Körper.

Logik und Schlußfolgerung

Logisches Denken

KURZTEST

→ **Denken Sie logisch? Überlegen Sie, ob folgende Aussagen auf Sie zutreffen:**

❶ Wenn ich lese: „Wenn *a* gleich *b* und *b* gleich c, dann *a* gleich c", dann frage ich mich, warum wir überhaupt ein Alphabet *haben*, da doch offenbar alle Buchstaben gleichbedeutend sind.

❷ Ich *möchte* gar nicht logisch denken. Die Welt ist nicht logisch, denn wenn sie es wäre, gäbe es keine Armut, keine Krankheiten, keine Kriege und keine Anwälte.

❸ Es gibt bestimmt einen Platz für die Logik, aber der ist gewiß nicht groß.

❹ Ich denke bei der Arbeit logisch, doch sonst – nein danke!

❺ Natürlich basiert alles auf Logik. Was sonst ist so akkurat und vertrauenswürdig? Sollte ich etwa meinem Herzen trauen, wenn so etwas Wichtiges ansteht wie eine Heirat? Machen Sie Witze?

Wenn Aussage 1 auf Sie zutrifft, heißt das, daß Sie überhaupt keine Ahnung davon haben, wie Logik angewendet wird. Und eine Bejahung von Nummer 2 ergibt keinen Sinn. Die Existenz der aufgezählten Dinge (auch Anwälte) kann sehr wohl logisch sein. Wenn etwas logisch ist, heißt das noch lange nicht, daß es auch gut oder nett ist. Wie in den Nummern 3 und 4 zu denken ist völlig normal; aber wenn Aussage 5 auf Sie zutrifft (und ich weiß, daß sie das nicht tut!), dann deutet das auf eine emotionale Störung, auf Zwangsvorstellungen oder auf eine Verleugnung von Gefühlen aus anderen Gründen hin.

ÜBUNGEN

Nun wieder zu den Übungen.
Ebenso wie man mit Mathematikaufgaben am effektivsten die mathematische Logik übt, so trainiert man (logischerweise) sein logisches Denken am besten anhand von logischen Denkaufgaben, sprich Denksportaufgaben oder sogenannten Kopfnüssen.

➔ **Zur Lösung der folgenden Aufgaben verwendet man am besten eine Tabelle. Wir zeigen Ihnen, wie das geht.**

Stellen Sie sich vor, Sie hätten auf einer Party einige Leute getroffen und wollten sich nun an deren Namen erinnern. Sie wissen noch, daß Sie einen Herrn Schmitt, Herrn Meier, Herrn Müller und Herrn Bauer getroffen haben (es scheint eine langweilige Party gewesen zu sein ...), und auch, daß die Herren Folgendes getragen haben (die Reihenfolge ist willkürlich): eine rote Krawatte, eine gestreifte Krawatte, eine gepunktete Krawatte und eine buntgemusterte Krawatte. Sie rufen also den Gastgeber jener Party an, der Ihnen folgende Hinweise gibt:

A: Bauer und Schmitt mögen keine roten Krawatten.

B: Meier unterhielt sich den ganzen Abend lang mit dem Mann mit der gepunkteten Krawatte.

C: Schmitt begegnete nie Meier oder dem Mann mit der bundgemusterten Krawatte.

D: Müller und der Mann mit der buntgemusterten Krawatte waren alte Freunde.

➔ **Erstellen Sie folgende Tabelle, um die Aufgabe zu lösen:**

	Schmitt	Meier	Müller	Bauer
rote Krawatte				
gestreifte Krawatte				
gepunktete Krawatte				
buntgemusterte Krawatte				

→ Lesen Sie nun die Hinweise genau durch. Machen Sie dann ein Kreuz in jene Kästchen, deren Kombination nicht zutrifft.

A: Bauer und Schmitt mögen keine roten Krawatten, also tragen Sie jeweils in die Kästchen Bauer/rote Krawatte und Schmitt/rote Krawatte ein x ein.

B: Meier unterhielt sich den ganzen Abend mit dem Mann mit der gepunkteten Krawatte, also trug Meier diese Krawatte nicht selbst. Tragen Sie bei Meier/gepunktete Krawatte ein x ein.

C: Schmitt begegnete nie Meier oder dem Mann mit der gepunkteten Krawatte, also trugen weder Schmitt noch Meier diese Krawatte. Tragen Sie zwei weitere Kreuze ein.

D: Müller und der Mann mit der buntgemusterten Krawatte waren alte Freunde, also trug auch Müller diese Krawatte nicht. Tragen Sie erneut ein Kreuz ein.

→ Ihre Tabelle sollte nun wie folgt aussehen:

	Schmitt	Meier	Müller	Bauer
rote Krawatte	x			x
gestreifte Krawatte				
gepunktete Krawatte		x		
buntgemusterte Krawatte	x	x	x	

Sie sehen, daß in der Zeile mit der buntgemusterten Krawatte drei x stehen. Daraus können wir schließen, daß Bauer der Mann mit der buntgemusterten Krawatte war. Machen Sie in das Kästchen Bauer/buntgemusterte Krawatte ein Häkchen und ein x in alle anderen Kästchen von Bauer.

Lesen Sie nun noch einmal die Hinweise durch. Meier unterhielt sich den ganzen Abend über mit dem Mann mit der gepunkteten Krawatte, und wenn Meier und Schmitt sich nie begegneten, dann trug Schmitt nicht die gepunktete Krawatte. Sobald wir in das Kästchen Schmitt/gepunktete Krawatte ein x eintragen, wissen wir, daß er die gestreifte Krawatte getragen haben muß. Und mit drei Kreuzchen in der Zeile mit der gepunkteten Krawatte kommt nur noch Müller als Träger dieser Krawatte in Frage. So bleiben nur noch ein Mann und eine Krawatte übrig. Also mußte Meier die rote Krawatte getragen haben.

→ **So, nun kommen ein paar Aufgaben, die Sie alleine lösen sollen:**

❶ Sie halten sich als Haustiere drei Amphibien: eine Kröte, einen Salamander und einen Wassermolch. Ein Tier wohnt in der Badewanne, eines lebt im Spülbecken in der Küche, und eines befindet sich in der Nähe Ihres Bettes. Welches Tier befindet sich wo?

A: Die Kröte ist mit dem Tier in der Badewanne befreundet.

B: Der Salamander ist genauso alt wie das Tier im Schlafzimmer.

C: Der Wassermolch und das Tier im Schlafzimmer kennen sich nicht.

	Kröte	Salamander	Wassermolch
Badezimmer			
Küche			
Schlafzimmer			

❷ Sie haben drei Fische in Ihrem Aquarium: einen Goldfisch, einen Schleierschwanz und einen hübschen, glänzenden Heilbutt. Da Sie nicht viel von Fischen verstehen, fragen Sie sich, welcher wer ist. Dann lesen Sie in einem Büchlein, daß jeder Fisch ein bestimmtes Spielzeug bevorzugt: einen Taucher in einer Keramiktaucherglocke, eine Kiste, aus der Luftbläschen steigen, und eine Alge aus Plastik. Welcher Fisch ist wer?

A: Der Goldfisch ist allergisch gegen Plastikalgen.

B: Der Schleierschwanz fürchtet sich schrecklich vor dem Taucher in der Taucherglocke und mag auch keinen der anderen Fische.

C: Der Fisch, der die Kiste mit den Luftbläschen mag, schwärmt für den Heilbutt.

	Goldfisch	Schleierschwanz	Heilbutt
Taucher in Taucherglocke			
Kiste mit Luftbläschen			
Plastikalge			

→ **So, jetzt können Sie anhand der korrekten Antworten sehen, ob Sie erfolgreich waren:**

❶ Die Kröte ist im Schlafzimmer, der Salamander im Badezimmer und der Wassermolch in der Küche. ❷ Der Goldfisch mag die Kiste, aus der Luftbläschen strömen, der Schleierschwanz die Plastikalge und der Heilbutt den Taucher in der Keramiktaucherglocke.

Wie läßt sich das logische Denken trainieren?

Erinnern Sie sich, was ich im ersten Teil des Kapitels, wo es um mathematische Logik ging, über bildliches Vorstellungsvermögen sagte? Sie sehen, daß es ebenfalls fürs logische Denken nützlich ist. Die letzten Übungen waren zwar vergleichsweise einfach, aber ohne Tabelle wären sie vermutlich recht schwer zu lösen gewesen, oder?

Doch glauben Sie nur nicht, Tabellen seien nur für einfache Aufgaben gut. In Wirklichkeit können solche Denksportaufgaben ziemlich knifflig sein, und man muß bereits bei der Gestaltung einer Tabelle logisch vorgehen, damit man die Aufgabe lösen kann. Wenn Ihnen diese Art von Knobeleien Spaß gemacht haben und Sie noch mehr machen wollen – es gibt eine Menge Bücher zum Thema Denksport.

Ein Tip noch, den Sie berücksichtigen sollten, wenn Sie logische Aufgaben lösen wollen: Gehen Sie nie von ungültigen oder unbestätigten Annahmen aus. Da wir das mehr oder weniger alle häufig tun, sind Denksportaufgaben das ideale Mittel, um zu versuchen, dieses Problem in den Griff zu bekommen. Es ist meist ein Schock zu entdecken, wie oft man im Alltag von falschen Annahmen ausgegangen ist. Wäre es daher nicht sinnvoll, einmal darüber nachzudenken, wie viele falsche Annahmen in unserem Leben noch existieren, deren Unrichtigkeit man *nie* entdeckt? Ein äußerst beunruhigender Gedanke, nicht wahr?

Eine prima Übung zur Schulung des logischen Denkvermögens ist auch das Lesen von Kriminalromanen. Ich möchte Ihnen vor allem Agatha Christie und Arthur Conan Doyle wärmstens ans Herz legen. Eine der besten fiktiven logischen Charaktere (den wir alle gerne zum Freund hätten) ist Sherlock Holmes, der sich sowohl offener als auch versteckter Hinweise bedient, um völlig logische und trotzdem überraschende Schlüsse zu ziehen, die zur Aufdeckung eines Verbrechens führen.

Sehen Sie sich einmal einen alten Sherlock-Holmes-Film in Schwarzweiß (mit Basil Rathbone in der Hauptrolle) an, und vollziehen Sie nach, wie Holmes zu seinen Schlüssen kommt. Er beobachtet seine Umgebung peinlich genau – manchmal so genau, daß es scheint, als könne er aus der Beobachtung, daß sich auf Watsons Kopf ein Haar in Unordnung befindet, den gesamten Verlauf der morgendlichen Verrichtungen des guten Doktors ableiten. Doch am Schluß weiß man, daß Holmes keine Märchen erzählt hat: Direkt vor unseren Augen befinden sich Hinweise, die *er* bemerkt hat und *wir* nicht. Sehen wir uns den Film dann ein zweites Mal an, erscheinen uns die Schlußfolgerungen im Rückblick offensichtlich und logisch.

Und dies führt uns zu einer guten Methode, wie Sie Ihr logisches Denkvermögen verbessern können – bei der Arbeit, zu Hause sowie in den meisten Bereichen des täglichen Lebens. Vielleicht ist Ihnen beim Lösen der Denksportaufgaben aufgefallen, daß Sie immer wieder auf die Hinweise am Anfang zurückgreifen mußten. Nun, das heißt nichts anderes, als daß man immer, wenn sich eine neue Tatsache ergibt, das *ganze* Problem noch einmal überdenken sollte. So können Ihnen Zusammenhänge, die Sie anfangs nur am Rande bemerkt haben, plötzlich in die Augen springen und Sie bei nächster Gelegenheit (und später natürlich auch) zu weiterem Nachdenken anregen.

ÜBUNGEN

→ Und weil Übung den Meister macht, folgen jetzt weitere Textaufgaben:

❶ Die Philharmonie kann sich keinen Kammerjäger leisten, und während einer besonders schönen Ouvertüre krabbeln vier Insekten – eine Ameise, eine Fliege, eine Termite und eine Kakerlake – aus der Holztäfelung, um dem Konzert zu lauschen. Jedes Insekt sitzt auf seinem bevorzugten Instrument – einer Bratsche, einer Pauke, einer Tuba und einem Klavier. Welches Tier sitzt wo?

A: Die Kakerlake hat einmal versucht, das Insekt auf der Pauke zu fressen.

B: Die Termite hat Angst vor dem Insekt auf der Tuba.

C: Die Ameise, die Termite und das Insekt auf dem Klavier sind Kumpel.

D: Die Ameise mag keine Saiteninstrumente.

	Ameise	Fliege	Termite	Kakerlake
Bratsche				
Pauke				
Tuba				
Klavier				

❷ Die Urlaubszeit ist angebrochen, und nun müssen Mitbringsel gekauft werden. Ihre etwas gruseligen Nachbarn – Familie Poe, Familie Hitchcock, die Addams Family und die Munsters – erwarten jeder ein passendes Geschenk für ihre Haustiere – eine Fledermaus, eine Kobra, ein Krokodil und eine Tarantel. Welches Tier gehört wem?

A: Die Familie Hitchcock fürchtet sich vor Krokodilen.

B: Familie Poe und die Munsters haben nie die Familie getroffen, der die Fledermaus gehört.

C: Familie Poe und Familie Hitchcock sind gute Freunde und tauschen häufig ihre Haustiere aus.

D: Die Familie mit der Tarantel liegt im Streit mit der Addams Family.

	Poe	Hitchcock	Addams Family	Munster
Fledermaus				
Kobra				
Krokodil				
Tarantel				

❸ In der Bildzeitung steht die Geschichte von einem Mann, der verschiedene Frauen – eine Schreibkraft, eine Buchhalterin, eine Anwältin und eine Sekretärin – in Vögel verwandelt hat. In seinem Haus flattern nun vier Vögel herum – ein Kolibri, ein Fink, ein Wellensittich und ein Geier. Welcher Vogel ist welche Frau?

A: Der Fink mag die Sekretärin und den Kolibri.

B: Die Schreibkraft sah den Geier einmal während ihrer Berufsausübung.

C: Der Geier kennt weder die Buchhalterin noch die Sekretärin.

D: Der Kolibri liegt im Streit mit der Anwältin.

	Schreibkraft	Buchhalterin	Anwältin	Sekretärin
Kolibri				
Fink				
Wellensittich				
Geier				

Es geht immer besser, nicht wahr? Und es macht Ihnen sicherlich allmählich richtig Spaß.

→ Und hier sind die Antworten:

❶ Die Ameise sitzt auf der Pauke, die Fliege auf dem Klavier, die Termite auf der Bratsche und die Kakerlake auf der Tuba. ❷ Familie Poe gehört die Kobra, Familie Hitchcock die Tarantel, der Addams Family die Fledermaus und den Munsters das Krokodil. ❸ Die Schreibkraft ist der Kolibri, die Buchhalterin der Fink, die Anwältin der Geier und die Sekretärin der Wellensittich.

Die Logik hat seltsamerweise einen „unlogischen" Ruf. Viele Menschen erachten eine logische Denkweise als Schwäche und nicht als große Hilfe, was sie tatsächlich ist. Daraus entsteht diesen Menschen ein großer Nachteil. Sie machen alles aus dem Gefühl heraus – was in bezug auf Tierbabys, Kunst und Poesie nicht falsch sein mag, sich aber als fatal erweisen kann, wenn es z.B. darum geht, Krankheiten zu heilen, auf dem Mond zu landen oder einen Krieg zu gewinnen.

Logik anzuwenden bedeutet nun nicht, daß Sie Ihre Persönlichkeit ändern müssen oder sollten. Es bedeutet einfach, daß Sie in der Lage sind, die richtigen Schlüsse zu ziehen, was Ihnen (und vielleicht auch Ihrer Umwelt) das Leben ein wenig – oder sogar sehr viel – erleichtern kann.

Eigentlich ist Logik ein wichtiger Bestandteil jedes Kapitels in diesem Buch, auch wenn wir nicht immer ausdrücklich darauf hinweisen. Denn im Prinzip wenden wir logisches Denken so gut wie immer an, wenn wir unseren Verstand gebrauchen.

Natürlich kann es auch vorkommen, daß mehrere logische Probleme ineinander verschachtelt sind und das Ganze unheimlich kompliziert wird. Daraus resultieren dann typische Phänomene wie „Gedanken, die sich im Kreis drehen“, „Scheinargumente“ und „Trugschlüsse“. Komplexe wissenschaftliche und auf Logik aufgebaute Theorien können jahrzehntelang unangefochten bestehen, ja, sogar auf Tatsachen beruhen, bis jemand merkt, daß sie falsch sind. Denn sie sind oft so schwer nachzuvollziehen (z.B. innerhalb bestimmter Gebiete der theoretischen Physik), daß erst etwas Gravierendes geschehen muß, damit die Falschheit der Theorie als erwiesen angesehen wird. Und selbst dann wird die Theorie nur höchst unwillig aufgegeben, vor allem, wenn sie in der wissenschaftlichen Fachwelt gut angenommen ist. Denn der Mensch *haßt* nichts mehr, als *unrecht* zu haben!

Einfallsreichtum und Inspiration

Einsicht und Aha-Erlebnisse

KURZTEST

→ **Wie gehen Sie an Dinge heran? Überlegen Sie, ob folgende Aussagen auf Sie zutreffen:**

❶ Ich denke nie darüber nach, wie etwas ausgehen wird. Ich fange einfach an und sehe dann schon, was passiert. Meistens allerdings bin ich nicht begeistert von dem Ergebnis.

❷ Mir ist die empirische Methode am liebsten. Okay, ich mache dabei vieles falsch, aber manchmal klappt es doch ganz gut.

❸ Ich plane am liebsten alles bis ins kleinste Detail. Normalerweise funktioniert das ganz gut, wenn es auch mit großem Aufwand verbunden ist.

❹ Bei der Lösung eines Problems geht mir manchmal plötzlich ein Licht auf („Aha!").

❺ Wenn ich ein großes Problem habe, schiebe ich es zunächst einmal in einen Winkel meines Gehirns, wo es zusammen mit anderen Problemen vor sich hin köchelt. Dann gehe ich zu anderen Dingen über, und oft lösen sich Probleme dann wie von selbst, wenn ich mich wieder mit ihnen befasse.

Verhaltensweisen wie in den Aussagen 1, 2 und 3 beschrieben, sind völlig normal, wenn auch Nummer 2 die darunter beste Methode sein mag, ein Problem zu lösen. Wenn Aussage 4 auf Sie zutrifft, haben Sie tatsächlich echte Momente der Einsicht, und Nummer 5 würde bestätigen, daß Sie bereits genau wissen, wie Sie ein Problem lösen können. Lesen Sie trotzdem weiter.

ÜBUNGEN

Es folgen zum Einstieg einige Übungen aus naturwissenschaftlichen Bereichen, in denen Einsicht und die berühmten Aha-Erlebnisse stets eine sehr wichtige Rolle gespielt hat.

➔ Zunächst einmal zur Astronomie:

Bis Pythagoras und Aristoteles nahm man an, daß die ERDE eine Scheibe sei. Aristoteles stellte fest, daß der Erdschatten, der bei einer Mondfinsternis auf den Mond fällt, gekrümmt ist. Diese Erkenntnis fand jedoch keine große Verbreitung. Die moderne Astronomie begann erst im 16. Jahrhundert, als Kopernikus behauptete, die Erde kreise um die SONNE und nicht umgekehrt. Ein halbes Jahrhundert später wurde mit Hilfe des von Galilei entdeckten Teleskopes Kopernikus' Annahme bestätigt, doch die katholische Kirche drohte Galilei mit der Folter, wenn er seine These nicht widerrufen würde (was er dann auch tat).

Die Wissenschaftler der Antike glaubten, die Erde sei das größte Objekt im Weltall. Heute wissen wir, daß sie das bei weitem nicht ist. Unser Planet ist nur der fünftgrößte in unserem SONNENSYSTEM. Jupiter, Saturn, Neptun und Uranus sind, in dieser Reihenfolge, die größten.

Das Weltall ist so riesig, daß die auf der Erde verwendeten Längenmaße nicht ausreichen, um die dortigen Entfernungen zu messen. Astronomen rechnen deshalb mit LICHTJAHREN – der Maßeinheit für die Strecke, die das Licht innerhalb eines Jahres zurücklegt. Licht bewegt sich mit einer Geschwindigkeit von 299 792,5 Kilometern pro Sekunde im Vakuum des Weltalls, und somit beläuft sich die innerhalb eines Jahres zurückgelegte Strecke auf 9,463 Billionen Kilometer (im Vergleich dazu legt der Schall, der sich nicht durch ein Vakuum bewegen kann, nur 333 Meter pro Sekunde zurück). Die neueste Maßeinheit für Entfernungen im Weltraum wird PARSEC (das sind 3,26 Lichtjahre) genannt.

Jetzt haben Sie Gelegenheit, Ihre eigene Fähigkeit zur Einsicht unter Beweis zu stellen.

→ **Welche der folgenden Aussagen sind wahr, wenn Sie die oben gegebenen Informationen berücksichtigen?**

❶ Obwohl die Kirche Galilei mit der Folter drohte, stimmte sie Kopernikus' Theorie zu.

❷ Obwohl die Wissenschaftler in der Antike fälschlicherweise die Erde für den größten Planeten hielten, war ihnen klar, daß die Sonne viel größer als die Erde ist.

❸ Ein Lichtjahr ist ein Zeitmaß.

❹ Die Schallgeschwindigkeit eignet sich nicht zum Messen von Entfernungen im Weltall.

→ **Und hier die Antworten:**

❶ falsch, ❷ falsch, ❸ falsch, ❹ richtig.

→ **Nun zur Meteorologie und den Geowissenschaften:**

Die ERDATMOSPHÄRE – die vor allem aus Kohlendioxid besteht – funktioniert wie eine Glashülle: Sie läßt zwar von der Sonne kommendes, sichtbares Licht passieren, verhindert jedoch die Rückkehr der Infrarotstrahlen ins Weltall – was zu dem bekannten TREIBHAUSEFFEKT führt.

Die von der Sonne kommenden ultravioletten Strahlen, die auf die Erde gelangen, sind verantwortlich für Sonnenbrand und Hautkrebs. Die meisten Strahlen werden jedoch von der OZONSCHICHT – Ozon ist die chemisch aktivste Form des Sauerstoffs – in der Atmosphäre „geschluckt". Fluorchlorkohlenwasserstoffe (FCKW), die vor allem in Sprays und Deodorants zu finden sind, reagieren jedoch mit den Ozonmolekülen und verwandeln sie in normale Sauerstoffmoleküle.

Die Erde besteht aus mehreren Schichten. Die äußerste Schicht, die ERDKRUSTE, setzt sich aus einer Landfläche (den Kontinenten) und einer Wasserfläche (den Ozeanen) zusammen. Diese Kruste zerfiel im Laufe der Erdgeschichte in mehrere riesige Platten, die langsam auf der fließfähigen Unterlage des oberen Erdmantels treiben. Wenn diese Platten auseinanderdriften, entstehen Gräben und Spalten, die durch Vulkanausbrüche wieder mit Kruste „gefüllt" werden; stoßen sie aufeinander, wird die Kruste zerstört und es entstehen Faltengebirge. Wo sich die Platten nur aneinander reiben, entsteht eine Verwerfung; schwere Erdbeben sind die Folge.

➔ **Welche der folgenden Aussagen sind demnach wahr?**

❶ Ohne Kohlendioxid in der Erdatmosphäre wäre es auf der Erde sehr kalt.

❷ Der Begriff „Treibhauseffekt" stammt aus der Landwirtschaft.

❸ Obwohl Fluorchlorkohlenwasserstoffe die Ozonschicht beschädigen, haben sie auch einen positiven Nebeneffekt, nämlich die Umwandlung von Ozon in Sauerstoff, den wir zum Atmen brauchen.

❹ Es wäre gut, wenn sich mehr Ozon in der Nähe der Erdoberfläche befinden würde.

❺ Durch die Verschiebung der Erdplatten bewegen sich ganze Kontinente aufeinander zu oder voneinander weg.

❻ Wenn Erdplatten zusammenstoßen, entstehen Faltengebirge.

➔ **Die Antworten:**

❶ richtig, ❷ richtig, ❸ falsch, ❹ falsch, ❺ richtig, ❻ richtig.

Vor allem Nummer 4 war eine Fangfrage. Es scheint zwar, als wäre dieser Satz eine logische Fortführung der bereits gegebenen Information, aber das täuscht. Tatsächlich ist in der Nähe der Erdoberfläche befindliches Ozon ein giftiger Schadstoff.

Einsicht und Aha-Erlebnisse – wie läßt sich das fördern?

Was ist Einsicht überhaupt? Ist es etwas „Esoterisches" (also eine Art Geheimwissen), das nur von Wissenschaftlern erlangt wird, die einen wahrhaft „revolutionären" Grad des Verstehens erreicht haben wie z.B., daß die Erde sich um die Sonne dreht und nicht umgekehrt? Nein. Einsicht ist nichts anderes als ein Aha-Erlebnis – dieser köstliche, äußerst befriedigende Einfall, der uns aus heiterem Himmel plötzlich überkommt.

Die Geschichte der Naturwissenschaften ist voll solcher unerwarteter Aha-Erlebnisse. Kennen Sie die Geschichte von Archimedes, dem legendären griechischen Mathematiker und Physiker? Als er sich ins Badewasser setzte, wurde ihm auf einmal klar, daß ein Körper aus Gold weniger Wasser verdrängen würde als ein gleich schwerer Körper aus Silber, da Silber eine geringere Dichte hat. Von diesem Mann also wird behauptet, er sei splitternackt nach Hause gelaufen und habe dabei immer wieder „Heureka! Heureka!" – „Ich hab's gefunden! Ich hab's gefunden!" – geschrien.

Aber wie steht es mit der Einsicht im Alltag? Ein Beispiel: Sie haben plötzlich eine Idee, weshalb die unerwartete Gutschrift auf Ihrem Konto eingegangen sein könnte. Sie wissen zwar nicht genau, warum und weshalb, aber plötzlich haben Sie eine Eingebung, die sich dann als richtig herausstellt. Das zeigt uns einen wichtigen Punkt bzw. einen Weg, der zur Einsicht führt: Sie müssen öfter mal neue Ideen ausprobieren. Je mehr Ideen Sie haben, desto mehr falsche sind natürlich auch dabei. Aber Hand aufs Herz – wen kümmert es denn wirklich, wie oft Archimedes sich vor seiner richtigen Eingebung geirrt hat? Von den „Irrwegen" wird nie berichtet, trotzdem hat es sie in allen Forschungszweigen gegeben.

Neue Ideen auszuprobieren ist nicht schwer, aber die meisten tun es trotzdem nicht, und zwar hauptsächlich aus zwei Gründen: Erstens glauben sie nicht, daß sie genügend Kreativität besitzen, und zweitens mangelt es ihnen an dem nötigen Selbstvertrauen. Von diesen zwei Eigenschaften ist Kreativität *viel* leichter zu erlangen. Sehen Sie sich noch einmal die Schlußfolgerungen in dem Übungsteil an. Rein theoretisch konnten sie ganz leicht aus den zuerst genannten Informationen abgeleitet werden. Jene Schlüsse, die sich als richtig erwiesen haben, sind heute allgemein anerkannt, aber so war es nicht immer. Hätten Sie die richtigen Schlußfolgerungen gezogen, besäßen *Sie* auch diese Einsicht – wie z.B. Kopernikus. Doch kaum jemand hat das nötige Selbstvertrauen dazu. Und diese Einstellung durchdringt nahezu alle Bereiche unseres Lebens – sie reicht von der Überlegung, wie man das neue Sofa durch die Haustür kriegen könnte, bis hin zur Umstrukturierung eines unrentablen Unternehmens.

Also versuchen Sie sich ruhig öfter mal an neuen Ideen, und vor allem seien Sie mit dem Herzen dabei. Ihnen fehlt Selbstvertrauen? Okay. Machen Sie sich keine Gedanken darüber. Sie müssen ja niemandem sagen, daß Sie gerade etwas Neues ausprobieren. Tun Sie es einfach.

Wenn Sie die kommenden Übungen durchlesen, versuchen Sie, beim Lösen kreativ zu sein. Sie müssen sich nicht unbedingt selbst etwas ausdenken (wir geben Ihnen nämlich wieder Hilfestellung durch falsche/richtige Folgerungen), aber fangen Sie an, die gegebenen Informationen als „Mittel zum Zweck" zu betrachten und nicht als unumstößlich richtige Schlußfolgerungen. Das ist enorm wichtig, um wirkliche Momente der Einsicht zu erleben. Mit anderen Worten: Sie sollen einen aktiven und fragenden Geist entwickeln. Wenn Sie den Mond und die Sterne betrachten, können Sie sich ruhig an dem herrlichen Anblick erfreuen, aber es spricht nichts dagegen, außerdem zu denken: „Was wäre, wenn …"

ÜBUNGEN

→ Und nun zur Newtonschen Physik:

Newtons ERSTES AXIOM (Trägheitsgesetz) lautet: Jeder Körper verharrt im Zustand der Ruhe oder der gleichförmig geradlinigen Bewegung, solange er nicht durch äußere Kräfte gezwungen wird, seinen Zustand zu ändern.

Newtons ZWEITES AXIOM (dynamisches Grundgesetz) lautet: Die Bewegungsänderung (Beschleunigung **a** eines Körpers der Masse **m** ist der einwirkenden Kraft **F** proportional und ihr gleichgerichtet: $\mathbf{F} = \mathbf{m} \cdot \mathbf{a}$.

Newtons DRITTES AXIOM (Gegenwirkungsgesetz) lautet: Die von zwei Körpern aufeinander ausgeübten Kräfte sind gleich groß und entgegengerichtet, das heißt, wenn Sie jetzt im Sessel sitzen und dieses Buch lesen, übt der Sessel die gleiche Kraft auf Sie aus wie umgekehrt.

Das Newtonsche GRAVITATIONSGESETZ besagt, daß zwei Körper sich immer gegenseitig anziehen, die Kraft F, mit der dies geschieht, aber abhängig ist von der Masse der Körper und der dazwischenliegenden Entfernung. Diese Kraft ist allerdings auf der Erde so gering, daß sie nur bei planetarischen Größenordnungen eine Rolle spielt.

→ Welche der Aussagen sind richtig?

❶ Wenn Sie in einem Zug sitzen würden, der plötzlich anhält, halten Sie gleichzeitig mit dem Zug langsam an.

❷ Je größer die Kraft, desto größer die Masse.

❸ Wenn Sie den Telefonhörer aufknallen, übt die Gabel die gleiche Kraft auf den Hörer aus, wie der Hörer auf die Gabel.

❹ Ein Mann, der 500 Kilo wiegt, kann andere Körper (Objekte) anziehen (im Sinne von Gravitation).

➔ Und hier die Antworten:

❶ falsch, ❷ falsch nach Newton, aber Einstein erweiterte das Axiom, ❸ richtig, ❹ falsch, außer Essen zieht er nichts an …

➔ Nun einige Übungen aus dem Bereich der Chemie:

Ein ATOM ist der Grundbaustein aller Materie und besteht hauptsächlich aus drei verschiedenen Teilchen: Protonen, Neutronen und Elektronen. Je nachdem, wie die Teilchen kombiniert und/oder angeordnet sind, entstehen verschiedene Substanzen (STOFFE). Stoffe, die aus Atomen gleicher Kernladungszahl bestehen, nennt man Elemente (zu ihnen gehören u.a. Sauerstoff, Merkurium und Gold).

Ein MOLEKÜL ist die kleinste selbständige Einheit eines chemischen Stoffes. Moleküle bestehen aus zwei oder mehreren miteinander verbundenen Atomen. Verbindungen entstehen durch chemische Reaktionen; sie bestehen aus Molekülen, die sich aus den Atomen (oder Ionen = elektrisch geladene Atome) zweier oder mehrerer Elemente zusammensetzen. Ein GEMISCH (das einfach bei der physikalischen Zusammenfügung mehrerer Komponenten entsteht) besteht aus zwei oder mehr Elementen oder Verbindungen.

Alle Stoffe können in drei AGGREGATZUSTÄNDEN (abhängig von Temperatur und Druck) auftreten: fest (bei der niedrigsten Temperatur, die der Stoff jeweils haben kann), flüssig (wenn der Schmelzpunkt überschritten wurde) und gasförmig (wenn der Siedepunkt überschritten wurde).

➔ Welche der folgenden Aussagen sind richtig?

❶ Wasser (H_2O) ist ein Element.
❷ Wasser ist eine Verbindung.
❸ Spülwasser ist ein Gemisch.
❹ Wenn Ozon genügend abkühlt, kann es fest werden.
❺ Wenn jemand, der ein Sonnenbad nimmt, sich genügend erhitzt, kann er sich in Gas verwandeln.

→ Und, haben Sie's herausgefunden? Hier die Antworten:
❶ falsch, ❷ richtig, ❸ richtig, ❹ richtig, ❺ richtig (aber niemand wird es soweit kommen lassen, zuvor spannt er den Sonnenschirm auf).

Nun wissen Sie es also. Einsicht ist nichts Geheimnisvolles, das ausschließlich denjenigen vorbehalten ist, die eine Art verborgenes Wissen besitzen, das Sie nie haben werden (oder wollen). Kurz, Einsicht ist nichts anderes als „schnelles, logisches Denken", ohne über die einzelnen Schritte nachzudenken, wie z.B. „Also, wenn A wahr ist und B wahr ist, dann – hey! – muß auch C wahr sein!"

Doch jeder Mensch gelangt auf einem anderen Weg zu seinen Einsichten. Manche können am besten morgens denken, wenn sie ausgeruht sind, andere nachts, obwohl man eigentlich annehmen müßte, ihre Müdigkeit sei dann am größten. Und es gibt unzählige Anekdoten über Menschen, die ihre Aha-Erlebnisse in Träumen hatten (manche könnten sogar wahr sein). Haben Sie schon einmal von Friedrich August Kekulé gehört, dem deutschen Wissenschaftler, der die Grundlagen für die moderne organische Chemie schuf? Im Jahre 1865 träumte Professor Kekulé, das Benzolmolekül sei eine Schlange, die sich selbst in den Schwanz beißt, während sie sich im Kreis dreht. Von diesem Traum rührt die Idee von der Sechseck-Strukturformel des Benzols („Benzolring") her, die die organische Chemie revolutionierte.

Auch wenn Sie vielleicht keine Träume wie Professor Kekulé haben *wollen* (ich persönlich ziehe es vor, im Traum zu fliegen), sollten Sie sich nicht entmutigen lassen, wenn Sie nur kleine Aha-Erlebnisse haben. Das ist immerhin ein Anfang. Und je mehr Sie üben, desto mehr Erfolg haben Sie. Abgesehen davon, können sich diese Aha-Erlebnisse summieren, so daß Sie eines Tages vielleicht aus den unzähligen kleinen, aber richtigen Einsichten eine wirklich großartige Schlußfolgerung ziehen werden.

Einfallsreichtum und Inspiration

Kreativität

K U R Z T E S T

→ **Wie kreativ sind Sie? Finden Sie es anhand folgender Aussagen heraus:**

1. Die Kleider in meinem Schrank sind nach möglichen Kombinationen geordnet.
2. Die Kleider in meinem Schrank sind nach Funktion geordnet, das heißt, die Jacken hängen nebeneinander, die Hosen und die Röcke auch.
3. Die Kleider in meinem Schrank sind nach keinem bestimmten Prinzip geordnet und befinden sich genauso oft auf dem Boden wie auf den Bügeln.
4. Ich erfinde oft neue ungewöhnliche Methoden, um Probleme zu lösen.
5. In der Regel versuche ich nicht, eine kreative Lösung zu finden, aber gelegentlich taucht eine solche von selbst auf.

Aussage 1 deutet auf einen Mangel an Kreativität hin, Nummer 2 dagegen auf die Bereitschaft, neue Kombinationen auszuprobieren. Bejahen Sie 3, dann bedeutet das allerdings, daß es Ihnen an Disziplin fehlt, was nicht gleichbedeutend mit Kreativität ist. Kreativität ist eine Fähigkeit, die richtig eingesetzt werden muß, um von Nutzen zu sein. Und Aussage 4? Nun, anders zu sein nur um des Andersseins willen deutet mehr auf Exzentrik als auf Kreativität hin. Nummer 5 hingegen bedeutet, daß Sie bereits recht „erfolgreich" kreativ sind, ohne dafür gezielt „trainiert" zu haben.

ÜBUNGEN

Folgende Übungen sollen Ihnen helfen, Ihr kreatives Denken zu fördern. Halten Sie sich nicht damit auf, nach „richtigen" Antworten zu suchen. Antworten Sie innerhalb der Grenzen Ihres jetzigen Wissens so einfallsreich wie möglich. Das heißt nun nicht, daß Sie Ihnen bereits bekannte wissenschaftliche Grundsätze außer acht lassen sollen, aber machen Sie sich auch keine Gedanken über diejenigen, die Sie nicht kennen. Lesen Sie noch einmal die Informationen im ersten Teil des Kapitels durch, wenn Sie Ihr Gedächtnis auffrischen möchten.

→ **Wir beginnen wieder mit der Astronomie:**

❶ Stellen Sie sich vor, ein Zeitreisender aus dem 5. Jahrhundert v. Chr. wäre bei Ihnen gelandet und glaubte noch, die Erde sei eine Scheibe. Wie überzeugen Sie ihn – ohne Teleskop – vom Gegenteil?

❷ Derselbe Zeitreisende ist nun verunsichert, was seine Kenntnisse des Universums anbelangt. Er fragt Sie, ob man immer noch die Erde für das größte Objekt im Weltall halte. Wie würden Sie ihn – wieder ohne Teleskop – davon überzeugen, daß sie es nicht ist?

❸ Der Zeitreisende ist bereits völlig verwirrt, und dabei haben Sie ihm noch nicht einmal Ihren Videorecorder gezeigt. Sie beschließen, noch einen Schritt weiterzugehen und erzählen ihm, daß sich das Licht viel schneller bewegt als der Schall. Er fragt, wie man das denn feststellen wolle. Wie überzeugen Sie ihn?

Hier gibt es keine generell richtigen oder falschen Antworten. Es ging darum, daß Sie Ihre Kreativität und Vorstellungskraft einsetzen – Punkte gibt's bei dieser Übung sowieso nicht. Die erste und die zweite Frage könnten Sie z. B. damit beantwortet haben, daß Sie den Zeitreisenden einfach in eine Rakete setzen, damit er sich von der Richtigkeit Ihrer Behauptungen selbst überzeugen kann. Als Antwort auf die dritte Frage hätten Sie mit ihm ein Gewitter in der Nähe beobachten und ihn darauf hinweisen können, daß man den Blitz sehe, ehe man den Donner höre (nicht, daß man 500 v. Chr. keine Gewitter beobachtet hätte, aber vielleicht hat Ihr Zeitreisender ja Angst vor dem Donner und traut sich deshalb nie, dieses Phänomen zu beobachten).

→ **Nun wieder einige Aufgaben aus dem Bereich der Meteorologie und der Geowissenschaften:**

❶ Sie reisen selbst in die Zukunft. Die Sorge um eine Erwärmung der Erde hat sich als berechtigt herausgestellt, und die Lage ist ernst. Die polaren Eiskappen beginnen zu schmelzen. Wie würden Sie die Konzentration von Kohlendioxid in der Atmosphäre reduzieren?

❷ Die Ozonschicht erinnert nun mehr an ein Sieb als an eine intakte Hülle, und die ultraviolette Strahlung hat einen kritischen Punkt erreicht. Was würden Sie tun, um die gute alte Zeit wieder zurückzubringen?

❸ Machen Sie einen riesigen Sprung in die Zukunft. Die Kontinente haben sich auf den Platten weiter verschoben und bilden nun eine einzige große Landmasse. Wie sieht die politische Lage jetzt wohl aus?

Okay, selbst unsere Staatsoberhäupter haben diese Probleme noch nicht gelöst – aber seit wann sind geistige Fähigkeiten Voraussetzung, um Staatsoberhaupt zu werden?! Zur Lösung des ersten Problems haben Sie vielleicht vorgeschlagen, daß kein Erdöl mehr verbrannt werden dürfe oder daß man die gesamte Pflanzenwelt der Erde so „einschüchtern" solle, daß sie hyperventiliert (das heißt, aus Angst schneller atmet und dadurch Sauerstoff produziert). Das wäre doch wirklich kreativ, oder etwa nicht? Zur Lösung des zweiten Problems hätte man über riesige Pipelines das „schlechte" Ozon aus den verschmutzten Gebieten wieder in höhere Luftschichten pumpen können, damit es sich wieder in „gutes" verwandeln kann. (Sie hätten natürlich auch behaupten können – wenn auch zugegebenermaßen nicht mit Nachdruck –, der Treibhauseffekt könne ja nicht so schlimm sein, wenn die Ozonschicht so voller Löcher sei.) Für die Beantwortung der dritten Frage sind der Phantasie keine Grenzen gesetzt – von einer gemeinsamen Weltregierung bis zu einem nie endenden Weltkrieg wäre alles möglich.

Kreativität – entweder man hat sie, oder man hat sie nicht?

Der britische Autor Arthur Koestler hat einmal gesagt: „Kreativität und Naturwissenschaften zusammenzubringen ist, als zähle man zwei und zwei zusammen, um fünf zu erhalten." Allerdings sind wir in unserem Kapitel genau dieser Art der Kreativität auf der Spur. Dazu zählen natürlich auch künstlerische Bestrebungen. Stellen Sie sich vor, man nähme Beethoven, brächte ihn mit einem Klavier zusammen und heraus käme die „Mondscheinsonate"!

Viele Menschen erstaunen uns immer wieder durch ihre verwegenen Vorstellungen: große Kosmologen, große Künstler, große Komponisten (und sogar manche Anwälte). Und dann natürlich die Kinder, die sich problemlos aus der Realität lösen und sich sofort das Unvorstellbare vorstellen können. Von ihnen können wir viel lernen. Denn warum sind Kinder so kreativ? Weil sie noch nicht *ge-* bzw. *ver-bildet* sind! Sie wissen noch nicht, was „richtig" und was „falsch" ist, also können sie ihren Geist schweifen lassen. Nicht, daß man Bildung auf die leichte Schulter nehmen sollte, aber eine gute Portion Kritik ist angebracht.

Ein praxisorientierteres Beispiel: Alle Kosmologen, Astronomen und Physiker lernen, daß das Negativergebnis des Michelson-Versuches hundertprozentig richtig ist. Dies hat aber nur Einstein zu der Theorie geführt, nach der die Geschwindigkeit des Lichtes (unter anderem) eine universelle Konstante ist, ergo die Relativitätstheorie richtig und mit Sicherheit das Grundprinzip für das Funktionieren aller Dinge. Nun, ich hoffe jedenfalls, sie ist richtig, sonst würde der wissenschaftliche Fortschritt in diesem Gebiet um fast ein Jahrhundert zurückgeworfen.

Wenn Sie nicht gerade ein zweiter Picasso sind, ist ungezügelte Kreativität weder für Sie noch für sonst jemanden von Nutzen. Aber in die richtigen (z.B. Ihren beruflichen und/oder persönlichen Zielen entsprechenden) Bahnen gelenkt, läßt sich ein gewaltiges kreatives Potential freisetzen. Folgende Anregungen sollen Ihnen helfen, Ihre Kreativität zu wecken und zu fördern:

Wenn es in Ihrer Nähe gute Kunstmuseen gibt, gehen Sie hin und sehen Sie sich in jedem einzelnen Raum gründlich um, auch wenn Ihnen die Exponate nicht unbedingt zusagen. Und betrachten Sie jedes einzelne Kunstwerk so, als wecke gerade dieses Ihr besonderes Interesse. Schauen Sie in der Zeitung nach, ob gerade Theatersaison ist, und streichen Sie die Stücke an, die Ihnen gefallen könnten – und sehen Sie sich dann die *anderen* Stücke an.

Haben Sie neue Nachbarn oder Mitarbeiter/Kollegen, die Ihnen vielleicht etwas fremd vorkommen, das heißt, einer anderen Nationalität angehören oder aus einer anderen Kultur stammen? Freunden Sie sich mit ihnen an; bei der ersten sich bietenden Gelegenheit sollten Sie ihnen von einem Problem erzählen und sie fragen, wie sie es lösen würden. Vermutlich erleben Sie einige Überraschungen.

Haben Sie schon einmal eine Erfindung gemacht? Versuchen Sie es. Gehen Sie in einen gutsortierten Baumarkt, schlendern Sie durch die Gänge, und begutachten Sie das Eisenwarensortiment. Lassen Sie sich Zeit. Kaufen Sie kleine Muster von allem, was Sie interessiert, aber nichts, was bereits zusammengebaut ist. Suchen Sie zu Hause alles heraus, was im Haushalt verwendet wird, auch wenn es noch so unbedeutend ist – und fangen Sie an zu basteln. Kreativität ist nicht nur eine Domäne der Künstler, sie ist ein wichtiger Bestandteil jedes eigenständigen Lebewesens.

ÜBUNGEN

→ Und noch ein wenig Newtonsche Physik:

❶ Stellen Sie sich vor, Sie spielen Billard. Sie können beliebig viele Kugeln verwenden, um zu demonstrieren, wie Newtons erstes Axiom lautet (jeder Körper verharrt in der gleichförmig geradlinigen Bewegung, solange er nicht durch äußere Kräfte gezwungen wird, seinen Zustand zu ändern).

❷ Vergegenwärtigen Sie sich noch einmal Newtons zweites Axiom, nach dem es einen Zusammenhang zwischen der Bewegungsänderung (Beschleunigung) eines Körpers, seiner spezfischen Masse und einer einwirkenden Kraft gibt. Wie würden Sie mit den Gegenständen, die gerade zur Hand sind, beweisen können, daß zwischen diesen Faktoren tatsächlich ein Zusammenhang besteht?

❸ Wie würden Sie Newtons drittes Axiom beweisen, das besagt, daß jede Reaktion eine gleiche und eine entgegengesetzte Reaktion hervorruft?

❹ Benennen Sie zwei Objekte im Raum, die auf ein anderes Objekt eine Anziehungskraft ausüben können.

Um das erste Axiom zu beweisen, würde ein Stoß an die Bande ausreichen; auch wenn die Kugel über die Bande hüpft und an der Wand abprallt, wäre das ein Beweis (wenn Sie so spielen wie ich).

Das zweite Axiom ist ebenfalls leicht zu beweisen: Je schwungvoller Sie die weiße Kugel anstoßen, desto schneller ist sie und desto stärker trifft sie eine andere Kugel, den Tisch oder Ihren Mitspieler. Eine kleinere Kugel würde weniger Stoßkraft benötigen, um genauso schnell zu sein.

Nun zum dritten Axiom: Man reiht mehrere Kugeln in einer exakten Linie genau parallel zu den Tischseiten auf. Dann legt man die weiße Kugel auf einen Punkt in der gedachten Verlängerung dieser Linie und stößt sie kräftig an. Sie trifft auf die erste Kugel in der Reihe, diese stößt die nächste an usw., bis die letzte Kugel an der Bande abprallt, zurückkommt und der vorletzten Kugel wieder einen Stoß gibt, die wiederum die Kugeln in umgekehrter Reihenfolge in Bewegung setzt. Das setzt sich so lange fort, bis die Kugeln durch die Reibung allmählich wieder zur Ruhe kommen. (Es kann sein, daß es in Wirklichkeit nicht *ganz* so gut funktioniert, aber das Prinzip läßt sich erkennen.)

Die vierte Frage war eine Fangfrage. Jedes Objekt (inklusive der weißen Kugel, der Kreide oder dem fürchterlich tätowierten Mann am Nebentisch) übt auf andere Objekte eine Anziehungskraft aus, egal, wie schwach diese auch sein mag. Also ist jede Antwort richtig. Belohnen Sie sich mit ganz, ganz vielen Punkten!

→ Und nun sind wir wieder bei der Chemie:

❶ Angenommen, Sie laden am ersten Weihnachtsfeiertag Ihre Schwiegereltern zum Mittagessen ein. Während Sie die Vorspeise zubereiten, bittet Sie Ihr Schwiegervater (um Ihre Intelligenz zu testen) darum, ihm zu erklären, was Atome sind. Wie würden Sie – wenigstens theoretisch – mit dem, was gerade zur Hand ist, zeigen können, daß Atome die Grundbausteine jeglicher Materie sind – und Ihren Schwiegervater damit in Erstaunen versetzen?

❷ Die Gans brutzelt im Ofen vor sich hin, und Sie rühren gerade einen Kuchen an, den es zum Nachtisch geben soll. Ihr lieber Schwiegervater fährt fort, Ihre Intelligenz zu testen, und bittet Sie, ihm den Unterschied zwischen einer Verbindung und einem Gemisch zu erklären.

Wie würden Sie ihm – wieder mit den Dingen, die gerade zur Hand sind – den Unterschied erklären?

❸ Die ganze Zeit über hat Ihre Schwiegermutter zu allem, was Sie taten, ihren Senf dazugegeben. Wenn Sie sie in einen „gasförmigen Zustand" versetzen wollten, wie würden Sie vorgehen?

Zur ersten Frage: Der griechische Philosoph Demokrit, ein Verfechter der „Atomismus-Lehre", erfand das „perfekte Messer" (ein hypothetisches Schneideinstrument, mit dem man in der nächtlichen Fernsehwerbung ein Vermögen machen könnte). Mit diesem Messer könnten Sie ein Stück Käse abschneiden, *von diesem Stück* wieder ein Stück und so weiter, bis selbst das „perfekte Messer" keine weiteren Stückchen mehr abschneiden könnte. In Ihrer Hand läge nun das kleinste Stückchen Käse, das es gibt: ein „Käseatom", wenn Käse ein Element wäre (nun bräuchten Sie nur noch ein „Weinatom", und Sie könnten es sich schmecken lassen!).

Um die zweite Frage zu beantworten, hätten Sie Ihrem Schwiegervater Zuckerkristalle zeigen und ihm erklären können, daß Zucker eine Verbindung ist, bestehend aus drei verschiedenen, chemisch miteinander verbundenen Elementen (Kohlenstoff, Wasserstoff und Sauerstoff). Dann könnten Sie ihm den Kuchen zeigen und erklären, daß dies ein Gemisch ist. Seine Bestandteile (Zucker, Eier, Mehl usw.) sind zwar physikalisch miteinander verbunden, aber nicht chemisch, und deswegen kann man sie trennen.

Eine Antwort auf die dritte Frage zu finden, überlassen wir ganz Ihrer eigenen finsteren Fantasie. Doch gleichgültig, welche Methode Sie anwenden wollten – Sie müßten Ihre Schwiegermutter bis zum Siedepunkt „erhitzen"!

Nun, wie haben Sie das Kapitel überstanden? Kreativität ist für den Wissenschaftler genauso wichtig wie für den Künstler. Während van Gogh uns auf einem Gemälde mit seiner phantastischen Vision vom Sternenhimmel in Erstaunen versetzt, gelingt dies dem Wissenschaftler, indem er uns erzählt, was dort oben tatsächlich vor sich geht.

Doch Kreativität ist nicht nur Genies vorbehalten. Jeder kann sie anwenden, und sie ist für jeden überlebenswichtig. Das einzige, wodurch sie unterdrückt werden kann, ist Angst – Angst vor der Selbständigkeit. Ptolemäus glaubte, die Erde sei der Mittelpunkt unseres Sonnensystems. Was wäre passiert, wenn Kopernikus dieser Aussage vertraut und so versäumt hätte aufzuzeigen, daß sich die Planeten in kreisförmigen Bahnen um die Sonne bewegten? Und was wäre gewesen, wenn Kepler Kopernikus geglaubt und nicht nachgewiesen hätte, daß die Planeten sich in elliptischen Bahnen um die Sonne bewegen? Und was wäre, wenn alle Physiker bedenkenlos Einsteins Entdeckungen folgten?

Haben Sie schon einmal von „Jugend forscht" gehört? Ich saß einmal in der Jury eines solchen Wettbewerbs und habe die erstaunlichsten Sachen gesehen: von runden Schlitten aus Autoreifen über Farbwalzen-Waschapparaturen und aus Bindfaden und Heftklammern zusammengebaute Schießapparate bis hin zu versenkbaren Fliegengittern – und alles von Schulkindern erfunden! Kinder zeigen ihre Kreativität nicht nur mit Fingermalerei – diese jungen Menschen beweisen es.

Und all das, was man in Museen findet, zeugt ebenfalls von Kreativität: ob nun im Science Museum in London, in der Eremitage in St. Petersburg, im Museum of Modern Art in New York, im Deutschen Museum in München, im Prado in Madrid, im British Museum in London, im Louvre in Paris oder im Vatikanmuseum in Rom. Ja, auch die Apparaturen und die anderen Dinge bei der NASA (National Aeronautics and Space Administration = Nationale Luft- und Raumfahrtbehörde der USA) zeugen von Kreativität – und, und, und ...

Nicht zuletzt steckt Kreativität in jedem Kind – und in jedem Erwachsenen, wenn vielleicht auch etwas „verschüttet".

Verschlüsselte Informationen

Zahlencodes

K U R Z T E S T

→ Welchen Bezug haben Sie zu Codes und deren Entschlüsselung?

❶ Ich habe nie mit Codes zu tun. Schließlich bin ich ja nicht James Bond.

❷ Einen Code lesen? Ich kann mir noch nicht einmal meine Postleitzahl merken!

❸ Ich glaube mich aber zu erinnern, daß die Ziffern auf meiner Krankenversicherungskarte etwas Bestimmtes bedeuten.

❹ Ich kann in den meisten Bereichen des Lebens Strukturen und Muster erkennen.

❺ Ich fühle mich in fremden Ländern auch wohl, wenn ich alleine bin und die Sprache nicht beherrsche.

Trifft Aussage 1 auf Sie zu, dann wissen Sie wahrscheinlich (noch) nicht, wie wichtig es ist, Informationen „entschlüsseln" zu können. Übrigens denken die meisten Menschen bei den Wörtern „Code" und „Entschlüsseln" sofort an Geheimdienste und Spionage. In Wirklichkeit jedoch handelt es sich bei letzterem um eine Verstandesleistung, die uns die Tür zur Welt der Wissenschaft und des Verstehens öffnen kann. Die Aussagen 2 und 3 gelten für viele Menschen. Sollte jedoch Aussage 4 auf Sie zutreffen, dann müssen Sie auch Aussage 5 zustimmen – wenn Sie Strukturen und Muster generell leicht erkennen können, kommen Sie nämlich in den meisten Ländern ziemlich gut klar. Denn fremde Sprachen, Sitten und Gebräuche sind nichts anderes als (für den Ausländer) verschlüsselte Informationen.

ÜBUNGEN

In den folgenden Übungen stellen wir Ihnen Kinofilme vor, die zu ihrer Zeit völlig neue Techniken einführten und als bahnbrechend für die Entwicklung des Films galten. Zunächst kommen kurze Beschreibungen der Filme, dann folgen die gleichen Beschreibungen noch einmal verschlüsselt. Titel, Jahr und Regisseur bleiben, als kleine Hilfestellung, unverschlüsselt. Ihre Aufgabe ist es dann, die Beschreibungen zu „entschlüsseln" (natürlich ohne noch einmal nachzulesen). Jede Beschränkung wurde mittels eines anderen Codes verschlüsselt. Alle Übungen haben etwa die gleiche Länge, stoppen Sie also bei jeder einzelnen die Zeit, die Sie benötigen. Für diese Aufgaben bekommen Sie keine Punkte; ob Sie sich verbessern, erkennen Sie daran, wie lange Sie für jede einzelne brauchen. (Sollten Sie wirklich nahe am Verzweifeln sein, können Sie noch einmal kurz in der unverschlüsselten Beschreibung nachsehen, aber bitte nicht zu oft.)
Der „Schlüsselcode", also nach welchem Schema die jeweilige Kurzbeschreibung des Films verschlüsselt wurde, ist am Schluß der Übungen angegeben. Noch ein kleiner Tip: ä, ö und ü werden im verschlüsselten Text zu ae, oe und ue, ß wird zu ss.

→ In den ersten beiden (sehr frühen) Filmen wurde mit den grundlegenden Techniken des Filmens experimentiert:

Die Reise zum Mond (1902 – George Méliès): Méliès führte die Techniken des Ein- und Ausblendens, der Bildüberschneidung und des Zeitraffers ein. Er gab dem Film bewußt einen Handlungsstrang und initiierte die Ablösung des Dokumentarfilms durch den Film mit erzählender Handlung (natürlich hielt niemand **Die Reise zum Mond** für einen Dokumentarfilm – jedenfalls damals nicht).

Der große Eisenbahnraub (1903 – Edwin S. Porter): Porter befaßte sich vor allem mit den Möglichkeiten, die der Schnitt (inklusive der Verwendung von Archivaufnahmen, Zeitraffer und – völlig neu – parallelen Handlungen) bot. Unter anderem aufgrund solcher „Spezialeffekte" wie Handkolorierung (z. B. des Rauches) war **Der große Eisenbahnraub** außerordentlich erfolgreich und führte dazu, daß im ganzen Land Kinos eröffnet wurden.

→ Es folgen dieselben Beschreibungen verschlüsselt. Stoppen Sie die Zeit, während Sie versuchen, den Code zu knacken.

❶ **Die Reise zum Mond** (1902 – George Méliès): 13/5/12/9/5/19 6/21/5/8/18/20/5 4/9/5 20/5/3/8/14/9/11/5/14 4/5/19 5/9/14–21/14/4 1/21/19/2/12/5/14/4/5/14/19, 4/5/18 2/9/12/4/21/5/2/5/18/19/3/8/14/5/9/4/21/14/7 21/14/4 5/5/19 26/5/9/20/18/1/6/6/5/18/19 5/9/14. 5/18 7/1/2 4/5/13 6/9/12/13 2/5/23/21/19/19/20 5/9/14/5/14 8/1/14/4/12/21/14/7/19/19/20/18/1/14/7 21/14/4 9/14/9/20/9/9/5/18/20/ 5 4/9/5 1/2/12/15/5/19/21/14/7 4/5/19 4/15/11/21/13/5/14/20/1/18/6/9/12/13/19 4/21/18/3/8 4/5/14 6/9/12/13 13/9/20 5/18/26/1/5/8/12/5/14/4/5/18 8/1/14/4/12/21/14/7 (14/1/20/21/5/18/12/9/3/8 8/9/5/12/20 14/9/5/13/1/14/4 **4/9/5 18/5/9/19/5 26/21/13 13/15/14/4** 6/21/5/18 5/9/14/5/14 4/15/11/21/13/5/14/20/1/18/6/9/21/13 – 10/5/4/5/14/6/1/12/12/19 4/1/13/1/12/19 14/9/3/8/20).

❷ **Der große Eisenbahnraub** (1903 – Edwin S. Porter): 11/12/9/7/22/9 25/22/21/26/8/8/7/22 8/18/24/19 5/12/9 26/15/15/22/14 14/18/7 23/22/13 14/12/22/20/15/18/24/19/16/22/18/7/22/13, 23/18/22 23/22/9 8/24/19/13/18/7/7 (18/13/16/15/6/8/18/5/22 23/22/9 5/22/9/4/22/13/23/6/13/20 5/12/13 26/9/24/19/18/5/26/6/21/13/26/19/14/22/13, 1/22/18/7/9/26/21/21/22/9 6/13/23 – 5/12/22/15/15/18/20 13/22/6 – 11/26/9/26/15/15/22/15/22/13 19/26/13/23/15/6/13/20/22/13) 25/12/7. 6/13/7/22/9 26/13/23/22/9/22/14 26/6/21/20/9/6/13/23 8/12/15/24/19/22/9 „8/11/22/1/18/26/15/22/21/21/22/16/7/22" 4/18/22 19/26/13/23/16/12/15/12/9/18/22/9/6/13/20 (1.25. 23/22/8 9/26/6/24/19/22/8) 4/26/9 **23/22/9 20/9/12/8/8/22 22/18/8/22/13/25/26/19/13/9/26/6/25** 26/6/8/8/22/9/12/9/23/22/13/7/15/18/24/19 22/9/21/12/15/20/9/22/18/24/19 6/13/23 21/6/22/19/9/7/22 23/26/1/6, 23/26/8/8 18/14 20/26/13/1/22/13 15/26/13/23 16/18/13/12/8 22/9/12/22/21/21/13/22/7 4/6/9/23/22/13.

→ **In den nächsten beiden Filmen wurde zum ersten Mal das neue Konzept der Erzählhandlung verwendet:**

Die Geburt einer Nation (1915 – D. W. Griffith): Griffiths Epos über den amerikanischen Bürgerkrieg beeinflußte nachhaltig das Image der „bewegten Bilder“, denn der Einsatz neuer bzw. perfektionierter filmischer Techniken wurde richtungsweisend für die Zukunft. Durch Einstellungswechsel, ausgefeilte Montagetechnik und den Wechsel von Detail- zu Großaufnahmen wurde der Zuschauer symbolisch in die Handlung miteinbezogen. Der Film wurde wegen seiner polemischen Darstellung der Schwarzen heftig kritisiert, doch die technischen Leistungen blieben unangefochten.

Panzerkreuzer Potemkin (1925 – Sergei Eisenstein): Dieses filmische Meisterwerk, das die Meuterei auf dem Panzerkreuzer Potemkin erzählt, läutete das Zeitalter des „Filmschnitts“ ein. Mit Hilfe dieser Technik konnten dem Zuschauer durch direkte psychologische Stimulation Emotionen vermittelt werden; die Erzählhandlung trat in den Hintergrund. Keiner, der einmal das Massaker an den Einwohnern auf den Odessa-Stufen gesehen hat, wird diese Szene je vergessen.

→ **Und hier dieselben Beschreibungen noch einmal verschlüsselt:**

❸ **Die Geburt einer Nation** (1915 – D. W. Griffith):
8/19/10/7/7/10/21/9/20 6/17/16/20 22/6/3/6/19 5/6/15
2/14/6/19/10/12/2/15/10/20/4/9/6/15
3/22/6/19/8/6/19/12/19/10/6/8 3/6/6/10/15/7/13/22/20/20/21/6
15/2/4/9/9/2/13/21/10/8 5/2/20 10/14/2/8/6 5/6/19
„3/6/24/6/8/21/6/15 3/10/13/5/6/19“, 5/6/15/15 5/6/19
6/10/15/20/2/21/27 15/6/22/6/19 3/27/24.
17/6/19/7/6/12/21/10/16/15/10/6/19/21/6/19
7/10/13/14/10/20/4/9/6/19 21/6/4/9/15/10/12/6/15
24/22/19/5/6 19/10/4/9/21/22/15/8/20/24/6/10/20/6/15/5
7/22/6/19 5/10/6 27/22/12/22/15/7/21. 5/22/19/4/9
6/10/15/20/21/6/13/13/22/15/8/20/24/6/4/9/20/6/13,
2/22/20/8/6/7/6/10/13/21/6 14/16/15/21/2/8/6/21/6/4/9/15/10/12
22/15/5 5/6/15 24/6/4/9/20/6/13 23/16/15 5/6/21/2/10/13-
27/22 8/19/16/20/20/2/22/7/15/2/9/14/6/15 24/22/19/5/6 5/6/19
27/22/20/4/9/2/22/6/19 20/26/14/3/16/13/10/20/4/9 10/15

5/10/6 9/2/15/5/13/22/15/8 14/10/21/6/10/15/3/6/27/16/8/6/15. 5/6/19 7/10/13/14 24/22/19/5/6 24/6/8/6/15 20/6/10/15/6/19 17/16/13/6/14/10/20/4/9/6/15 5/2/19/20/21/6/13/13/22/15/8 5/6/19 20/4/9/24/2/19/27/6/15 9/6/7/21/10/8 12/19/10/21/10/20/10/6/19/21, 5/16/4/9 5/10/6 21/6/4/9/15/10/20/4/9/6/15 13/6/10/20/21/22/15/8/6/15 3/13/10/6/3/6/15 22/15/2/15/8/6/7/16/4/9/21/6/15.

❹ **Panzerkreuzer Potemkin** (1925 – Sergei Eisenstein): 3/8/4/18/4/18 5/8/11/12/8/18/2/7/4 12/4/8/18/19/4/17/22/4/17/10, 3/0/18 3/8/4 12/4/20/19/4/17/4/8 0/20/5 3/4/12 15/0/13/25/4/17/10/17/4/20/25/4/17 15/14/19/4/12/10/8/13 4/17/25/0/4/7/11/19, 11/0/4/20/19/4/19/4 3/0/18 25/4/8/19/0/11/19/4/17 3/4/18 „5/8/11/12/18/2/7/13/8/19/19/18" 4/8/13. 12/8/19 7/8/11/5/4 3/8/4/18/4/17 19/4/2/7/13/8/10 10/14/13/13/19/4/13 3/4/12 25/20/18/2/7/0/20/4/17 3/20/17/2/7 3/8/17/4/10/19/4 15/18/24/2/7/14/11/14/6/8/18/2/7/4 18/19/8/12/20/11/0/19/8/14/13 4/12/14/19/8/14/13/4/13 21/4/17/12/8/19/19/4/11/19 22/4/17/3/4/13/; 3/8/4 4/17/25/0/4/7/11/7/0/13/3/11/20/13/6 19/17/0/19 8/13 3/4/13 7/8/13/19/4/17/6/17/20/13/3. 10/4/8/13/4/17, 3/4/17 4/8/13/12/0/11 3/0/18 12/0/18/18/0/10/4/17 0/13 3/4/13 4/8/13/22/14/7/13/4/17/13 0/20/5 3/4/13 14/3/4/18/18/0-18/19/20/5/4/13 6/4/18/4/7/4/13 7/0/19, 22/8/17/3 3/8/4/18/4 18/25/4/13/4 9/4 21/4/17/6/4/18/18/4/13.

➔ **Hier sind die „Schlüsselcodes", falls es Ihnen nicht gelungen ist, den Text zu dekodieren:**

❶ Jede Zahl steht für den entsprechenden Buchstaben im Alphabet: A = 1, B = 2 und Z = 26. ❷ Jede Zahl steht für einen Buchstaben, aber diesmal in umgekehrter Reihenfolge: A = 26, B = 25 und Z = 1. ❸ Jede Zahl steht für den entsprechenden Buchstaben plus 1: A = 2, B = 3 und Z = 27. ❹ Jede Zahl steht für den entsprechenden Buchstaben minus 1: A = 0, B = 1 und Z = 25.

Na, wie haben Sie sich geschlagen? Benötigten Sie im Verlauf der Übungen pro Film immer weniger Zeit (bei dem ersten Film können Sie Abstriche machen)? Falls ja, sind Sie wirklich außergewöhnlich gut. Aber immer noch hervorragend ist es, wenn Sie für jeden Film gleich viel Zeit gebraucht haben, da die Codes schwieriger wurden. Aber auch, wenn Sie für jeden Code mehr Zeit brauchen, können Sie sich immer noch auf die Schulter klopfen. Schließlich ging es in erster Linie darum, alle Übungen zu machen. Sehen Sie es doch mal so: Sie tüfteln hier herum, bis Ihnen der Kopf raucht, während Ihr Nachbar vor dem Fernseher sitzt!

Wie gelingt es am besten, Zahlencodes zu knacken?

Sofern das „Code-Knacken“ nicht gerade zu Ihren Hobbys zählt (was auf die wenigsten Menschen zutrifft), haben Sie die Aufgaben nicht mit Hilfe einer bestimmten Methode gelöst. Das heißt, vermutlich haben Sie verzweifelt auf die Zeilen gestarrt und gedacht: „Na ja, vielleicht ist es ja gar nicht so schlimm.“ Nach längerem Hinsehen haben Sie vielleicht bemerkt, daß einige Zahlen halbfett dargestellt waren und somit auf den Filmtitel hindeuteten oder daß manche Zahlen in Anführungsstrichen standen, oder Sie haben sich daran erinnert, daß die meisten Beschreibungen mit dem Namen des Autors begannen. Dadurch bekamen Sie einen Anhaltspunkt, haben Mut geschöpft und die nächste Übung schien schon viel leichter, die folgende noch leichter usw.

Dechiffrierer, die sich von Berufs wegen mit Codes beschäftigen (natürlich wissen wir, daß Sie keiner sind, aber darum geht's hier auch gar nicht), untersuchen als erstes die Häufigkeitsverteilung bestimmter Buchstaben.

Nehmen wir einmal als Beispiel den Paragraphen 130 der „Grundrechte des deutschen Volkes“. Wenn wir alle E zusammenzählen und den J gegenüberstellen, sehen wir, daß beileibe nicht „alle Buchstaben die gleichen Rechte“ haben: Der Buchstabe E kommt 47 mal vor, das J hingegen nur ein einziges Mal.

E ist im Deutschen der mit Abstand häufigste Buchstabe, gefolgt von (Überraschung!) N. Dann folgen in der „Häufig-Klasse“ R, I, S, T, D, H, A. Die Klasse „durchschnittliche Häufigkeit“ besteht aus U, L, C, G, „eher selten“ sind

M, O, B, Z, W, F und „sehr selten" tauchen K, V, P, J, Y, P auf, während das X definitiv das Schlußlicht bildet.

Wir haben für dieses Kapitel keine extrem schweren Codes gewählt, denn es geht ja nicht darum, daß Sie fachspezifische Kenntnisse erwerben. Die Übungen sollen Ihnen helfen, den nötigen Durchblick zu bekommen, wenn Sie mit verschlüsselten Informationen konfrontiert werden. Sie sollen lernen, den „Schlüssel" zu finden, das heißt Strukturen und Kombinationen zu erkennen, wie z.B. häufig auftauchende Buchstabenpaare oder Wortendungen.

Die vermutlich einfachste Methode, einen Text im Deutschen zu entschlüsseln (vorausgesetzt, er ist lang genug) ist, die am häufigsten vorkommenden Buchstaben oder Zahlen im verschlüsselten Text durch die entsprechenden unverschlüsselten Buchstaben zu ersetzen. Zum Beispiel, wenn das R am häufigsten vorkommt, ersetzen Sie es jeweils durch ein E, wenn die 1 am zweithäufigsten vorkommt, ersetzen Sie sie jeweils durch ein N. Die Häufigkeit bestimmter Buchstaben in einer Sprache ist so konstant, daß ausreichend lange Texte alle ein ähnliches Buchstabenverhältnis aufweisen.

Wir erwähnten vorhin als Beispiel den Paragraphen 130 der Grundrechte und die Häufigkeit der Buchstaben E und J. Lesen Sie noch einmal die letzten sechs Briefe durch, die Sie Ihrer Mutter geschrieben haben – höchstwahrscheinlich entdecken Sie ein vergleichbares Häufigkeitsverhältnis der Buchstaben (abgesehen vielleicht von einigen I (für „ich") und M (für „Mutter").

Um eine Nachricht noch unverständlicher zu machen, können Kryptographen (das sind Leute, die sich auf das Erfinden und Entschlüsseln von Codes spezialisiert haben) eine bereits verschlüsselte Nachricht noch mit einem zusätzlichen Code versehen, doch dies geschieht dann mit Absicht. Uns geht es hier nur darum, daß Sie mit Hilfe dieser Übungen lernen, die vielen „harmlosen", gewöhnlichen Muster und Strukturen in Ihrem Alltag zu „entschlüsseln", die meist gar nicht wahrgenommen oder – falls doch – nicht auf Anhieb verstanden werden.

ÜBUNGEN

Üben wir also weiter (und stoppen Sie auch hier wieder die Zeit).

➔ Als nächstes stellen wir Ihnen zwei Klassiker des Horrorfilms vor:

Das Kabinett des Dr. Caligari (1919 – Robert Wiene): Dieser Film begründete das Genre – auch wenn er weniger Horror im heutigen Sinn bietet, sondern „nur" eine schaurige Atmosphäre heraufbeschwört. Selbst der Hintergrund wirkt durch die besondere Ausleuchtung seltsam und verzerrt, was dazu beiträgt, den gestörten und verwirrten Verstand des Erzählers zu betonen. Diesem Film gelang es als erstem, durch die erfolgreiche Darstellung eines Geisteskranken den Expressionismus zum Leben zu erwecken.

Nosferatu – Eine Symphonie des Grauens (1922 – Friedrich Wilhelm Murnau): Dieser expressionistische Film war der erste und mit Abstand beste Dracula-Film. Er hat auch heute noch nichts von seiner unheilvollen, erschreckenden Wirkung verloren – was mehr an der Kameraführung und Beleuchtung liegt als an einem großen Budget. Sehen Sie sich diesen Film einmal mit einer Gruppe anspruchsvoller Leute an. Die Intensität seiner düsteren Bilder und Szenen reizt manche Leute zum Kichern.

➔ Und hier die verschlüsselten Beschreibungen:

❶ **Das Kabinett des Dr. Caligari** (1919 – Robert Wiene):
8/18/10/38/10/36 12/18/24/26 4/10/14/36/42/10/28/8/10/40/10 8/2/38 14/10/28/36/10 – 2/42/6/16 46/10/28/28 10/36 46/10/28/18/14/10/36 16/30/36/36/30/36 18/26 16/10/42/40/18/14/10/28 38/18/28/28 4/18/10/40/10/40, 38/30/28/8/10/36/28 „28/42/36" 10/18/28/10 2/40/26/30/38/32/16/2/10/36/10 16/10/36/2/42/12/4/10/38/6/16/46/30/10/36/40. 38/10/24/4/38/40 8/10/36 16/18/28/40/10/36/14/36/42/28/8 46/18/36/22/40 8/42/36/6/16 8/18/10 4/10/38/30/28/8/10/36/10 2/42/38/24/10/42/6/16/40/42/28/14 38/10/24/40/38/2/6 42/28/8 44/10/36/52/10/36/36/40, 46/2/38 8/2/52/42 4/10/18/40/36/2/10/14/40, 8/10/28

14/10/38/40/30/10/36/40/10/28 42/28/8 44/10/36/46/18/36/36/40/10/28 44/10/36/38/40/2/28/8 8/10/38 10/36/52/2/10/16/24/10/36/38 52/42 4/10/40/30/28/10/28. 8/18/10/38/10/26 12/18/24/26 14/10/24/2/28/14 10/38 2/24/38 10/36/38/40/10/26, 8/42/36/6/16 8/18/10 10/36/12/30/24/14/36/10/18/6/16/10 8/2/36/38/40/10/24/24/42/28/14 10/18/28/10/38 14/10/18/38/40/10/38/22/36/2/28/22/10/28 8/10/28 10/48/32/36/10/38/38/18/30/28/18/38/26/42/38 52/42/26 24/10/4/10/28 52/42 10/36/46/10/6/22/10/28.

❷ **Nosferatu – Eine Symphonie des Grauens** (1922 – Friedrich Wilhelm Murnau): 9/19/11/39/11/37 11/49/33/37/11/39/39/19/31/29/19/39/41/19/39/7/17/11 13/19/25/27 47/3/37 9/11/37 11/37/39/41/11 43/29/9 27/19/41 3/5/39/41/3/29/9 5/11/39/41/11 9/37/3/23/43/25/3–13/19/25/27. 11/37 17/3/41 3/43/7/17 17/11/43/41/11 29/31/7/17 29/19/7/17/41/39 45/31/29 39/11/19/29/11/37 43/29/17/11/19/25/45/31/25/25/11/29, 11/37/39/7/17/37/11/7/23/11/29/9/11/29 47/19/37/23/43/29/15 45/11/37/25/31/37/11/29 – 47/3/39 27/11/17/37 3/29 9/11/37 23/3/27/11/37/3/13/43/11/17/37/43/29/15 43/29/9 5/11/25/11/43/7/17/41/43/29/15 25/19/11/15/41 3/25/39 3/29 11/19/29/11/27 15/37/31/39/39/11/29 5/43/9/15/11/41. 39/11/17/11/19/29 39/19/11 39/19/7/17 9/19/11/39/11/29 13/19/25/27 11/19/29/27/3/25 27/19/41 11/19/29/11/37 15/37/43/33/33/11 3/29/39/33/37/43/7/17/45/31/25/25/11/37 25/11/43/41/11 3/29. 9/19/11 19/29/41/11/29/39/19/41/3/11/41 39/11/19/29/11/37 9/43/11/39/41/11/37/11/29 5/19/25/9/11/37 43/29/9 39/53/11/29/11/29 37/11/19/53/41 27/3/29/7/17/11 25/11/43/41/11 53/43/27 23/19/7/17/11/37/29.

→ Und jetzt folgen zwei Klassiker unter den Komödien:

Goldrausch (1925 – Charlie Chaplin): Chaplin war der erste international bekannte Filmstar, und seine Darstellung des „kleinen Vagabunden" inspirierte Generationen von Komödienproduzenten. Witze, die heute bereits so bekannt sind, daß sie oft abgedroschen wirken, erwachen plötzlich wieder zum Leben, wenn Sie diesen Film ansehen – vor allem in Szenen wie jenen, in der ein Bär gejagt wird, die schaukelnde Kabine am Rande des Abgrundes hängt oder er seinen Schuh aufißt.

Der General (1925 – Buster Keaton): Dieser großartige Film wird oft als „das andere" komische Werk bezeichnet. Er basiert auf einer wahren Begebenheit im amerikanischen Bürgerkrieg. Typisch für Keatons Spiel ist die geradezu stoische Ausdauer und Ernsthaftigkeit, mit der er eine endlose Reihe absurder Situationen voll wilder Komik übersteht, ohne auch nur ein einziges Mal sein Gesicht zu verziehen. Dadurch gelingt es dem Film, komisch zu sein, ohne lächerlich zu wirken.

➔ **Und wieder die verschlüsselten Beschreibungen:**

❸ **Goldrausch** (1925 – Charlie Chaplin): 5/15/1/31/23/17/27 45/1/35
7/9/35 9/35/37/39/9 17/27/39/9/35/27/1/39/17/29/27/1/23
3/9/21/1/27/27/39/9 11/17/23/25/37/39/1/35, 41/27/7
37/9/17/27/9 7/1/35/37/39/9/23/23/41/27/13 7/9/37
„21/23/9/17/27/9/27 43/1/13/1/3/41/27/7/9/27"
17/27/37/31/17/35/17/9/35/39/9
13/9/27/35/1/39/17/29/27/9/27 43/29/27
21/29/25/29/9/7/17/9/27/31/35/29/7/41/51/9/27/39/9/27.
45/17/39/51/9, 7/17/9 15/9/41/39/9 3/9/35/9/17/39/37 37/29
3/9/21/1/27/27/39 37/17/27/7, 7/1/37/37 37/17/9 29/11/39
1/3/13/9/7/35/29/37/5/15/9/27 45/17/35/21/9/27,
9/35/45/1/5/15/9/27 31/23/29/9/39/51/23/17/5/15
45/17/9/7/9/35 51/41/25 23/9/3/9/27,
45/9/27/27 37/17/9 7/17/9/37/9/27 11/17/23/25
1/27/37/9/15/9/27 – 43/29/35 1/23/23/9/25
17/27 37/51/9/27/9/27 45/17/9 19/9/27/9/27, 17/27 7/9/35
9/17/27 3/1/9/35 13/9/19/1/13/39 45/17/35/7, 7/17/9
37/5/15/1/41/21/9/23/27/7/9 21/1/3/17/27/9 1/25 35/1/27/7/9
7/9/37 1/3/13/35/41/27/7/9/37 15/1/9/27/13/39 29/7/9/35
9/35 37/9/17/27/9/27 37/5/15/41/15 1/41/11/17/37/37/39.

❹ **Der General** (1925 – Buster Keaton): 13/23/15/43/15/41
19/41/35/43/43/7/41/45/23/19/15 17/23/29/31 51/23/41/13

35/17/45 7/29/43 „13/7/43 7/33/13/15/41/15"
27/35/31/23/43/11/21/15 51/15/41/27
9/15/57/15/23/11/21/33/15/45. 15/41 9/7/43/23/15/41/45
7/47/17 15/23/33/15/41 51/7/21/41/15/33
9/15/19/15/9/15/33/21/15/23/45 23/31
7/31/15/41/23/27/7/33/23/43/11/21/15/33
9/47/15/41/19/15/41/27/41/23/15/19. 45/55/37/23/43/11/21
17/47/15/41 27/15/7/45/35/33/43 43/37/23/15/29 23/43/45
13/23/15 19/15/41/7/13/15/57/47 43/45/35/23/43/11/21/15
7/47/43/13/7/47/15/41 47/33/13
15/41/33/43/45/21/7/17/45/23/19/27/15/23/45, 31/23/45
13/15/41 15/41 15/23/33/15 15/33/13/29/35/43/15
41/15/23/21/15 7/9/43/47/41/13/15/41
43/23/45/47/7/45/23/35/33/15/33 49/3/29/29 51/23/29/13/15/41
27/35/31/23/27 47/15/9/15/41/43/45/15/21/45, 35/21/33/15
7/47/11/21 33/37/41 15/23/33 15/23/33/57/23/19/15/43 31/7/29
43/15/23/33 19/15/43/23/11/21/45 57/47
49/15/41/57/23/15/21/15/33. 13/7/13/47/41/11/21
19/15/29/23/33/19/45 15/43 13/15/31 17/23/29/31,
27/35/31/23/43/11/21 57/47 43/15/23/33, 35/21/33/15
29/7/15/11/21/15/41/29/23/11/21 57/47 51/23/41/27/15/33.

→ **Hier sind die „Schlüsselcodes" für die zweite Gruppe von Filmen:**

❶ Jede Zahl steht für den entsprechenden Buchstaben im Alphabet mal zwei: A = 2, B = 4 und Z = 52. ❷ Jede Zahl steht für den entsprechenden Buchstaben mal zwei plus eins: A = 3, B = 5 und Z = 53. ❸ Jede Zahl steht für den entsprechenden Buchstaben mal zwei minus eins: A = 1, B = 3 und Z = 51. ❹ Jede Zahl steht für den entsprechenden Buchstaben mal zwei plus fünf: A = 7, B = 9, Z = 57.

Interessant, nicht wahr? Jetzt, da Sie die Schlüssel kennen, sehen Sie auch, daß es sich hier um ziemlich einfache Codes gehandelt hat. Aber warum wirkten sie dann anfangs so kompliziert? Manche Leser mögen gar so eingeschüchtert worden sein, daß sie sich nicht einmal an die Entschlüsselung gewagt haben. Der Grund ist folgender: Dieses Kapitel hat nur wenig mit echter Kryptographie zu tun, obwohl diese Wissenschaft im Lauf der Geschichte sicherlich eine bedeutende Rolle in der Politik und in anderen Bereichen gespielt hat. So wurden z.B. verschlüsselte Nachrichten von Maria Stuart, der Königin von Schottland, 1586 entschlüsselt; sie enthüllten ihre Beteiligung an dem Plan zur Ermordung von Königin Elizabeth I. von England – was schließlich zur Enthauptung Maria Stuarts führte.

Doch uns interessieren ja in erster Linie die „verschlüsselten" Informationen im Alltag – von den Wolkenformationen bis hin zu der verblüffenden Fähigkeit Liebender, sich quer über einen Raum voller Menschen hinweg zu verständigen. Vor einigen Wochen traf ich mich zum Mittagessen mit einem Freund. Wir amüsierten uns eine Zeitlang prächtig darüber, daß jeder Anwesende jeden anderen in diesem Restaurant – ein Lokal, das in der Verlegerbranche „in" ist – zu kennen schien. Wir überlegten, wie eine Begrüßung aussehen sollte – ein Handschlag oder ein Kuß auf die Wange? „Solange du konsequent bist, kannst du nichts falsch machen" meinte mein Freund lächelnd. „Aber stell dir nur einmal vor, eine Frau verläßt das Lokal, drückt auf dem Weg mehreren Männern einen Kuß auf die Wange und gibt nur einem bestimmten Typ plötzlich die Hand!"

In diesem Kapitel sollten Sie also mit Hilfe von „Entschlüsselungsübungen" lernen, wie Sie in scheinbaren Unsinn Sinn bringen können, das heißt, die entscheidenden Strukturen zu erkennen, die wir täglich vor Augen haben, die voller Informationen stecken, aber sozusagen unter dem Deckmantel des Ungewohnten verborgen liegen. Das Entschlüsseln eines Codes ähnelt dem Lesenlernen – es ist ein langwieriger Prozeß, und in den Augen eines Analphabeten ist ein Mensch, der lesen kann, intelligent und klug. Wenn Sie lernen, die verborgenen Strukturen im Leben zu durchschauen (das heißt zu entschlüsseln), wird auch Ihr Wahrnehmungsvermögen und Ihr Scharfsinn entscheidend verbessert.

Verschlüsselte Informationen

Buchstabencodes

K U R Z T E S T

→ Wie schätzen Sie jetzt Ihre Fähigkeit ein, Muster zu erkennen und Codes zu knacken?

❶ Ich bin erleichtert, daß es in dieser Hälfte des Kapitels um Buchstaben geht – die Zahlencodes sahen einfach *furchtbar* aus.

❷ Obwohl, vielleicht steht mir ja jetzt auch eine unangenehme Überraschung bevor.

❸ Ich verstehe zwar, daß man seine Fähigkeit, Strukturen zu erkennen, ausbauen sollte, aber ich verstehe wirklich nicht, warum diese einfachen Codes so schwierig waren!

❹ Nun, da ich die letzten Übungen überstanden habe, kann ich mich ja beim Geheimdienst bewerben.

❺ Ich überlege allen Ernstes, ob ich nicht diesen ganzen, frustrierenden Abschnitt überspringen und zum nächsten Kapitel übergehen soll.

Wenn Sie Aussage 1 zustimmen, müßten Sie auch Aussage 2 zustimmen. Es gibt nämlich keinen Grund zu der Annahme, daß Buchstabencodes einfacher seien. Sollte Aussage 3 auf Sie zutreffen, ist das völlig normal; Aussage 4 ist natürlich eher ein Scherz (diesen Satz hat mein Assistent beigesteuert – will er mir damit vielleicht etwas sagen?). Doch wenn Sie Nummer 5 ernsthaft in Erwägung ziehen – warten Sie! Überlegen Sie mal, wie *s-c-h-u-l-d-i-g* Sie sich dann fühlen würden! Richtig *s-c-h-u-l-d-i-g*! Außerdem werden wir uns in diesem Kapitel noch von unserer geistreichen und bezaubernden Seite zeigen.

ÜBUNGEN

➔ **Mit den beiden folgenden Filmen wurde ein neues Genre begründet, das auch heute noch existiert.**

Nanuk, der Eskimo (1922 – Robert Flaherty): Diese „Dokumentation in Erzählform" über eine Eskimofamilie in der mit ewigem Eis bedeckten kanadischen Arktis entführte die Zuschauer zum ersten Mal an einen exotischen Ort, und sie waren begeistert. Obwohl der Film nicht aus Dokumentaraufnahmen bestand, sondern nach Drehbuch gefilmt wurde, versuchte man doch, ihm einen dokumentarischen Charakter zu geben, indem man das Porträt der Familie so lebensnah wie möglich gestaltete.

Metropolis (1926 – Fritz Lang): Dieser „Science fiction" zeigte zum ersten Mal die beängstigende Vision einer alptraumhaften, totalitären Gesellschaft, wie sie von den Pessimisten unter den Intellektuellen dieser Welt gerne heraufbeschworen wird. Vor allem bemerkenswert ist, wie Hunderte von Details geschickt so aufeinander abgestimmt wurden, daß die Menschen hinter der Szenerie zurücktraten.

➔ **Nun wieder die verschlüsselten Beschreibungen der Filme. Vergessen Sie nicht, die Zeit zu stoppen.**

❶ **Nanuk, der Eskimo** (1922 – Robert Flaherty): Ejtf „eplvnfoubujpo jo fsabfimgpsn" vfcfs fjof ftijnpgbnjmjf jo efs nju fxjhfn fjt cfefdlufo lbobejtdifo bslujt fougvfisuf ejf avtdibvfs avn fstufo nbm bo fjofo fypujtdifo psu, voe tjf xbsfo cfhfjtufsu. pcxpim efs gjmn ojdiu bvt eplvnfoubsbvinfo cftuboe, tpoefso obdi esficvdi hfgjmnu xvsef, wfstvdiuf nbo epdi, jin fjofo eplvnfoubsjtdifo dibsblufs av hfcfo, joefn nbo ebt opsusbfu efs gbnjmjf tp mfcftobi xjf npfhmjdi hftubmufuf.

❷ **Metropolis** (1926 – Fritz Lang): chdrdq „rbhdmbd-ehbshnm" ydhfsd ytl dqrsdm lzk chd adzdmfrsthfdmcd uhrhnm dhmdq zkosqztlgzesdm, snszkhszdqdm fdrdkkrbgzes, vhd rhd unm cdm odrrhlhrsdm tmsdq cdm hmsdkkdjstdkkdm chdrdq vdks fdqmd gdqzteadrbgvnqdm vhqc. unq zkkdl adldqjdmrvdqs hrs, vhd gtmcdqsd unm cdszhkr fdrbghbjs rn ztedhmzmcdq zafdrshlls vtqcdm, czrr chd ldmrbgdm ghmsdq cdq rydmdqhd ytqtdbjsqzsdm.

➔ **Es folgen zwei Klassiker des Tonfilms, über die und – damals sensationell – *in* denen man in den zwanziger und dreißiger Jahren sprach. Beide gehören zu den ersten Filmen, in denen äußerst erfolgreich mit Ton experimentiert wurde:**

Der Jazzsänger (1927 – Alan Crosland: Dies war der erste erfolgreiche Tonfilm, in dem allerdings mehr gesungen als gesprochen wurde. Ursprünglich waren keine Dialoge vorgesehen, doch Al Jolsons spontane Worte zwischen den Liedern wurden mit aufgezeichnet, und die Zuschauer waren hellauf begeistert davon, einen „echten" Dialog zu hören statt Sätze vom Band.

Im Westen nichts Neues (1930 – Lewis Milestone): Dieser zu Herzen gehende pazifistische Film bot allerdings *Neues,* da hier erstmals mit der Nachsynchronisation experimentiert wurde, das heißt, der Ton wurde dem Film erst nachträglich hinzugefügt. Man erstellte eine vom Film unabhängige, separate Tonspur, die später in den fertigen Film einkopiert wurde. Das Ergebnis hatte eine durchschlagende Wirkung auf die Zuschauer.

➔ **Und nun die verschlüsselten Beschreibungen der Filme:**

❸ **Der Jazzsänger** (1927 – Alan Crosland): fkgu yct fgt gtuvg gthqnitgkejg vqphkno, kp fgo cnngtfkpiu ogjt iguwpigp cnu igurtqejgp ywtfg. wturtwgpinkej yctgp mgkpg fkcnqig xqtigugjgp, fqej cn lqnuqpu urqpvcpg yqtvg bykuejgp fgp nkgfgtp ywtfgp okv cwhigbgkejpgv, wpf fkg bwuejcwgt yctgp jgnncwh dgigkuvgtv fcxqp, gkpgp „gejvgp" fkcnqi bw jqgtgp uvcvv ucgvbg xqo dcpf.

❹ **Im Westen nichts Neues** (1930 – Lewis Milestone): bgcqcp xs fcpxcl ecfclbc nyxgdgqrgqafc dgjk zmr yjjcpbgleq *lcscq,* by fgcp cpqrkyjq kgr bcp lyafqwlafpmlgqyrgml cvncpgkclrgcpr uspbc, byq fcgqqr, bcp rml uspbc bck dgjk cpqr lyafrpycejgaf fglxsecdscer. kyl cpqrcjjrc cglc tmk dgjk slyzfyclegec, qcnypyrc rmlqnsp, bgc qnycrcp gl bcl dcprgecl dgjk cglimngcpr uspbc. byq cpeczlgq fyrrc cglc bspafqafjyeclbc ugpisle ysd bgc xsqafyscp.

→ **Konnten Sie den Code knacken? Falls nicht, ist hier die Aufschlüsselung:**

Stellen Sie sich das Alphabet zunächst als Schlange vor, die sich in den eigenen Schwanz beißt, das heißt, der Buchstabe, der vor A steht, ist ein Z, und auf Z folgt A.

❶ Jeder Buchstabe wird durch den ihm im Alphabet folgenden, also den nächsten Buchstaben, ersetzt: A = B, B = C und Z = A. ❷ Jeder Buchstabe wird durch den vorhergehenden ersetzt: A = Z, B = A und Z = Y. ❸ Jeder Buchstabe wird durch den übernächsten ersetzt: A = C, B = D und Z = B. ❹ Jeder Buchstabe wird durch den vorletzten ersetzt (man geht also um zwei Plätze im Alphabet zurück): A = Y, B = Z und Z = X.

Wie knackt man am besten Buchstabencodes?

Und, haben Sie sich wacker geschlagen? Ich muß es noch einmal erwähnen: Jeder Code, den Sie entschlüsselt haben – egal, wie lange Sie dafür brauchten –, bedeutet einen großen Schritt nach vorne beim Training Ihrer geistigen Fähigkeiten. Vergleichen Sie es einmal mit körperlichem Training: Es ist schön, immer mehr Übungen absolvieren zu können und dabei immer schneller zu werden – aber die Hauptsache ist, daß man überhaupt Übungen macht. Und genau dies haben Sie getan. Herzlichen Glückwunsch!

Überraschend, nicht wahr, daß die Zahlencodes viel schwieriger schienen als die Buchstabencodes (was sie aber nicht sind). Es zeigt allerdings genau das Problem auf: Nicht Vertrautes läßt Einfaches schwierig erscheinen und Schwieriges unmöglich. Aber je weniger Angst Sie haben, desto besser können Sie damit umgehen. In Wirklichkeit waren die Zahlencodes *einfacher* als die Buchstabencodes, deshalb haben wir mit ihnen begonnen.

Das ist übrigens eine interessante Lektion beim Erkennen von Strukturen. Zahlen sind uns nicht wirklich fremd. Wir sind es nur nicht gewohnt, Zahlen in Reihen präsentiert zu bekommen – wir haben dies hier auch nur getan, damit Sie sie wenigstens als Code erkennen konnten. Und wenn wir das nicht getan hätten, ja, wenn es niemand tun würde? Sprich: Wie viele Strukturen erkennt man im Alltag gar nicht, weil man nicht genügend auf die Details achtet?

Ich möchte Ihnen einen Tip geben, wie Sie auf angenehme Weise Ihre „Entschlüsselungsfähigkeiten“ (oder genauer, Ihren Scharfsinn) verbessern können: Sehen Sie sich ausländische Filme in Originalsprache an, aber lesen Sie nicht die Untertitel (nicht, daß es einfach wäre, Untertitel zu lesen - wenn zum Beispiel Schnee oder Strand den Hintergrund abgeben, ist es fast unmöglich, einen hellen Untertitel überhaupt zu *erkennen*). Hören Sie also gut zu, und verfolgen Sie aufmerksam die Handlung. Konzentrieren Sie sich ganz darauf zu verstehen, um was es geht. Am Anfang werden Sie sich ziemlich verloren vorkommen, da Sie (aus gutem Grund) daran gewöhnt sind, sich der Sprache als „Entschlüsselungshilfe“ zu bedienen. Vielleicht geht es Ihnen am Ende des Films immer noch nicht besser, aber versuchen Sie es einfach stets wieder, mit demselben Film oder mit anderen. Sie werden sehen, daß sich Ihr Wahrnehmungsvermögen - oder genauer, Ihr Scharfsinn - erstaunlich verbessert. Vermutlich verstehen Sie sogar mehr, als Sie den Untertiteln hätten entnehmen können, die das Gesagte ohnehin nur in komprimierter Form wiedergeben. Zudem: Während man mit dem Lesen der Untertitel beschäftigt ist, verpaßt man die Hälfte des Geschehens auf dem Bildschirm. Doch achten Sie darauf, daß Sie nicht einfach nur dasitzen und den Film ansehen! Es bedarf schon einiger Anstrengung, wenn Sie etwas dazulernen wollen.

Und noch ein Vorschlag. Haben Sie einen Freund oder einen Verwandten, der eine Fremdsprache spricht? Fragen Sie ihn, ob er sich öfter mal mit Ihnen in dieser Sprache unterhalten kann. Großeltern, beispielsweise, würden dies für ihr Leben gern tun. Natürlich heißt das nicht, daß Sie diese Sprache dann bald fließend beherrschen (außer Sie sprechen selbst, und zwar häufig), aber es ist eine hervorragende Übung, um Körperhaltung, Körpersprache und eine Vielzahl anderer nonverbaler und verbaler Details des Gegenübers „entziffern“ zu lernen.

ÜBUNGEN

So, und nun zu den letzten Übungen dieses Kapitels.

→ **Es folgen drei sehr beliebte Filme, die das Zeitalter des Farbfilms einleiteten:**

Schneewittchen und die sieben Zwerge (1927 – Walt Disney): Einige Jahre zuvor hatte Disney den ersten „musikalischen Zeichentrickfilm" geschaffen; der Held war eine bis dato unbekannte junge Maus namens Mickey. **Schneewittchen** war der erste einer ganzen Serie von farbigen Zeichentrickfilmen in Spielfilmlänge. Auch heute noch steht Disneys Name für qualitativ hochwertige, musikalische Zeichentrickfilme.

Das zauberhafte Land (im Original: The Wizard of Oz / 1939 – Victor Fleming): Der Film beginnt und endet in Sepia – dazwischen setzte man die Farben so geschickt und mit solcher Perfektion ein, daß sie das Fantasieland Oz auf dem Bildschirm Wirklichkeit werden ließen. Es war der erste Film, in dem ein Musical „eingebaut" war. Den Liedern kam in der Erzählhandlung eine tragende Rolle zu – und die Darsteller begannen bei jeder Gelegenheit zu singen!

Vom Winde verweht (1939 – Victor Fleming): Diese Romanze vor dem Hintergrund des amerikanischen Bürgerkrieges war die zweiterfolgreichste* Produktion in der Geschichte des amerikanischen Films. Vermutlich kennen Sie den Inhalt – doch der Film bietet auch auf technischem Sektor etwas Außergewöhnliches: Hier wurde erstmals der neu entwickelte, sensationelle Film von Technicolor verwendet, durch den eine außerordentlich große Farbechtheit und Tiefenschärfe erzielt werden konnten.

(* Sie fragen sich nun bestimmt, welches der erfolgreichste Film war – würden Sie mir glauben, wenn ich Ihnen sage, daß es *Die Geburt einer Nation* war? Nein, vermutlich nicht!)

→ **Es folgen wieder die verschlüsselten Beschreibungen der oben genannten Filme. Vergessen Sie nicht, die Zeit zu stoppen:**

❺ **Schneewittchen und die sieben Zwerge** (1937 – Walt Disney): vrmrtv qzsiv afeli szggv wrhmvb wvm vihgvm „nfhrpzirhxsvn avrxsvmgirxpuron" tvhxszuuvm; wvi svow dzi vrmv yrh wzgl fmyvpzmmgv qfmtv nzfh mznvmh nrxpvb. **hxsmvvdrggxsvm** dzi wvi vihgv vrmvi tzmavm hvirv elm uziyrtvm avrxsvmgirxpuronvm rm hkrvouro-nozvmtv. zfxs svfgv mlxs hgvsg wrhmvbh mznv ufvi jfzorgzgre slxsdvi-grtv, nfhrpzorhxsv avrxsvmgirxpuronv.

❻ **Das zauberhafte Land** (1939 – Victor Fleming): xwj vspo zwusnnh gnx wnxwh sn iwlsa – xabesiytwn iwhbhw oan xsw vajzwn im uwiyt-syqh gnx osh impytwj lwjvwqhsmn wsn, xaii isw xai vanhaiswpanx mb agv xwo zspxiytsjo esjqpsytqwsh ewjxwn pswiiwn. wi eaj xwj wjihw vspo, sn xwo wsn ogisyap „wsnuwzagh" eaj. xwn pswxwjn qao sn xwj wjbawtptanxpgnu wsnw hjauwnxw jmppw bg – gnx xsw xajihwppwj zwuannwn zws rwxwj uwpwuwntwsh bg isnuwn!

❼ **Vom Winde verweht** (1939 – Victor Flemming): vqugu hkmylzu dkh vum rqlfuhshelv vug ymuhqoylqgwrul xeuhsuhohqusug cyh vqu zcuq-fuhtknshuqwrgfu* jhkveofqkl ql vuh sugwrqwrfu vug ymuhqoylqgwrul tqnmg. duhmefnqwr oullul gqu vul qlrynf – vkwr vuh tqnm xqufuf yewr yet fuwrlqgwrum guofkh ufcyg yegguhsuckurlnqwrug: rquh cehvu uhgfmyng vuh lue ulfcqwounfu, gulgyfqklunnu tqnm dkl fuwrl-qwknkh duhculvuf, vehwr vul uqlu yegguhkhvulfnqwr shkggu tyhxu-wrfruqf elv fqutulgwryuhtu uhzqunf cuhvul okllful.

Und nun zum letzten Film. Immer wieder wurde er – auf nationaler und internationaler Ebene – zum „besten Film aller Zeiten" gewählt, obwohl er im Jahr seiner Erstaufführung bei der Oscar-Verleihung (für das beste Drehbuch) scharf attackiert wurde. Tatsächlich erwies er sich als solcher Kassenflop, daß man dem Regisseur in Hollywood nie wieder solche künstlerische Freiheit ließ. Der Film fand erst in den fünfziger Jahren verspätet Anerkennung. Egal, ob Sie den Film bereits gesehen haben und sich nicht vorstellen können, warum es seinetwegen soviel Theater gegeben hat, oder ob Sie erst jetzt unter die Filmliebhaber gegangen sind und ihn sich demnächst zum ersten Mal ansehen – Sie sollten Folgendes bedenken: Wir werden heutzutage mit Filmen überflutet, in denen unzählige Spezialeffekte eingebaut sind und gegen die die Entstehung der Sonne fast wie ein Klacks wirkt, das heißt, wir sind durch die Leistungen der modernen Pyrotechnik bereits abgestumpft. Betrachten Sie diesen Film also nicht unter diesem Gesichtspunkt, sondern sehen Sie ihn als vielseitiges kleines Juwel.

→ Und jetzt zur unverschlüsselten Beschreibung:

Citizen Kane (1940 – Orson Welles): Der Film erzählt ziemlich frei und wenig schmeichelhaft die Biographie des damaligen Medienzars William Randolph Hearst, dessen Anstrengungen, die Ausstrahlung des Films zu verhindern, ihn zu einem Kassenflop werden ließen. In keinem Film wurde soviel Neues ausprobiert wie in **Citizen Kane.** Eine nie zuvor erreichte Tiefenschärfe erlaubte es, in Vorder- und Hintergrund parallele Handlungen ablaufen zu lassen. Welles filmte längere Passagen in einer einzigen Einstellung mit unterschiedlicher Tiefenschärfe und verschiedenem Weitwinkel, wodurch es ihm gelang, den Film sozusagen schon vor der Kamera zu montieren. Zudem demonstrierte er größtes Geschick im kreativen Umgang mit dem Ton, sich überschneidenden Dialogen und der Rückblende-Erzähltechnik. Als wäre dies noch nicht genug, spielte Welles auch noch die Hauptrolle.

→ Und hier die verschlüsselte Beschreibung:

❽ **Citizen Kane** (1940 – Orson Welles): ellortpuah eid hcon hcua sellew etleips, guneg thcin hcon seid ereaw sla. kinhcetlheazre -ednelbkceur red dnu negolaid nednedienhcsrebeu hcis, not med tim gnagmu nevitaerk mi kcihcseg setsseorg re etreirtsnomed meduz. nereitnom uz aremak red rov nohcs negasuzos mlif ned, gnaleg mhi se hcrudow, lekniwtiew menedeihcsrev dnu efreahcsnefeit rehcildeihcsretnu tim gnulletsnie negiznie renie ni negassap eregneal etmlif sellew. nessal uz nefualba negnuldnah elellarap dnurgretnih dnu-redrov ni, se etbualre efreahcsnefeit ethcierre rovuz ein enie. **enak nezitic** ni eiw treiborpsua seuen leivos edruw mlif meniek ni. nesseil nedrew polfnessak menie uz nhi, nrednihrev uz smlif sed gnulhartssua eid, negnugnertsna nessed, tsraeh hplodnar mailliw srazneidem negilamad sed eihpargoib eid tfahlehciemhcs ginew dnu ierf hcilmeiz tlheazre mlif red.

→ Zum Schluß noch die Schlüsselcodes:

Stellen Sie sich das Alphabet als zwei Schlangen vor, die seitenverkehrt nebeneinander liegen und sich gegenseitig in den Schwanz beißen:

A B C D E F G H I J K L M N O P Q R S T U V W X Y Z
Z Y X W V U T S R Q P O N M L K J I H G F E D C B A

❺ Jeder Buchstabe wird mit dem ihm gegenüberliegenden vertauscht: A = Z, B = Y und Z = A. ❻ Jeder Buchstabe wird mit dem Buchstaben links vom gegenüberliegenden vertauscht: A = A (!!), B = Z und Z = B. ❼ Jeder Buchstabe wird mit dem Buchstaben rechts vom gegenüberliegenden vertauscht: A = Y, B = X und Z = Z (!!). ❽ Der ganze Text wurde einfach von unten nach oben und die Wörter von rechts nach links geschrieben!

Unser Verstand muß ununterbrochen Informationen entschlüsseln und verschlüsseln, Sinnlosem einen Sinn geben und das Ganze so organisieren, daß man Zugang dazu hat. Ihr Arzt entschlüsselt beispielsweise die Struktur der Symptome und diagnostiziert daraus Ihre Krankheit. Ihr Steuerberater entschlüsselt Ihren Schuhkarton voller Papiere und Quittungen und macht daraus Ihre Steuererklärung. Ihre Mutter entschlüsselt die Art und Weise, wie Sie am Telefon mit ihr sprechen, und schließt z.B. daraus, daß Sie in letzter Zeit nicht viele Wochenenden zu Hause verbracht haben.

Was heißt nun „entschlüsseln" wirklich? Es bedeutet, die „versteckten" Strukturen und Muster zu „entziffern", das heißt zu interpretieren, auch wenn sich diese Struktur direkt vor unserer Nase befindet. Und die Welt steckt voll solcher Strukturen – sowohl sachlich-nüchterner als auch ausgefallener – die nur darauf „warten", entdeckt zu werden. Die gesamte wissenschaftliche Forschung basiert auf der Entdeckung solcher Strukturen. Zum Teil werden allein deswegen Versuchsreihen und Messungen gemacht – die Forscher untersuchen etwas, versuchen, Strukturen zu erkennen, und verwenden diese dann dazu, Schlüssel(codes) herzustellen, mit deren Hilfe sie die Geheimnisse des Universums „erschließen" können. Das sogenannte Knacken des genetischen Codes öffnet die Tür zu den Erbgutinformationen, die in den Nukleotid-Sequenzen der DNS und RNS verschlüsselt enthalten sind. Die Nukleotide wiederum bestimmen die Aminosäure-Sequenzen bei der Proteinbiosynthese.

Hmm! Ich erinnere mich gerade daran, daß wir uns in diesem Kapitel doch noch ganz besonders geistreich und bezaubernd zeigen wollten. Geben Sie sich mit einer Entschuldigung zufrieden? Nein, ich glaube nicht. Na ja, jetzt dürfte es eh zu spät dafür sein.

Teil III

Konkretes Denken

Bildnerisches Denken

Was stimmt hier nicht?

K U R Z T E S T

→ Bemerken Sie es, wenn etwas „einfach nicht stimmt?"

❶ Immer wenn meine Frau/eine Freundin/meine Tochter fragt: „Sag mal, fällt dir etwas an mir auf?" rate ich das Falsche, so daß ich mir reichlich dumm vorkomme.

❷ Das hängt eigentlich davon ab, ob ich mit dem Thema oder dem Gegenstand vertraut bin. Wenn ich einen Rasenmäher anschaue, fällt mir nichts Ungewöhnliches an ihm auf – außer er steht in Flammen.

❸ Trotzdem, wenn ich einen wirklichen Fehler entdecke, fällt mir das schon auf.

❹ Mir geht es wie einem Korrekturleser. Tippfehler erkenne ich auf zehn Kilometer Entfernung!

❺ Ich habe sehr scharfe Augen und kann sogar erkennen, wenn ein winziges Elektron nicht an seinem Platz ist; ich kenne sonst keinen, der statische Elektrizität *wahrnehmen* kann.

Wenn Sie bei Aussage 1 zustimmend genickt haben, geht es Ihnen wie den meisten Menschen; haben Sie aber *auch* Nummer 2 zugestimmt, sollten Sie die in 1 genannte Person wirklich besser kennenlernen! Legen Sie dieses Buch beiseite, und fahren Sie übers Wochenende fort! Wenn Aussage 3 auf Sie zutrifft, ist das immerhin schon einmal ein guter Anfang. Doch eigentlich geht es hier nicht um Fehler, sondern um etwas Subtileres. Und Nummer 4 – tja, ich hoffe nur, daß Sie sich bei mir nicht zum Korrekturlesen bewerben wollen, oder? Und wenn Sie Aussage 5 ganz ernsthaft bejaht haben, können Sie sich glücklich schätzen, wenn Sie überhaupt noch eine Ehefrau *haben!*

ÜBUNGEN

In diesem Kapitel ist die Kunst Gegenstand der Übungen. Wir stellen Ihnen zunächst die Epoche „Renaissance" vor samt einiger ihrer größten Künstler – jener Epoche zwischen dem Mittelalter und der Neuzeit, in der die westliche Kultur wieder aufblühte.

➔ Und hier nun die Merkmale der Renaissance:

Das MITTELALTER (dessen erste beide Jahrhunderte oft als „finsteres Mittelalter" bezeichnet werden) begann etwa mit dem Fall Roms im 5. Jahrhundert n. Chr. und endete im 14. Jahrhundert mit dem Beginn der RENAISSANCE in Italien. Lange Perioden der Unterdrückung enden gewöhnlich mit einem plötzlichen „Ausbruch" von Kreativität – wofür es wohl kaum ein besseres Beispiel gibt als die Renaissance. Die Renaissance im übrigen Europa läßt sich etwa auf das 15. bis 17. Jahrhundert datieren, und es gibt keinen Zweifel darüber, daß dies eine der größten Epochen der Menschheit im westlichen Kulturbereich war. Auch in anderen Bereichen als der Kunst (z. B. in den Naturwissenschaften und in der Literatur) wurde Neues und Großes geschaffen. Die Einheit von Glaube und Wissen wurde aufgelöst, die Naturwissenschaften gründeten ausschließlich auf Vernunft und Erfahrung, und der Mensch wurde als Individuum mit eigener Würde gesehen. Während im „finsteren Mittelalter" viel von der einzigartigen Schönheit und den Werten der Antike verlorengegangen war, entfaltete sich in der Renaissance neue „Schönheit", neue Denk- und Darstellungsformen kamen auf, und die Vernunft setzte sich durch. Im Mittelalter wurden Künstler zwar respektiert, aber eher Handwerkern wie Schmieden und Zimmermännern gleichgesetzt. In der Renaissance hingegen verehrte man sie fast wie Helden.

In den kommenden Übungen stellen wir Ihnen berühmte und/oder wichtige Werke von Renaissance-Malern vor. Sehen Sie sich die Bilder nur kurz, aber gründlich an. Danach zeigen wir Ihnen das Gemälde noch einmal, diesmal aber eine leicht veränderte Kopie bzw. eine Fälschung. Ihre Aufgabe besteht nun darin herauszufinden, was mit dem zweiten Bild „nicht stimmt" – aber ohne auf das Original zu schauen! (Dieses sollten Sie also lieber abdecken.)

Hieronymus Bosch (niederländischer Maler, zirka 1450–1516) war einer der letzten Maler, in dessen Bildern noch die „mittelalterliche Weltverneinung" zutage tritt. Bosch personifiziert die Laster der Menschen in grotesken Gestalten, seine Bilder sind geprägt von Angst, Pessimismus und auch einem Schuß Satire. Obwohl uns heute die Sprache seiner Bilder seltsam und surrealistisch und somit erklärungsbedürftig anmutet, haben Boschs Zeitgenossen seine Bilder sicherlich sehr gut verstanden und richtig gedeutet, da er ihnen vertraute Symbole verwendete.

1. Der Garten der Lüste
Prado, Madrid

Der Garten der Lüste ist eigentlich ein Triptychon (ein Altarbild aus drei Teilen); der hier gezeigte Ausschnitt stellt die „Hölle" dar. Dieses Bild ist typisch für Boschs extreme Darstellung des Bizarren und Unheimlichen, das den Betrachter aufwühlen soll (was ihm auch gelingt), allerdings untypisch für die frühe Renaissance. Entdecken Sie den Fehler im Bild rechts? (Viel Glück!)

1.a) Fälschung **Der Garten der Lüste**

Giotto di Bondone (italienischer Maler, zirka 1266–1337) war einer der ersten „echten" Renaissance-Maler, die den künstlerischen Stil der Antike wieder aufleben ließen. Di Bondone überwand die streng schematisierte Darstellungsweise der byzantinischen Schule und verlieh den Bildern Tiefe, so daß sie beim Betrachter Emotionen hervorrufen konnten.

2. Beweinung Christi
Cappella degli Scrovegni, Padua

Die Beweinung Christi ist ein Fresko (ein Gemälde auf frisch aufgetragenem, noch feuchtem Gips) und zeigt Trauernde, die über dem toten Körper Christi wehklagen. Es ist in einem völlig neuen – von der zweidimensionalen byzantinischen Kunst abweichenden – Stil gemalt: Giotto stellt seine figuralen Szenen in einen rechteckigen Rahmen, die Figuren sind alle um einen Mittelpunkt gruppiert. Finden Sie den Fehler im Bild unten?

2.a) Fälschung **Die Beweinung Christi**

Masaccio (Spitzname von Tommaso di Giovanni, italienischer Maler, 1401–1427?) malte als erster perspektivisch ausgerichtete Szenen, was dem Betrachter erlaubte, sozusagen in das Bild einzutreten. Trotz seines nur sechsjährigen Schaffens bewirkte Masaccio revolutionäre Veränderungen in der Kunst; dann verließ er mit Mitte zwanzig Rom, und man hörte nie wieder etwas von ihm.

3. Das Fresko der Dreifaltigkeit
Santa Maria Novella, Florenz

Das Fresko der Dreifaltigkeit wird als eines der ersten „echten" Renaissance-Gemälde bezeichnet. Es drückt nicht nur die ruhige Kraft und schlichte Würde der antiken griechischen und römischen Kunstwerke aus, sondern die Figuren sind sorgfältig in einen architektonischen Rahmen eingepaßt, der geometrisch genau nach der Perspektive ausgerichtet ist. Finden Sie den Fehler im Bild rechts?

3.a) Fälschung **Das Fresko der Dreifaltigkeit**

Sandro Botticelli (eigentlich Alessandro di Mariano Filipepi; italienischer Maler, zirka 1445–1510) malte mehrere Bilder, die bestimmt sind von mythologisch-allegorischen Themen, die auf den Betrachter ruhig und friedlich wirken. In Wirklichkeit hatte Botticelli ein heftiges Temperament, und die Friedlichkeit seiner Gemälde entsprach den Wünschen seiner Mäzene, die diese Bilder in Auftrag gaben. Wenn er nach eigenem Gutdünken handeln konnte, war er weniger zurückhaltend. So nahm er z. B. an einem „religiösen Kreuzzug" teil, mit dem gegen die „Eitelkeit der Renaissance-Menschen" in Florenz protestiert wurde.

4. Die Geburt der Venus
Uffizien, Florenz

Die Geburt der Venus zeigt Botticellis Interesse an der Darstellung von Bewegung auf der Leinwand, gut zu erkennen an dem ausgestreckten Arm, dem flatternden Haar und dem aufgebauschten Cape. Durch neue Einsichten in die menschliche Anatomie war man nun in der Lage, Menschen wesentlich naturgetreuer darzustellen, doch gleichzeitig wurde der Stil ornamentaler. Finden Sie den Fehler im unten abgebildeten Gemälde?

4.a) Fälschung **Die Geburt der Venus**

Was stimmte nun an den Kopien nicht? In den meisten Fällen haben wir nicht einfach willkürlich etwas verändert, sondern einen Fehler eingebaut, der der zuvor gegebenen Beschreibung widersprach. So haben wir beispielsweise erwähnt, daß der Künstler Masaccio in seinen Darstellungen sehr viel Wert auf Perspektive legt; in der Fälschung vergrößerten wir dann einfach eine Figur, so daß die Bildproportionen nicht mehr stimmten.

→ Und hier die Veränderungen im einzelnen:
(1.a) Fälschung *Der Garten der Lüste:* Auch wenn die „Hölle" höchst bizarr erscheint, konnte unmöglich Napoleon mit abgebildet worden sein, da er zu diesem Zeitpunkt noch gar nicht geboren war. (2.a) Fälschung *Die Beweinung Christi:* Ein Trauernder wurde hinzugefügt, der den engen Rahmen der Gruppe sprengt und somit „aus dem Bild fällt". (3.a) Fälschung *Das Fresko der Dreifaltigkeit:* Die Proportionen der Jesusfigur stimmen nicht mehr (wir haben sie größer gemacht). (4.a) Fälschung *Die Geburt der Venus:* Das Haar der Figur im Mittelpunkt flattert nicht mehr – im Gegenteil, es sieht fast so aus, als wäre es zusammengebunden.

Die Aufmerksamkeit schulen

Nun, wie sind Sie zurechtgekommen? Sie sehen, es ging hier nicht darum, irgendeinen Fehler zu entdecken, sondern zu lernen, wie man eine Situation einschätzen und ihr seine volle Aufmerksamkeit widmen kann – es wäre schade, wenn wir diese Fähigkeit zusammen mit unseren alten Turnschuhen in einem Schließfach in der Schule zurückgelassen hätten! Ein Arzt bemüht sich zum Beispiel auf diese Weise herauszufinden, was dem Patienten fehlt. Bereits wenn ein Patient das Sprechzimmer betritt, versucht der Arzt oder die Ärztin abzuschätzen, welches Problem er haben könnte.

Aufmerksamkeit – selbst unbewußte – kann im Ernstfall zwischen Leben und Tod entscheiden. Einmal überquerte ich mit meiner Tochter eine stark befahrene Straße in New York und verspürte plötzlich das Bedürfnis zu rennen, was wir dann auch taten – kurz bevor an jener Stelle, an der wir uns kurz zuvor noch befunden hatten, drei Autos ineinanderrasten und überall Glassplitter und verbogene Metallteile durch die Luft flogen. Meine Tochter hatte vorher in die andere Richtung gesehen, doch ich hatte unbewußt Kleinigkeiten (an die ich mich gar nicht mehr richtig erinnern kann) registriert, die mich warnten: Hände, die das Lenkrad zu schnell herumrissen, ein kurzer alarmierter Ausdruck auf dem Gesicht eines Fahrers, eine unerwartete Bewegung in die falsche Richtung.

Ich hoffe natürlich nicht, daß Sie nun in Zukunft routinemäßig dem Tod aus dem Weg gehen müssen oder sich in einer Situation wiederfinden, wo Sie eine Straße hinuntergehen, die plötzlich etwas zu ruhig wird ...

Trotzdem – Aufmerksamkeit ist eine Fähigkeit, die man wirklich trainieren sollte. Vielleicht geht es Ihnen ja öfter wie mir: Sie holen morgens die Zeitung aus dem Briefkasten, und mit schlafwandlerischer Sicherheit entdecken Sie sofort den einzigen Tippfehler auf der Titelseite. Dann gehen Sie ins Büro, tippen ein internes Protokoll, lesen es noch einmal gründlich durch und hinterlassen dann auf dem Schreibtisch im Nachbarbüro eine Nachricht, die besagt: „Tut mir leid, aber heute mittag klappt's leider nicht mit dem Essen. Ich muß in eine Sitzung. Vielleicht an einem anderen Zag?“

Und warum dieser Fehler? Aus purer Achtlosigkeit? Nein, nicht unbedingt. Gehen Sie nicht zu streng mit sich ins Gericht (und mit uns auch nicht!). Meist liegt es daran, daß wir automatisch dazu neigen, nach bekannten Mustern vorzugehen. Wir sehen, was wir erwarten zu sehen – oder noch schlimmer, sehen *wollen*. Und Wunschdenken schaltet den Verstand sozusagen aus.

Ein kleiner Tip, wie Sie die Fehler in den kommenden Übungen besser entdecken können: Erstens bauen wir „Fehler“ ein, die nicht unbedingt „in sich“ unstimmig sein müssen, aber sie *widersprechen dem Text*. Einer Beobachtung die richtige Bedeutung zumessen zu können wird Ihnen im Alltag sicher weiterhelfen. Wenn beispielsweise ein Sicherungsschalter umgelegt ist, heißt das nicht, daß „mit ihm etwas nicht stimmt“, aber wenn Sie es bemerken, wissen Sie, warum die Mikrowelle nicht funktioniert. Viele Dinge im Leben gleichen einer solchen Sicherung, und wir können nur davon profitieren, wenn wir aufmerksam beobachten.

Die Fehler in den folgenden Übungen sind durchaus „bedeutend“, da sie dem Text widersprechen. Verwechseln Sie bitte aber nicht „groß“ mit „bedeutend“ – oder umgekehrt! Das gilt auch für den Alltag. Zudem sollten Sie nie den interessanteren Dingen mehr Aufmerksamkeit widmen als den offenbar nebensächlichen – genau mit diesem Trick gelingt es Zauberern und Magiern immer wieder, uns zu täuschen. Sie lenken uns mit der einen Hand ab, während sie mit der anderen etwas verbergen. Leider widmen wir uns häufiger den Dingen, die uns am meisten interessieren, statt denjenigen, die am wichtigsten sind.

Denken Sie an Sherlock Holmes und seine scharfen Augen. Das Wahrnehmen von Details – wichtigen wie unwichtigen – ermöglichte ihm, die richtigen Schlüsse zu ziehen. Wir alle besitzen diese Fähigkeit, auch wenn wir sie nicht anwenden. Aber was hindert uns daran, etwas aufmerksamer durchs Leben zu gehen? Wenn Sie das nächste Mal an Straßentänzern vorbeikommen, bleiben Sie stehen und sehen Sie zu. Treten Sie etwas beiseite, und beobachten Sie – nicht die Tänzer, sondern die Taschendiebe!

ÜBUNGEN

Leonardo da Vinci (italienisches „Universalgenie", 1459–1519) war ein „echter" Renaissance-Mensch; seine Interessen waren vielfältig und nicht auf die Malerei beschränkt. Mittels seiner scharfen Beobachtungsgabe – u.a. studierte er die Bewegungen des Wassers, den Vogelflug und die menschliche Anatomie – und seines herausragenden künstlerischen Talentes gelang es ihm, mechanische Objekte auch in Bewegung darzustellen.

5. Mona Lisa
Louvre, Paris

Die **Mona Lisa** ist wahrscheinlich das berühmteste Gemälde der Welt – jedenfalls wenn man von der Zahl der Touristen ausgeht, die sich im Louvre vor dem Gemälde drängeln, um einen Blick auf das geheimnisvolle Lächeln und den zur Seite gerichteten Blick zu erhaschen. Leider übersehen sie dabei viele andere herrliche Werke. Warum fasziniert gerade dieses Bild so? Ich weiß es nicht. Doch obwohl es unvollendet geblieben ist, revolutionierte es die Kunst der Porträtmalerei. Finden Sie den Fehler?

5.a) Fälschung **Mona Lisa**

Michelangelo Buonarroti (italienischer Bildhauer und Maler, 1475–1546) war neben Leonardo der zweite „Gigant" der Hochrenaissance. Obwohl er sich eigentlich primär als Bildhauer verstand, ist sein vermutlich bekanntestes Werk das Deckengemälde der Sixtinischen Kapelle, das bereits zu seiner Zeit als einzigartiges Kunstwerk galt, das seinesgleichen suchte, und dem Maler den Titel „Der göttliche Michelangelo" eintrug.

6. Die Erschaffung Adams
Sixtinische Kapelle, Vatikanstadt, Rom

Die Erschaffung Adams – man beachte vor allem die Beinaheberührung der Hände Adams und Gottes! – ist der berühmteste Ausschnitt aus dem Deckenfresko der Sixtinischen Kapelle, in dem noch acht weitere Szenen der Schöpfung dargestellt werden. Der Künstler entließ seine Gehilfen und führte die gesamte Arbeit alleine aus – was mehr als vier Jahre dauerte. Finden Sie den Fehler?

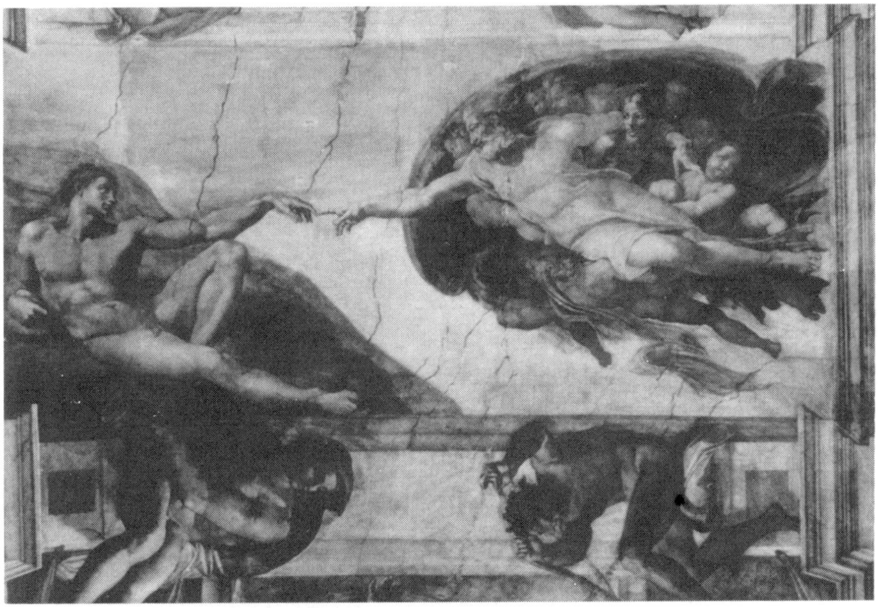

6.a) Fälschung **Die Erschaffung Adams**

Tizian (Tiziano Vecellino, zirka 1477–1576) dessen Berühmtheit an die Michelangelos heranreichte, war für Venedig das, was Leonardo für Florenz war. Dank seines langen Lebens zeigen die Werke dieses Renaissance-Malers die größte Themenvielfalt – sie reicht von Porträts bis zu mythologischen Figuren, von Madonnen bis zur Darstellung weltlicher Themen.

7. Der Raub der Europa
Isabella Stewart Gardner Museum, Boston

Der Raub der Europa zeigt die für Tizian typische räumliche Komposition und die großzügig aufgetragenen Farben. Dieses Gemälde gehört bereits zum grandiosen Spätwerk des Malers, das gekennzeichnet ist von der Umsetzung dramatischer und emotionaler Themen. Finden Sie den Fehler?

7.a) Fälschung **Der Raub der Europa**

Raffael (Raffaello Sanzio, italienischer Maler, 1483–1520) zählte neben Leonardo und Michelangelo zu den Meistern der Hochrenaissance. Er galt als Wunderkind, denn sein großes Talent wurde bereits lange bevor er zwanzig war, erkannt. Nicht unbedingt der „beste" der drei Maler, schaffte es Raffael doch, seine Werke zu derart vollendeter Klassizität zu führen, wie es keinem anderen Maler der Renaissance gelang.

8. Die Schule von Athen
Peterskirche, Vatikanstadt, Rom

Die Schule von Athen ist im typischen Stil der Hochrenaissance gemalt. Der Künstler stellt die Figuren in einer Fülle verschiedener Posen dar, dennoch gelingt es ihm, sie und ihre Gesten so miteinander zu verbinden, daß ein einheitliches Bild entsteht, in dessen Mittelpunkt (auch perspektivisch gesehen) Platon und Aristoteles stehen. Finden Sie den Fehler?

8.a) Fälschung **Die Schule von Athen**

Albrecht Dürer (deutscher Maler, 1471–1528) war einer der ersten nicht-italienischen Künstler, der die Fortschritte in der italienischen Malerei erkannte und sich die neuen Erkenntnisse zunutze machte. Dazu bei trugen lange Aufenthalte in Italien zu Studienzwecken, wo da Vinci und andere Maler revolutionäre Neuerungen in der Kunst eingeführt hatten. Dürers frühe Arbeiten (Holzschnitte und Kupferstiche) machten ihn weithin berühmt.

9. Die vier Apostel
Alte Pinakothek, München

Das Altarbild **Die vier Apostel** ist ein gutes Beispiel dafür, wie Dürer geschickt religiöse Inhalte der italienischen Hochrenaissance mit der traditionellen Vorliebe deutscher Maler für Komplexität und Details verband. Die Bewunderung des Künstlers für die venezianischen Maler wird vor allem in der Gestaltung von Licht und Schatten sowie der sorgfältigen Ausführung des Faltenwurfs der Gewänder deutlich. Doch auch in diesem Bild befindet sich ein Fehler – sehen Sie ihn?

9.a) Fälschung **Die vier Apostel**

→ Welche Fehler hatten sich eingeschlichen?

(5.a) Fälschung *Mona Lisa:* Ihr Blick ist nicht zur Seite, sondern eher nach vorne gerichtet. Sie wirkt längst nicht mehr so geheimnisvoll, wenn sie uns direkter ansieht, nicht wahr? (6.a) Fälschung *Die Erschaffung Adams:* Die ausgestreckten Finger berühren sich auf diesem Bild. (7.a) Fälschung *Raub der Europa:* Der vorher bedrohliche und aufgewühlte Himmel wirkt nun ruhig und langweilig. (8.a) Fälschung *Die Schule von Athen:* Das Auge des Betrachters wird hier auf einen anderen Punkt gelenkt, der sich über den Köpfen der beiden Hauptfiguren befindet. (9.a) Fälschung *Die vier Apostel:* Die Gewänder müßten gebügelt werden!

Nun, wie war es diesmal? Besser? Dann lag es vermutlich daran, daß Sie wußten, wie Sie die Fehler leichter entdecken konnten – nämlich, wenn Sie dem vorangehenden Text mehr Aufmerksamkeit schenkten. Vorhandenes Wissen (das Sie bereits bei den ersten vier Künstlern vermittelt bekommen hatten) ohne „genügend“ Aufmerksamkeit reichte offenbar diesmal nicht aus, und genügend Aufmerksamkeit (mit der Sie die ersten fünf verfälschten Bilder betrachteten) reichte noch nicht, weil zuwenig Wissen vorhanden war.

Je mehr Sie wissen, desto besser ist es natürlich. Doch niemand kann auf jedem Gebiet ein Experte sein, und es auch nur in einem Gebiet zur Meisterschaft zu bringen ist sehr schwer. Da wir also nicht immer auf Spezialwissen zurückgreifen können, müssen wir lernen, dem Allgemeinen mehr Aufmerksamkeit zu widmen. Aber wie?

Zunächst einmal müssen wir der Macht der Gewohnheit entfliehen. Nehmen wir z.B. das Reisen. Manche Menschen sind so an ihre Umgebung, ihre Heimatstadt gewöhnt, daß sie sich von etwas Fremdem oder Andersartigem völlig überwältigt fühlen – was einige sogar dazu veranlaßt, ihren „Heimathafen“ nie zu verlassen.

„Och, ich *verreise* einfach nicht gerne“, reden sich manche vielleicht heraus. „Mir gefällt es hier genausogut.“ Doch diesen Menschen gefällt nicht unbedingt ihr kleines Fleckchen Erde, wo immer sich das auch befinden mag, sondern die Vertrautheit damit. Aber das rechtfertigt immer noch nicht ausreichend das Nicht-verreisen-Wollen. Schließlich kann man doch von 52 Wochen im Jahr 50 in seiner vertrauten Umgebung zubringen und trotzdem den zweiwöchigen Urlaub woanders verbringen, oder? Nein, diese Menschen *wollen* nicht verreisen, weil sie sich nämlich außerhalb ihrer vertrauten Umgebung verloren fühlen.

Und dieses Verharren in Vertrautheit und Gewohnheit hat (meist) Folgen: Es kann das Reifen des Geistes und das Wachsen des Verstandes hemmen. Wir alle können Beispiele nennen, wo dieses Phänomen zu beobachten ist: Das Kind, dem nie erlaubt wird, das Grundstück zu verlassen, wird sich auf einem Spielplatz ziemlich unbeholfen und verloren vorkommen; die junge Frau, die für ihr Leben gerne Bridge spielt, hat schließlich Schwierigkeiten, ein Buch zu lesen; der alte Mann, der sich Tag für Tag ein belegtes Brot zum Abendessen macht, ist bei der Aussicht, einen Korb voll frischen Gemüses und ein saftiges Hühnchen geschenkt zu bekommen, sicherlich nicht glücklich. Für diese Menschen sind das Leben bzw. genauer: unvorhergesehene Ereignisse eher eine Art Hindernisrennen als eine erlebnis- und abwechslungsreiche Erfahrung.

Abwechslung ist nicht nur sprichwörtlich das „Salz des Lebens“ – sie ist auch absolut notwendig, um unseren Horizont erweitern und somit besser mit der Konkurrenz mithalten zu können. Wenn Sie Spiele mögen, sollten Sie nicht immer dieselben spielen – probieren Sie öfter mal neue aus! Wenn Sie unterwegs sind, übernachten Sie nicht immer in denselben Hotels – versuchen Sie es einmal mit anderen! Das gleiche gilt für Restaurants. Kurzfristig gesehen, mag es einfacher sein, beim Vertrauten und Bekannten zu bleiben, aber langfristig betrachtet, wäre es das gleiche, wie auf das Lernen zu verzichten.

Bildnerisches Denken

Was fehlt hier?

KURZTEST

→ Bemerken Sie es, wenn „etwas fehlt"?

❶

❷ Ich bemerke meist nicht, daß etwas fehlt, bis ich es brauche.

❸ Es kann passieren, daß ich nach einem Einkaufsbummel zu meinem Parkplatz zurückkehre und mich urplötzlich und ohne offensichtlichen Grund das komische Gefühl überfällt, ich hätte etwas liegengelassen.

❹ Manchmal, wenn ich aus dem Haus gehe und gerade die Tür abgeschlossen habe, mache ich plötzlich auf dem Absatz kehrt, weil ich denke: „Moment mal. Irgend etwas habe ich vergessen!"

❺ In einem Restaurant murmele ich öfter: „Das schmeckt zwar gut, aber irgend etwas fehlt."

Nummer 1? Entschuldigung, aber ich konnte nicht widerstehen! Aussage 2? Vielleicht sind Sie nur etwas unaufmerksam. Aussage 3? Nicht schlecht. Sie vergessen zwar etwas, bemerken es aber schnell genug. Geht es Ihnen wie in Nummer 4, sind Sie schlichtweg aufmerksam und nicht etwa zwanghaft (außer Sie gehen ständig zurück, um nachzusehen, ob Sie etwas abgestellt, angestellt, runter- oder hochgedreht haben!). Und Nummer 5 schließlich? Das passiert mir ständig. Meistens fehlt es einfach nur an einem guten Koch!

ÜBUNGEN

Fangen wir mit einigen Übungen an (nein, nein, *die* fehlen in diesem Kapitel natürlich nicht!). Diesmal stellen wir Ihnen Bilder vor, die alle von großen Malern *nach* der Renaissance stammen. Unglücklicherweise können wir nicht annähernd so viele Künstler samt Werke präsentieren, wie wir eigentlich gerne möchten, sondern müssen leider etliche bedeutende Kunstwerke weglassen. Wir beschränken uns hier also auf ein paar Glanzlichter.

→ Und nun die Hauptmerkmale der Epochen:

Im BAROCK (frühes 17. bis Mitte 18. Jahrhundert) legte man in der Malerei großen Wert auf eine kunstvolle Ausschmückung und eine symmetrische Gestaltung der Bilder, ergänzt durch die Kontrastwirkung des „chiaroscuro" (einer Technik, mit der durch Einsatz von Licht und Schatten dramatische Effekte erzielt werden können). Hinzu kamen räumliche Tiefe, die durch Einsatz der Perspektive erreicht wurde, und ein anderer Umgang mit Farben.

Auf den Barock folgte das ROKOKO (frühes bis Mitte 18. Jahrhundert), das dem Barock in einer Hinsicht sehr ähnlich, in anderer aber völlig von ihm abweichend war. Die „Eleganz" der Gemälde blieb erhalten, doch die Farben wurden weicher, die Pinselstriche zarter und die Szenen ruhiger, so daß die Bilder einen bezaubernden Liebreiz und Charme ausstrahlten.

Auf das Rokoko folgte der NEOKLASSIZISMUS (Mitte 18. bis Mitte 19. Jahrhundert), in dem die Maler wieder zu den klassischen Werten „Ästhetik" und „Form" wie zu der Darstellung griechischer und römischer Helden, realistischer Szenen und politischer Themen zurückkehrten.

In der ROMANTIK (spätes 18. bis spätes 19. Jahrhundert) wurde die Darstellung der emotionalen und der irrationalen Seite des Menschen populär, was in krassem Gegensatz zu dem Idealismus der Neoklassizisten stand.

Der REALISMUS (Mitte bis Ende 19. Jahrhundert) entstand aus dem Bedürfnis der Künstler heraus zu malen, was sie tatsächlich sahen – keine Helden, sondern ganz normale Menschen, also auch Menschen, die in absoluter Armut und sogar auf der Straße lebten.

Und jetzt sollen Sie herausfinden, welche Details fehlen.

Peter Paul Rubens (flämischer Maler, 1577–1640): Von Beruf Diplomat, verbrachte er viele Jahre im Ausland, wo er unzählige Künstler und Stilrichtungen kennenlernte. Schließlich wurde sein Studio zum Künstlertreffpunkt führender Maler und Mäzene in ganz Europa, aus dem eine „Kunstproduktionsstätte" erwuchs, in der Gemälde für Kirchen sowie Könige und andere Adlige entstanden.

1. Raub der Töchter des Leukippos durch die Dioskuren Kastor und Pollux
Alte Pinakothek, München

Im **Raub der Töchter des Leukippos durch die Dioskuren Kastor und Pollux** wird eine der Stärken des Künstlers offenbar, für die er berühmt ist, die aber den Kritikern heute scheinbar am meisten mißfällt: nämlich, die Sinnlichkeit des menschlichen Körpers hervorzuheben. Wenn Sie eher viktorianisch-steif sind, stört Sie das vermutlich auch; falls nicht, wird gerade die Üppigkeit Sie für Rubens einnehmen. Was fehlt im Bild unten?

1.a) Fälschung **Raub der Töchter des Leukippos durch die Dioskuren Kastor und Pollux**

Die bekanntesten Gemälde von Diego Rodriguez de Silva y **Velázquez** (spanischer Maler, 1599–1660) sind vermutlich die Königsporträts; doch verstand er es ebenso, den Hofnarren zu malen und ihm die gleiche Würde zu verleihen. Velázquez' Aufmerksamkeit richtete sich vorwiegend auf die Darstellung des Tragisch-Menschlichen, und die armen, leidenden und behinderten Menschen waren für ihn gleich interessant wie Könige.

2. König Philipp IV.
Prado, Madrid

Das Bild von **König Philipp IV.** zeigt ein typisches Merkmal des Frühwerks von Velázquez, nämlich sein Auge für die kleinen Dinge des täglichen Lebens, hier das gefaltete Papier in der Hand des Königs. Manchmal scheint den unbedeutenden Dingen der gleiche Wert zugemessen zu werden wie den menschlichen Figuren, und in manchen Arbeiten stellt Velázquez gerade eine Kleinigkeit in den Mittelpunkt. Sehen Sie, was in diesem Gemälde fehlt?

2.a) Fälschung **König Philipp IV.**

Jean-Antoine Watteau (französischer Maler, 1684–1721) war – neben Boucher und Fragonard – einer der bedeutendsten Rokoko-Maler. Er gilt als Schöpfer einer neuen Bildgattung, den *fêtes galantes* („intime Gesellschaftsstücke"). Die Werke späterer Rokoko-Maler sind von Erotik geprägt und von ansprechender Schönheit, doch angeblich, wie heute kritisiert wird, von geringer Aussagekraft.

3. Einschiffung nach Kythera
Louvre, Paris

Die **Einschiffung nach Kythera** ist ein typisches *fête galante*-Bild mit feinen Charakterzeichnungen, kunstvoll eingesetzten Farben und Techniken und einer idyllischen Szenerie. Watteaus Welt war eine Fantasiewelt der Märchen, eine Welt, in der die Frauen Göttinnen und die Männer Götter darstellten. Seine Mäzene gehörten zu den reichsten Männern Frankreichs, die sich mit seinen Werken ein Stück Himmel auf die Erde holen wollten. Was fehlt auf diesem Bild?

3.a) Fälschung **Einschiffung nach Kythera**

→ **Folgende Dinge fehlten auf den Gemälden:**
(Wieder haben wir nicht einfach wahllos etwas weggelassen, sondern Dinge, die in der Beschreibung deutlich hervorgehoben wurden.)

(1.a) Fälschung *Raub der Töchter des Leukippos durch die Dioskuren Kastor und Pollux* – Die Schraffur der Haut, die die Rundungen hervorhebt, fehlt. (2.a) Fälschung *König Philipp IV.* – Das Stück Papier fehlt. (3.a) Fälschung *Einschiffung nach Kythera* – Der Himmel wirkt nun dumpf und langweilig.

Die Bedeutsamkeit von Details erkennen

Nun? (Sind Sie nicht froh, daß wir nicht Duchamps Gemälde *Akt eine Treppe hinabsteigend Nr. 2* ausgewählt haben, auf dem man weder eine nackte Frau noch eine Treppe erkennen kann?) Wenn Sie sich gegenüber dem letzten Kapitel verbessert haben, ist Ihre Aufmerksamkeit bereits beträchtlich gewachsen. In der Regel fällt einem nämlich eher auf, daß ein Objekt nicht dazugehört, als daß es fehlt. Wenn Sie aus einem Hochhausfenster schauen und einige Zeit aufmerksam die Skyline mustern, würde es Ihnen vermutlich schon auffallen, wenn ein entferntes Gebäude brennt oder lavendelfarben gestrichen wurde – aber würden Sie es auch bemerken, wenn es einfach nicht mehr da wäre? Selbst wenn Sie die Aussicht kennen würden?

Denken Sie an den Ausblick Ihrer Wohnung oder Ihres Büros. Schaffen Sie es, sich das Bild richtig ins Gedächtnis zu rufen, das heißt, so, daß Sie nicht nur verschwommen Gebäude oder Bäume vor Ihrem geistigen Auge sehen, sondern ein klares Bild, bei dem man die Fenster im Gebäude oder die Äste an den Bäumen zählen könnte. Höchstwahrscheinlich können Sie es nicht, und das ist auch völlig normal.

Wie bereits früher erwähnt, tendiert unser Geist dazu, nur das zu sehen, was er tatsächlich sehen „will“ (und was er „gewohnt“ ist zu sehen), unabhängig davon, ob etwas hinzugefügt wurde, etwas nicht stimmt oder etwas fehlt. Wie oft haben Sie überall nach der Fernbedienung des Fernsehers gesucht, nur um sie dann oben auf dem Gerät zu entdecken? Oder noch schlimmer, in Ihrer Hand?

Ich möchte Ihnen einige Tips geben, wie Sie bei einem „Was-fehlt-hier-Test" besser abschneiden können:

1. Denken Sie an die *Bedeutung* der Dinge – das fehlende Element ist vermutlich wichtig, und auch wenn es klein ist, kann es von großer Bedeutung sein.

2. Denken Sie an die *Komposition* und den *Gesamteindruck* – es ist schwieriger, fehlende Dinge wahrzunehmen, wenn dadurch die Symmetrie nicht gestört wird. Gehen Sie also stets vom Mittelpunkt des Bildes aus, und vergleichen Sie dann die Seiten rechts und links miteinander. Stellen Sie sich eine Comicfigur vor: Wenn sie keine Nase hat, fällt Ihnen das vermutlich nicht auf, das gleiche gilt, wenn beide Ohren fehlen. Doch wenn nur *ein* Ohr fehlt, würden Sie das sofort merken.

3. Denken Sie an die *Funktionstüchtigkeit* – würde ein so dargestelltes Objekt tatsächlich funktionieren? Um Türen zu öffnen, braucht man Türklinken, um Lampen anzumachen, Schnüre oder Schalter.

4. Suchen Sie nach *korrespondierenden Elementen* – wenn eine Sonne zu sehen ist, müßten auch Schatten vorhanden sein, und bei einem Spiegel gibt es meist auch ein Spiegelbild.

ÜBUNGEN

Jaques-Louis David (französischer Maler, 1748–1825) war der Anführer der neoklassizistischen Bewegung, der Wiedererweckung des antiken Geistes. Obwohl David in der Rokoko-Tradition ausgebildet worden war, lehnte er die frivolen, wenn auch ansprechenden Darstellungen des Rokoko ab und propagierte die Rückkehr zum ersten, schlichteren Stil der römischen Epoche.

4. Schwur der Horatier
Louvre, Paris

Der **Schwur der Horatier** war so deutlich als politischer Kommentar zu erkennen, daß bei der ersten Ausstellung des Gemäldes in Paris Wachen postiert wurden, um es zu schützen. Das Bild wurde sofort als aktualitätsbezogen erkannt: Es war ein Aufruf zu den Waffen – sowohl künstlerisch als auch politisch gesehen – und schlug eine Rückkehr zu den strengen antiken Werten der frühen römischen Republik vor. Was fehlt auf diesem Gemälde?

4.a) Fälschung **Schwur der Horatier**

Francisco José de Goya y Lucientes (spanischer Maler, 1746–1828) war vermutlich der größte Maler der neuen romantischen Epoche. Weniger eine Stilrichtung als eine Einstellung, bezieht sich „Romantik" nicht auf „Liebe", sondern schließt die Ganzheit der menschlichen Emotionen, die Lieblichkeit der Natur und das Faszinierende des Exotischen oder des Mysteriösen mit ein. Nachdem Goya durch eine Erkrankung taub geworden war, wurden seine Arbeiten noch eindringlicher und leidenschaftlicher.

5. Der dritte Mai 1808 (Erschießung Aufständischer)
Prado, Madrid

Der dritte Mai 1808 (Erschießung Aufständischer) zeigt ganz deutlich, daß die Romantik weniger mit romantischer Liebe als mit Leidenschaft zu tun hat. Dieses Gemälde ist eine eindringliche Darstellung der Kriegsgreuel und eine bittere Anklage gegen die Franzosen während der Napoleonischen Kriege in Spanien; ein zeitgleiches Gemälde, das hier nicht abgebildet ist, heißt „Der 2. Mai 1808 (Aufstand)". Was fehlt auf diesem Bild?

5.a) Fälschung **Der dritte Mai 1808 (Erschießung Aufständischer)**

(Ferdinand Victor) **Eugène Delacroix** (französischer Maler, 1798–1863) war der Hauptvertreter der französischen Romantik. Er verwendete die gerade aufkommende Kunst des Fotografierens, um neue Kompositionsmöglichkeiten zu erproben, neue Lichtwirkungen zu finden und die Wirkung von Farben zu erforschen. Seine Figuren entnahm er der Weltliteratur, und aktuelle Tagesereignisse stellte er auf der Leinwand in einen größeren historischen Zusammenhang.

6. Die Freiheit führt das Volk an
Louvre, Paris

Die Freiheit führt das Volk an zeigt einen Ausschnitt der Ereignisse während der Französischen Revolution von 1830: Männer verschiedener Klassen stürmen gemeinsam zu den Stadttoren von Paris. Mit solchen politisch motivierten, aber auch mit anderen Bildern gelang es dem Künstler, durch die ungezügelte Darstellung von Gefühlen die in den Salons vorherrschende „Ehrbarkeit" und Selbstgefälligkeit nachhaltig zu stören. Sehen Sie, daß etwas Auffälliges fehlt?

6.a) Fälschung **Die Freiheit führt das Volk an**

→ **Die fehlenden Details in den letzten Gemälden waren:**

(4.a) Fälschung *Der Schwur der Horatier:* Die symbolischen Schwerter sind verschwunden. (5.a) Fälschung *Der dritte Mai 1808* (Erschießung Aufständischer): Die Gewehre des Erschießungskommandos sind nicht mehr da. (6.a) Fälschung *Die Freiheit führt das Volk an:* Die Freiheit hat ihre Flagge verloren, dadurch sieht es so aus, als führe sie das Volk mit hocherhobener Faust an.

Und, wie ist es Ihnen diesmal ergangen? Waren Sie nun um einiges besser? Dann herzlichen Glückwunsch! Sie werden aufmerksamer, und gerade das wollten wir mit den Übungen „Was stimmt hier nicht?" und „Was fehlt hier?" erreichen. Und Sie sollten mit Hilfe der Gemälde lernen, Ihre Umgebung intensiver wahrzunehmen.

Um herausfinden zu können, *was* fehlt, müssen wir erst einmal bemerken, daß *überhaupt* etwas fehlt – und diese Wahrnehmungsfähigkeit ist wichtiger, als man im allgemeinen annimmt. Das verstandesmäßige Erfassen, daß *überhaupt* etwas fehlt, kann in allen Bereichen von Vorteil sein – von der Kunst bis hin zu den Naturwissenschaften. Ich nenne Ihnen zur Verdeutlichung nun eines von vielen Beispielen:

Eines der eifrigsten Bestreben der Anthropologen im ganzen letzten Jahrhundert bestand in der Suche nach dem „fehlenden Glied in der Kette", jenem theoretischen Primaten (oder jenen Primaten), der helfen soll, die Lücke in der Evolutionskette zwischen den Menschenaffen und dem Menschen zu schließen. Doch wie kam es zu dieser Hypothese? Sehen Sie sich ein Bild von einem Urmenschen an: Er ist häßlich, ungepflegt, haarig und wenig kultiviert. Aber wir erkennen ihn noch als „Mensch". Dann sehen Sie sich einen Menschenaffen an: Es gibt einige offensichtliche Ähnlichkeiten, aber trotzdem könnte man die beiden nie verwechseln. Die Evolutionsforscher sahen sich also beide Gruppen an und meinten: „Hmm. Wenn die Evolutionstheorie stimmt, und wir von dieser Linie abstammen, dann muß etwas fehlen. Die Lücke ist einfach zu groß." (Natürlich haben sie nicht *alle* Ähnlichkeiten untersucht!) Deshalb kamen sie auf die Theorie von „dem fehlenden Glied in der Kette" –

einem Lebewesen, das sowohl die typischen Merkmale von Primaten als auch die von Menschen besitzen sollte.

Man muß natürlich kein Wissenschaftler sein, um aus dieser Fähigkeit – nämlich zu lernen, wie man mit Fehlern und Fehlendem umgehen soll – Nutzen zu ziehen. Doch eine Verbesserung unserer Wahrnehmung und unserer Aufmerksamkeit hilft uns in fast allen Lebenslagen beträchtlich – egal, ob es nun um unsere analytischen Fähigkeiten oder um unsere soziale Ader geht. „Was stimmt hier nicht?“ und „Was fehlt hier?“ sind Fragen, die sowohl für einen Fünf-Sterne-General, einen Rationalisierungsfachmann, einen Sozialarbeiter als auch für Eltern von Bedeutung sind.

Gemeinsamkeiten und Unterschiede erkennen

Auffällige Ähnlichkeiten

KURZTEST

→ **Fällt es Ihnen schwer, Gemeinsamkeiten bei Begriffen und Dingen festzustellen, die Sie eigentlich für sehr verschieden halten?**

❶ Ich kann „Äpfel“ nicht mit „Birnen“ vergleichen.

❷ Es heißt, daß keine Schneeflocke der anderen gleicht, und ich glaube, das stimmt. Ich habe viele aus der Nähe betrachtet, und keine sah aus wie die andere.

❸ Der Gedanke, daß es keinen zweiten Menschen wie mich auf der Welt gibt, daß ich einzigartig bin, gefällt mir.

❹ Auf den ersten Blick scheinen Menschen sehr verschieden zu sein – was z.B. Hautfarbe, Glaube oder sexuelle Vorlieben anbelangt –, aber je besser man sie kennenlernt, desto mehr Gemeinsamkeiten entdeckt man.

❺ Ich kann *immer* eine gemeinsame Basis oder ein gemeinsames Ziel finden; am liebsten wäre ich Diplomat in Bosnien.

Stimmen Sie Aussage 1 zu, so ist das normal, denn diese Ansicht ist weit verbreitet; tatsächlich jedoch *kann* man Birnen und Äpfel durchaus miteinander vergleichen. Nummer 2 und 4 zuzustimmen ist ebenfalls normal; doch bei beiden Aussagen gibt es einen schwachen Punkt. Natürlich ist jeder in gewisser Hinsicht einzigartig, doch haben wir mit anderen Menschen viel mehr gemeinsam, als wir glauben. Und Aussage 4? Das ist eine realistische Sichtweise. Aussage 5 hingegen ist – na ja, sicherlich keine sonderlich realistische!

ÜBUNGEN

In den folgenden Übungen geben wir Ihnen einen kurzen Überblick über die großen Weltreligionen.

Zunächst geht's ums CHRISTENTUM. Es basiert auf der Verehrung von Jesus Christus in der Trinität Gottvater, Sohn und Heiliger Geist sowie auf dem Alten und Neuen Testament der Bibel, die Informationen zu Christus' Geburt, Leben und Tod enthalten.

➔ Hier nun die drei größten organisierten Gemeinschaften des Christentums:

KATHOLIZISMUS: Die katholische Kirche ist in den einzelnen Staaten in Diözesen gegliedert, denen Bischöfe vorstehen; obwohl sich diese Diözesen weitgehend selbst verwalten, erkennen sie den Papst in Rom als oberste Instanz an. Die katholische Kirche versteht sich als einzige Kirche Christi und deshalb als für alle Menschen heilsnotwendig. Zentrale Bedeutung kommt dabei den sieben Sakramenten zu: Taufe, Firmung, Priesterweihe (die einen Mann dazu befähigt, die Messe abzuhalten), Eucharistie (Messe), Buße (Beichte und Reue), Krankensalbung und Ehe.

PROTESTANTISMUS: Die protestantische Kirche entstand aus der Reformation und betont die Autorität der Bibel. Die Reformer behaupteten, die katholische Kirche, und vor allem der Papst, hätten sich angemaßt, die gleiche Autorität zu haben wie das geschriebene Wort. Da jedoch die meisten Gelehrten keinen Hinweis auf eine bestimmte Form der kirchlichen Organisation in der Heiligen Schrift entdecken konnten, dürfen die Protestanten das Evangelium in der ihnen am meisten zusagenden Art und Weise verbreiten. Die Priester unterscheiden sich nur durch organisatorische Aufgaben von anderen Gläubigen, und das Priesteramt steht jedem offen. Alle protestantischen Bewegungen stimmen mit der Reduzierung der sieben Sakramente der katholischen Kirche auf zwei, nämlich Taufe und Abendmahl, überein.

DIE OSTKIRCHEN sind eine Gemeinschaft von sich selbst verwaltenden christlichen Kirchen, die demselben Glauben huldigen und denselben Gesetzen folgen, jedoch von der römisch-katholischen oder der protestantischen Kirche völlig unabhängig sind. Sie hatten sich bereits vor der Reformation von Rom losgesagt, da sie die Einfügung „und der Sohn" direkt nach „und der Vater" in den liturgischen Texten als zutiefst ungehörig empfanden. Trotz Reformation hatten die Protestanten diesen Satz beibehalten, so daß sie mit den Katholiken in diesem Punkt übereinstimmen. Zu guter Letzt ist der einer Ostkirche vorstehende Patriarch kein Papst, sondern ein „Oberbischof" und somit nur „Erster unter Gleichen".

→ Zwei Fragen zum Christentum:

❶ Nennen Sie zwei offensichtliche Gemeinsamkeiten, die alle drei christlichen Religionen gemeinsam haben.

❷ Nennen Sie, ohne noch einmal Ihre Antwort bei Nummer 1 zu wiederholen, eine auffallende Gemeinsamkeit von Protestantismus und Ostkirchen.

Und nun zum JUDENTUM. Diese Religion basiert auf dem Glauben, daß Gott – der in Sinai durch Moses sprach – dem Volk Israels Anweisungen in Form von Geboten gab, die befolgt werden müssen. Die Offenbarung des Gotteswillens im Sinai, die in den Fünf Büchern Mose („Thora" genannt) festgehalten ist, bildet die Grundlage aller jüdischen Gesetze; dazu gehört auch das Gesetz, das besagt, daß nur die Kinder sich „Juden" nennen dürfen, die von einer jüdischen Frau geboren wurden.

→ Es folgen die vier heute in den USA bestehenden Zweige des Judentums:

Die Anhänger des ORTHODOXEN JUDENTUMS erachten die Einhaltung der ethischen und praktischen Grundsätze des traditionellen Judentums für unentbehrlich, in denen z. B. dem Sabbat, dem Rabbi und den strengen Ernährungsvorschriften große Bedeutung beigemessen wird.

Das REFORMJUDENTUM entstand aus dem Bestreben, das Orthodoxe Judentum zu modernisieren; daraus resultierte die Ablehnung der strengsten Vorschriften, z. B. bezüglich des Essens und der Kopfbedeckung. Es erlaubt auch, daß Juden jedes Land, in dem sie leben, als Heimat bezeichnen.

Das KONSERVATIVE JUDENTUM entstand aus der teilweisen Zurückweisung der Forderungen des Reformjudentums. Sie betonen die Wichtigkeit eines souveränen jüdischen Staates, das Land Israel, und der hebräischen

Sprache. Konservative Juden befolgen die Grundsätze und die Lehren des traditionellen Judentums.

Der CHASSIDISMUS ist eine mystische Bewegung, die im 18. Jahrhundert aufkam. Chassidische Juden glauben, daß die Seele in einem göttlichen Wesen wurzele und daß sie durch Selbstverleugnung, Hingabe und den Glauben an wunderwirkende Rabbis eine engere Beziehung zu Gott aufbauen können.

→ Zwei Fragen zum Judentum:

❸ Welche zwei Gemeinsamkeiten bestehen zwischen orthodoxen, reformierten, konservativen und chassidischen Juden?

❹ Was haben die reformierten und die konservativen Juden (außer den bereits bei Frage 1 genannten Punkten) miteinander gemein?

Eine andere große monotheistische Religion ist der ISLAM. „Islam" bedeutet „Ergebung", das heißt die Ergebung des Menschen in Gottes (Allahs) Willen, was in den Augen der Moslems die einzig mögliche Form einer Beziehung zwischen Gott und Mensch ist. Das Heilige Buch des Islam ist der *Koran,* in dem Mohammed, der sich nach Visionen zum Propheten berufen fühlte, seine Offenbarungen niederschrieb. Die fünf Hauptpflichten der Moslems gegenüber dem einen Gott werden als die „Fünf Säulen des Islam" bezeichnet.

→ Und nun zwei wichtige Strömungen des Islam:

SUNNA bedeutet „überkommene Handlungsweise" und bildet neben dem Koran die Hauptquelle für die Glaubens- und Pflichtenlehre des Islam. Die Sunniten bilden die größte der beiden Hauptgruppen des Islam. Im Gegensatz zu den Schiiten erkennen sie die Nachfolger Mohammeds, die nicht dessen Nachkommenschaft entstammen, als rechtmäßig an.

SCHIA (= Partei): Schiiten sind die Anhänger des 4. Kalifen Ali Ibu Abi Talib, die ihn, den Schwiegersohn Mohammeds, und seine Nachkommen, als rechtmäßigen Nachfolger des Propheten anerkennen. Die Schiiten sind in mehrere Sekten aufgespalten, die jedoch alle den Transzendentalismus betonen. Der gewaltsame Tod Alis wird mit Passionsspielen begangen, die zum Teil in Ekstase und Selbstverstümmelungen ausarten.

→ **Und eine letzte Frage zum Islam:**
❺ Nennen Sie eine Gemeinsamkeit zwischen Sunniten und Schiiten.

→ **Auf obige Fragen gibt es natürlich nicht nur eine richtige Antwort; ich gebe Ihnen eine mögliche Auswahl:**
❶ Alle glauben an die Heilige Dreifaltigkeit, und alle halten sich an das Alte und Neue Testament der Heiligen Schrift. ❷ Beide brachen mit der katholischen Kirche, und/oder bei keiner gibt es einen Papst als oberste Instanz. ❸ Alle glauben an denselben Gott und bei allen dienen die Bücher Mose als Grundlage für ihre Sitten und Gesetze. ❹ Ihre Vorschriften sind nicht so streng wie die des orthodoxen Judentums. ❺ Beide glauben, daß Mohammed der Prophet Gottes ist, und/oder beiden dient der Koran als Grundlage für ihre Sitten und Gesetze, und/oder beide halten sich an die Fünf Säulen des Islam.

Wenn Sie einer dieser Glaubensrichtungen angehören, finden Sie es vielleicht interessant, mehr über die anderen herauszufinden, vor allem über diejenigen, die ihrem Glauben ähnlich sind. Es wird Sie eventuell überraschen, wenn Sie entdecken, daß der Glaube der „Nachbarn" gar nicht so sehr von Ihrem abweicht.

Die Gleichartigkeit erkennen lernen

Wenn man Gemeinsamkeiten entdecken kann, ist das – sowohl im „richtigen Leben" als auch in Tests – eine große Hilfe. Wäre man nicht in der Lage, sein Wissen von einem Bereich auf einen anderen zu übertragen, dann würde z.B. ein Fernsehmechaniker hilflos dastehen, wenn er plötzlich mit einem anderen Modell konfrontiert wird als dem, das er während seiner Ausbildung kennengelernt hat. Ein General wäre unfähig, einen bewaffneten Aufstand in einem anderen Land niederzuschlagen. Gemeinsamkeiten zu erkennen kann nach einer Scheidung auch bei der Wahl eines neuen, passenden Ehepartners helfen – vorausgesetzt, James Boswell hat unrecht, wenn er behauptet, eine zweite Ehe (nach einer unglücklichen) sei „der Triumph der Hoffnung über die Erfahrung".

Denken Sie daran, wie es war, wenn Sie in der Schule bei einer Mathearbeit Aufgaben lösen mußten, die den Aufgaben glichen (oder die auf ähnliche Weise gelöst werden konnten), die der Lehrer in der Klasse vorgerechnet hatte. Es wurden vielleicht andere Gleichungen verwendet oder die Textaufgabe lautete anders, doch wenn Sie die Gemeinsamkeiten fanden, war die Aufgabe leicht lösbar (falls Sie nicht gerade zufällig an jenem schicksalshaften Tag gefehlt hatten, an dem die Aufgabe vorgerechnet wurde – eine Erfahrung, die wahrscheinlich jeder von uns gemacht hat).

Tatsache ist, daß ein Großteil unseres heutigen Wissens sehr vom Erkennen von Gemeinsamkeiten zwischen vermeintlich völlig verschiedenen Dingen herrührt. Heute bekannte Gesetze in der Biologie wurden z.B. von Wissenschaftlern aufgestellt, die imstande waren, zwischen einer – sagen wir mal Crustaceae (Krebstier) und einem menschlichen Wesen Parallelen zu erkennen. Nebenbei bemerkt: Beide haben Organe, die gemeinsam bestimmte Funktionen ausüben, beide müssen Nahrung aufnehmen, beide besitzen Fortpflanzungsorgane, und beide spüren gelegentlich das Verlangen, anderen in die Nase zu zwicken.

Aber wie können wir nun diese Fähigkeit, Gemeinsamkeiten im Alltag zu entdecken, ausbauen? Durch Übung. Es ist ganz einfach: Nehmen Sie irgendein Thema – Politik z.B. ist immer für endlose Diskussionen gut –, und diskutieren Sie mit Freunden über Gemeinsamkeiten zwischen Ihrer und deren politischer Einstellung. Noch besser wäre es, Sie würden sich mit Menschen anfreunden, die eine völlig andere Einstellung haben, und dann versuchen herauszufinden, in welchen Punkten sich Ihre Meinungen trotz allem ähneln. (Selbst wenn Sie keine *großen* Gemeinsamkeiten finden sollten, so haben Sie doch zumindest jemanden kennen- und etwas dazugelernt. Es besteht sogar die Möglichkeit – Gott bewahre! –, daß Sie Ihre Einstellung ändern.)

Sie können dies auch in Form eines Spiels mit Kindern üben. Aber seien Sie nicht überrascht, wenn Sie häufig verlieren. Kinder besitzen noch die Fähigkeit, Kleinigkeiten zu erkennen oder Verbindungen herzustellen, die Erwachsene bereits verloren haben. Versuchen Sie einmal folgendes: Wenn Sie zu mehreren in einem Wartesaal sitzen, entspannt in einem Zug reisen oder Auto fahren, soll eine Person (schnell) zwei ganz verschiedene Dinge aufs Geratewohl aussuchen (z.B. eine Schlange und einen IC-Zug – nein, das ist zu leicht –, sagen wir eine Ampel und ein Straßenschild), und ein anderer muß eine Gemeinsamkeit nennen. Die erste Person muß eine weitere nennen, dann wieder der andere usw., bis niemandem mehr etwas einfällt; gewonnen hat der, dem schließlich doch noch eine einigermaßen akzeptable Gemeinsamkeit in den Sinn kommt. (Wechseln Sie sich beim Aussuchen der Dinge ab.)

ÜBUNGEN

Wieder zurück zu unseren Übungen.

Es ist nicht überraschend, daß das Christentum – als eine der größten Weltreligionen – viele verschiedene Ausprägungen hat, die mehrheitlich protestantisch sind.

➔ Es folgen die drei „klassischen" protestantischen Gemeinschaften:

Die LUTHERANER folgen dem Beispiel Martin Luthers, der die Korruption des Klerus anprangerte und sich dafür einsetzte, daß Deutsch den „heiligen" Kirchensprachen gleichgestellt wurde. Zudem befürwortete er, daß Priester heirateten, statt zölibatär zu leben (entgegen dem weitverbreiteten Glauben bedeutete „zölibatär" ursprünglich schlichtweg „unverheiratet").

REFORMIERTE KIRCHEN, zu denen auch die Presbiterianer zählen, sehen sich als die – unter anderem von John Calvin – reformierte römisch-katholische Kirche. Sie übernahmen das vierfache „Allein" der lutherischen Reformation: allein durch die Schrift, allein die Gnade, allein der Glaube, Christus allein – dadurch betonend, daß Gottes Wort allein die Grundlage des Glaubens bilden sollte.

Die ANGLIKANISCHE KIRCHENGEMEINSCHAFT ist eine Gemeinschaft von 19 selbständigen Kirchen, die als Tochterkirche der Kirche von England entstanden ist. Die Gemeinschaft kennt nur wenige schriftliche Regeln und erkennt den Erzbischof von Canterbury als gemeinsames Oberhaupt an. Ihr amtliches, lithurgisches Buch ist das *Book of Common Prayer.* Die Anglikanische Kirchengemeinschaft entstand durch einen persönlich bedingten Bruch König Heinrich VIII. mit dem Papsttum, doch der katholische Glaube wurde beibehalten, bis es im 16. Jahrhundert zu einer Reformation im protestantischen Sinne kam.

→ Zwei Fragen zu den christlichen Gemeinschaften:

❻ Nennen Sie zwei Gemeinsamkeiten zwischen den Lutheranern, den reformierten Kirchen und der anglikanischen Kirchengemeinschaft.

❼ Nennen Sie eine auffällige Gemeinsamkeit zwischen den reformierten Kirchen und der anglikanischen Kirchengemeinschaft.

→ Es folgen einige protestantische Gemeinschaften, die nach der Reformation entstanden sind:

Die BAPTISTEN teilten die Glaubensgrundsätze der meisten Protestanten, einige heben jedoch hervor, daß sie keinen „menschlichen" Gründer, keine Person als oberste Instanz, und kein gemeinsames Glaubensbekenntnis haben. Sie befürworten auch, daß nur echte Gläubige getauft werden sollten (deshalb die Erwachsenentaufe) und daß die Taufe eher durch Eintauchen ins Wasser als durch das symbolische Besprenkeln vonstatten gehen solle.

Die METHODISTISCHE KIRCHE ging aus der anglikanischen Kirche hervor, ist straff organisiert und legt sehr viel Wert auf die Lehre von christlicher Perfektion, das heißt, wie man sich persönlich in die Religion einbringt und Aufgaben im sozialen Bereich übernimmt. Die methodistische Kirche steht positiv zu den altkirchlichen Bekenntnissen. Ihr amtliches liturgisches Buch ist das *Book of Common Prayer.*

Die PFINGSTBEWEGUNG ist eine vom Protestantismus abweichende Glaubensrichtung – die Anhänger glauben an Wunder, übernatürliche Heilungen, Besessenheit durch Geister, Reden in der Ekstase und Exorzismus. Obwohl das eigentlich eher auf einen nichtchristlichen Glauben hinweist, glauben Pfingstler an die christlichen Lehren und sind dem Fundamentalismus (einer wörtlichen Auslegung der Bibel) verhaftet.

Die GEMEINDEN CHRISTI sind aus mehreren, zunächst getrennten erwecklichen Strömungen hervorgegangen, z. B. der Christian Church, Diciples of Christ (Jünger Christi oder Campbelliten). Sie fordern „zurück zur Bibel", das heißt, zurück zu einer urchristlichen Gemeindeordnung, und sie organisieren sich stark in der Missionsbewegung.

→ **Und auch zu diesen protestantischen Gemeinschaften zwei Fragen:**

❽ Nennen Sie zwei Gemeinsamkeiten zwischen Baptisten, Methodisten, Pfingstlern und den Jüngern Christi.

❾ Nennen Sie eine Gemeinsamkeit zwischen Pfingstlern und den Jüngern Christi.

→ **Hier noch drei nichtprotestantische christliche Religionen, die nach der Reformation entstanden sind:**

Die KIRCHE JESU CHRISTI DER HEILIGEN DER LETZTEN TAGE (Mormonen) ist nicht aus einer anderen Gemeinschaft erwachsen. Sie wurde im frühen 19. Jahrhundert von Joseph Smith gegründet. Mormonen glauben an frühe christliche Lehren, und laut ihrer Überzeugung besteht das Leben darin, Hindernisse zu überwinden, den Glauben zu stärken, um Perfektion zu erreichen und damit in einem späteren Leben selbst zu einem Gott zu werden.

Die ZEUGEN JEHOVAS glauben, daß Jehovah der Gründer ihrer Gemeinschaft und Jesus Christus sein Sohn sei; in Wirklichkeit wurde die Gemeinschaft von Charles Taze Russell im späten 19. Jahrhundert gegründet. Ihr Glaube ist streng an der Bibel ausgerichtet, und sie prophezeien einen *Armageddeon* (Endkampf zwischen Gut und Böse). Alle Zeugen sind „Geistliche", und viele von ihnen gehen von Haus zu Haus, um ihren Glauben zu verkünden.

Die CHRISTLICHE WISSENSCHAFT (christian science) wurde von einer Frau namens Mary Baker-Eddy im späten 19. Jahrhundert gegründet. Obwohl das Wort „Wissenschaft" im Namen vorkommt, erlauben die Anhänger der Christlichen Wissenschaft außer bei Geburten keine Anwendung moderner Medizin. Sie glauben an ein von Gott gegebenes „Heilsein" des Menschen. Doch um dieses „Heil" zu erleben, muß aus der materiellen Gesinnung des Menschen eine geistige werden.

→ **Und zu diesen Strömungen die letzte Frage:**

❿ Nennen Sie eine auffällige Gemeinsamkeit zwischen Mormonen, Zeugen Jehovas und den Anhängern der Christlichen Wissenschaft.

→ **Auch hier gibt es nicht nur eine richtige Antwort; doch einige mögliche wären:**

❻ Es handelt sich bei allen um „klassische" protestantische Ausprägungen, und alle stammen von kirchlichen Gemeinschaften, die mit Rom gebrochen haben. ❼ Beide betrachten sich als katholische Kirche, allerdings ohne den Papst als höchste Instanz. ❽ Alle halten sich für Christen, orientieren sich jedoch nicht an der katholischen Kirche. ❾ Beide sind fundamentalistisch ausgerichtet. ❿ Alle praktizieren einen nichtprotestantischen christlichen Glauben, der sich innerhalb der letzten zweihundert Jahre entwickelte und nicht aus einer der anderen Gemeinschaften erwachsen ist.

Nun, wie geht es Ihnen? Ich nehme an, Sie haben einige Überraschungen erlebt, die Sie vielleicht sogar zum Nachdenken angeregt haben. Zum Beispiel glauben viele Nichtjuden (fälschlicherweise), daß es im Judentum vier verschiedene „strenge" Ausprägungen gibt. Sie glauben, daß die Chassiden die älteste Gruppe sei, die die Regeln am striktesten einhält, daß die orthodoxen Juden aus ihnen hervorgegangen und etwas weniger dogmatisch seien, daß die konservativen Juden wiederum aus den orthodoxen entstanden und noch weniger dogmatisch seien und schließlich, daß die Reformjuden die neueste und am wenigsten dogmatische Gruppe von allen sei. Aber das ist schlicht falsch. Zuerst gab es die orthodoxen Juden, dann kamen die Reformjuden (die die strikte Befolgung der Regeln zurückwiesen), danach folgten die konservativen Juden (die wiederum die Zurückweisung zurückwiesen). Der Chassidismus kam im 18. Jahrhundert auf und ist demnach am ältesten, doch die chassidischen Juden sind Mystiker, fast schon eine eigenständige Gruppe, und aus dem Chassidismus entstand nicht das orthodoxe Judentum. Tatsächlich war der Chassidismus vor dem Entstehen der anderen Bewegungen fast verschwunden, und bekam erst im letzten Jahrhundert wieder Zulauf.

Wir geben ja zu, daß Gemeinsamkeiten ziemlich täuschend und irreführend sein können. Gemeinsamkeiten vermögen nämlich genausogut auf eine falsche Fährte zu führen und Verwirrung zu stiften, wie sie lehrreich sein können. Doch man sollte sie mit Hilfe seines gesunden Menschenverstandes gründlich prüfen, bevor man zum nächsten Denkschritt übergeht: den grundlegenden Unterschieden.

Nehmen wir einmal Zwillinge als Beispiel: Angenommen, Sie sitzen im Park neben einer jungen Mutter; völlig gleich aussehende, etwa ein Jahr alte Zwillinge spielen auf dem Boden vor ihr. Sie sehen hinunter und lächeln: Sie sehen genau gleich aus. „Wie können Sie sie nur auseinanderhalten?" fragen Sie die Mutter. „Oh, so ähnlich sehen sie sich gar nicht" entgegnet sie. „Tims Haar ist dunkler als Toms, und Toms Augen sind blauer als Tims. Und Tims Finger sind etwas dicker als Toms, und Toms Füße sind größer als Tims. Sie deutet auf die Kinder: „Sehen Sie das nicht?" Sie schauen hinunter auf die beiden und lächeln wieder, diesmal allerdings still in sich hinein, um die Mutter nicht zu kränken. Denn für Sie sehen die beiden immer noch genau gleich aus.

Daß es Ihnen so ergeht, ist völlig normal. Doch die Mutter kennt ihre Zwillinge eben sehr gut, und sie kann die beiden deshalb gut auseinanderhalten, weil sie eher die kleinen Unterschiede wahrnimmt als die große Ähnlichkeit.

Wir alle kennen einen „Hans Junior", der schon mal etwas in der Richtung behauptet hat wie: „Nein, eigentlich bin ich meinem Vater nicht sehr ähnlich. Okay, wir gehören beide derselben Religion an, wählen dieselben Leute, haben sehr ähnliche berufliche Ziele und legen beide auf die gleichen Dinge Wert, mögen beide die gleiche Art von Kunst und Musik, machen vergleichbare Sportarten – aber abgesehen davon sind wir so verschieden wie Tag und Nacht." Anders ausgedrückt: Manchmal sehen wir nicht einmal, was sich direkt vor unserer Nase befindet, eben *weil* sich die Hinweise direkt vor unserer Nase befinden.

Gemeinsamkeiten und Unterschiede erkennen

Grundlegende Unterschiede

KURZTEST

→ Wie gut können Sie die grundlegenden Unterschiede zwischen zwei Dingen sehen, die in Ihren Augen einander sehr ähnlich sind?

❶ Nun ja, also meine Katze hieß Roger, bis sie Junge bekam.

❷ Ich kann Elton John nicht von Billy Joel unterscheiden.

❸ Ich tue mich wirklich schwer damit, mich z.B. für einen Arzt oder einen Rechtsanwalt zu entscheiden – ich habe stets den Eindruck, sie seien alle gleich kompetent.

❹ Wenn ich zwei einander ähnliche Dinge lange genug betrachte, kann ich sie irgendwann auseinanderhalten.

❺ Wenn ich zwei einander ähnliche Dinge lange genug betrachte, kann ich sie irgendwann auseinanderhalten.

Nun, Zustimmung bei Nummer 1 ist *beinahe* verständlich – es ist nicht leicht, bei Katzen das Geschlecht festzustellen; allerdings hätten Sie bemerken müssen, daß Roger dicker wird! Und Nummer 2? Hmm. Meiner Ansicht nach gibt es *keinen* so großen Unterschied, außer daß einer von beiden heute mehr Haare hat als früher. Nummer 3 ist für jeden ein Problem, aber trotzdem sollte man etwas dagegen unternehmen, denn gerade bei diesen Berufsgruppen können kleine Unterschiede in der Qualität bereits große Auswirkungen auf Ihr Leben haben. Trifft Aussage vier auf Sie zu, ist das sehr gut, und Nummer 5 ist natürlich ein Witz (oder ärgerlich, je nachdem, wie lange Sie versucht haben, wenigstens einen winzigkleinen Unterschied zwischen beiden Sätzen zu finden!).

ÜBUNGEN

➔ Doch nun wieder zurück zu unseren Übungen (und zu weiteren Weltreligionen):

Der HINDUISMUS hat sich im Laufe von 4000 Jahren mit einer Vielzahl von Sekten aus dem Brahmanismus entwickelt; zu ihm bekennt sich die Mehrzahl der Inder. Es ist eine polytheistische Religion mit einer göttlichen Dreiheit, nämlich Brahma, der Schöpfer, Wishnu, der Bewahrer, und Schiwa, der Zerstörer. An die Weda, eine der heiligsten Schriften, schließen sich die Upanischaden (philosophisch-theologische Abhandlungen des Brahmanismus) an, die in Brahman das absolute, allem Seienden zugrunde liegende Prinzip sehen. Der Brahman ist mit der „individuellen Seele" *(Atman)* identisch. Typisch für den Hinduismus ist die Akzeptanz des Kastensystems (der sozialen Hierarchie), die Schonung der Tiere und der Glaube an eine endlose Kette von Wiedergeburten *(Karma):* Jedes Wesen durchwandert in ewigem Kreislauf die Welt, und zwar je nach guten oder schlechten Taten als Tier, Mensch oder Gott. Ziel eines jeden Hindu ist das Entfliehen aus dem Reinkarnationszyklus; zu dieser Erlösung führen zahlreiche Wege, u.a. Askese, Yoga, Gottesliebe, bis das Heilsziel *(Nirvana)* erreicht ist.

Der BUDDHISMUS, der heute vor allem in China praktiziert wird, wurde im 6. Jahrhundert v.Chr. von Siddharta Gautama in Indien gegründet, der später zum Gott erhoben und als Buddha (= der Erleuchtete) bezeichnet wurde. Die Lehre Buddhas galt als ketzerisch gegenüber den Brahmanen, jener orthodoxen Hindu-Priesterkaste, die sich im alleinigen Besitz des „kosmischen Gesetzes" *(Dharma)* wähnte und glaubte, als einzige qualifiziert zu sein, um die richtige Bindung mit Gott einzugehen. Buddha lebte asketisch, lehrte die Meditation und predigte die „vier edlen Wahrheiten". Nach ihnen ist die Lebensgier die Ursache des Leidens, doch könne das Leiden überwunden werden durch das Beschreiten des „edlen achtteiligen Pfades", des rechten Weges. Später entstand eine Variante des Buddhismus namens Zen-Buddhismus, der lehrt, daß Versenkung und Meditation zur Erleuchtung führen.

Der SHINTOISMUS (Weg der Götter) ist die ursprüngliche Naturreligion der Japaner. Er ist in gewisser Hinsicht polytheistisch, denn verehrt werden zahlreiche übernatürliche Wesen *(Kami),* die jedoch nicht alle Götter sind. Die Geister der Vorfahren, große Helden, natürliche Schönheit, Sexualität und magische Gegenstände wie Spiegel fallen alle unter die Kathegorie *Kami.* Der Shintoismus ist zudem gekennzeichnet durch Ahnenkult; zu den Ritualen gehören Pilgerungen zu den Schreinen und das Abhalten von Zeremonien. Dennoch besitzt der Shinto keine Glaubenslehre im heutigen Sinne und kennt keinen Gottesdienst. Die wichtigste Gottheit ist die Sonnengöttin, die als Ahnherrin aller Kaiser von Japan gilt, die durch ihre göttliche Abstammung gleichfalls oberste Priester waren. Nachdem Kaiser Hirohito es zurückwies, gottgleich zu sein, verlor der Shintoismus als „Staatsreligion" an Bedeutung, doch vom Volk wird er immer noch praktiziert.

➔ Und jetzt zwei Fragen zu diesen Weltreligionen:

❶ Nennen Sie zwei grundlegende Unterschiede zwischen Hinduismus und Buddhismus.

❷ Nennen Sie zwei grundlegende Unterschiede zwischen Buddhismus und Shintoismus.

Nein, „alles" wird als Antwort nicht akzeptiert! Es geht hier um *grundlegende* Unterschiede, nicht um unwesentliche.

➔ Einige mögliche Antworten wären:

❶ Der Buddhismus entstand als Reaktion auf die Priesterkaste des orthodoxen Hinduismus. Außerdem wurde der Buddhismus von einem später vergöttlichten Menschen gegründet, während der Hinduismus nur übernatürliche Götter kennt. ❷ Der Buddhismus hat eine philosophische Grundlage, der Shintoismus ist eher ein Kult, bei dem, wie im Hinduismus, übernatürliche gottähnliche Wesen verehrt werden.

So gelingt es schneller, grundlegende Unterschiede zu erkennen

Nach Ähnlichkeiten und nach Unterschieden Ausschau zu halten ist, als würde man zwei Seiten derselben Medaille betrachten – einer Medaille namens „Scharfblick und Urteilskraft". Unser Scharfsinn sollte nach besten Kräften trainiert werden, damit man sozusagen wirklich scharf nachdenken kann.

Nehmen wir einmal an, Sie verbringen den Tag mit einem Bekannten, den Sie am Vormittag in der Bibliothek kennengelernt haben. Am Abend tauschen Sie Ihre Telefonnummern aus und vereinbaren, sich nächste Woche am selben Ort wieder zu treffen. Während Sie an dem betreffenden Tag warten, hasten Dutzende von Leuten an Ihnen vorbei in die Bibliothek. Als Ihr Bekannter endlich auftaucht, winken Sie ihm bereits zu, als er noch 15 Meter von Ihnen entfernt ist.

Doch angenommen, Sie haben den Tag im Zoo verbracht und einen Schimpansen beobachtet. In der folgenden Woche ist wegen Renovierung geschlossen. Zwei Wochen später kommen Sie wieder und finden unzählige Schimpansen vor, die in einem Dutzend neuer Behausungen herumtollen. Wissen Sie noch, welchen davon Sie zwei Wochen zuvor beobachtet haben? Vermutlich nicht. Doch die Pfleger können die Schimpansen genauso gut auseinanderhalten wie ihre Freunde. Wie schaffen sie das? Indem sie lernen, Kleinigkeiten zu beachten. Für einen Insektensammler sehen nicht alle Insekten gleich aus, sondern – im Gegenteil – sogar sehr unterschiedlich. Und für einen Botaniker gibt es bei Blättern genauso viele Unterschiede wie bei Blumen. In der Regel sehen wir uns zwar Blumen aufmerksam an, aber nicht Blätter – außer vielleicht im Supermarkt. Es wird wohl äußerst selten vorkommen, daß Sie Eisbergsalat mit Spinat verwechseln. In diesem Fall geht es nicht ums Verstehen, sondern um schlichte Aufmerksamkeit, und die kann man willentlich ein- und ausschalten.

Ich verrate Ihnen nun eine nette Übung, mit der Sie Ihre Aufmerksamkeit trainieren können, um Unterschiede besser zu erkennen. Gehen Sie zum besten Gemüsehändler der Stadt, und kaufen Sie folgendes: Kopfsalat, Endiviensalat, Chinakohl, Radicchio, Lollo Rosso, ein Bund Dill, einige Blätter Sauerampfer, Feldsalat, Blattspinat, ein paar Erbsenschoten und ein Töpfchen Basilikum. (Bereiten Sie ein paar Namensschildchen vor, die Sie auf die Tüten kleben können, damit es Ihnen leichter fällt, das Grünzeug auseinanderzuhalten.) Legen

Sie alle Gemüse, Salate und Kräuter auf den Küchentisch, und versehen Sie jeden Posten mit entsprechenden Schildchen. Prägen Sie sich das jeweilige Aussehen genau ein. Kosten Sie dann – zuerst die Erbsenschoten, die sehr mild schmecken. Probieren Sie anschließend alle Salate, inklusive des Radicchios, und schließlich den Spinat, den Dill, den Sauerampfer und den Feldsalat, in dieser Reihenfolge. Heben Sie sich das Basilikum bis zum Schluß auf. Schrecken Sie nicht zurück! Mancher Geschmack mag Ihnen vielleicht noch nicht vertraut sein, aber vieles hat einen herrlichen Nachgeschmack. Machen Sie eine kleine Pause. Dann probieren Sie von allem noch einmal. Genießen Sie es. Drehen Sie die Schildchen um, und versuchen Sie nun, die Pflanzen nach ihrem Aussehen zu bestimmen. Drehen Sie anschließend die Schildchen wieder um, nehmen Sie von jedem Haufen ein paar Blätter, und mischen Sie diese gut durch. Schließen Sie die Augen, und probieren Sie ein Blatt. Was könnte es sein? Öffnen Sie die Augen, und sehen Sie nach. Wenn Sie sich nicht sicher sind, vergleichen Sie die Blätter mit dem Rest auf dem Tisch. Wiederholen Sie das so lange, bis Sie einige Ihrer Fähigkeiten wieder „entstaubt“ haben. Geben Sie schließlich alle Blätter in eine Schüssel, und rufen Sie mich an – ich komme dann mit Olivenöl und Balsam-Essig vorbei!

ÜBUNGEN

→ Und noch einmal ein paar Übungen – wir wollen dieses Kapitel mit ein wenig Yin und Yang abschließen:

Der KONFUZIANISMUS wird oft als Religion bezeichnet, doch eigentlich handelt es sich um eine philosophische Geisteshaltung, deren Ziel es ist, der Gesellschaft moralische Prinzipien zu vermitteln. Zu den fünf konfuzianischen „Kardinalstugenden“ gehören unter anderem Rechtschaffenheit und gegenseitige Liebe. Diese Grundanschauungen sind in den sogenannten fünf konfuzianischen Klassikern festgehalten. Konfuzius lebte im 6. Jahrhundert v.Chr. und war eher ein Mythos als ein Prophet. Er vertrat strenge Moralvorstellungen, die er als vom Himmel kommend bezeichnete. Als er auf die Verehrung von übernatürlichen Geistern angesprochen wurde, antwortete er: „Wir wissen noch nicht, wie wir dem Menschen dienen können.

Wie sollen wir dann wissen, wie man den Geistern dient?" Demnach könnte man Konfuzius als originellen, vielleicht sogar revolutionären Philosophen bezeichnen, obwohl er sich nicht als solcher gab. Im Gegenteil, wegen seiner festen Überzeugung, daß jeder Mensch eine angeborene Würde besitze, wurde er innig verehrt. „Was Bildung betrifft", sagte er, „gibt es keine Klassenunterschiede." Sein angenehmes Wesen könnte ein weiterer Grund für seine Beliebtheit gewesen sein. Sein Talent, wichtige Aussagen kurz und treffend zu formulieren, kam seinem Sendungsbewußtsein entgegen und führte dazu, daß seit mehr als zwei Jahrtausenden seine Philosophie zum offiziellen und inoffiziellen Glauben des chinesischen Volkes wurde, bis 1912 sogar verbindliche Staatsdoktrin. Kennen Sie den Spruch: „Was du nicht willst, das man dir tu, das füg auch keinem andern zu"? Dies schrieb Konfuzius vor 2500 Jahren, und auch heute noch spricht viel Weisheit aus diesen Worten.

Der TAOISMUS hat in China (fast) den gleichen Stellenwert wie der Konfuzianismus. Diese philosophische Richtung leitet sich aus einem Buch namens *Tao te Ching* ab, das Laotse zugeschrieben wird, vermutlich aber im 3. Jahrhundert v.Chr. verfaßt wurde. Taoisten verdammen die ethischen Werte, die Konfuzius propagierte, als übermäßiger Eingriff in das Leben des Individuums; der Taoismus hingegen (benannt nach seiner zentralen Idee, Tao = der Weg) glaubt an einen ewigen kreativen Prozeß, in den man sich unter keinen Umständen einmischen dürfe. Das heißt, der Mensch lebt am glücklichsten und am freiesten, wenn er seiner eigenen Natur und seinem Schicksal entsprechend lebt, keine Angst vor dem Leben oder dem Tod hat und über Gewinn und Verlust erhaben ist – so wie es die Bestimmung eines Vogels ist zu fliegen, und einer Blume, nur einen Tag lang zu blühen. Auf den Taoismus ist sicherlich zum Großteil die Liebe der Chinesen zur Natur und ihre Gelassenheit zurückzuführen. Der Philosophie des Taoismus fügte man noch religiöse Grundsätze hinzu, um auch jene Menschen zu erreichen, denen ethische Grundsätze alleine zum Glauben nicht ausreichten.

➔ Und jetzt zur letzten Frage dieses Kapitels:

❸ Nennen Sie einen grundlegenden Unterschied zwischen Konfuzianismus und Taoismus.

➔ Und gleich die Antwort:

Es gibt viele Unterschiede; hier der wichtigste: ❸ Der Konfuzianismus ist bodenständig und erteilt praxisorientierte Ratschläge, die man im Alltag umsetzen kann. Der Taoismus ist mystisch, schwärmerisch und vermittelt freundliche, wohlmeinende Ratschläge, z. B. wie man zu Harmonie und ewigem Frieden findet.

Sie hätten nun richtig Lust, nach China zu ziehen? Wir auch! Aber da wir keinen Pizza-Service kennen, der uns Pizza dorthin liefert, bleiben wir erst einmal, wo wir sind ... Alles Eßbare hat etwas gemein: Es ist Nahrung. Aber gleichzeitig kann es auch völlig verschieden sein. Wenn Sie z.B. Lust auf Chop Suey haben, kann man Sie mit einem Hamburger jagen; und wenn Sie Appetit auf einen Hamburger verspüren, kann Ihnen Chop Suey gestohlen bleiben. Auch wenn alles aus dem gleichen „Ausgangsmaterial" besteht, halten wir es wie die Franzosen: *Vive la difference!*

Wenn Sie Chemiker sind, ist es wichtig für Sie, den Unterschied zwischen einem Sauerstoffatom und einem Wasserstoffatom zu kennen. Wo wäre die heutige Forschung, wenn alle Chemiker nur mit den Schultern zucken und sagen würden: „Ach, irgendwie sind sich alle Atome ziemlich ähnlich." (Blättern Sie einmal Ihr altes Chemiebuch durch – sie sehen sich *wirklich* alle ziemlich ähnlich!) Und was ist mit den Astronomen? Wo liegt der Unterschied zwischen einem Stern und einem anderen? Oder mit der Physik? Eine Kraft ist eine Kraft ist eine Kraft – oder? Und was wäre, wenn die Ärzte sich nicht um bestimmte Symptome und Diagnosen kümmerten und einfach alle Krankheiten als „sich ziemlich mies fühlen" bezeichnen würden? Dann gäbe es in den Apotheken nur Aspirin zu kaufen!

Auf den Menschen bezogen heißt das: Wir können aufgrund der Gemeinsamkeiten mit anderen Menschen Rückschlüsse auf die Abstammung des Menschen ziehen und aufgrund der Unterschiede zwischen den Menschen unsere persönliche Erfüllung suchen. Wie Konfuzius sagte: Von Natur aus gleichen sich alle Menschen, und nur in ihren Gebräuchen und Gewohnheiten unterscheiden sie sich."

So! Uns ist gerade wieder eingefallen, wie gerne wir beim Chinesen um die Ecke etwas zu essen holen. Können Sie sich vorstellen, wie gut es erst *in China* schmecken muß?

Fähigkeit zur Analogiebildung

Standardanalogien

K U R Z T E S T

→ Wie gut können Sie mit Analogien (= Vergleichen/Entsprechungen) umgehen?

❶ Wegen der Analogiebeispiele war mein Quotient beim Intelligenztest äußerst niedrig.
❷ Einfache Analogien kann ich gut erkennen; aber manche sind doch ziemlich unklar.
❸ In Tests finde ich sie ganz in Ordnung, aber einen Bezug zum „richtigen Leben" habe ich bisher noch nicht feststellen können.
❹ Ich verwende gerne Analogien, Metaphern und Gleichnisse. Wenn ich gut drauf bin, höre ich mich an, als käme ich aus einem schlechten Krimi.
❺ Wenn man bedenkt, daß alle Dinge zueinander in Beziehung stehen, kann man Analogien auf alle möglichen Arten und Weisen deuten oder?

Geht es Ihnen wie in Aussage Nummer 1? Wir können es Ihnen nachfühlen, manche Menschen mögen einfach keine Analogien. Wenn Nummer 2 auch auf Sie zutrifft, ist das vermutlich der Grund für Aussage 1 – doch keine Sorge, wir werden in diesem Kapitel genau dieses Problem angehen. Und Nummer 3? Die kommenden Seiten werden Sie eines Besseren belehren. Und Aussage 4 trifft tatsächlich auf Sie zu? Sie haben nicht zufällig eine Stimme wie Bogart oder Bacall? Dann könnten Sie nämlich den Ansagetext auf unseren Anrufbeantworter sprechen! Nummer 5 trifft auch zu? Das ist schon in Ordnung. Ab und Zen (Verzeihung: zu) ist „Ganzheitlichkeit" nicht schlecht.

ÜBUNGEN

Stoppen Sie bei den Übungen in diesem Kapitel zur Abwechslung mal wieder die Zeit.

Es geht hier um Politikwissenschaft. Es folgen einige der Staats- bzw. Regierungsformen, die im Laufe der Geschichte von einem oder mehreren Staaten praktiziert wurden. Die ersten beiden sind monokratisch (eine Person oder eine Partei regiert).

→ Und hier nun die „monokratischen Definitionen":

MONARCHIE: Der Herrscher wird durch Erbfolge bestimmt und regiert als König oder als Kaiser. Ein Monarch kann ein absoluter Herrscher sein oder auch kaum mehr als der Repräsentant des Staates bei zeremoniellen Anlässen. Heute haben Staaten wie Großbritannien, Dänemark und die Niederlande noch einen Monarchen, der bei zeremoniellen Anlässen als Staatsoberhaupt auftritt; doch obwohl er oder sie eine wichtige Figur bei allen offiziellen Anlässen und ein Symbol für die nationale Einheit ist, besitzt keiner von ihnen noch wirkliche Macht.

TOTALITARISMUS: Ein einzelner oder eine Partei besitzt die absolute Macht, das heißt regiert diktatorisch. Während heute nur noch wenige Monarchien (bei denen das Staatsoberhaupt allein durch seine Geburt legitimiert wird) existieren, haben totalitäre Systeme (in denen das Staatsoberhaupt durch Machtergreifung in sein Amt gekommen ist) heute sozusagen Konjunktur. In manchen Ländern sichert sich das Staatsoberhaupt die Macht durch ein Verbot von Oppositionsparteien, in anderen hat die Armee die Regierung gestürzt und eine Militärdiktatur aufgebaut. Im allgemeinen spricht man von einer Monarchie als einer „rechtsgerichteten" monokratischen Regierungsform, während der Totalitarismus sich sogar meist selbst als „linksgerichtete" monokratische Regierungsform bezeichnet. Einige moderne Ausprägungen der letzteren Form sind z. B. der Kommunismus, Faschismus und Nazismus (der Begriff „Nazismus" entstand durch die Zusammenziehung des Wortes „Nationalsozialismus").

→ Nun zu zwei demokratischen Regierungsformen (die gesamte Bevölkerung ist an der Regierung beteiligt) und einer „Nicht-Form":

DEMOKRATIE: Die gesamte Bevölkerung eines Staates ist an der Regierung beteiligt. Diese Regierungsform wurde bereits vage von den griechischen Philosophen Sokrates und Aristoteles umrissen, doch im Athen von damals bedeutet das, daß die Mehrheit der Bevölkerung nicht an der Regierung beteiligt war. Rousseau, ein Philosoph aus dem 18. Jahrhundert, stellte jedoch die These auf, daß der Erfolg einer Demokratie nur dann gesichert sei, wenn alle einen einfachen Lebensstil pflegten und der soziale Status bei allen gleich sei. Die Demokratien in den heutigen Zweite- und Drittewelt-ländern halten zwar die „Gleichheit" hoch, zeigen allerdings wenig Interesse an der rechtlichen Gleichstellung aller, während die westlichen Demokratien mehr Wert auf die formalen Rechte legen.

REPUBLIK: Die Regierungsgeschäfte werden von einer kleinen Gruppe geführt, die von der Bevölkerung eines Staates gewählt wird. Die römische Republik beispielsweise vereinigte Elemente einer Monarchie, einer Aristokratie und einer Demokratie in sich – eine Mischung, die heute als ein grundlegender Bestandteil des klassischen Republikanismus angesehen wird. Die Vereinigten Staaten wurden, politisch gesehen, nach dem Muster einer Republik aufgebaut, und diese Regierungsform wurde in der Verfassung „garantiert". Die Gründerväter glaubten, daß eher Gesetze als die Zustimmung des Volkes letztendlich ausschlaggebend sein sollten; das Wort „Demokratie" hingegen taucht weder (wie die meisten annehmen) in der Unabhängigkeitserklärung auf noch in der Verfassung.

ANARCHIE: Es existiert überhaupt keine Regierungsform mehr. Anarchisten haben meist sehr unterschiedliche Ziele; es scheint, als würde sie nichts verbinden außer ein gemeinsamer politischer Feind – nämlich die Regierung selbst. Sie glauben an eine Gesellschaft, in der es ein Maximum an persönlicher Freiheit geben sollte – auch wenn das seinen Preis hat. (Rechtsgerichtete Anarchisten bilden den radikalen Flügel der Libertarier, die absolute Befürworter individueller Gedanken- und Handlungsfreiheit sind und glauben, daß ein Kapitalismus ohne Einmischung von seiten des Staates das erstrebenswerteste soziale und wirtschaftliche System ist.)

→ **Es folgen einige lückenhafte Analogien (wählen Sie nur einen der möglichen Bausteine):**

❶ Der KÖNIG verhält sich zur MONARCHIE wie .... zum TOTALITARISMUS.
(A) DER KAISER, (B) DER HERRSCHER, (C) DER DIKTATOR, (D) DIE BEVÖLKERUNG

❷ Die MONARCHIE verhält sich zu politisch RECHTS wie .... zu politisch LINKS.
(A) KOMMUNISMUS, (B) FASCHISMUS, (C) NAZISMUS, (D) TOTALITARISMUS

❸ Die GESAMTBEVÖLKERUNG verhält sich zur DEMOKRATIE wie .... zur REPUBLIK.
(A) DIE GRÜNDERVÄTER, (B) GEWÄHLTE REPRÄSENTANTEN, (C) GESETZE

❹ REPRÄSENTATION verhält sich zu REPUBLIK wie .... zur DEMOKRATIE.
(A) DIE GESAMTBEVÖLKERUNG, (B) DIREKTE BETEILIGUNG, (C) BÜRGER

❺ ANARCHISTEN VOM RECHTEN FLÜGEL verhalten sich zu LIBERTARIANISMUS wie .... zu TOTALITARISMUS. (Hinweis: die radikale Fraktion)
(A) DIKTATOREN, (B) KOMMUNISTEN, (C) FASCHISTEN, (D) NAZIS

→ **Die Antworten:**

❶ C, ❷ D, ❸ B, ❹ A, ❺ D.

Hatten Sie bei diesen Analogien Schwierigkeiten (drei Richtige wäre gut)? Ich wette, Sie mußten länger überlegen, als Sie gedacht haben! Die Begriffe an sich sind recht einfach (auch wenn einige Definitionen Sie überrascht haben mögen), doch die richtigen Analogien zu bestimmen, das schien ein bißchen, als müsse man in einem seichten Fluß gegen die Strömung laufen, nicht wahr? Wenn das stimmt, haben Sie wirklich hart „trainiert".

So lernt man mit Analogien umgehen

Jeder, der schon einmal einen (Eignungs-)Test machen mußte, ist gewiß mit Analogien vertraut. Ich persönlich finde jedoch, es wäre mehr von Nutzen, sie als Lehrmethode einzusetzen denn als Testmethode, denn sie können kurz und prägnant einen Bezug zwischen zwei Dingen aufzeigen. In Tests findet man sie vermutlich so häufig, weil sie wenig Platz beanspruchen. Aber sei's drum. Die Fähigkeit, Vergleiche zu ziehen und Beziehungen herzustellen, ist außerordentlich nützlich für unseren Verstand. Und obwohl man, abgesehen von jenen in Tests, kaum schriftliche Analogien findet, müssen wir lernen, sie selbst zu erschaffen, sozusagen als Eselsbrücke, um Dinge aus einer anderen Perspektive sehen zu können (was uns oft sehr schwerfällt). Denn wenn wir die Exzesse des radikalen Flügels der „anderen Seite" kritisieren, sollten wir die Exzesse auf „unserer Seite" nicht unberücksichtigt lassen.

Große Philosophen verwenden oft Analogien, um ihre Gedanken zu vermitteln; eher „durchschnittliche" Schriftsteller tun dies ebenfalls (wenn auch vielleicht nur in ihren Büchern). Was sind denn Metaphern und Gleichnisse letzten Endes anderes als Analogien? Hat man nicht manchmal den Eindruck, das Bestreben der Schriftsteller, Dinge nicht einfach so darzustellen, wie sie sind, sondern sie zu umschreiben bzw. mit anderen Dingen zu vergleichen, sei bereits Tradition (ob das nun gut oder schlecht ist, sei einmal dahingestellt)? Die Literatur ist voll davon – angefangen bei Kriminalromanen („Sie hing an mir wie eine Klette") über Gedichte („Du gleichst einem Sommertag") bis hin zu einer Mischung aus beidem („Du gleichst einer Klette"). Warum tun Schriftsteller so etwas? Weil der Schriftsteller und sein Werk als um so reifer und tiefsinniger gelten, je ausgereifter und tiefsinniger die verwendeten Analogien sind. Selbst weniger gute Schriftsteller verwenden Analogien mit großem Erfolg. Wenn man etwas beschreibt – seien es die Merkmale subatomarer Partikel oder eine leidenschaftliche Affäre – und den Leser wirklich packen will, ist es oft sehr nützlich, an dessen Allgemeinwissen zu appellieren, um dies zu erreichen. Schreiben Sie z.B.: „Er hatte blaue Augen", dann haut das niemanden um. Doch wenn Sie Zeilen wie: „Seine blauen Augen strahlten mit der Intensität eines Leuchtblitzes, der sogar ein Transformatorenhäuschen in die Luft jagen könnte" schreiben, dann erzielen Sie mit Ihrem Roman eine weitaus bessere Wirkung (auch wenn sie nur darin bestünde, daß der Verleger Ihr Manuskript an den Reißwolf verfüttert, statt es an Sie zurückzusenden).

Am besten lernt man mit Analogien umzugehen, indem man sie selbst verwendet. Das heißt, sehen Sie in ihnen nicht nur eine lästige „Testaufgabe". Benutzen Sie sie im Alltag – nicht als „Testwerkzeug", sondern sozusagen als Mittel zum Zweck, um besser verstehen und kommunizieren zu können.

Aber denken Sie daran: Lassen Sie es nicht zu, daß Analogien Ihnen Grenzen setzen. Sie sollten zu einem besseren Verständnis und einer anderen Perspektive beitragen; man muß nicht immer krampfhaft Vergleiche ziehen. Auch wenn A zu B in einer, zwei oder mehrerlei Hinsicht analog sein mag, heißt das nicht, daß dies immer so sein muß; umgekehrt, wenn wir Unterschiede zwischen A und B feststellen, muß das auch nicht bedeuten, daß die bestehenden Analogien falsch sind! Es bedeutet schlichtweg, daß A und B nicht gleich sind, was wir vermutlich bereits wußten. Kurz, Analogien sollten als „Werkzeuge" dienen und nicht als Entschuldigungen.

ÜBUNGEN

Und das üben wir jetzt gleich mit ein paar weiteren Beispielen aus der Politik. Die beiden folgenden Ismen aus der Wirtschaft haben in der westlichen Hemisphäre bereits solche Bedeutung erlangt, daß sie auch eine politische Dimension angenommen haben.

→ Hier die Definitionen:

KAPITALISMUS: Hierbei handelt es sich um ein Wirtschaftssystem, in dem private Unternehmen auf einem freien Markt ohne große Eingriffe von seiten der Regierung miteinander konkurrieren. Der Kapitalismus ist für jene das politische Instrument der Wahl, die glauben, daß ein freier Wettbewerb zwischen freien Individuen das beste Produkt – seien es nun Krankenhäuser oder Schuhe – hervorbringt und daß das wirtschaftliche Wohlergehen des Staates den verdienstvollsten Bürgern, wenn nicht sogar allen, am Herzen liegt. Das Ziel des Kapitalismus ist weder ein wirtschaftliches noch ein soziales Ungleichgewicht, wenn er fordert, daß jeder einzelne die Verantwortung für sein eigenes Leben übernehmen soll. Der Kapitalismus wurde von jenen heftig kritisiert, die glauben, daß der persönliche Ehrgeiz einiger fähiger Leute zur Ausbeutung der anderen, weniger fähigen führt.

SOZIALISMUS: Darunter versteht man mehrere verschiedene Lehren, die als Gegenpol zum Kapitalismus entwickelt wurden, da ein Zusammenhang zwischen Wirtschaft und Gesellschaft entdeckt worden war. Gemein ist allen, daß sie das Wohlergehen der Gemeinschaft über das des Individuums stellen. Befürworter des Sozialismus vertreten die These, Güter und Dienstleistungen könnten nicht von einem einzelnen Individuum geschaffen werden, da die Produktion das Ergebnis der Arbeit von vielen ist. Deshalb sollte die Regierung die Aufgabe übernehmen, die Gewinne der Erzeugnisse gerecht in der gesamten Bevölkerung zu verteilen. Karl Marx' Grundsatz: „Jeder nach seinen Fähigkeiten, jedem nach seinen Bedürfnissen" zeigt sein Ziel auf, nämlich den Individualismus durch eine Form der gemeinschaftlichen Produktion und Verteilung zu ersetzen (Marx war der Begründer des Kommunismus; „communis" ist Latein und bedeutet „gemeinsam").

→ Und noch ein Ismus, der sich quasi von selbst erklärt:

KRITIZISMUS: Die sozialistischen Gegner des Kapitalismus werfen dem Kapitalismus vor, er toleriere Klassenunterschiede und wirtschaftliche Ungleichheit, und behaupten, im Sozialismus würde – oder sollte – Eigennutz durch Selbstlosigkeit sowie Konkurrenz durch Zusammenarbeit ersetzt werden. Die kapitalistischen Gegner des Sozialismus behaupten, der Sozialismus würde die menschliche Natur verleugnen und erst der Wettbewerb in einem freien Markt würde den Fortschritt bringen. Sie sind der festen Überzeugung, daß ein Individuum eher eine Belohnung für seine Eigeninitiative und seinen Fleiß verdiene als für die Zurschaustellung seiner Bedürfnisse.

→ Und wieder die beliebten Lückentexte:

❶ PRIVATER BESITZ verhält sich zu KAPITALISMUS wie .... zu SOZIALISMUS.
(A) DER FREIE MARKT, (B) DIE PLANWIRTSCHAFT, (C) GEMEINSCHAFTLICHER BESITZ

❷ WETTBEWERB verhält sich zu KAPITALISMUS wie .... zu SOZIALISMUS.
(A) ZUSAMMENARBEIT, (B) AUSBEUTUNG, (C) SELBSTLOSIGKEIT, (D) UNTERDRÜCKUNG

❸ MOTIVATION verhält sich zu KAPITALISMUS wie .... zu SOZIALISMUS.
(A) NACHFRAGE, (B) WÜNSCHE, (C) BEDÜRFNISSE, (D) EIGENINITIATIVE

❹ Das INDIVIDUUM verhält sich zum KAPITALISMUS wie .... zum SOZIALISMUS.
(A) UNTERPRIVILEGIERTE, (B) PRIVILEGIERTE, (C) ÜBERPRIVILEGIERTE, (D) DIE GEMEINSCHAFT

❺ Die Verdienstvollen verhalten sich zum KAPITALISMUS wie .... zum SOZIALISMUS.
(A) DIE UNTERDRÜCKTEN, (B) DIE BEDÜRFTIGEN, (C) ALLE BÜRGER

→ **Antworten:**
❶ C, ❷ A, ❸ C, ❹ D, ❺ C. (Drei Richtige sind gut!)

Analogien sind unverzichtbar im Unterricht und für das Verstehen, deshalb werden sie in vielen Fachgebieten angewandt. Wenn Sie Chemie studiert haben, lernten Sie vielleicht, daß die Struktur eines Atoms mit einem „Miniatursonnensystem vergleichbar" sei und Elektronen den Kern wie „Planeten umkreisen". Wenn Sie Biologie studiert haben, wissen Sie vielleicht, daß das menschliche Auge „wie eine Kamera funktioniert" (und während Sie Fotografieren gelernt haben, hieß es, die Kamera funktioniere „wie ein menschliches Auge).

Also sollte eine Analogieübung, in der man lernt, Verbindungen und Bezüge herzustellen, nicht als Wissensabfrage mißverstanden werden – auch wenn man sie natürlich für eine solche verwenden kann. Wenn man Verbindungen erkennen lernt, wird das eigene Verständnis erweitert, die Perspektive verändert sich und, wenn wir einmal die Politik als Beispiel nehmen, können wir vielleicht besser entscheiden, welche Richtung wir einschlagen sollten, *bevor* es zu spät ist und wir im Schlamassel sitzen.

Mittlerweile wissen Sie ja, daß wir Ihnen in diesem Kapitel keine politikwissenschaftlichen Begriffe beibringen wollen; statt dessen versuchen wir mit Hilfe dieses Themas, eine bestimmte geistige Fähigkeit anzusprechen und zu trainieren. Dennoch: Wenn wir als Beispiele für Analogien nur Sätze wie „Oben verhält sich zu unten wie ..." und „Schwarz verhält sich zu Weiß wie ..." nehmen würden, verschenkten wir doch glatt eine prima Möglichkeit, Ihnen nebenher etwas beizubringen.

Die Beispiele waren einfach zu verstehen und im Gedächtnis zu behalten, und falls Sie doch bei einer der bisherigen Analogien Probleme hatten, dann zeigt das etwas Wichtiges, ja außerordentlich Wichtiges auf, das wir mit diesem Buch erreichen wollen: Legen Sie Ihre Passivität ab! Haben Sie die Nachrichten im Fernsehen bisher eher passiv aufgenommen, dann sollten Sie sich schnellstens fundiertes Wissen über geschichtliche Hintergründe aneignen, um beurteilen zu können, welche direkten und indirekten Folgen Ihre politische Einstellung zeitigen könnte, bevor Sie das nächste Mal wählen gehen – denn sonst, meine verehrten Leser, handeln Sie nicht nur unverantwortlich, sondern stellen geradezu eine Gefahr dar.

Fähigkeit zur Analogiebildung

Gegensatzpaare

KURZTEST

→ Können Sie mit Gegensatzpaaren gut umgehen?

❶ Im Moment verstehe ich nur Bahnhof.

❷ Ich finde, Standardanalogien sind einfacher als Gegensatzpaare.

❸ Ich finde, Gegensatzpaare sind einfacher als Standardanalogien.

❹ Ich mag alle Aufgaben, bei denen man aus mehreren Antworten auswählen kann – vor allem bei Analogien. Ich hasse Tests, bei denen man eine Erklärung selbst formulieren muß.

❺ Bei den Standardanalogien hatte ich überhaupt keine Schwierigkeiten, da ich einen sechsten Sinn für „ganzheitliche Harmonie" habe und gut erkennen kann, wie alles miteinander zusammenhängt. Aber bei Gegensatzpaaren werde ich ganz schön ins Schwitzen kommen. Vielleicht sollte ich den Rest des Kapitels einfach nur lesen und dann in der Badewanne darüber meditieren, wie ich das immer tue.

Sie haben Nummer 1 zugestimmt? Wir wissen, daß Sie nur scherzen! Doch wenn Aussage Nummer 2 auf Sie zutrifft, ist das normal, ebenso, wenn Aussage 3 *nicht* zutrifft. Nummer 4 könnte bedeuten, daß Sie eine gewisse Scheu davor haben, sich zu exponieren, was allerdings durchaus verständlich und auch vernünftig wäre, und/oder daß Sie sich nicht so gut ausdrücken können wie andere (und diese „anderen" kriegen in den Tests immer die besseren Noten, nicht wahr?). Und Aussage 5? Gehen Sie noch nicht ins Wasser! Dieser Teil wird Ihnen hundertprozentig zusagen. Denken Sie doch an die Genugtuung und die Befriedigung, wenn es Ihnen schließlich gelingt, in *Gegensätzen* Harmonie zu entdecken!

ÜBUNGEN

Es folgen zwei ideologische Gegenpole, die als „rechtsgerichtet" und „linksgerichtet" bezeichnet werden. Doch halten Sie sich immer vor Augen, daß „Konservatismus" („rechtsgerichtet") und „Liberalismus" („linksgerichtet") als politische Begriffe etwas ganz anderes bedeuten als die Bezeichnungen „konservativ" und „liberal" für eine bestimmte politische Situation. Die Verwechslung dieser wichtigen Termini (was leider nur allzu häufig vorkommt) kann sich auf unser politisches Verständnis und unsere politischen Entscheidungen verheerend auswirken. Wenn wir uns über die richtigen Bedeutungen nicht im klaren sind, kann es vorkommen, daß wir genau das Gegenteil von dem wählen, was wir eigentlich wollten.

Der „Konservatismus" ist eine „rechtsgerichtete" politische Philosophie, die heute meist mit dem Kapitalismus in Verbindung gebracht wird (mehr dazu unten). Der „Liberalismus" ist eine „linksgerichtete" politische Philosophie, die heute oft mit dem Sozialismus in Zusammenhang gebracht wird (auch dazu unten mehr). Doch wenn man mit den Begriffen „konservativ" und „liberal" auf eine aktuelle politische Situation Bezug nimmt (egal ob diese nun „rechtsgerichtet" oder „linksgerichtet" oder keines von beiden ist), ist etwas völlig anderes gemeint. „Die Konservativen" wollen, daß alles beim alten bleibt, die „Liberalen" hingegen setzen sich für Veränderungen ein. So wurden in Moskau beispielsweise diejenigen als „konservativ" bezeichnet, die für das *Weiterbestehen* der linksgerichteten Regierung eintraten, diejenigen hingegen, die sich für *Veränderungen* aussprachen, wurden „Liberale" genannt.

➔ Und nun die Definitionen:

KONSERVATISMUS: Der Konservatismus setzte zu Beginn des 19. Jahrhunderts als Reaktion auf die Französische Revolution und deren Forderung nach sozialen und politischen Veränderungen ein. Verfechter der alten Werte formulierten ihre eigenen politischen und sozialen Theorien, um sie den neuen entgegenzusetzen. Der Konservatismus bekam im 19. Jahrhundert durch den aufkommenden Sozialismus viel Zulauf. Die Angst vor dieser neuen radikalen Bewegung trieb dem Konservatismus viele Menschen in die Arme, die Gegner des Sozialismus waren. Im 20. Jahrhundert erfolgte nochmals ein großer Zustrom derjenigen, die von dem erfolgreichen Ausgang der Russischen Revolution in Schrecken versetzt worden waren.

LIBERALISMUS: Obwohl es nicht ganz mit den Auffassungen in den Lehrbüchern übereinstimmt, könnte man doch behaupten, daß der moderne Liberalismus ebenfalls mit der Französischen Revolution und der Umwandlung einer aristokratischen in eine demokratischere Gesellschaft aufkam. Der Liberalismus führte auch zur Russischen Revolution. Seit Mitte des 20. Jahrhunderts kann man in den USA z. B. beide großen politischen Parteien als „liberal" bezeichnen, da beide sehr feinfühlig auf die ständig wechselnden Interessen der Gesamtbevölkerung eingehen. Allerdings befürworten Republikaner typischerweise eine zentralisierte Verwaltung, die Demokraten hingegen mehr Verwaltung im allgemeinen. In den Vereinigten Staaten und den meisten Staaten der modernen Welt ist der Liberalismus die vorherrschende politische Richtung, die wiederum andere wie Sozialismus, Kommunismus, Faschismus und sogar den Nazismus hervorgebracht hat. Der Nazismus war eine Form des Sozialismus, der fürchterlich ausartete, so daß er in seinem Bestreben nach sozialer Kontrolle sogar seine eigenen liberalen Einrichtungen zerstörte.

Auf der nächsten Seite folgen einige Lücktentexte mit Gegensatzpaaren. Doch zuvor noch eine Anmerkung: Wir haben absichtlich die beiden Gegensatzpaare „Konservatismus/Liberalismus" und „konservativ/liberal" aufgegriffen, um noch einmal die völlig verschiedenen Bedeutungen dieser Begriffe zu unterstreichen – obwohl sie von denselben Wörtern abstammen. Allerdings werden Sie diese Unterscheidungen in der Zeitung nicht finden! Die Begriffe werden sehr häufig als austauschbar betrachtet und auch so verwendet – obwohl dies in der Regel äußerst irreführend ist. Denken Sie also in Zukunft daran, wenn Sie die Zeitung lesen. In den folgenden Übungen haben wir Ihnen diese Arbeit abgenommen, damit Sie besser nachvollziehen können, worum es uns geht. (Apropos: Die Übungen werden nun um einiges schwieriger!)

→ **Ergänzen Sie nun wieder die Lücken:**

❶ LINKSGERICHTET verhält sich zu RECHTSGERICHTET wie .... zu KONSERVATISMUS.
(A) KONSERVATIV, (B) LIBERAL, (C) LIBERALISMUS, (D) LIBERTARIER

❷ KONSERVATIV verhält sich zu LIBERAL wie .... zu VERSCHIEDEN.
(A) GLEICHGÜLTIG, (B) DESINTERESSIERT, (C) UNGEWÖHNLICH, (D) GLEICH

❸ ARISTOKRATIE verhält sich zur FRANZÖSISCHEN REVOLUTION wie .... zu LIBERALISMUS.
(A) KONSERVATISMUS, (B) KONSERVIERUNG, (C) BEWAHREND

Wir fühlen uns ein wenig schuldig, weil wir gerade diese schwierigen Begriffe genommen haben, also geben wir Ihnen noch eine „Bonusfrage":

❹ LIBERAL verhält sich zum RUSSLAND von 1917 wie .... zum RUSSLAND von 1992.
(A) LIBERAL, (B) KONSERVATIV, (C) KONSERVATIVER

→ **Die Antworten:**

❶ C, ❷ D, ❸ A, ❹ A.

Gegensatzpaare verwenden – nicht immer leicht

Wir entschuldigen uns hiermit für die Bonusfrage (aber nicht allzusehr). Wenn wir sagten, „LIBERAL verhalte sich zum RUSSLAND von 1917 wie LIBERAL zum RUSSLAND von 1992", dann stimmt das durchaus, da diejenigen, die für die Absetzung der Monarchisten kämpften, damals „Liberale" genannt wurden (die breite Masse lehnte ebenfalls die bestehende Regierungsform ab), doch diejenigen, die 1992 für die Vertreibung der Kommunisten kämpften, wurden *ebenfalls* „Liberale" genannt (aus dem gleichen Grund). Ihre politischen Überzeugungen jedoch unterschieden sich sehr voneinander.

Standardanalogien sind für den Unterricht und das Verständnis wichtig, doch Gegensatzpaare verlangen dem Verstand wesentlich mehr ab durch ihre „Vergleichen-und-Unterscheiden"-Methode. Bei den Übungen werden wohl die meisten von Ihnen folgendermaßen vorgegangen sein: Jede vorgegebene Antwort einmal einsetzen, und sich dann für diejenige entscheiden, die paßt – eine Methode, die sowohl bei Standardanalogien als auch bei Gegensatzpaaren anwendbar ist. Doch Sie können bei den Übungen noch wesentlich mehr lernen, als sich nur über Ihre „richtigen Treffer" zu freuen. Sehen Sie sich Ihre falschen Antworten an, setzen Sie den richtigen Begriff ein, und überlegen Sie gründlich, *warum* dies der richtige sein muß. Auch wenn es durchaus verständlich ist, wenn Sie Ihre eigene Wahl verteidigen wollen – denken Sie noch einmal gründlich darüber nach.

(Vergessen Sie für den Moment einmal Ihre politischen Präferenzen! Sie wollen doch bestimmt nicht, daß wir in diesem Kapitel einfach unkritisch eine politische Richtung übernehmen, die gerade in Mode ist oder? Was, das wollen Sie *doch*?!)

ÜBUNGEN

Bevor wir das Kapitel abschließen, noch einige Erläuterungen zu den Begrifflichkeiten. Wir nehmen als Beispiel die beiden großen Parteien in den USA, die Republikaner und die Demokraten.

Sowohl die Demokraten als auch die Republikaner vertreten eine moderne „Demokratie", eine Staatsform, bei welcher die wichtigsten politischen Entscheidungen durch die Mehrheit der erwachsenen Bürger getroffen werden. Beide glauben an die moderne „Republik", eine Staatsform, bei der das Staatsoberhaupt kein Monarch ist, sondern die Regierungsgeschäfte im Sinne der Gesetze von Vertretern geführt werden, die von den wahlberechtigten Bürgern gewählt wurden, denen sie Rechenschaft schulden.

Eine Demokratie muß nicht notwendigerweise eine Republik sein, und eine Republik nicht unbedingt eine Demokratie. Die USA jedenfalls ist eine Mischung aus beidem, nämlich eine demokratische Republik (oder eine republikanische Demokratie).

Als „Demokraten" bezeichnen sich die einen auch deshalb, weil sie für soziale und wirtschaftliche Gleichheit eintreten, als „Republikaner" die anderen, weil sie die Regierung als soziale und wirtschaftliche Macht zurückweisen.

Die Unterschiede der Begriffe sind folgende: Wenn sich das Wort „demokratisch" auf die Regierungsform „Demokratie" bezieht, hat es weder mit den Demokraten noch mit den Republikanern (als Parteimitglieder) zu tun. Beide Parteien glauben an die Demokratie. Nur wenn „demokratisch" in Verbindung mit einer Partei gebraucht wird, bezieht es sich auf die Demokraten und nicht auf die Republikaner.

→ **Folgende acht Wörter sollte man also auseinanderhalten:**

Demokratie	eine Regierungsform
demokratisch	bezieht sich auf die Regierungsform
Republik	eine Regierungsform
republikanisch	bezieht sich auf die Regierungsform
Demokrat	Mitglied einer politischen Partei
demokratisch	bezieht sich auf die politische Partei
Republikaner	Mitglied einer politischen Partei
republikanisch	bezieht sich auf die politische Partei

→ **Es folgen zwei Übungen dazu:**

❶ „Demokratie" verhält sich zu „Republik" wie „..." zu „republikanisch".
(A) Demokratie, (B) demokratisch, (C) Demokrat

❷ „Demokrat" verhält sich zu „Republikaner" wie„......" zu „Republikaner".
(A) Demokratie, (B) demokratisch, (C) Demokrat

→ **Antworten:**

❶ B, ❷ C.

Nun wissen Sie es. Das *war* hart! Wir wollten Ihnen nicht schon vorher den Mut nehmen, also haben wir diesen Teil verschwiegen (sonst hätten Sie vielleicht wirklich die Flinte ins Korn geworfen und lägen nun meditierend in der Badewanne).

Wir hören doch da im Hintergrund nicht etwa das Wasser rauschen, oder?

Shakespeare war ein Meister im Vergleichen und Gegenüberstellen. Kennen Sie das Sonett, in dem er seine Liebste mit einem Sommertag vergleicht?

Von Sonn' ist nichts in meines Liebchens Blicken,
Wenn Schnee weiß, ist ihr Busen graulich gar,
Weit röter glüht Rubin als ihre Lippen,
Wenn Haare Draht sind, hat sie drahtnes Haar.
Damaskusrosen weiß und rot erblickt ich,
Doch nicht auf Liebchens Wangen solchen Flor.
Und mancher Wohlgeruch ist mehr erquicklich,
Als der aus ihrem Munde geht hervor.
Gern hör' ich, wenn sie spricht; doch zu gestehen
Bleibt, daß Musik mir weit ein süß'rer Genuß.
Zwar keine Göttin hab' ich schreiten sehen,
Mein Liebchen, wenn es wandelt, geht zu Fuß.

Wir hatten ja alle schon Verabredungen, die wir am liebsten aus unserem Gedächtnis streichen würden, aber *so was*! Zuerst kommt die Sonne (der ihre Augen überhaupt nicht gleichen, was vielleicht in einem überfüllten Kinosaal ein Pluspunkt wäre), dann der Schnee (der sie im Vergleich wie Spülwasser aussehen läßt), und schließlich ihr Kopf, auf dem statt Haare augenscheinlich Drähte wachsen (oh ja, die ersten Dauerwellen waren wohl noch nicht das Wahre!). Und als wäre das noch nicht genug, riecht sie auch noch aus dem Mund!

Also war's wohl nichts mit romantischer Liebe. So sähe es jedenfalls aus, wären da nicht noch die letzten beiden Zeilen:

Und doch, gewiß, so hoch beglückt sie mich
Als irgendeine, die man schlecht verglich!

Verdammt, er liebt sie also doch, trotz allem! (Entschuldigen Sie – wir werden uns erst mal ein Taschentuch holen müssen.)

Logisches Denken

Logische Abfolge von Ereignissen

K U R Z T E S T

→ Denken Sie logisch? Und wenn ja wie?

❶ Ich *mag* logische Abläufe und Anordnungen nicht – ich liebe das Chaos. Es macht das Leben soviel interessanter und weniger vorhersehbar.

❷ Vermutlich sollte ich schon etwas logischer denken und handeln, aber ich mag es nicht, etwas nur zu tun, „damit es einen Sinn ergibt". Vielleicht schwimme ich auch nur einfach gerne ein wenig gegen den Strom.

❸ Ich versuche schon öfter, Logik anzuwenden. Aber die typische Frage: „Was war zuerst da – die Henne oder das Ei?" erinnert mich immer wieder daran, daß so vieles sowieso nicht logisch angegangen werden kann.

❹ Ich bin *über*organisiert. Es ist unvorstellbar für mich, daß mir etwas ausgeht, weil ich nicht rechtzeitig für Nachschub gesorgt habe. Ich meine, bevor die letzte Schachtel Heftklammern aufgebraucht ist, kauft man sich doch neue, oder?

❺ Ich bin ganz gut, was Logik und Organisation betrifft. Aber wenn mir das nicht mehr weiterhilft, sondern zum Selbstzweck wird, versuche ich es mit etwas anderem.

Wenn Sie Aussage 1 zustimmen, ist das ganz in Ordnung – ich möchte aber lieber nicht wissen, wie es in Ihrer Wohnung aussieht! Auch Aussage 2 und 3 sind völlig normal. Das trifft zwar auf Nummer 4 nicht ganz zu – aber was soll's? Solange Sie sich nicht aus einem Zwang heraus so verhalten, kann es nicht schaden. Aber wenn Aussage 5 auf Sie *nicht* zutrifft, dann könnten Sie ein ernsthaftes Problem haben.

ÜBUNGEN

Im ersten Teil dieses Kapitels geht es um die Weltgeschichte des 20. Jahrhunderts.

→ Einige Ereignisse vor und aus dem Ersten Weltkrieg:

Die Lage in Europa war äußerst gespannt. Deutschland rüstete auf und machte keine Anstalten, dies zu verbergen. 1914 wurde der österreichische Thronfolger Franz Ferdinand in Sarajewo von einem serbischen Anarchisten erschossen. Österreich machte Serbien dafür verantwortlich und erklärte ihm den Krieg. Rußland machte mobil, um Serbien zu unterstützen. Deutschland hingegen stand zu Österreich-Ungarn. Der Einmarsch deutscher Truppen in Belgien – um Rußlands Verbündeten Frankreich in die Zange zu nehmen – schlug fehl, Deutschlands Verbündeter Italien wechselte die Fronten. Japan erklärte Deutschland den Krieg und nahm Deutschlands Besitzungen im Fernen Osten ein. Rußland wurde durch die Russische Revolution in die Knie gezwungen, und der neue Staatschef Lenin nahm Deutschlands Friedensbedingungen an. Deutschland konnte sich nun auf die Westfront konzentrieren. Erzürnt über die Torpedierung amerikanischer Handelsschiffe, traten die Vereinigten Staaten dem Krieg gegen die Deutschen bei. 1918 gab sich Deutschland geschlagen und unterzeichnete einen Waffenstillstand. Auf der Pariser Friedenskonferenz legten die Sieger neue Grenzen innerhalb Europas fest, obwohl sich die USA weigerten, den Vertrag von Versailles zu ratifizieren. Lenin starb, und Stalin wurde sein Nachfolger. In der neuen deutschen Republik begann Hitlers Aufstieg an die Macht.

→ ❶ Hier werden noch einmal einige der Ereignisse aufgezählt, allerdings nicht in der richtigen Abfolge. Bringen Sie sie wieder in eine logische Reihenfolge:

A Deutschland unterzeichnete einen Waffenstillstand und beendete somit den Krieg.

B Die Sieger legten innerhalb Europas neue Grenzen fest.

C Der österreichische Thronfolger Franz Ferdinand wurde erschossen.

D Die USA weigerten sich, den Versailler Vertrag zu ratifizieren.

E Die Besetzung Belgiens durch deutsche Truppen, um Frankreich in die Zange zu nehmen, schlug fehl.

→ ❷ Einige weitere Ereignisse. Bringen Sie auch diese wieder in eine logische Reihenfolge:

F Lenin starb, und Stalin wurde sein Nachfolger.

G Lenin akzeptierte Deutschlands Friedensbedingungen.

H Rußland machte mobil, da es sich verpflichtet hatte, Serbien zu unterstützen.

I Die Russische Revolution brachte Lenin an die Macht.

→ Und jetzt Ereignisse aus den zwanziger und dreißiger Jahren:

Der amerikanische Kongreß setzte scharfe Zollgesetze durch, die Einwanderung wurde gedrosselt, und die USA bestanden auf der Rückzahlung der Kriegsschulden. In Amerika kam wieder Wohlstand auf, und es begannen die „Roaring Twenties" („Wilden Zwanziger"). Aktienspekulationen sorgten dafür, daß die Kurse in die Höhe getrieben wurden und in keinem Verhältnis mehr zur Einkommensstruktur standen. Der Zusammenbruch der New Yorker Börse 1929 leitete die Wirtschaftskrise ein: Banken und Unternehmen gingen bankrott, Fabriken mußten schließen. Der sogenannte Wall Street Crash zog die ganze Welt in Mitleidenschaft und stürzte alle Länder ins Elend, die wirtschaftlich von US-amerikanischen Krediten abhängig waren. Lateinamerika und Mitteleuropa brachen finanziell zusammen. Vom Krieg zerrüttete Wirtschaften gingen nun vollends zugrunde, und künftige Diktatoren warben um die Sympathie der verängstigten und ratlosen Massen, die schließlich, in Bann geschlagen von „wohlwollenden" Versprechungen, Mussolini in Italien und Hitler in Deutschland zur Macht verhalfen.

→ ❸ Bringen Sie folgende Ereignisse in die richtige Reihenfolge:

J Die New Yorker Börse brach zusammen.

K Durch wilde Spekulationen wurden die Kurse in die Höhe getrieben.

L Banken und Unternehmen gingen bankrott.

M Der „Wall Street Crash" zog die ganze Welt in Mitleidenschaft.

N In den USA kam wieder Wohlstand auf, und die „Wilden Zwanziger" begannen.

→ **Die Antworten:**
❶ C, E, A, B, D; ❷ H, I, G, F; ❸ N, K, J, L, M. (Alle Sätze nacheinander gelesen ergeben die vollständige Chronologie.)

Sie brauchten nicht viel über den Ersten Weltkrieg und die Weltwirtschaftskrise zu wissen, um diese Ereignisse in eine logische Reihenfolge bringen zu können – und trotzdem gelang es Ihnen nicht auf Anhieb, sie einzuordnen, oder? Obwohl Sie einigermaßen mit den Ereignissen vertraut waren, mußten Sie erst einmal gründlich überlegen, nicht wahr? Gut. Darum ging es in dieser Übung!

Das logische Denken trainieren

Eine *chronologische* Abfolge bedeutet nichts anderes als eine *zeitliche* Abfolge von Ereignissen. Doch eine chronologische Abfolge muß nicht unbedingt logisch sein. Wenn Sie in einer Bibliothek Bücher ordnen müßten, könnten Sie sie natürlich nach Erscheinungsdatum einsortieren, aber das wäre wenig sinnvoll, denn nur wenig Menschen besäßen die nötige Zeit, um eine solche Bibliothek zu nutzen.

Die Ereignisse in der Natur laufen immer in einer zeitlichen Abfolge ab, die Ereignisse im Leben der Menschen nicht unbedingt. Im Gegenteil, die meisten Dinge tun wir in einer logischen Reihenfolge – auch wenn uns dies manchmal nicht bewußt ist. Es macht z.B. wenig Sinn, sich die Zähne *vor* dem Essen zu putzen, nicht wahr? Oder sich die Hände zu waschen, *bevor* man Blumen eingepflanzt hat? Und selbst die Einhaltung einer „unlogischen Reihenfolge" kann logisch sein. Denn irgendwie erscheint doch der Kauf einer Alarmanlage *nach* einem Einbruch wenig sinnvoll, aber andererseits ergibt dies sehr wohl einen Sinn, nämlich um einen zukünftigen Einbruch zu verhindern.

Es ist reichlich schwierig, Tips zu geben, wie man „logisch denken" kann – trotzdem versuche ich es einmal: Am logischsten ist eine Art „mathematisches Denken", und dies können wir üben, indem wir eine persönliche Neigung und/oder Erfahrungen nutzen. Setzen wir doch einmal die Zahlen in einer mathematischen Gleichung mit Ereignissen des täglichen Lebens gleich: In beiden Fällen kann man meist nicht einfach die chronologische oder die logische Reihenfolge ändern, ohne zu einem falschen Schluß zu kommen. Manchmal tut man es unabsichtlich doch und kehrt durch „falsches Denken" Ursache und Wirkung um.

Ein Beispiel: Wie oft haben Sie schon die Behauptung gehört: „Fische haben Kiemen ausgebildet, um unter Wasser atmen zu können"? Das ergibt keinen Sinn. Es würde bedeuten, daß Fische, die unter Wasser *nicht* atmen *konnten*, beschlossen, Kiemen auszubilden, damit sie es *konnten*. In Wirklichkeit sind Fische eher eine Art passives *Ergebnis* der natürlichen Auslese statt eine aktive *„Ursache"*. Das heißt, Fische haben keineswegs Kiemen „gewählt", sondern das Wasser „wählte" *sie* aus, da das Wasser nur ein Lebensraum für Tiere ist, die mit einem „Unterwasser-Überlebensmechanismus" ausgestattet sind. Also müßte es korrekt heißen: „Die Bedingungen unter Wasser führten zur Ausbildung von Kiemen bei Fischen."

Als ich das erste Mal diese „Fischgeschichte" hörte, stellte ich mir ganz spontan einen Fisch vor, der am Strand liegt und zu seiner Frau sagt: „Paß auf, Kiemen sind die Antwort. So können wir die ganze Zeit unter Wasser verbringen und unseren Spaß haben, ohne ständig an die Oberfläche schwimmen zu müssen, um Luft zu holen. Das ist ja so lästig! Immer wenn ich gerade eines der Kinder zum Mittagessen verspeise, muß ich schon *wieder* hoch! Ich meine, abends bin ich einfach groggy, verstehst du?" Und sie antwortet: „Das reicht Charley. Ich hau ab. Du und deine dämlichen Kiemen! *Ich* werde *mir* ein paar *Beine* besorgen." (Okay, okay. Wahrscheinlich war sie ein richtiges „Fischweib".)

ÜBUNGEN

→ Zur Übung jetzt einige Ereignisse aus dem Zweiten Weltkrieg:
Deutschland marschierte 1939 in Polen ein. Großbritannien und Frankreich, die sich verpflichtet hatten, Polen zu helfen, erklärten Deutschland den Krieg. Deutsche Truppen nahmen fast ganz Skandinavien und Nordfrankreich ein. Frankreich ergab sich. In der Zwischenzeit hatte sich Italien Deutschland angeschlossen, Großbritannien stand Deutschland hingegen weiterhin feindselig gegenüber. Deutschland besetzte Griechenland und

Jugoslawien und marschierte dann in die UdSSR ein. 1941 bombardierte Japan Pearl Habor, woraufhin die USA und Großbritannien Japan den Krieg erklärten und Deutschland und Italien den USA. 1944 landeten alliierte Truppen in der Normandie und zwangen den Gegner zum Rückzug. Deutsche Truppen besetzten Brüssel, Warschau und Budapest. Die Alliierten überquerten den Rhein. Die Sowjets besetzten Wien und marschierten in Richtung Berlin, wo Hitler Selbstmord beging. 1945 kapitulierte Deutschland. Die USA warfen über Hiroshima und Nagasaki Atombomben ab, woraufhin sich Japan ebenfalls ergab. Nach Beendigung des Krieges besetzten sowjetische Truppen fast alle mittel- und osteuropäischen Hauptstädte. Deutschland wurde geteilt. Die Beherrschung des Ostens durch die Sowjetunion und die „Beherrschung" des Westens durch die USA führten zum Kalten Krieg.

→ ❹ Bringen Sie die folgenden Ereignisse in eine logische Reihenfolge:

A Hitler beging in Berlin Selbstmord.
B Deutsche Truppen nahmen fast ganz Skandinavien und Nordfrankreich ein.
C Die Alliierten überquerten den Rhein.
D Deutschland marschierte 1939 in Polen ein.
E 1944 landeten alliierte Truppen in der Normandie.
F Da sich Großbritannien und Frankreich dazu verpflichtet hatten, Polen zu helfen, erklärten sie Deutschland den Krieg.

→ ❺ Bringen Sie auch folgende Ereignisse in eine logische Reihenfolge:

G Die USA warfen über Hiroshima und Nagasaki Atombomben ab.
H Die Vereinigten Staaten und Großbritannien erklärten Japan den Krieg.
I Deutschland und Italien erklärten den USA den Krieg.
J Japan bombardierte Pearl Harbor.
K Japan ergab sich.

➔ **Es folgen einige Ereignisse aus der Zeit des Kalten Krieges:**
Der Machtkampf zwischen Ost und West, Kommunismus/Sozialismus und Demokratie/Kapitalismus beschwor weltweit ständig neue Konflikte herauf. 1950 griff das kommunistische Nordkorea Südkorea an. Die Vereinten Nationen griffen mit amerikanischen Truppen ein und drängten die Nordkoreaner bis hinter die chinesische Grenze zurück. 1954 übernahmen die Kommunisten in Vietnam von Frankreich den Norden, eine proamerikanische Regierung übernahm den Süden. In den 60er Jahren versuchten kommunistische Guerillas aus Nordkorea den Süden zu erobern, und die USA sandten Truppen dorthin, um dies zu verhindern. Ein in Amerika heftig umstrittener Krieg folgte. 1973 zwang weltweit zunehmende Kritik an ihrer Vietnampolitik die USA zum Rückzug aus Südvietnam. 1975 übernahmen die Kommunisten in ganz Vietnam die Macht. Das wachsende Atomwaffenarsenal beider Supermächte rief bei Bürgern und Regierenden auf der ganzen Welt Besorgnis hervor; schließlich veranlaßte der Zusammenbruch der Wirtschaft in den kommunistisch/sozialistisch regierten Ländern den sowjetischen Präsidenten Michail Gorbatschow, die Sowjetunion dem Westen anzunähern. Er und Ronald Reagan unterzeichneten Abrüstungsverträge. 1989 wurde die Berliner Mauer – das Symbol des Kalten Krieges – abgerissen und Deutschland wiedervereinigt. Sowjetische Satellitenstaaten begannen einer nach dem anderen abzufallen – zuerst Jugoslawien, dann Ungarn und Rumänien. 1991 löste sich die UdSSR auf und es entstand die Gemeinschaft Unabhängiger Staaten (GUS).

➔ **❻ Bringen Sie wieder die folgenden Ereignisse in die richtige Reihenfolge:**

L Die UdSSR löste sich auf, und es entstand die Gemeinschaft Unabhängiger Staaten.

M Der Zusammenbruch der Wirtschaft in den kommunistisch/sozialistisch regierten Ländern veranlaßte den sowjetischen Präsidenten Michail Gorbatschow, die Sowjetunion dem Westen anzunähern. Er und Reagan unterzeichneten Abrüstungsverträge.

N Kommunistische Guerillas aus Nordkorea versuchten, den Süden zu erobern, und die USA sandten Truppen dorthin, um dies zu verhindern. Ein in Amerika heftig umstrittener Krieg folgte.

O Die Berliner Mauer – das Symbol des Kalten Krieges – wurde abgerissen und Deutschland wiedervereinigt.

P Weltweit zunehmende Kritik an ihrer Vietnampolitik zwang die USA zum Rückzug aus Südvietnam. Zwei Jahre später übernahmen die Kommunisten ganz Vietnam.

→ **Die Antworten:**

❹ D, F, B, E, C, A; ❺ J, H, I, G, K; ❻ N, P, M, O, L. (Nacheinander gelesen, ergeben die Sätze eine komplette Chronologie.)

Haben Sie sich bis hierhin wacker gehalten? Herzlichen Glückwunsch!

Logisch zu denken heißt, so zu denken wie ein Detektiv.

Einmal angenommen, ein Salzhering ist vom Abendbrottisch verschwunden, und Sie sollen nun die Ereignisse rekonstruieren, die zu dem „Verbrechen" geführt haben. Sie treffen am „Tatort" ein: Die Ehepartner sitzen einander am Eßtisch gegenüber. Jeder wirft dem anderen mißtrauische Blicke zu. Sie hören das ununterbrochene Gejammer seiner Schwiegermutter, die im Schaukelstuhl vor sich hin wippt. Sie registrieren die nihilistische Haltung des pubertierenden Sohnes und den knurrenden Magen der großen Katze, die sich hinter dem Kühlschrank zu verstecken sucht. Hmm! Sie nehmen die Katze hoch – ihr Atem riecht nach Hering! Der pubertierende Sohn und die alte Dame wechseln bedeutungsvolle Blicke. Mit etwas Mühe gelingt es Ihnen, die kleine Faust der Großmutter zu öffnen, und Sie entdecken einen weiteren Hering. Daraufhin rennt der Junge im Eiltempo auf die Tür zu, stolpert über die Katze und fällt hin. Ein dritter Hering rutscht aus seiner Hosentasche. Die Ehefrau beugt sich nach vorne und versucht den Fisch aufzuheben, bevor ihn jemand sehen kann, und prompt fällt ein vierter Hering aus ihrem Ausschnitt. „Ich hätte es wissen müssen!" schreit der Ehemann und springt auf. „Ihr steckt alle unter einer Decke!"

Hoppla! Wir haben wohl unsere Fantasie etwas schweifen lassen! Wir entschuldigen uns hiermit, denn logisch zu denken ist eine ernste Angelegenheit, und das wissen wir natürlich auch.

Zum Abschluß noch eine Frage, die seit Jahrhunderten diskutiert wird: Was war zuerst da – die Henne oder das Ei? Die auf Logik basierende Antwort lautet: Das Ei war zuerst da. Denn ein Huhn wird nicht über die Art der Eier definiert, die es legt (ein Pferd ist und bleibt ein Pferd, selbst wenn es einen Maulesel zur Welt bringt). Ein Ei hingegen wird dadurch definiert, welche Art von Wesen in ihm steckt (ein Ei, in dem ein Rotkehlchen steckt, ist ein Rotkehlchenei, egal, wer es gelegt hat). Also muß – wenn Sie an die Evolutionstheorie glauben – zu irgendeinem Zeitpunkt eine huhnähnliche Kreatur ein Ei gelegt haben, in dem ein Huhn steckte, und da ein Ei danach bestimmt wird, was darin steckt, war das Ei zuerst da.

Das ist logisch. Doch zufälligerweise passierte es auch in einer zeitlichen Abfolge – und das ist einer der Gründe, warum diese beiden oft verwechselt werden. Damit wären wir bei der zweiten Hälfte dieses Kapitels.

Logisches Denken

Zeitliche (chronologische) Abfolge von Ereignissen

KURZTEST

→ Gehen Sie lieber „chronologisch" vor?

❶ Ich weiß es nicht. Als z.B. die Bindung an meinem Tageskalender kaputtgegangen ist, fiel es mir ziemlich schwer, die Blätter wieder in die richtige Reihenfolge zu bringen.

❷ Ich habe bemerkt, daß die bisherigen Übungen sowohl in logischer als auch in chronologischer Reihenfolge angeordnet waren. Zählt das auch?

❸ Kein Problem. Ich kann etwas chronologisch anordnen, indem ich einfach logisch vorgehe – so brauche ich nicht auf Auswendiggelerntes zurückzugreifen.

❹ Ich schaffe das ganz gut, solange die Ereignisse wie bei einer Krimihandlung aufeinanderfolgen.

❺ Chronologische Anordnung? Das ist ganz mein Ding! Bei mir muß alles seine Ordnung haben. Ich kann es noch nicht einmal ertragen, *Citizen Kane* anzusehen.

Ihnen geht es wie in Nummer 1 beschrieben? Macht nichts. Das liegt bestimmt nur daran, daß die Monatsnamen nicht zusätzlich verzeichnet sind. Trifft Aussage 2 auf Sie zu, ist das sehr schön; wenn Sie aber wie in Aussage 3 vorgehen, ist das gar nicht schön: wir haben Ihnen doch *gesagt,* daß Sie logische und zeitliche Abfolgen nicht durcheinanderbringen sollen! (Nehmen wir doch nur einmal die politischen Ereignisse, die auf ein Wahljahr folgen – sehen Sie jetzt, wie unlogisch eine chronologische Abfolge sein kann?) Trifft die Aussage Nummer 4 auf Sie zu, ist das hervorragend. Zustimmung bei Punkt 5 ist verständlich – aber ein Tip: Lesen Sie nie *Die Zeitmaschine* von *H. G. Wells!*

ÜBUNGEN

➔ **Es folgen einige der wichtigsten – zeitlich weit zurückliegenden – Epochen bzw. Kulturkreise aus dem westlichen Kulturraum (inklusive etlicher „goldene Zeitalter"):**

MESOPOTAMIEN (4500–600 v.Chr.), die „Wiege der Zivilisation", ist heute als der Nahe Osten bekannt und kann auf eine bewegte Geschichte zurückblicken. Die Sumerer schufen eine der ersten Hochkulturen, und zu ihren Errungenschaften zählen die ersten Gesetzessammlung, die Keilschrift, Schulen, Bibliotheken und die Verwendung von Gold und Silber als Zahlungsmittel. Die Babylonier, die die Sumerer ablösten, legten die Grundlagen für Grammatik, Mathematik, Medizin, Astronomie und Philosophie. Das Gesetzbuch des Hammurapi (oder Codex Hammurapi) paßte z. B. erstmals die Strafe der Schwere des Verbrechens an: „Ein Auge für ein Auge, einen Zahn für einen Zahn."

ÄGYPTEN (3500–600 v.Chr.) war ein „Geschenk des Nils". Das Volk, das dort lebte, baute nicht nur Pyramiden, sondern auch eine Kultur auf, die den ganzen Mittelmeerraum prägte. Die Ägypter erzielten bedeutende Fortschritte in Kunst und Medizin, und ihre landwirtschaftlichen Erträge waren dank eines ausgeklügelten Bewässerungssystems so groß, daß der Überschuß ins Ausland verkauft werden konnte, was Ägypten zu einem wohlhabenden Land machte. Gegen Ende seiner „Hoch"-Zeit gerieten das ägyptische Volk und dessen Regenten immer mehr unter den Einfluß der mächtigen Priesterkaste, Wirtschaft und Kultur zerfielen zusehends, und Ägypten wurde zur leichten Beute für Eroberer.

GRIECHENLAND (1000–300 v.Chr.): Das griechische Erbe – von Literatur bis Leichtathletik, inklusive der Olympischen Spiele – ist auch heute noch in fast allen westlichen Kulturen deutlich erkennbar. Den Griechen verdanken wir die Grundlagen unseres Wirtschafts- und Finanzwesens sowie den Aufbau unseres Schul- und Universitätswesens. Weiterhin die grundlegenden Techniken im Bergbau und im Ingenieurwesen, verschiedene Rechenarten, die Trigonometrie, ganz zu schweigen von der dreidimensionalen Geometrie. Auch in anderen Bereichen wie Medizin, Chemie, Astronomie und Physik machten die Griechen große Fortschritte.

ROM (500 v.Chr.–300 n.Chr.): Zirka 150 v.Chr. wurde Griechenland weitgehend in das römische Imperium „integriert", und die römische und die griechische Kultur verschmolzen miteinander. In den Naturwissenschaften konnten die Römer keine herausragenden Leistungen vorweisen, sehr wohl hingegen im Rechts- und Staatswesen – wie z. B. die Ausbildung einer „Republik der Freien" oder das „Römische Recht", das Leben und Besitz vieler Europäer sicherte und die Industrie ankurbelte. Das Bank- und Investmentwesen, eine staatlich geförderte Ausbildung, ja, sogar sanitäre Installationen und die Kanalisation verdanken wir den Römern. Warum zerfiel das Römische Reich dann? Einige Forscher machen Korruption und Machtstreben dafür verantwortlich, andere meinen, der Zerfall sei auf den sittlichen und moralischen Verfall und den wachsenden Einfluß einer sich damals rasch ausbreitenden Religion namens Christentum zurückzuführen.

Das MITTELALTER (500–1500) begann mit dem Zerfall des Römischen Reiches, der Ausbreitung des Christentums und dem Aufstieg des ersten christlichen Kaisers. Riesige Barbarenhorden fielen in Europa ein; gegen Ende des 7. Jahrhunderts wurden Kirche und Staat zusammengelegt und das Heilige Römische Reich nahm Form an. In Nordeuropa begannen sich England, Irland, Frankreich und Deutschland als Nationalstaaten auszubilden. Die Kreuzzüge hatten neue Handelswege eröffnet, der wirtschaftliche Aufschwung kurbelte Handel und Industrie an und legte den Grundstein zum Kapitalismus.

→ **Wir nennen nun noch einmal die Namen der fünf Kulturen: Sie sollen sie in die richtige zeitliche Reihenfolge bringen (Vorsicht, Überraschung!).**

(A) Mittelalter, (B) Rom, (C) Ägypten, (D) Mesopotamien, (E) Griechenland

Ereignisse zeitlich ordnen

*Chrono*logisches ergibt sicherlich einen Sinn, wie andere Arten der Logik auch, jedoch nur innerhalb eines bestimmten Rahmens. Rückblickend kann man recht gut erkennen, was mit ehemaligen Hochkulturen geschehen ist, und bis zu einem gewissen Grad auch nachvollziehen, warum diese Reiche zerfielen. Doch wenn wir daraus schließen würden, daß diese Veränderungen logischerweise eintreten mußten, mit Absicht hervorgerufen wurden oder sogar erwünscht waren, befänden wir uns im Irrtum. Der unerbittliche Lauf der Zeit vereitelt die besten Pläne.

Wie Mark Aurel einmal sagte:

Die Zeit ist ein Fluß aus allem, was geschieht, ja, ein wilder Strom. Denn im selben Augenblick, wo jedes Ding (das er mit sich führt) zum Vorschein kommt, ist es auch schon vorbeigetrieben, und schon treibt ein anderes vorüber, und schon kommt das nächste.

Vielleicht hilft Ihnen folgende Methode, um zwischen *Chrono*logischem und *deduktiver/induktiver* Logik besser unterscheiden zu können. Hier sind noch einmal, kurz zusammengefaßt, die Beschreibungen der zuvor genannten Hochkulturen. Lesen Sie sie in Ruhe durch, ohne sie gleich einzuordnen:

A Riesige Barbarenhorden streifen durch Nordeuropa, Kirche und Staat zusammengelegt, Kreuzzüge eröffnen Handelswege, neue Staaten entstehen aus dem Chaos, es kommt zu wirtschaftlichem Aufschwung.

B Kaum Naturwissenschaften, Fortschritte im Rechts- und Staatswesen, sicherten Leben und Besitz, entwickelten Bank- und Investmentwesen, staatlich geförderte Ausbildung, sanitäre Installationen sowie Kanalisation.

C Leisteten im Bereich der Kunst und Naturwissenschaften Erstaunliches, Landwirtschaft mit ausgeklügeltem Bewässerungssystem, Überschuß erwirtschaftet, brachte Wohlstand, unter Einfluß der mächtigen Priesterkaste.

D Hatten die ersten Gesetzbücher, Keilschrift, Schulen und Bibliotheken, Verwendung von Gold und Silber als Zahlungsmittel, Grundlagen für Grammatik, Mathematik, Medizin, Astronomie, Philosophie.

E Grundlagen für Wirtschafts- und Ausbildungssystem, Techniken im Bergbau und im Ingenieurwesen, Grundrechenarten und Trigonometrie, Fortschritte in Medizin, Chemie, Astronomie und Physik.

So, nun werfen Sie noch einmal einen Blick auf die mit Stichwörtern umrissenen Hochkulturen. Rein logisch gesehen, stehen sie doch in der richtigen Abfolge oder? Den Eindruck hat man, ja. Aber lassen Sie sich bloß nicht täuschen – die logische Abfolge stimmt mit der zeitlichen nicht überein, wie wir in der Aufschlüsselung sehen:
(A) Mittelalter, (B) Rom, (C) Ägypten, (D) Mesopotamien, (E) Griechenland.

Eine chronologische Ordnung oder Abfolge *ergibt* einen Sinn, aber nur in einem sehr *begrenzten* Rahmen.

Ein Beispiel: Einmal angenommen, Sie wohnen in New York und Ihr Exfreund besucht Sie dort. Sie verlieren ihn mitten in der Stadt aus den Augen. Sie versuchen deshalb, Ihre einzelnen Schritte noch einmal zurückzuverfolgen. Sie gehen zurück, an der Würstchenbude im Central Park und an den Pferden und Kutschen vorbei, dann die Fifth Avenue hinunter und schließlich auf das Empire State Building hinauf, wo sie ihn tatsächlich finden. Sind Sie dabei nun *logisch* oder *chronologisch* vorgegangen? Die Antwort lautet: „Beides." Der logische Ablauf von Geschehnissen ist allerdings viel leichter nachzuvollziehen als der zeitliche Ablauf.

ÜBUNG

→ Weiter geht's in der Geschichte

Die RENAISSANCE (1300–1650) setzte in Italien ein, nachdem die Erschließung von Handelswegen der Nation wieder Wohlstand gebracht hatte. Die Italiener, die lange auf ihre „klassische Zeit" hatten verzichten müssen, besaßen nun wieder genug Geld, um der Klassik zu einer „Wiedergeburt" zu verhelfen. Reiche Mäzene wollten sich gegenseitig übertrumpfen, in der Folge kam es zu ungeahnten Höhenflügen in Architektur, Malerei und Lehre. Im restlichen Europa löste der Kapitalismus den Feudalismus ab, Martin Luther setzte die Reformation in Gang, Kolumbus entdeckte die Neue Welt, Kopernikus und Galilei beschrieben ein neues Universum, und England erlebte bald darauf seine eigene „Renaissance".

Als AUFKLÄRUNG (1650–1800) wurde die Epoche bezeichnet, in der in Frankreich und in vielen anderen europäischen Staaten die Dogmen der Kirche an Bedeutung verloren, da man nur noch die „menschliche Vernunft" als einzig wahre Instanz anerkannte („Zeitalter der Vernunft"). Vorher hatten Aberglaube, Zensur und Kontrolle der Kirche über das Schulwesen die Weitergabe von nichtdogmatischem Wissen verhindert, doch schließlich überwanden Philosophie und Naturwissenschaften durch die „Revolution des Denkens" diese Schranken, und in Mathematik, Chemie, Physik, Astronomie sowie in anderen Bereichen wurden große Fortschritte erzielt.

Zur FRANZÖSISCHEN REVOLUTION (1789–1795) kam es aufgrund sozialer Mißstände; die Revolution setzte der Herrschaft der bevorrechtigten Stände Adel und Klerus ein Ende. Der dritte Stand (Bürger, Handwerker und Bauern) erhob sich, unterstützt von der wohlhabenden städtischen Mittelschicht, die die Adligen vertreiben und an ihrer Stelle regieren wollte. Die Ereignisse gerieten außer Kontrolle, und ein Revolutionstribunal wurde errichtet; König, Königin und andere Adlige wurden hingerichtet. Der Feudalismus ging unter, der Kapitalismus trat die Nachfolge an.

Das ZEITALTER NAPOLEONS (1975–1815) folgte auf die Französische Revolution. Napoleon Bonaparte nannte sich selbst zwar „Retter", doch im Prinzip war er ein Diktator, denn er glaubte nicht daran, daß die Massen sich selbst regieren könnten. Er stellte unter Beweis, daß er noch größere Ambitionen hatte, indem er sich selbst zum Kaiser krönte und mehr als halb Europa eroberte. Schließlich gelang es der aus Rußland, Großbritannien, Österreich und Preußen bestehenden Allianz, Paris einzunehmen und Napoleon ins Exil auf die Insel Elba zu schicken, von der er allerdings floh. Schließlich wurde er in der Schlacht von Waterloo endgültig besiegt.

Als INDUSTRIELLE REVOLUTION (1800–1900) wird jene Epoche bezeichnet, in der eine landwirtschaftlich und handwerklich ausgerichtete Wirtschaft durch eine auf Industrie und maschineller Produktion basierende ersetzt wurde. Dieser Übergang führte zu einem raschen Wirtschaftswachstum, da die Produktivität drastisch erhöht werden und die Güter mittels verbesserter Transportsysteme (wie z. B. Eisenbahnen) wesentlich schneller an ihren Bestimmungsort gebracht werden konnten. Das Aufkommen von Fabriken und einer Arbeiterklasse führte zu neuen Gesellschaftstheorien wie z. B. dem Sozialismus, der später von Karl Marx zum „wissenschaftlichen Sozialismus" weiterentwickelt wurde. In Deutschland wurde die erste Arbeiterpartei gegründet.

→ Hier noch einmal die Bezeichnungen dieser fünf Epochen. Bringen Sie sie in die richtige chronologische Reihenfolge:
(A) Aufklärung, (B) Renaissance, (C) Zeitalter Napoleons, (D) Französische Revolution, (E) Industrielle Revolution.

So unlogisch eine chronologische Reihenfolge auch manchmal erscheinen mag, sie ergibt immer einen – wenn auch vielleicht eigenartigen – Sinn. Wenn Sie ein *Beatles*-Fan sind, können Sie wahrscheinlich das *Sgt. Pepper's Lonely Hearts Club Band*-Album auswendig, bis auf jene Stellen, an denen der Produzent einen Abschnitt – z.B. ein Orgelsolo – aufgenommen, in Teile geschnitten, durchgemischt und dann nach dem Zufallsprinzip wieder zusammengefügt hat; verrückt sein um des Verrücktseins willen. Dann Kurt Vonneguts *Slaughterhouse 5 (Schlachthof)*, in dem ein Mann die einzelnen Abschnitte seines Lebens wild durcheinandergewürfelt erlebt. Oder wie steht's mit Martin Amis' Buch namens *Time's Arrow (Zeitpfeil)*, in dem die Geschichte rückwärts, also vom Ende zum Anfang erzählt wird? Die Personen werden jünger, die Babys schlüpfen wieder in die Mutter zurück, Menschen verlassen eine Arztpraxis und fühlen sich schlechter statt besser.

Teil IV

Abstraktes Denken

Räumliches Vorstellungsvermögen

Dreidimensionalität

K U R Z T E S T

→ Können Sie sich dreidimensionale Objekte im Raum gut vorstellen?

❶ Wenn ich höre, wie jemand ein Objekt beschreibt, versuche ich eigentlich nicht, es mir vorzustellen, ich höre einfach nur zu.

❷ Wenn ich's mir doch vorstelle, dann nur zweidimensional, nicht dreidimensional.

❸ Ich habe damit keine Schwierigkeiten – ich sehe die Objekte wie Fotos vor mir.

❹ Dreidimensionale Objekte kann ich mir ganz gut vorstellen, solange sie irgendwo stehen oder liegen; aber verlangen Sie von mir bloß nicht, sie im Geist zu drehen – das würde mich in den Wahnsinn treiben.

❺ Ich hab's nicht nötig, mir etwas Dreidimensionales vorzustellen. Schließlich bin ich weder Architekt noch Ingenieur, Mathematiker, Chemiker, Arzt, Bildhauer ...

Aussagen wie 1 und 2 sind völlig normal, ebenso Nummer 3, obwohl Fotos *zwei*dimensional sind, nicht dreidimensional. Aussage 4 trifft ebenfalls auf viele Menschen zu, aber dann sind Sie schon eine Idee besser. Leider ist die in Aussage 5 zum Ausdruck kommende Meinung ebenfalls weit verbreitet. Aber wie Sie wohl selbst bemerkt haben, ist die Liste jener Menschen, die diese Fähigkeit brauchen, länger als Sie dachten, oder?! Und dies spiegelt nur einen kleinen Teil der Welt wider, die sich Ihnen eröffnen wird, wenn Sie mit der Dreidimensionalität besser umgehen können.

ÜBUNGEN

In den folgenden Übungen befassen wir uns mit der Stereometrie (sie untersucht die Eigenschaften dreidimensionaler Körper).

Wir stellen Ihnen eine Reihe dreidimensionaler geometrischer Körper vor, die die Griechen die „fünf gleichseitigen Polyeder" nannten.

➔ **Der erste Körper wird in drei verschiedenen Ansichten dargestellt; sehen Sie sich diese gründlich an, und ordnen Sie sie dann einem der darunter dargestellten Objekte zu.**

❶ Einer der gleichseitigen Polyeder in drei verschiedenen Ansichten:

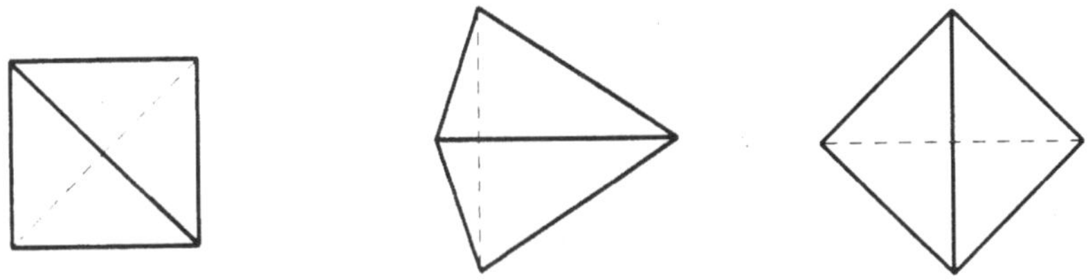

Welcher der folgenden Körper ist mit dem oben gezeigten Polyeder identisch?

A

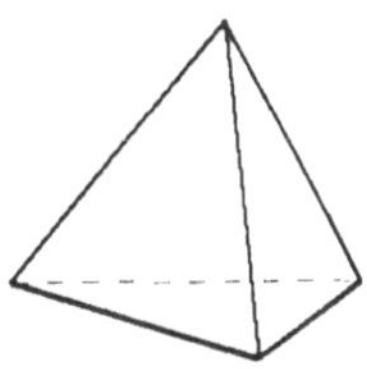

Tetraeder

B

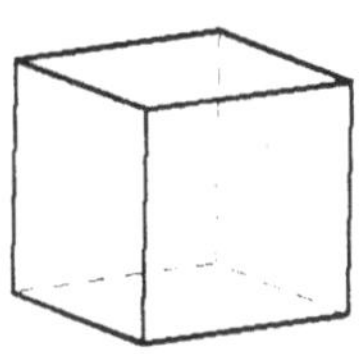

Würfel

C

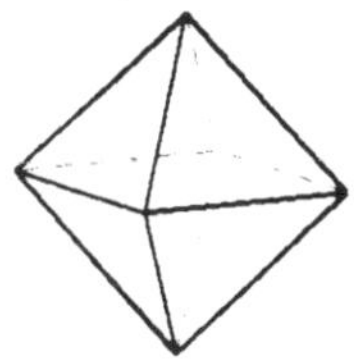

Oktaeder

❷ Ein anderer gleichseitiger Polyeder in drei verschiedenen Ansichten:

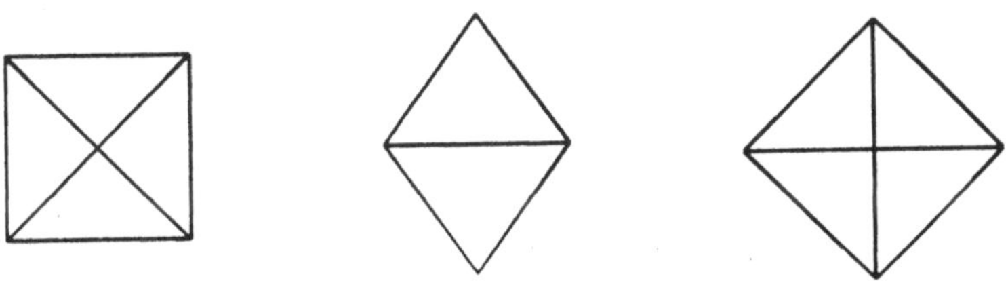

Welcher der folgenden Körper ist mit dem oben gezeigten Polyeder identisch?

A

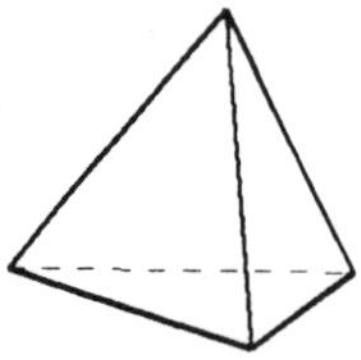

Tetrader

B

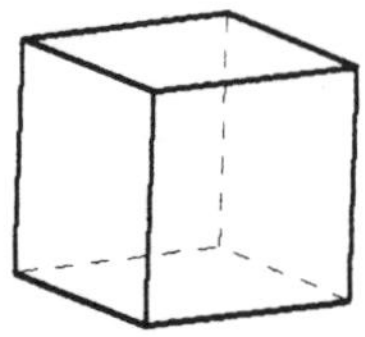

Würfel

C

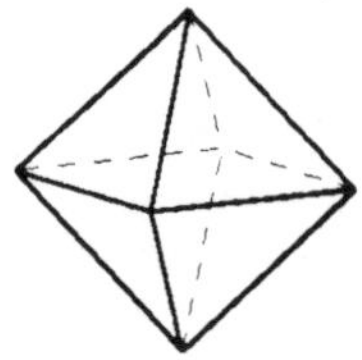

Oktaeder

❸ Ein anderer gleichseitiger Polyeder in drei verschiedenen Ansichten:

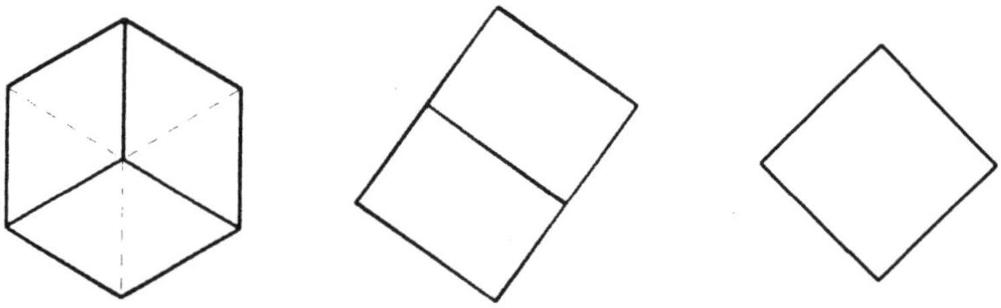

Welcher der folgenden Körper ist mit dem oben gezeigten Polyeder identisch?

A

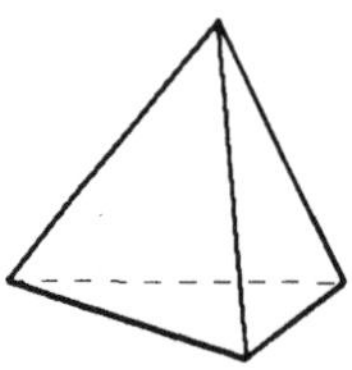

Tetraeder

B

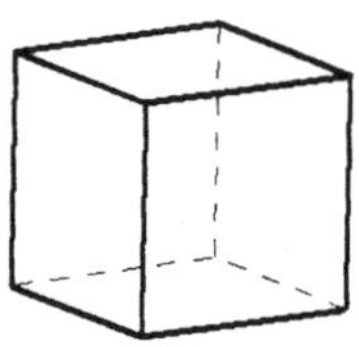

Würfel

C

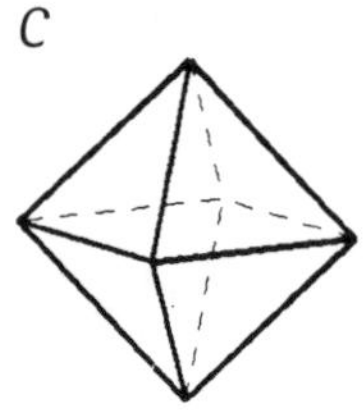

Oktaeder

→ **Lösungen**

❶ A, ❷ C, ❸ B.

Nun? Ziemlich knifflig, nicht wahr? Versuchen Sie doch einmal, einen dieser Körper selbst herzustellen – wenn Sie ihn dann drehen, werden Sie feststellen, wie unterschiedlich er aussehen kann, wenn man ihn aus einem ungewohnten Blickwinkel heraus betrachtet. Ein Tip: In Blumenläden können Sie Steckschwämme (die aus einem weichen, grünen Material gemacht und zum Herstellen von Blumengestecken gedacht sind) kaufen, die sich leicht mit einem Küchenmesser schneiden lassen und für diesen Zweck hervorragend geeignet sind. Notfalls geht es natürlich auch mit stabilem Papier.

So trainiert man das dreidimensionale räumliche Vorstellungsvermögen

Wenn Sie Schwierigkeiten dabei haben, sich dreidimensionale Objekte vorzustellen (und auch, wenn nicht), dann schließen Sie bei einem Versuch die Augen. Die Umgebung – selbst eine nackte weiße Wand – lenkt nämlich meist zu stark ab. Aber versuchen Sie nicht, die Objekte in der Dunkelheit mit Hilfe Ihrer Augen zu „zeichnen". Schließen Sie Ihre Augen, und stellen Sie sich das Objekt vor Ihrem „geistigen Auge" vor, bis es glasklar hervortritt.

Ich möchte Ihnen einen Trick verraten, den ich selbst anwende. Stelle ich mir ein Objekt vor, versuche ich erst gar nicht, es zu drehen. Statt dessen lege ich es sozusagen auf einen unsichtbaren Tisch und „gehe" langsam um den Tisch herum, um es von einer anderen Seite aus zu betrachten. Probieren Sie es mal – am besten mit einem Würfel, der auf einer Seite einen Punkt hat.

Die Fähigkeit, sich Objekte im Raum vorstellen zu können, ist ein wichtiger Bestandteil des Lernprozesses. Wenn man schriftliche oder mündliche Instruktionen gut umsetzen bzw. auf alltägliche Situationen übertragen kann, wird man eine Aufgabe wesentlich besser ausführen können.

Selbst die alltäglichen Pflichten werden dadurch erleichtert. Ein Beispiel: Wann haben Sie zum letzten Mal eine Betriebsanleitung zu Rate gezogen, deren Illustrationen aussahen, als wären sie von einem angehenden Jan Vermeer gezeichnet worden? Bestimmt schon lange nicht mehr, oder? Statt dessen sahen Sie sich vermutlich Teilabbildungen von merkwürdig aussehenden Gegenständen, zusammengesetzten Teilstücken, Pfeilen und kleinen Zahlen und Buchstaben gegenüber. Allein die Erinnerung an das Zusammenbauen der ersten Kinderschaukel läßt bereits manchen Vater oder manche Mutter mitten in der Nacht schweißgebadet hochfahren.

ÜBUNGEN

➔ **Wieder zurück zu unseren Übungen. Gehen Sie genau wie oben vor:**

❹ Ein anderer gleichseitiger Polyeder in drei verschiedenen Ansichten:

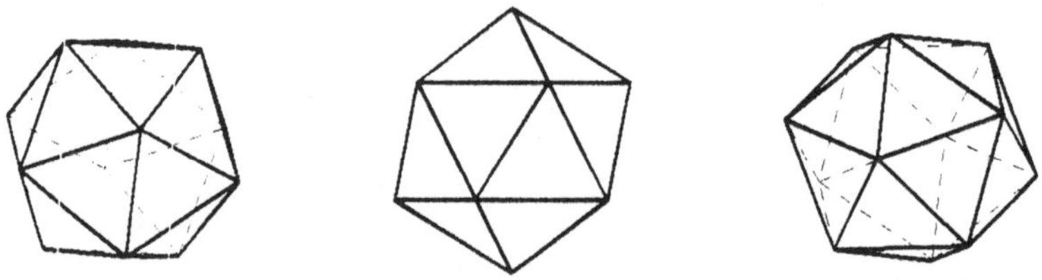

Welcher der folgenden Körper ist mit dem oben gezeigten Polyeder identisch?

A

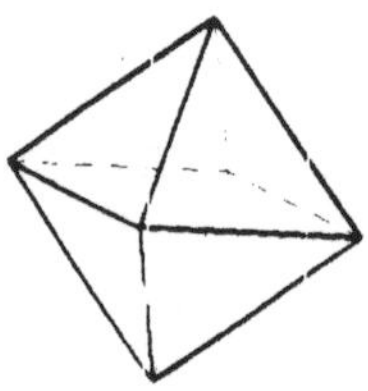

Oktaeder (Achtflächner)

B

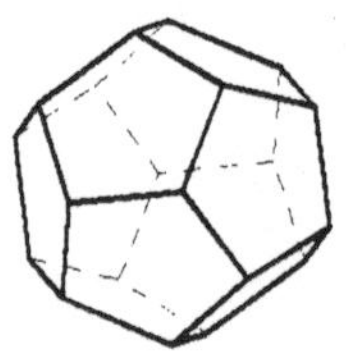

Dodekaeder (Zwölfflächner)

C

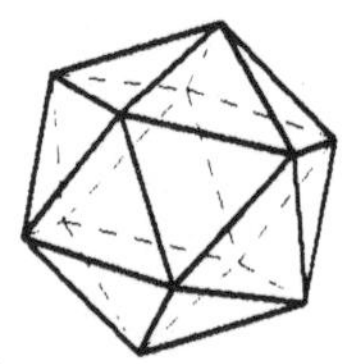

Ikosaeder (Zwanzig-flächner)

❺ Ein anderer gleichseitiger Polyeder in drei verschiedene Ansichten:

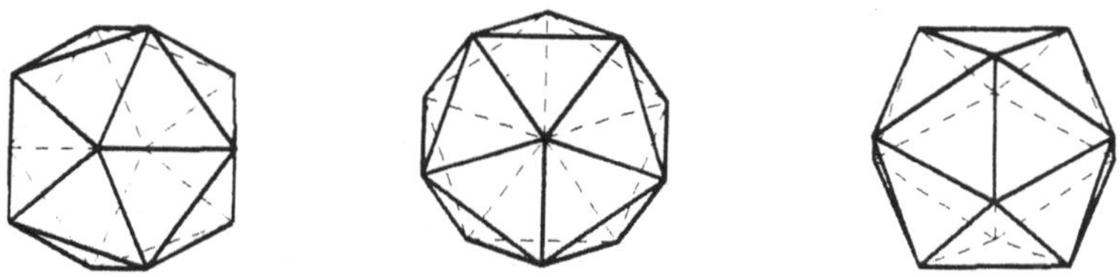

Welcher der folgenden Körper ist mit dem oben gezeigten Polyeder identisch?

A

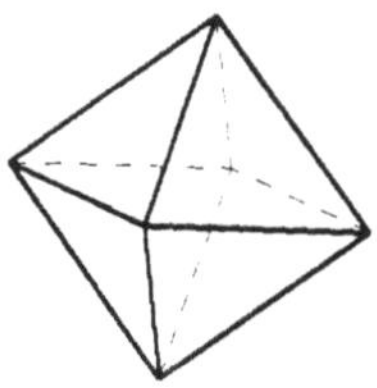

Oktaeder

B

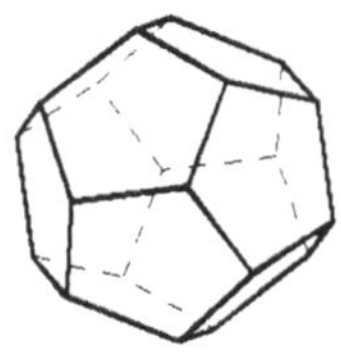

Dodekaeder

C

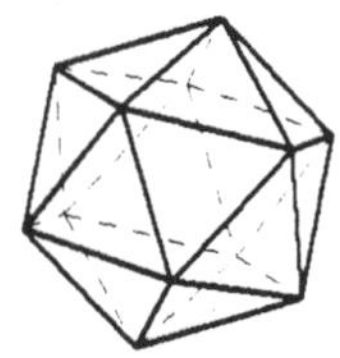

Ikosaeder

→ **Lösungen:**

❹ C und ❺ C. (Haben wir Sie ausgetrickst?)

→ **Wie steht's mit den folgenden?**

❻ Ein anderer gleichseitiger Polyeder in drei verschiedenen Ansichten:

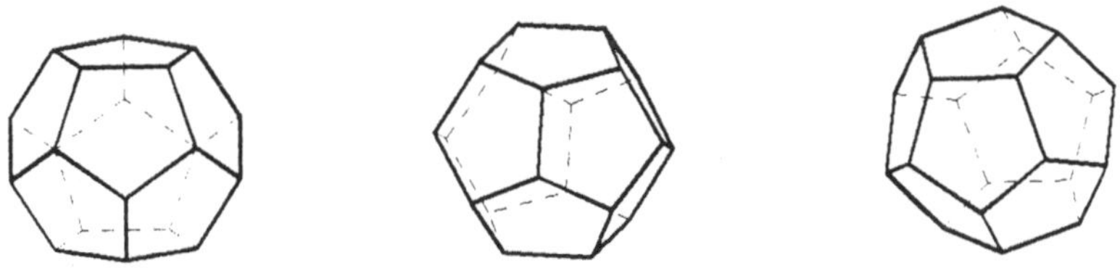

Welcher der folgenden Körper ist mit dem zuvor gezeigten Polyeder identisch?

A

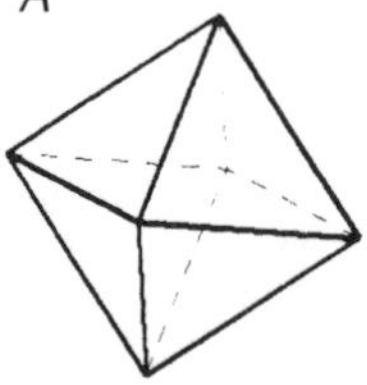

Oktaeder

B

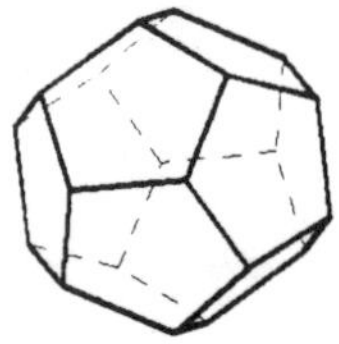

Dodekaeder

C

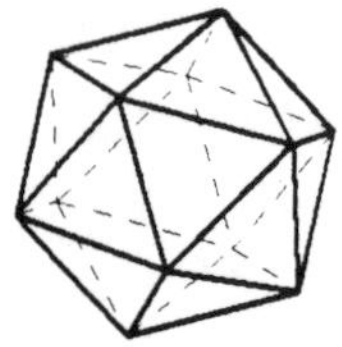

Ikosaeder

❼ Ein anderer gleichseitiger Polyeder in drei verschiedenen Ansichten:

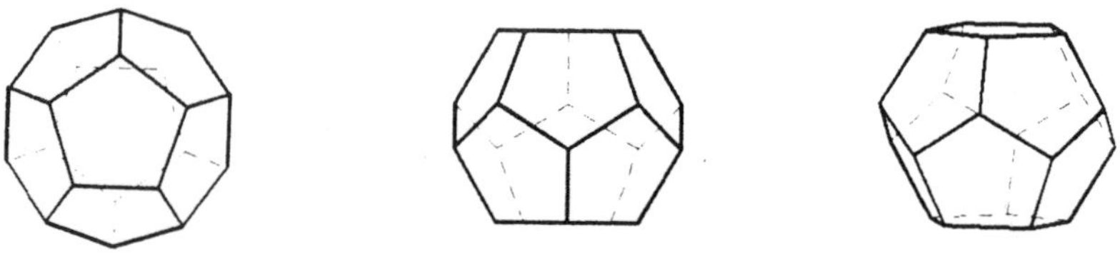

Welcher der folgenden Körper ist mit dem oben gezeigten Polyeder identisch?

A

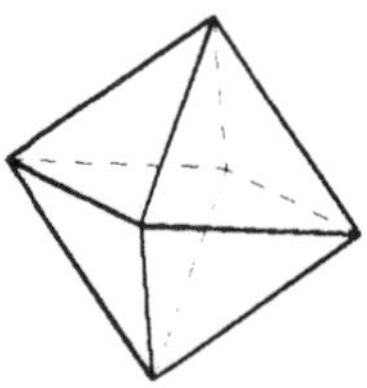

Oktaeder

B

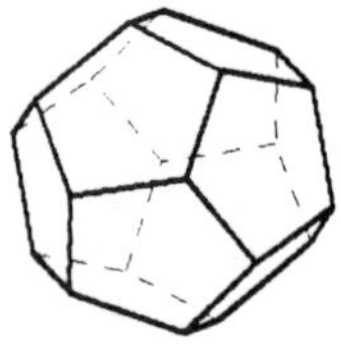

Dodekaeder

C

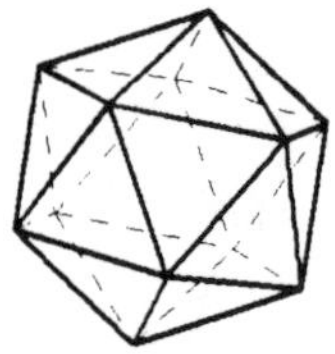

Ikosaeder

→ **Lösungen:**

❻ B, ❼ B. (Nehmen Sie uns nicht übel, daß wir es versucht haben, okay?)

Besser mit dem räumlichen Vorstellungsvermögen umgehen zu können – eine der schwierigsten Aufgaben für unser Gehirn – kann aber noch weitere Vorteile bringen. Wir alle wissen, wie schwierig es ist, „sich selbst mit den Augen anderer zu betrachten“ oder auch „den Standpunkt eines anderen einzunehmen“. Oh, natürlich *glauben* wir, daß wir dies tun, aber dem ist nicht so. Stellen Sie sich zum Beispiel jemanden vor, den Sie auf einer Cocktailparty kennenlernen – jemand, der ununterbrochen und ziemlich laut redet. Diese Person denkt vielleicht, daß sie ganz gut ankommt, währen Sie verzweifelt über ihre Schulter spähen, um ein bekanntes Gesicht zu entdecken, oder krampfhaft nach einer Entschuldigung suchen, die Sie von der Person erlöst. Doch wenn Ihr Gegenüber *wirklich wüßte*, welche Wirkung er auf andere hat, dann würde er vielleicht sein Verhalten ändern. Und – um ehrlich zu sein – es steckt in jedem von uns ein bißchen von solch einem Menschen (manchmal sogar mehr als ein bißchen).

Das erinnert mich an die Zeit, als ich in Firmen und Universitäten Vorträge gehalten habe, die auf Video aufgenommen wurden. Als ich mir die Videos ansah, gingen mir die Augen auf – das gleiche galt auch für Fernsehauftritte. Ich bemerkte plötzlich Dinge an mir, die ich nie wahrgenommen hatte; das gab mit aber auch die Möglichkeit, mich zu ändern, obwohl es nicht leicht war.

Meiner Ansicht nach sind die Fähigkeiten, Objekte, Menschen und Themen aus einer anderen Perspektive sehen zu können, eng miteinander verwandt und stecken in jedem von uns, so daß man sie trainieren kann. Wenn ich an die „Fragen-Sie-Marilyn“-Kolumne denke, die ich für die Zeitschrift *Parade* geschrieben habe, dann wird mir wieder bewußt, wie sehr die Verantwortung auf mir lastet, diese Fähigkeit stets anzuwenden, um mich in andere hineinversetzen zu können; es gelang mir sogar, sie mit der Zeit zu verbessern. Es hat mich zwar viel (Verstandes-)Kraft gekostet, doch das Ergebnis war wesentlich mehr wert als die Zeit, die ich hineingesteckt habe.

Räumliches Vorstellungsvermögen

Vierdimensionalität

K U R Z T E S T

→ **Können Sie sich vorstellen, wie bzw. daß Objekte sich im Laufe der Zeit verändern?**

❶ Ich bin immer wieder verblüfft, wenn ich jemanden nach Jahren wiedertreffe. Der andere hat sich äußerlich meist sehr stark verändert, während *ich* mich kaum verändert habe.

❷ „Vorher"- und „Nachher"-Bilder (die bspw. jemanden vor und nach einer Diät zeigen) finde ich toll. Ich kann gut verstehen, warum sie in der Werbung verwendet werden.

❸ Aus den Betriebsanleitungen, die bereits zusammengebaute Geräte zeigen, statt eine Schritt-für-Schritt-Anleitung zu geben, kann ich meist nicht schlau werden.

❹ Zeitrafferaufnahmen in Naturfilmen nehmen mich total gefangen.

❺ Jedesmal wenn ich mir im Spätprogramm *Poltergeist* ansehe, kann ich mir sehr gut vorstellen, daß sich fest stehende Objekte plötzlich bewegen können. Manchmal sehe ich dann sogar schattenhafte Gestalten um mein Haus schleichen. Warten Sie ... Ich kann mich nicht erinnern, dieses Glas auf meinem Klavier abgestellt zu haben ...

Überlegungen wie in Aussage 1 und 2 sind häufig anzutreffen und vielleicht nur das Ergebnis des eigenen Wunschdenkens. Und wie in Nummer 3 geht es vielen Menschen wogegen allerdings etwas unternommen werden sollte. Zeitrafferaufnahmen liebe ich selbst über alles (doch geht es nicht jedem so?!), so daß ich hier befangen bin. Und Aussage 5? Hmm. Das hört sich so an, als hätte etwas viel Schlimmeres als Geister Sie heimgesucht, nämlich – Gäste!

ÜBUNGEN

Sie erinnern sich an die dreidimensionalen geometrischen Formen, bekannt als die „fünf gleichseitigen Polyeder"? Sie tauchen auf den kommenden Seiten wieder auf, aber verändern sich „mit der Zeit", das heißt, sie treten (wie es so schön heißt) in die „vierte Dimension" ein. In den folgenden Übungen kennzeichnen wir die einzelnen Seiten der dreidimensionalen Objekte mit Zahlen. Dann wird die gleiche dreidimensionale Figur noch einmal „auseinandergefaltet", also zweidimensional abgebildet.

➔ **Versuchen Sie, so schnell wie möglich die mit Nummern versehenen Seiten des Objekts den mit Buchstaben versehenen Abschnitten zuzuordnen:**

❶ Dies ist ein in dreidimensionaler Form dargestellter Tetraeder:

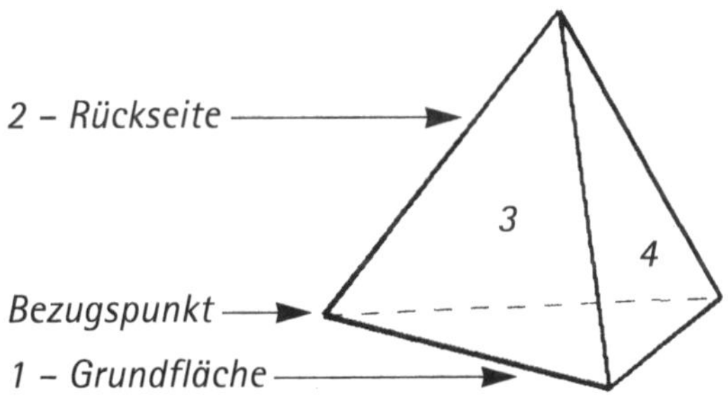

Und der gleiche Tetraeder aufgefaltet:

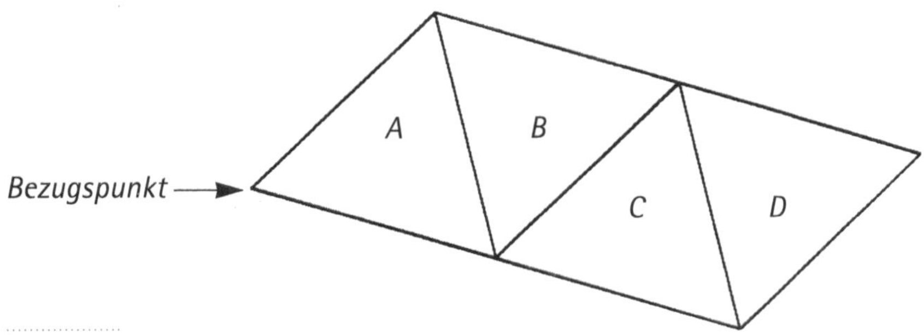

➔ **Lösung:**

(1) A, (2) D, (3) C, (4) B.

❷ Dies ist ein in dreidimensionaler Form dargestellter Würfel:

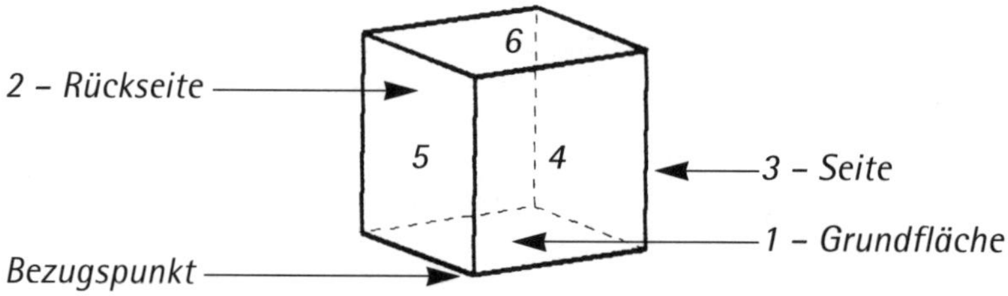

Und der gleiche Würfel noch einmal auseinandergefaltet:

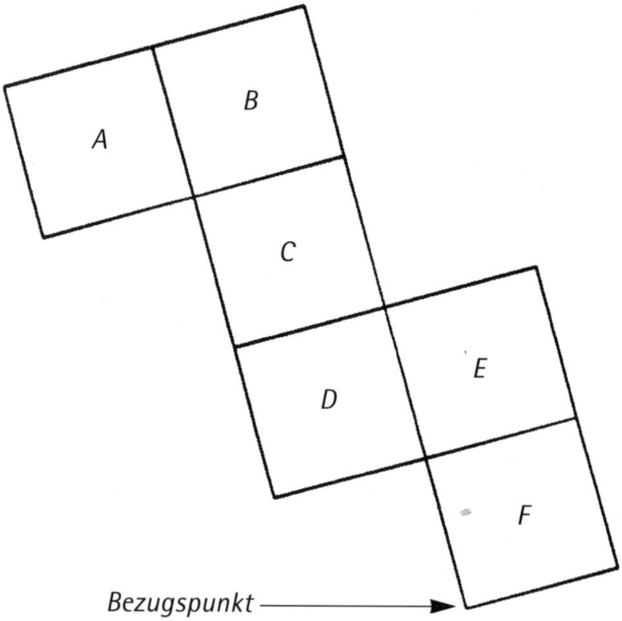

→ **Lösung:**

(1) F, (2) E, (3) B, (4) A, (5) D und (6) C.

❸ Dies ist ein in dreidimensionaler Form dargestellter Oktaeder:

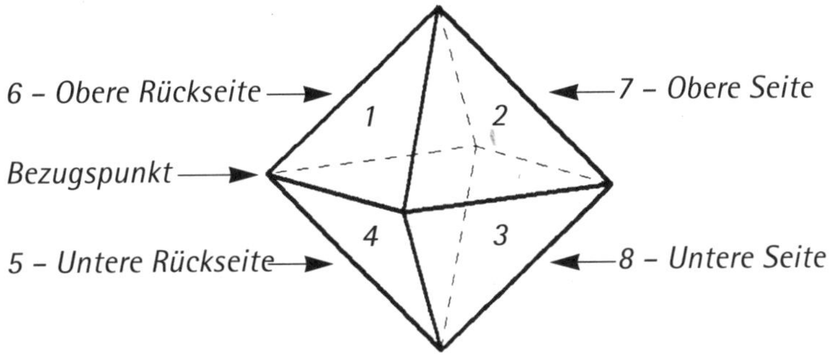

Und der gleiche Oktaeder aufgefaltet:

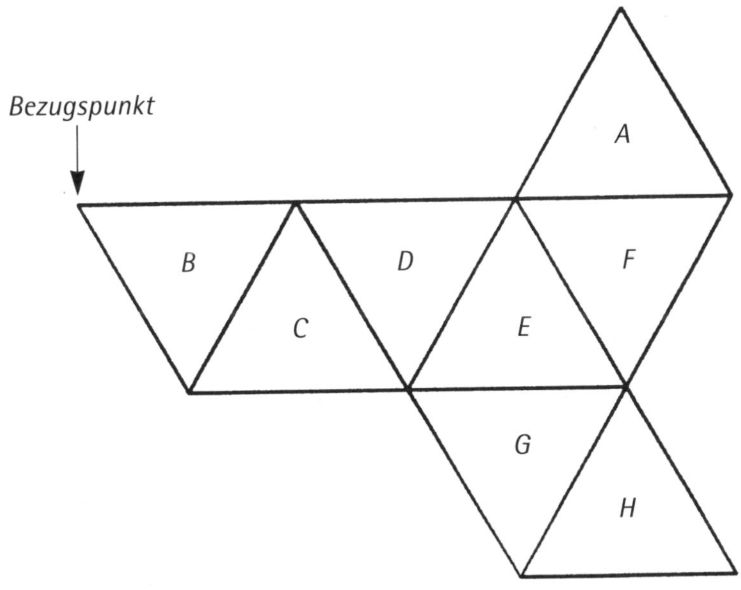

→ **Lösung:**

(1) B, (2) C, (3) G, (4) H, (5) F, (6) A, (7) D und (8) E.

Vierdimensionales räumliches Vorstellungsvermögen trainieren

Die letzten Übungen waren bestimmt ein ganzes Stückchen schwieriger, als Sie vermutet hatten, nicht wahr? Zuerst schien es ein Klacks zu sein, die Seiten des Würfels mit den Buchstaben in Übereinstimmung zu bringen, und mit der Zeit haben Sie das wohl auch ganz gut hinbekommen; aber den Gedanken nachzuvollziehen war genauso mühsam, wie unter Wasser zu versuchen, schnell zu gehen, oder? (Sollten Sie allerdings Origami beherrschen, fanden Sie die Übungen vermutlich nicht sonderlich schwierig; dann sind Sie mir einen Schritt voraus. Ich brauche *Stunden* dafür, um den vermaledeiten Delphin zusammenzubasteln!) Aber Sie können sich noch glücklich schätzen, daß wir die Zeit als vierte Dimension hinzugenommen haben, statt Ihnen den „Superwürfel" vorzustellen, eine Art „vierdimensionale" Variante eines Würfels, der (theoretisch natürlich) so aussieht:

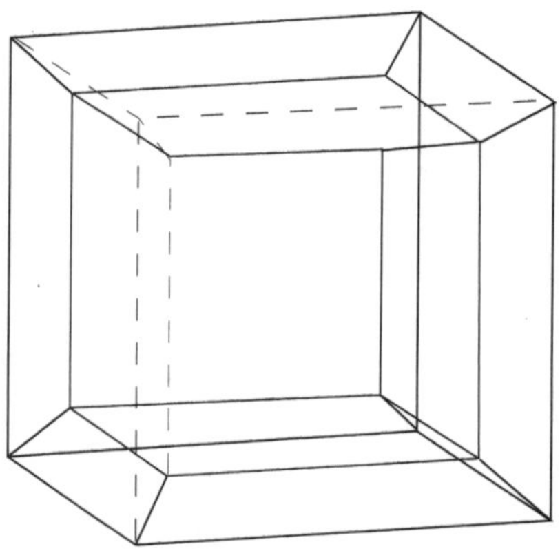

Ich habe gerade spaßeshalber erwähnt, daß Origami-Fans in dieser Hälfte des Kapitels Vorteile haben, und das stimmt auch. Für alle, die mit dieser bezaubernden japanischen Kunst nicht vertraut sind: „Origami" ist die Kunst, Papier so zu falten, daß Gegenstände wie z.B. Vögel entstehen. Jeder, der in der Schule Papierflieger gebastelt hat, hat sich also schon einmal in Origami versucht. Ihr räumliches Vorstellungsvermögen können Sie also leicht dadurch verbessern, daß Sie ein Buch über Origami kaufen und versuchen, aus einem Stück Papier z.B. einen Schwan zu falten. Manche Gegenstände sind relativ einfach, andere wiederum sehr kompliziert, aber auf jeden Fall macht es Spaß – ganz zu schweigen davon, daß es sich hierbei noch um eine verhältnismäßig günstige Form der Unterhaltung und des Lernens handelt. Probieren Sie es doch einmal zusammen mit Kindern aus, und lassen Sie sich von deren Begeisterung angesichts des wachsenden Papiergartens oder -zoos anstecken!

Tatsächlich sind viele handwerkliche Fertigkeiten gut zur Verbesserung des räumlichen Vorstellungsvermögens geeignet – und das zeigt, warum viele Bücherwürmer oft „leiden“: Sie leben nämlich häufig in einer Art selbstgewählten Flachlandes. Bücher sind natürlich sehr wichtig (und schön), jedoch nicht die einzige Möglichkeit, etwas zu lernen; wenn jemand außer Lesen also nichts anderes mehr tut, ist er in der Regel *weniger* fit – nicht nur geistig, sondern auch körperlich. Die Lösung ist: Seien Sie aktiv! Bauen Sie etwas. Nehmen Sie Dinge auseinander. Bewegen Sie Gegenstände. Werfen Sie die alte Uhr oder das alte Telefon nicht einfach weg – verstauen sie solche Dinge in einem Schrank, holen Sie sie an einem Regentag wieder heraus, und nehmen Sie sie auseinander (was Sie ja als Kind schon immer tun wollten!). Versuchen Sie, die Teile wieder zusammenzusetzen, und werfen Sie den Apparat erst *danach* weg. Lernen *kann* durchaus Spaß machen!

ÜBUNGEN

Und noch ein paar letzte Übungen.

Falls Sie sich nun vor diesem Abschnitt fürchten, weil Dodekaeder und Ikosaeder noch fehlten, kann ich Sie beruhigen. Zwar haben wir sie tatsächlich bislang ausgespart, aber sie sind auch so schwierig, daß wir Ihnen freistellen, sich an ihnen zu versuchen (Sie könnten damit allerdings Extrapunkte sammeln). Trotzdem wollen wir's Ihnen diesmal nicht so schwermachen. Wie gesagt, Sie haben unsere ausdrückliche Erlaubnis, die nächsten beiden Seiten zu überspringen.

→ **Sie sollen diesmal nur herausfinden, welche der aufgefalteten Varianten (sogenannte Netze) das jeweilige Objekt ergibt:**

❹ Dies ist ein in dreidimensionaler Form dargestellter Dodekaeder:

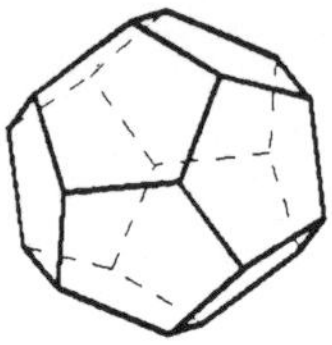

Hier sind drei aufgefaltete Netze; welches davon (eines oder mehrere!) ergeben einen Dodekaeder?

A

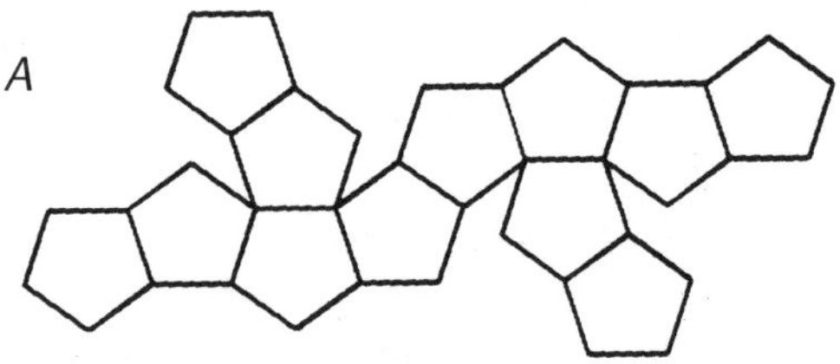

B

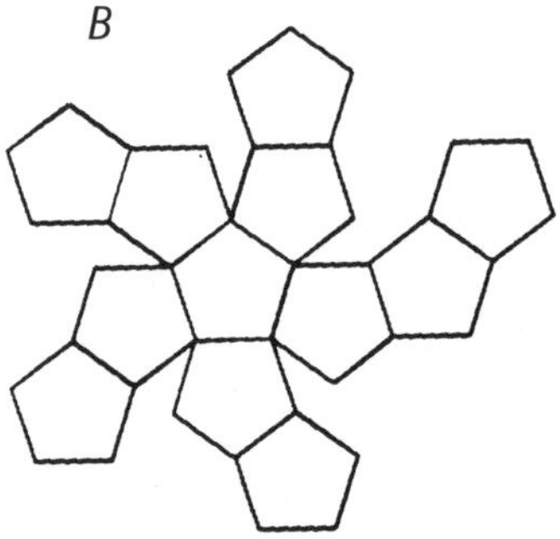

C

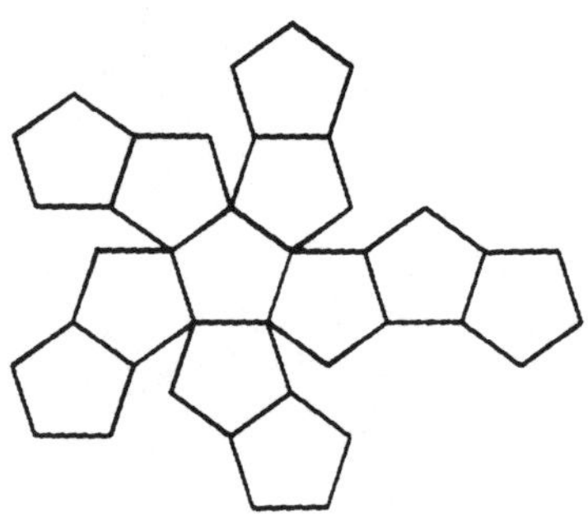

→ **Lösung:**

❹ A und C ergeben einen Dodekaeder.

❺ Dies ist ein in dreidimensionaler Form dargestellter Ikosaeder:

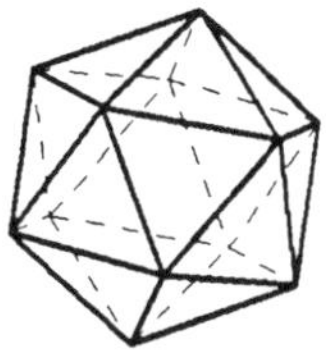

Und hier drei aufgefaltete Netze. Welches (eines oder mehrere!) ergibt einen Ikosaeder?

A

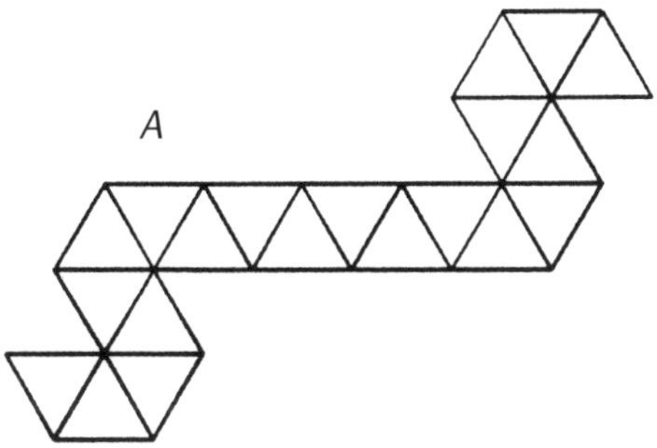

B

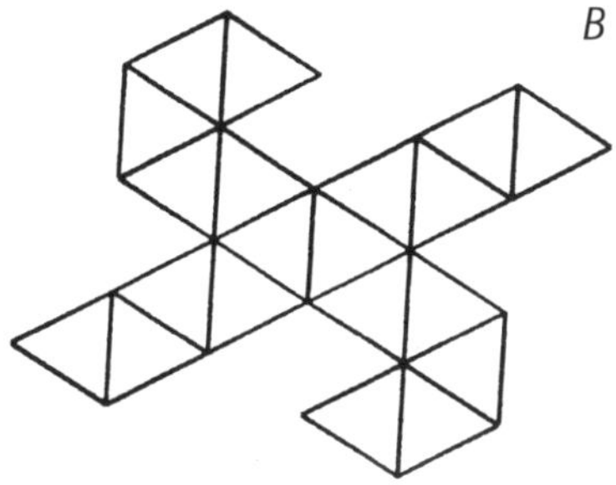

C

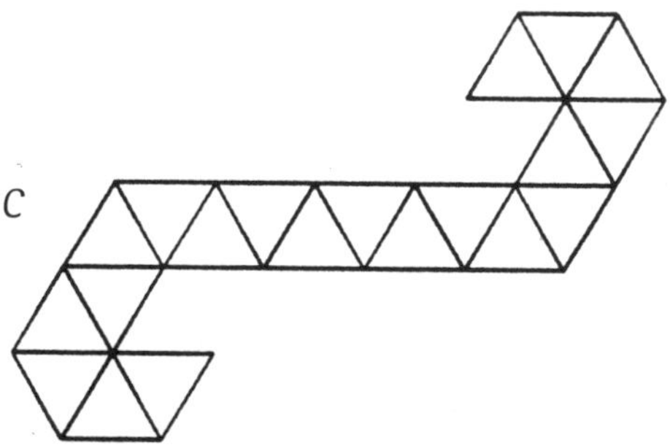

→ **Lösung:**

❺ A, B und C ergeben alle einen Ikosaeder.

Richard, mein Forschungsassistent, erzählte einmal folgende (wahre) Geschichte:

Als er im vierten Schuljahr war (was für ein Gedächtnis!), hatte er eine kleine Auseinandersetzung mit einer Lehrerin, die ein gutes räumliches Vorstellungsvermögen besaß. Als sie einmal das Klassenzimmer verließ, nutzte er die Gelegenheit, um schnell aus seinem Mathe-Aufgabenblatt einen Papierflieger zu basteln. Er hatte bereits den Arm erhoben, um den Flieger zu werfen, als die Lehrerin plötzlich wieder hereinkam. Eilig faltete er das Blatt wieder auseinander, glättete es und gab vor, die Matheaufgaben zu lesen. Doch die Lehrerin ließ sich nicht täuschen. Sie ging quer durch den Raum direkt auf ihn zu, beugte sich über sein Pult und griff nach dem Papier. Dann musterte sie die Knicklinien und fragte, was los sei. Mein (strebsamer) Assistent stotterte eine wenig glaubhafte Erklärung hervor. (Er meinte, er fühle sich irgendwie moralisch dazu verpflichtet, keine Lügen zu erzählen, die glaubhaft klängen; in diesem Fall erzählte er also irgendwas von Außerirdischen!) Da aber die Lehrerin die Knicke richtig deuten und sich somit das Flugzeug sozusagen vor Augen halten konnte (was für ein räumliches Vorstellungsvermögen!), was die Geschichte von den Außerirdischen Lügen strafte, mußte er nach der Schule ein halbe Stunde nachsitzen und unzählige Male den Satz „Ich darf keine Papierflieger werfen“ an die Tafel schreiben. Doch auf Dauer war er ihr doch überlegen. Vorausschauend hatte er bereits gelernt, wie man die Kreide beim Schreiben halten mußte, daß sie quietschte. Seine Lehrerin, der das unangenehme Geräusch Gänsehaut verursachte, war zu stolz, um sich völlig geschlagen zu geben, aber dennoch dauerte die halbe Stunde letztendlich nur fünfzehn Minuten!

Orientierungsvermögen

Auf lokaler Ebene

K U R Z T E S T

→ Wie gut ist Ihr Orientierungssinn auf lokaler Ebene?

❶ Es ist unglaublich, wieviel Zeit ich auf großen Parkplätzen mit der Suche nach meinem Wagen verbringe!

❷ Wenn ich mich auf unbekanntem Terrain befinde, bekomme ich schnell Angst.

❸ Ich muß häufig nach dem Weg fragen, wenn ich in einer Gegend bin, in der ich mich nicht auskenne.

❹ Also *ich* muß nie nach dem Weg fragen.

❺ Ich habe überhaupt keine Probleme, solange ich eine Landkarte oder einen Stadtplan dabeihabe. Aber ohne Karte fühle ich mich rettungslos verloren.

Ihnen geht es wie in Nummer 1? Leider Gottes geht es fast allen von uns so, Sie müssen sich also keine Sorgen machen. Vor allem Franzosen dürften hier Probleme haben. Als ich das letzte Mal in Frankreich war, bemerkte ich, daß etwa 90 Prozent einen Renault fahren, und von diesen sind wiederum 90 Prozent blau oder grau. Das muß sie doch wahnsinnig machen! Aussage 2 trifft auch auf Sie zu? Auf viele andere Menschen ebenfalls. Trotzdem ist dies eine große Belastung. Sie sollten unter allen Umständen versuchen, diese leichte Platzangst in den Griff zu bekommen. Stimmen Sie Aussage 3 zu, dann sind Sie bestimmt eine Frau, stimmen Sie Aussage 4 zu, ein Mann, stimmt's? (Und gleich ein „Verzeihung“ hinterher ...) Und Nummer 5? Nun, also das klingt ganz nach *mir*!

ÜBUNGEN

In diesem Kapitel wollen wir nun Ihre eingerosteten Geographiekenntnisse wieder etwas aufmöbeln.

Stellen Sie sich vor, Sie haben eine Reise in die USA gewonnen. Sie können alle Bundesstaaten nach Belieben bereisen. Sie kennen sich zwar in der dortigen Geographie nicht besonders gut aus, fliegen aber frohgemut, mit unzähligen Karten bewaffnet, über den Teich: Sie sind fest entschlossen, soviel wie möglich zu sehen.

→ Betrachten Sie die Kartenauszüge genau, und decken Sie sie dann mit der Hand ab, während Sie die Fragen beantworten:

❶ Die Neuengland-Staaten:

ME = Maine *VT = Vermont*
NH = New Hampshire *MA = Massachussetts*
CT = Connecticut *RI = Rhode Island*

(A) Sie landen in Rhode Island (wir sehen schon, Sie sind ein außergewöhnlicher Tourist!). Allerdings gefällt es Ihnen dort nicht besonders, und Sie beschließen, in den nächsten Bundesstaat nach Westen zu reisen. Wie heißt er?

(B) Dieser Staat ist Ihnen aber zu klein. Sie entdecken, daß eine Stadt im nächsten, nördlich gelegenen Bundesstaat Worcester heißt. Sie bekommen Hunger und fliegen geradewegs hin. Wie heißt der Staat?

(C) Das Essen war nicht schlecht. Gestärkt brechen Sie auf, reisen durch Vermont und New Hampshire und landen im nördlichsten der drei Neuengland-Staaten, der so ähnlich klingt, wie ein Fluß in Deutschland. Wie heißt er?

❷ Staaten am mittleren Atlantik:

NY = New York
PA = Pennsylvania
NJ = New Jersey
DE = Delaware
MD = Maryland
WV = West Virginia
VA = Virginia

(A) Eine anhängliche Dame im Hotel läßt Sie Hals über Kopf die Flucht ergreifen. Sie fliegen bereits über West Virginia, als eine Schlechtwetterfront auf Sie zukommt und das Flugzeug zwingt, nach Norden zu drehen, um in Pittsburgh zu landen. In welchem Staat sind Sie jetzt?

(B) Leider hat die betreffende Person Ihre Spur aufgenommen, und Sie springen in den nächstbesten Zug, der zuerst nach Osten und dann nach Norden fährt. Wo landen Sie?

(C) Während Sie am Ontariosee spazierengehen, steigt langsam Mordlust in Ihnen auf ob des gestörten Urlaubs. Sie werfen einen Blick auf Ihre Karte und entdecken im südlichsten der Staaten am mittleren Atlantik die Stadt Lynchburg. Da dieser Name ausgezeichnet zu Ihrer Stimmung paßt, beschließen Sie hinzufliegen. In welchem Staat befinden Sie sich dann?

❸ Die Staaten im Südosten:

KY = Kentucky	*AL = Alabama*
TN = Tennessee	*MS = Mississippi*
NC = North Carolina	*LA = Louisiana*
SC = South Carolina	*FL = Florida*
GA = Georgia	

(A) Ihre Rachegelüste sind verschwunden, und Sie haben Ihre Verfolgerin erfolgreich abgeschüttelt. Nach einem Kurztrip durch Mississippi fahren Sie mit dem Bus gemütlich weiter, durch Alabama, Georgia, South Carolina und in den nächsten Staat nach Norden. Dort hat der Bus eine Panne. Wo sind Sie?

(B) Entnervt laufen Sie zum Flughafen und fliegen soweit es geht in den Süden hinunter, um sich am Strand zu erholen. In welchem Staat landen Sie?

(C) Da man Sie in Miami überfällt (wen nicht?), vergeht Ihnen die gute Laune. Um Sie wieder aufzuheitern, schlägt der deutsche Botschafter Ihnen vor, doch in New Orleans Station zu machen. Jazz hat Sie schon immer fasziniert, und so greifen Sie den Vorschlag auf. In welchem Staat befinden Sie sich nun?

→ **Antworten:**

❶ (A) Connecticut, (B) Massachussetts, (C) Maine. ❷ (A) Pennsylvania, (B) New York, (C) Virginia. ❸ (A) North Carolina, (B) Florida, (C) Louisiana.

Tips zur besseren Orientierung auf lokaler Ebene

Ein schlecht ausgeprägter Orientierungssinn ist zwar ein überaus häufiges Phänomen, aber sehr leicht zu beheben. Nehmen Sie das Steuer selbst in die Hand, und das meinen wir wörtlich. Wenn Sie das Gefühl haben, mit Ihrem Orientierungssinn stehe es nicht zum besten – egal, ob in einer Stadt oder in einem anderen Land, wo Sie Urlaub machen –, dann sitzen Sie garantiert meistens auf dem Beifahrersitz, vor allem wenn Sie irgendwo hinfahren, wo Sie nie zuvor gewesen sind! Vor allem Frauen neigen zu dieser Art von Passivität. Oh, natürlich, sie fahren selbst Auto und kutschieren auch ihre Kinder häufig durch die Gegend, doch wenn sie die gewohnte Route verlassen sollten – ob es nun der Weg in ein neues Restaurant oder in einen unbekannten Stadtteil ist oder es sich um eine Besichtigungsfahrt durch die Berge handelt –, dann lassen sie den Mann fahren. Allein schon diese Angewohnheit wirkt sich verheerend auf den Orientierungssinn vieler Frauen aus. Da sie dies aber meist nicht erkennen, lassen sie weiter den Mann fahren – nicht unbedingt zum Supermarkt, aber beispielsweise durch Paris, weil „er darin einfach besser ist als ich", wodurch die Situation immer weiter verschlimmert wird, bis es schließlich so aussieht, als seien die beiden, was den Orientierungssinn anbelangt, Welten voneinander entfernt.

Erinnern Sie sich an das letzte Mal, als Sie in eine fremde Stadt flogen, wo ein Freund oder Verwandter Sie abholte und während Ihres Aufenthaltes mit Ihnen Besichtigungstouren unternahm? Sie würden bestimmt keinen der Orte, die Sie besichtigt haben, wiederfinden, oder? Und hätte die Sonne nicht geschienen, hätten Sie noch nicht einmal gewußt, ob Sie nord- oder südwärts fahren, nicht wahr? Der Beifahrer tappt sozusagen immer im dunkeln. Wenn Sie aber am Flughafen einen Mietwagen genommen und die Stadt alleine besichtigt hätten, könnten Sie sich auch später noch gut dort zurechtfinden; sie wüßten, ob der Flughafen im Osten oder im Westen der Stadt und ob Ihr Hotel im Norden oder im Süden gelegen hat. Wenn man einmal eine Strecke selbst ausgekundschaftet hat, behält man sie im Gedächtnis. Oftmals sogar über Jahre hinweg.

Versuchen Sie es, und geben Sie nicht auf. Wenn Sie nicht gerade unter Platzangst leiden, werden Sie auf diese Art und Weise jedes „Orientierungsproblem" knacken (und vielleicht sogar Ihre leichte Platzangst mildern). Aber begnügen Sie sich nicht damit, einfach nur die Anweisungen des Beifahrers auszuführen, der Sie mit der Karte dirigiert, sondern halten Sie immer an und sehen Sie selbst nach, wenn Sie das Bedürfnis verspüren.

Da wir gerade von Karten sprechen: Ich kann Ihnen einen Tip geben, wie Sie Ihren Orientierungssinn bereits zu Hause verbessern können. Richten Sie zuerst Ihren Schreibtisch nach Norden aus. (Das mag Ihnen nicht unbedingt zusagen, aber er muß ja nicht für immer so stehen bleiben!) Besorgen Sie sich dann eine große rechteckige topographische Karte von Deutschland. Sie sollte übersichtlich und nicht mit Details überladen sein. Am besten wäre eine, in der die Bundesländergrenzen sehr deutlich eingezeichnet und die Namen der Länder fettgedruckt sind, so daß Sie sie auf Anhieb erkennen und lesen können. Befestigen Sie diese Karte auf der Schreibtischoberfläche, damit Sie sie immer vor Augen haben, wenn Sie arbeiten. Ersetzten Sie diese Karte nach einigen Monaten durch eine desjenigen Bundeslandes, in dem Sie leben. Ersetzen Sie schließlich auch diese durch eine von der Stadt, in der Sie wohnen, und deren Umgebung.

ÜBUNGEN

Zurück zu unseren Übungen.

→ **Wieder sollen Sie herausfinden, wo in den USA Sie sich befinden:**

❹ Die Staaten des Mittleren Westens:

MN= Minnesota
WI = Wisconsin
MI = Michigan
NE = Nebraska
IA = Iowa
IL = Illinois
IN = Indiana
OH = Ohio
MO = Missouri

(A) Mittlerweile besänftigt, beschließen Sie, sich den Eriesee in Ohio anzusehen. Als Ihr Flugzeug landet, schlägt Ihnen jedoch solch ein durchdringender Fischgeruch entgegen, daß Sie sich schnell ein Auto mieten und fliehen. Sie rasen durch Indiana durch und halten erst im nächsten, westlich gelegenen Staat. Wo sind Sie da?

(B) Der Staat hat jedoch nicht viel zu bieten, und Sie hören zufällig von einem Ort namens Hastings, zwei Staaten westlich von Illinois. Der Name erinnert Sie an den Assistenten von Hercule Poirot, und Sie beschließen, Ihrer Krimileidenschaft zuliebe hinzufahren. In welchem Staat landen Sie?

(C) In Hastings kommt gerade ein Viehtrieb vorbei, und fasziniert sehen Sie zu. Leider bricht ein riesiger Bulle aus der Herde aus. Sie nehmen die Beine in die Hand und rennen um Ihr Leben. Erst nach dem Grenzzaun zum östlich gelegenen Bundesstaat sind Sie in Sicherheit. Wie heißt der Staat?

❺ Die Staaten im Südwesten:

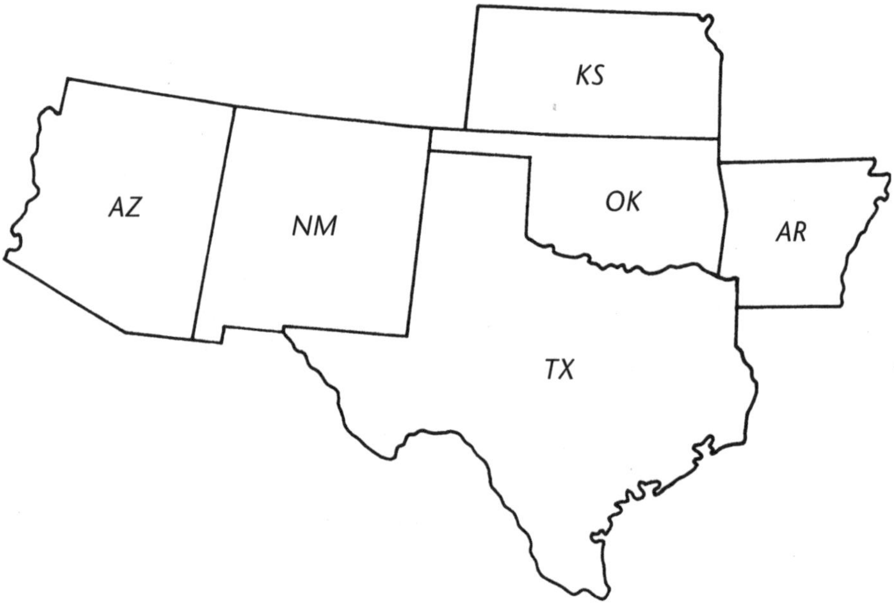

AZ = Arizona *AR = Arkansas*
NM = New Mexico *TX = Texas*
OK = Oklahoma *KS = Kansas*

(A) Sie fliegen nach El Dorado in Arkansas. Leider finden Sie keine Nuggets mehr und fliegen enttäuscht in den Staat, der westlich davon liegt, weiter. Wie heißt er?

(B) Ha! Dallas müssen Sie als alter Fan der gleichnamigen Seifenoper natürlich besichtigen. Allerdings ist JR über die Störung seines „intakten" Familienlebens nicht besonders erfreut und befördert Sie höchstpersönlich über die Grenze zum nächsten, südlich gelegenen Staat. Wo sind Sie nun?

(C) Sie rappeln sich aus dem Staub auf und reisen unverzagt weiter. Mit einem gemieteten Wagen fahren Sie durch New Mexico hindurch und halten erst in Phoenix. Nomen est omen, denken Sie, und machen erst einmal gemütlich Rast und regenerieren sich. In welchem Staat befinden Sie sich?

❻ Die Plains und die Gebirgsstaaten:

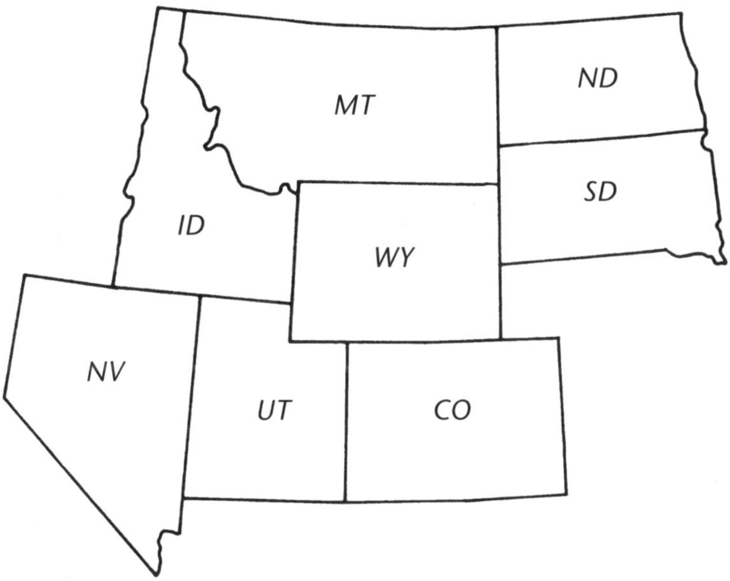

MT = Montana | *ID = Idaho*
ND = North Dakota | *NV = Nevada*
SD = South Dakota | *UT = Utah*
WY = Wyoming | *CO = Colorado*

(A) Mit wiedergefundener Ruhe machen Sie sich auf den Weg durch die Rocky Mountains Richtung Norden, um den Yellowstone National Park zu besichtigen. In welchem Staat liegt er?

(B) Im Park retten Sie eine Reisegruppe vor einem wütenden Grizzlybären. Sie ist Ihnen äußerst dankbar und lädt Sie in ihre Heimatstadt Helena, im nächsten Bundesstaat im Norden, ein. Sie nehmen gerne an. Wie heißt der Staat?

(C) Die Reisegruppe zeigt sich noch mehr erkenntlich und schenkt Ihnen einen Freiflug nach Denver (Sie sind natürlich auch Fan vom „Denver Clan"), den Sie entzückt annehmen. In welchen Bundesstaat begeben Sie sich?

❼ Die Pazifikstaaten:

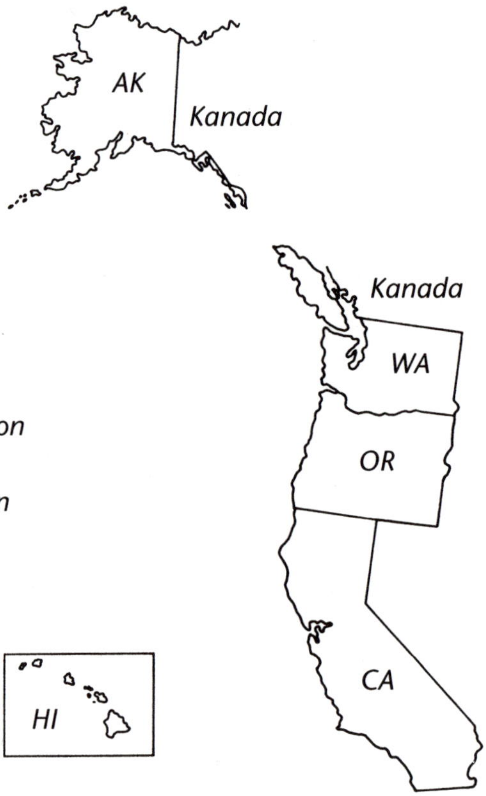

AK = Alaska
WA = Washington
OR = Oregon
CA = Kalifornien
HI = Hawaii

(A) Nun sind Sie schon fast einmal quer durch die USA gereist. Sie beschließen, kurz in Kalifornien zu rasten und dann einen Abstecher übers Meer nach Westen zu machen. Wie heißt dieser Staat?

(B) Dort ist es Ihnen auf Dauer aber zu heiß, und Sie fliegen in den nordwestlichen Bundesstaat, der im Norden an Kanada angrenzt und dessen Name Ihnen geläufig ist. Wie heißt er?

(C) Zu guter Letzt wollen Sie noch die „kalte Schulter" der USA kennenlernen, bevor Sie sich wieder über den großen Teich Richtung Heimat begeben. Wohin gehen Sie?

→ **Antworten:**

❹ (A) Illinois, (B) Nebraska, (C) Iowa. ❺ (A) Oklahoma, (B) Texas, (C) Arizona. ❻ (A) Wyoming, (B) Montana, (C) Colorado. ❼ (A) Hawaii, (B) Washington, (C) Alaska.

Wir können dieses Kapitel natürlich nicht beenden, bevor wir uns nicht der berühmten Frage „Warum wollen Männer nie nach dem Weg fragen?" gewidmet haben. Kürzlich wurde eine Studie durchgeführt, in der Männer und Frauen sich ihren Weg durch ein Netz von verwinkelten Straßen suchen mußten; man fand heraus, daß die beiden Geschlechter eine sehr unterschiedliche Fahrweise an den Tag legten. Die Männer verließen sich auf Koordinationen wie Richtung, Geschwindigkeit und Zeit und bastelten sich daraus eine Art geistiger Karte. Frauen jedoch hielten sich an Orientierungspunkte. Daraus schlossen die Forscher, daß Männer sich schlicht darauf verließen, daß ihre „intuitiven" Karten sie schließlich dahin führten, wo sie hinwollten. Aber die Forscher stellten auch fest, daß keine der beiden Vorgehensweisen, weder die der Frauen noch die der Männer, effizienter war. Wenn Frauen und Männer gleichermaßen erfolgreich sind, warum fühlen sich dann nur Männer „nicht verloren"?

Eine mögliche Antwort wäre folgende: Da Männer zeit ihres Lebens ihren eigenen Weg suchen müssen, wissen sie instinktiv, daß es ihren Lernprozeß aufhält, wenn sie nach dem Weg fragen, das heißt, daß es im Endeffekt besser ist, wenn sie den Weg selbst finden.

Wenn Sie also das nächste Mal an einer Straßenkreuzung in Ihrer Heimatstadt stehen und jemand fragt: „Wie komme ich zum Bahnhof?", dann tun Sie ihm einen Gefallen und antworten Sie: „Durch Übung!"

Orientierungsvermögen

Auf globaler Ebene

K U R Z T E S T

➔ Wie gut funktioniert Ihr Orientierungssinn auf globaler Ebene?

❶ Als ich klein war, kauften mir meine Eltern einen ganz billigen Globus, der bei mir ein Trauma hinterlassen hat. Er hatte die Form einer Pyramide. Seither war ich in Geographie immer fürchterlich schlecht (allerdings halte ich Ägypten für eine Weltmacht!).

❷ Jetzt mal ehrlich: Mit diesem Kapitel bin ich völlig überfordert. Ich habe alles vergessen, was ich in der Schule gelernt habe! Außerdem werden die Länder sowieso ständig umbenannt!

❸ Seltsamerweise kann ich sofort den Irak auf der Karte finden, aber mein eigenes Bundesland nicht.

❹ Also, die Breitengrade verlaufen von Norden nach Süden und bestimmen einen Punkt in Ost-West-Richtung ..., nein, Längengrade verlaufen von Ost nach West und bestimmen einen Punkt in Nord-Süd-Richtung ..., nein, die Längengrade verlaufen ..., ach, vergessen Sie's!

❺ In der Psychologie-AG in der Schule dachte ich noch, alle Längenuntersuchungen würden auf dem Nullmeridian ausgeführt.

Zugegeben, Nummer 1 war ein schlechter Scherz. Aussage 2 ist normal, wenn auch nicht gerade wünschenswert, ebenso Nummer 3. Über den Irak wurde häufig in den Nachrichten berichtet, aber die Geographie Deutschlands haben Sie wohl seit Ihrer Schulzeit nicht mehr aufgefrischt. Aus dem gleichen Grund werden Sie vermutlich auch Nummer 4 zugestimmt haben. Und natürlich war auch Aussage 5 wieder ein schlechter Scherz. Auch wir sind nicht perfekt, wissen Sie!

ÜBUNGEN

Es folgen Übungen, bei denen es um Weltgeographie geht. Stellen Sie sich vor, Sie machen mit einer (etwas chaotischen) Reisegruppe eine Weltreise.

→ Wieder sollten Sie herausfinden, in welchem Land Sie sich gerade befinden:

❶ Europa:

(A) Ihre Reise beginnt in London. Eine der Mitreisenden ärgert einen Mann der Palastwache, der sie kurzerhand in seine riesige Pelzkappe stopft. Nach einer längeren Debatte, ob sie nun im Gepäckraum oder bei den Reisenden untergebracht werden soll, fliegen Sie alle nach Ungarn und fahren anschließend mit dem Bus in den nächsten, südlich davon gelegenen Staat. Wo sind Sie?

(B) In Sarajevo können Sie nur mit Mühe den Granaten entkommen. Sie fahren schnellstens weiter, durch Österreich und die Tschechische Republik, und halten erst im nächsten Staat nördlich davon an. In welchem Land sind Sie nun?

(C) In Polen finden gerade Wahlen statt. Die aufgebrachte Menge behauptet, die Wahlen würden manipuliert. Sie fliehen nach Osten, durch Weißrußland, und halten erst im östlich davon liegenden Land an. Wie heißt das Land?

❷ Asien:

(A) In einem Moskauer Hotel singt ein Mitglied der Reisegruppe „Georgia on my mind" unter der Dusche; der KGB, der die Zimmer abhört, nimmt den Mann mit der Begründung fest, er würde Waffen nach Georgien liefern. Sie ergreifen wieder einmal die Flucht. Sie fahren durch die Mongolei und halten erst im Land südlich davon an. Wo sind Sie?

(B) Auf dem Platz des Himmlischen Friedens hat sich die Lage wieder beruhigt; Sie können nur noch einen einsamen Studenten entdecken, der ein übergewichtiges Parteimitglied davon abzuhalten versucht, ein weiteres Eclair in sich hineinzustopfen. Sie reisen weiter, durch Nepal, Indien, Pakistan, und machen im nächsten Land in Nordwesten Rast. Wie heißt das Land?

(C) Ihre Mitreisende kann endlich aus der englischen Pelzmütze befreit werden, aber ihr Fotoapparat hat sich fest in ihre Stirn eingedrückt. Das verschafft ihr allerdings die Hauptrolle in dem Film „Ich bin eine Kamera", der dort gerade gedreht wird. Ihre Gruppe läßt die Frau zurück und reist weiter in das nächste Land im Westen. Wo befinden Sie sich jetzt?

❸ Afrika und Naher Osten:

(A) Im Irak machen Sie sich durch eine falsche Bemerkung Feinde. Ihr Busfahrer ist allerdings ein ehemaliger Taxifahrer aus New York. Ihm gelingt es, den Raketen auszuweichen und Sie sicher über die Grenze im Süden zu bringen. Wo verschnaufen Sie jetzt?

(B) In Lybien werden Sie vom CIA angeheuert. Man befestigt an Ihnen ein Mikrofon, und Sie lassen sich in der Kneipe neben Terroristen nieder. Ihr Schlürfen jedoch übertönt die Stimmen der anderen, und Ihre Mission schtert. Schnell verdünnisieren Sie sich, rasen durch den Sudan hindurch und noch zwei Staaten weiter in Richtung Osten. Wo landen Sie?

(C) In Kenia gehen Sie auf Großwildjagd, doch Naturschützer nehmen Sie gefangen und verschleppen Sie in das südlichste Land Afrikas. Wie heißt es?

→ **Antworten:**
❶ (A) ehem. Jugoslawien, (B) Polen, (C) Rußland. ❷ (A) China, (B) Afghanistan, (C) Iran. ❸ (A) Saudi-Arabien, (B) Somalia, (C) Südafrika.

So gelingt die Orientierung auf globaler Ebene

Was? Sie haben keinen Globus? Das ist genauso schlimm, wie keinen Atlas zu besitzen! (Denken Sie daran, was passiert, wenn Sie die Oberfläche einer Kugel auf einer ebenen Fläche ausbreiten wollen!) Als allererstes sollten Sie nun losgehen und den größten und genauesten Globus kaufen, den Sie finden können. Am besten wäre es, wenn möglichst wenig oder gar keine Städte darauf eingezeichnet sind, aber dafür geographische Besonderheiten. Ein Globus, auf dem die einzelnen Länder durch verschiedene Farben voneinander abgesetzt sind, wäre ideal. (Manche Menschen ziehen die neuen, durchsichtigen Globen vor, aber das bleibt ganz Ihrem Geschmack überlassen. Kaufen Sie jedoch einen Globus keinesfalls nur, weil er ungewöhnlich aussieht oder sich gut als Dekoration eignet.)

Machen Sie sich an einem verregneten Sonntagnachmittag eine schöne Tasse Tee oder Kaffee, und inspizieren Sie dann gründlich die neue Errungenschaft. Nehmen Sie sich anschließend die Titelseite der Sonntagszeitung vor, wählen Sie auf gut Glück eine Story über das Ausland aus, und suchen Sie die betreffende Region auf dem Globus. Erliegen Sie aber *nicht* der Versuchung, zuerst die Koordinaten mit Hilfe einer Karte herauszufinden, denn dadurch lernen Sie nicht genug. Nein, nehmen Sie den fraglichen Kontinent genau unter die Lupe, und suchen Sie auf eigene Faust. Wiederholen Sie diese Vorgehensweise mit anderen Zeitungsberichten. Wenn Sie über einen (oder zwei) Monate hinweg Ihre Sonntage auf diese Weise verbracht haben, werden Sie sehen, daß Sie allein aufgrund der Nachrichten bereits Ihren Globus ziemlich genau kennengelernt haben. Vielleicht weckt dies in Ihnen ja auch (neue) Begeisterung für Geographie.

So gut vorbereitet, ist es nun an der Zeit, Ihre Traumreise zu planen – „In sechs Monaten um die Welt!" (Vielleicht gewinnen Sie ja im Lotto; oder Sie gehen in Rente und verwenden einen Teil des für die Erbschaft gedachten Geldes für Ihre Traumreise, die sonst vermutliche Ihre Kinder *an Ihrer Stelle* unternommen hätten – ein Bürde, die Sie ihnen nun abnehmen können!) Setzen Sie sich an einem weiteren verregneten Wochenende gemütlich auf die Couch, und machen Sie eine Liste von einem Dutzend exotischer Länder. Sehen Sie sich Ihren Globus noch einmal genau an, um sicherzugehen, daß Sie auch kein lohnenswertes Fleckchen vergessen haben (denken Sie daran, Sie haben sechs Monate Zeit). Erforschen Sie alle Kontinente und auch die Ozeane, sonst übersehen Sie womöglich noch die Osterinsel. Planen Sie dann die direkte Flugroute, ausgehend von Ihrer Heimatstadt, zum nächstliegenden Ort, den Sie ausgewählt haben. *Ist* es tatsächlich der nächstliegende Ort? Nehmen Sie ein Stück Schnur zur Hand, um sich zu vergewissern. Haben Sie wirklich die kürzeste Route gefunden? Vielleicht wäre ein Flug über einen der Pole kürzer. Prüfen Sie es nach. Vielleicht ist auch ein Flug von Ost nach West kürzer; oder vielleicht umgekehrt? Wenn Sie all diese Fragen für das erste Etappenziel zu Ihrer Zufriedenheit geklärt haben, machen Sie es für das zweite Ziel genauso. Sie sind sich nicht sicher, welcher Ort näher am ersten liegt? Verwenden sie wieder die Schnur, um es herauszufinden. Machen Sie dann so weiter, bis Sie Ihre gesamte Reiseroute zusammengestellt haben.

Um Ihren Lernprozeß noch mehr anzukurbeln, notieren Sie sich die Anzahl der Kilometer, die Sie zwischen den einzelnen Orten zurücklegen. Vergleichen Sie dann die Entfernung mit einem Flug quer durch Deutschland (z.B. Hamburg–München). Das können Sie wieder relativ leicht mittels einer Schnur bewerkstelligen, die Sie an den Maßstab des Globus' anpassen (z.B. 1 cm = 200 km).

ÜBUNGEN

Doch nun wieder zu unseren Übungen aus dem Bereich der Geographie.

➔ Erneut sollen Sie herausfinden, wohin es Sie verschlagen hat:

❹ Nordamerika:

(A) Nach Ihrer Flucht aus Südafrika glücklich in Grönland angekommen, fragen Sie sich gerade entsetzt, wie Sie bei dem ganzen Trubel zugenommen haben können, als auch schon ein kurzsichtiger Eskimo auf Sie zurast, weil er Sie für ein Walroß hält. Um seiner Harpune zu entgehen, entfliehen Sie über das Eis und schlittern geradewegs in den Staat, der südwestlich von Grönland liegt. Wie heißt er?

(B) Sie treffen Ihre Reisegruppe in Kanada wieder. Sie haben genug von der Kälte und fahren alle zusammen schnurstracks Richtung Süden, durchqueren die USA, lassen Florida hinter sich und segeln auf die nächstliegende Insel im Süden. Wo werden Sie Anker?

(C) In Kuba wird aus Versehen einer Ihrer Mitreisenden entführt. Da keiner ihn auslösen möchte, lassen ihn die Rebellen schließlich entnervt frei. Sie machen sich alle schleunigst davon, Richtung Westen. Wo landen Sie diesmal?

❺ Südamerika:

(A) Sie starten Ihre Südamerika-Tour in Guyana. Allerdings ist dort nicht viel los, deshalb fahren Sie in das nächste Land im Süden, das aufregender zu sein verspricht. Wie heißt es?

(B) Sie reisen durch den Amazonas und nach Bolivien hinein, wo Sie in einem Restaurant namens Chez Guevara zu Abend essen. In Argentinien schlägt Sie der Tango in die Flucht. Sie machen eine Bergtour über die Anden im Westen und sich auch schon im nächsten Land. In welchem?

(C) Sie fliegen nun über Peru nach Ecuador. Dort werden Sie von Drogenbaronen in das Land nördlich von Ecuador verschleppt. Wo sind Sie nun?

❻ Australien, Pazifik und die Antarktis:

(A) Sie sind auf der letzten Etappe Ihrer Weltreise. Aufgrund des Jetlaks denken einige Ihrer Mitreisenden, sie seien nun Känguruhs. Sie hüpfen Richtung Osten davon und auf ein Schiff, das zur nächsten Insel fährt. Sie nehmen die Verfolgung auf. Wo holen Sie sie ein?

(B) Die anderen kommen wieder zur Besinnung. Zusammen fliegen Sie zunächst auf die Philippinen, aber die politische Lage dort ist angespannt, und Sie fliegen so weit nach Süden, wie es nur geht. Wo zittert jetzt die ganze Gruppe um die Wette?

(C) Da Sie nun schon einmal hier sind, möchten Sie auch den Südpol sehen. Mitten im Eis läßt Sie der Hundeschlitten im Stich, und Sie haben Glück, auf ein Forschungsflugzeug zu stoßen. Sie haben die Nase nun gestrichen voll vom Reisen und fliegen mit den Forschern über Hawaii in deren Heimat zurück, die sich ganz im Nordosten der Karte befindet. Wo können Sie endlich etwas zur Ruhe kommen, bevor Sie die letzte Etappe in die Heimat antreten?

→ Antworten:

❹ (A) Kanada, (B) Kuba, (C) Mexiko. ❺ (A) Brasilien, (B) Chile, (C) Kolumbien. ❻ (A) Neuseeland, (B) Antarktis, (C) Vereinigte Staaten.

Koordinaten sind natürlich sehr nützlich, aber eher zur Standortbestimmung und für das Navigieren gedacht denn für die Orientierung. Die Breitengrade werden auch „Parallelen“ genannt, da sie parallel nebeneinander von Ost nach West um die ganze Erde verlaufen. Mit ihrer Hilfe läßt sich der Standort auf der Nord-Süd-Achse bestimmen. Längengrade verlaufen von Nord nach Süd, aber nicht parallel; sie treffen an den Polen aufeinander und streben dann auseinander. Sie legen den Standort östlich und westlich des Nullmeridians fest, der durch Greenwich in England verläuft. Die Linien, die beide auf dem Globus beschreiben, bilden ein Gitternetz, so daß man exakt den Punkt bestimmen kann, an dem ein bestimmter Ort liegt. Ich befinde mich z.B. gerade an dem Punkt 40° 45’ nördlicher Breite und 74° westlicher Länge; durch exaktere Messungen kann man den Punkt noch genauer festlegen.

Aber unser Orientierungssinn läßt sich weniger mit dem Lesen einer Karte vergleichen als mit dem Vorstellungsvermögen. Um sich orientieren zu können, muß man nicht nur in der Lage sein, in seiner Vorstellung ein festes oder ein bewegliches Objekt hin und her zu schieben, sondern sich sozusagen in das Bild selbst hineinbegeben.

Unser Orientierungssinn ist sicherlich bereits genetisch festgelegt. Bakterien und Bienen beispielsweise besitzen einen Magnetiten in ihrem Körper, mit dessen Hilfe sie sich am Magnetfeld der Erde orientieren können. Und Tauben, für die „Heimfindeinstinkte" kein Fremdwort ist, haben in ihrem Gehirn magnetische Strukturen. Wer weiß, über welche wunderbaren, aber noch unbekannten Fähigkeiten der Mensch verfügt?

Strukturelles Denken

Schnelligkeit

KURZTEST

➔ Wie schnell können Sie Dinge zusammensetzen?

❶ Ich habe Schwierigkeiten, einen gut durchstrukturierten Aufsatz zu schreiben, wenn ich einen Kurs belegen will, schaue ich als erstes nach, ob man ein Referat schreiben muß, und falls ja, trage ich mich in einen anderen Kurs – egal welchen – ein.

❷ Ich bin wirklich ganz gut darin, Dinge zusammenzusetzen, aber immer scheinen am Schluß irgendwelche Teile übrig zu bleiben.

❸ Ich kann das ganz gut, solange ich genügend Zeit dafür habe; aber unter Zeitdruck bringe ich einfach nichts zustande, weil meine Konzentration stark nachläßt.

❹ Ich kann das ganz gut, solange mir ein Zeitlimit gesetzt wird; wenn ich nämlich keinen Zeitdruck habe, brauche ich eine Ewigkeit, um Entscheidungen zu treffen.

❺ Mir fällt das relativ leicht, da ich mich eher auf die einer Struktur innewohnende Logik verlasse als auf mein Gedächtnis oder auf Anregungen und Anleitungen von anderen.

Die Aussagen 1, 2, 3 und 4 treffen auf die meisten Menschen zu, auch wenn wir nicht *ganz* damit zufrieden sein mögen. Doch durch schlichtes Üben kann man den Verdruß und das Unbehagen, das wir beim Zusammensetzen von Dingen oft haben, bedeutend abmildern. Sollte Nummer 5 auf Sie zutreffen, ist das ausgezeichnet, wenn auch ungewöhnlich. Sie können dieses Kapitel überspringen, außer Sie möchten gerne einige der schönsten Gedichte lesen, die je von deutschen Dichtern geschrieben wurden! Wie wär's also?

ÜBUNGEN

Es folgen einige Übungen aus dem Bereich der Poesie, bei denen Sie wieder die Zeit stoppen sollten, um prüfen zu können, ob Sie nach und nach immer besser werden.

Lesen Sie zuerst die Gedichte sorgfältig durch; setzen Sie dann, ohne noch einmal nachzuschauen, die Gedichte aus den darunterstehenden Zeilen wieder zusammen.

❶ **Christian Hofmann von Hofmannswaldau:** aus „Die Welt"

Was ist die Welt und ihr berühmtes Glänzen?
Was ist die Welt und ihre ganze Pracht?
Ein schnöder Schein in kurzgefaßten Grenzen,
ein schneller Blitz bei schwarzgewölkter Nacht.

Setzen Sie das Gedicht aus folgenden Zeilen zusammen:
(A) Ein schnöder Schein in kurzgefaßten Grenzen
(B) Was ist die Welt und ihre ganze Pracht?
(C) ein schneller Blitz bei schwarzgewölkter Nach
(D) Was ist die Welt und ihr berühmtes Glänzen?

❷ **Andreas Gryphius:** aus „Abend"

Der schnelle Tag ist hin, die Nacht schwingt ihre Fahn'
und führt die Sternen auf. Der Menschen müde Scharen
verlassen Feld und Werk; wo Tier und Vögel waren,
traurt itzt die Einsamkeit. Wie ist die Zeit vertan!

Setzen Sie das Gedicht aus folgenden Zeilen zusammen:
(A) traurt itzt die Einsamkeit. Wie ist die Zeit vertan
(B) und führt die Sternen auf. Der Menschen müde Scharen
(C) Der schnelle Tag ist hin, die Nacht schwingt ihre Fahn'
(D) verlassen Feld und Werk; wo Tier und Vögel waren

❸ **Friedrich Gottlieb Klopstock:** aus „Frühlingsfeier"

Lüfte, die um mich wehn und sanfte Kühlung
auf mein glühendes Angesicht hauchen,
euch, wunderbare Lüfte,
sandte der Herr, der Unendliche!

Setzen Sie das Gedicht aus folgenden Zeilen zusammen:
(A) euch, wunderbare Lüfte
(B) Lüfte, die um mich wehn und sanfte Kühlung
(C) sandte der Herr, der Unendliche
(D) auf mein glühendes Angesicht hauchen

❹ **Johann Wolfgang von Goethe:** aus „Faust 1":

Habe nun, ach! Philosophie,
Juristerei und Medizin,
Und leider auch Theologie!
Durchaus studiert, mit heißem Bemühn.
Da steh' ich nun, ich armer Tor!
Und bin so klug als wie zuvor.

Setzen Sie das Gedicht aus folgenden Zeilen zusammen:
(A) Durchaus studiert, mit heißem Bemühn
(B) Und bin so klug als wie zuvor
(C) Habe nun, ach! Philosophie
(D) Und leider auch Theologie
(E) Da steh' ich nun, ich armer Tor
(F) Juristerei und Medizin

➔ **Lösungen:**
❶ D, B, A, C; ❷ C, B, D, A; ❸ B, D, A, C; ❹ C, F, D, A, E, B.

Schnelligkeit läßt sich lernen

Wir haben die Satzzeichen bei den einzelnen Zeilen entfernt, damit sie Sie nicht zu sehr „ablenken"; es ging hier schließlich nicht darum, Tricks oder Erinnerungstechniken anzuwenden. Letzteres hätten Sie zum Beispiel getan, wenn Sie sich jeweils den ersten Buchstaben der Zeilen gemerkt hätten, bei Hofmannswaldau als WWEE. Vielleicht hätten Sie dabei festgestellt, daß man sich nicht zu sehr auf Tricks verlassen, sondern sich lieber die Mühe machen sollte, eine Methode zur Lösung des Problems zu erarbeiten. Hier kommt es zwar auch auf Schnelligkeit an, aber wir setzen Ihnen bewußt ein Zeitlimit, gegen das Sie arbeiten müssen. Tun Sie aber folgendes: Stoppen Sie die Zeit, die Sie zur Lösung der ersten Aufgabe benötigt haben, und nehmen Sie *diese* dann als Ausgangsbasis; so können Sie schnell feststellen, ob Sie sich verbessern.

Aber geht Schnelligkeit nicht auf Kosten der Genauigkeit? Und ist Genauigkeit nicht wichtiger? Manchmal ja, aber nicht immer. In den Sekunden vor einem Autounfall zählt beispielsweise *beides.* Und wenn Sie in einer solchen Situation nicht schnell denken können, werden Sie es vielleicht nie wieder tun ...

Der französische Psychoanalytiker Jacques Lacan hatte die entnervende Angewohnheit, die Sitzungen mit einem Patienten durch die Feststellung: „Okay, das reicht. Ich gebe Ihnen fünf Minuten, um mir zu erzählen, wo der Schuh wirklich drückt" zu unterbrechen. (Wir gestehen, daß dies nicht ganz exakt seine Worte waren.) Er tat das hauptsächlich aus folgendem Grund: Seine Patienten tendierten unbewußt dazu, in der Sitzung mit ihren wahren Problemen hinter dem Berg zu halten und sie erst kurz vor Schluß zu erwähnen, wenn sie genau wußten, daß die Zeit knapp wurde. Um genau das zu vermeiden, setzte ihnen Lacan ein Zeitlimit und schaffte es dadurch, eine Schneise durch das „emotionale Gestrüpp" zu schlagen und zu den wahren Problemen vorzudringen.

Warum aber können einige nur mit der Uhr im Nacken arbeiten, während ein Zeitlimit bei anderen Panik oder Unbehagen auslöst? Ich weiß es nicht, und ich möchte hier auch keine Vermutungen anstellen. Allerdings weiß ich, daß Übung hier einiges bewirken kann, und zwar relativ einfache Übungen. Könnten Sie es z.B. schaffen, das Aufstehen oder den Weg zur Schule bzw. Arbeit zu beschleunigen, ohne sich dabei abzuhetzen oder nachlässig zu werden? Versuchen Sie es einmal. (Aber verkürzen Sie nur jene Aktivitäten, die offenbar „immer zu lange dauern". Ersetzen Sie ein gemütliches Frühstück nicht durch einen hektischen Stehimbiß! Wenn Sie nicht gerade ein typischer Student sind, der es immer schafft, genau in der letzten Minute einzutrudeln, sollten Sie morgens fünf bis zehn Minuten Zeit abzwacken und die gewonnene Zeit dafür nutzen, länger zu schlafen oder zu frühstücken.

Denken Sie daran: Sie sollen nicht generell all Ihre Aktivitäten beschleunigen, sondern lernen, sich besser auf die jeweilige Aufgabe zu konzentrieren. Probieren Sie es zuerst einmal mit Aufgaben, bei denen keine allzu große Denkarbeit nötig ist, wie dem Verändern der morgendlichen Routine. Gehen Sie dann vermehrt zu Dingen über, die Ihren Verstand fordern. Schreiben Sie Ihren nächsten Brief ein wenig schneller. Lesen Sie die Tageszeitung schneller (aber immer noch genauso gründlich). Lösen Sie das Kreuzworträtsel schneller. An Gelegenheiten mangelt es bestimmt nicht, üben können Sie immer: bei der Arbeit, zu Hause, am Abend und an den Wochenenden.

Aber aufgepaßt: Es geht nicht darum, durchs Leben zu rasen oder hier und da ein bißchen (oder viel) Zeit einzusparen. Vielmehr geht es darum zu lernen, wie man etwas schneller Probleme „ausknobeln" oder „Dinge zusammensetzen", kurz: strukturierend tätig werden kann. Ah, da wir gerade vom „Zusammensetzen" sprechen – wir haben da natürlich noch ein paar schöne Aufgaben für Sie!

ÜBUNGEN

Gehen Sie wie bei der ersten Übung vor. Stoppen Sie wieder die Zeit – und sei es auch nur, damit Sie lernen, mit einer Uhr neben sich zu arbeiten.

→ Bauen Sie folgende Gedichte wieder zusammen:

❶ **Friedrich Hölderlin:** aus „Hymne an die Liebe"

Heute soll keine Auge trüben,
Sorge nicht hienieden sein!
Jedes Wesen soll der Liebe,
Frei und froh, wie wir, sich freun!

Setzen Sie das Gedicht aus folgenden Zeilen zusammen:
(A) Jedes Wesen soll der Liebe
(B) Heute soll kein Auge trübe
(C) Frei und froh, wie wir, sich freun
(D) Sorge nicht hienieden sein

❷ **Friedrich Schiller:** aus „Die Bürgschaft"

Und die Treue, sie ist doch kein leerer Wahn,
so nehmet auch mich zum Genossen an,
Ich sei, gewährt mir die Bitte,
in eurem Bunde der Dritte.

Setzen Sie das Gedicht aus folgenden Zeilen zusammen:
(A) Ich sei, gewährt mir die Bitte
(B) so nehmet auch mich zum Genossen an
(C) in eurem Bunde der Dritte
(D) Und die Treue, sie ist doch kein leerer Wahn

❸ **Johann Wolfgang von Goethe:** aus „Wiederfinden"

Ist es möglich! Stern der Sterne,
Drück' ich wieder dich ans Herz!
Ach, was ist die Nacht der Ferne
Für ein Abgrund, für ein Schmerz!

Setzen Sie das Gedicht aus folgenden Zeilen zusammen:
(A) Für ein Abgrund, für ein Schmerz
(B) Ach, was ist die Nacht der Ferne
(C) Drück' ich wieder dich ans Herz
(D) Ist es möglich! Stern der Sterne

❹ **Novalis** (Friedrich von Hardenberg): aus „Hinüber wall ich ..."

Ich fühle des Todes verjüngende Flut,
Zu Balsam und Äther verwandelt mein Blut –
Ich lebe bei Tage voll Glauben und Mut
Und sterbe die Nächte in heiliger Glut.

Setzen Sie das Gedicht aus folgenden Zeilen zusammen:
(A) Zu Balsam und Äther verwandelt mein Blut
(B) Und sterbe die Nächte in heiliger Glut
(C) Ich lebe bei Tage voll Glauben und Mut
(D) Ich fühle des Todes verjüngende Flut

→ **Lösungen:**
❶ B, D, A, C; ❷ D, B, A, C; ❸ D, C, B, A; ❹ D, A, C, B.

Natürlich möchten wir alle in der Lage sein, schneller zu denken – nicht, um Zeit zu sparen, sondern um eine Aufgabe schnell und effizient ausführen oder schnell reagieren zu können; letzteres vor allem, wenn Sie z.B. jemanden gerade im spannendsten Moment (nämlich zwei Minuten vor Schluß) eines Fußballspiels anrufen oder wenn Sie in einer Ausschußsitzung das Richtige im richtigen Moment sagen wollen.

Doch in der Welt von heute werden vermehrt Anforderungen an uns gestellt. Die Technisierung unserer Umwelt geht immer schneller vonstatten, Aufgaben müssen in immer kürzerer Zeit bewältigt werden – und das gilt auch für Entscheidungen, die man treffen muß. Es ist noch nicht lange her, da verlief das Leben noch in einem angenehmeren, gemäßigteren Tempo: als es nämlich noch nicht möglich war, Informationen nahezu gleichzeitig zu verarbeiten und zu übertragen, selbst wenn dadurch viel gewonnen worden wäre. Aber solche Dinge wie Computer, Modems und Faxgeräte haben alles verändert. Wir werden nun mit Problemen konfrontiert wie (A) Was passiert, wenn neue Technologien es erforderlich machen, daß eine Arbeit schneller erledigt werden muß, als ein Mensch dies vermag? (B) Was passiert, wenn wir äußerst wichtige Entscheidungen treffen müssen, aber kaum noch Zeit haben, den Sachverhalt zu verstehen, der eigentlich als Grundlage einer solchen Entscheidung dienen sollte? (C) Was passiert mit Menschen, die einfach eine gewisse Zeit brauchen, um ihre Arbeit gut zu machen?

Eine Minute wird heute immer „kürzer", und deshalb ist es zunehmend wichtiger, daß wir unsere Gedanken schnell „zusammensetzen" können – ob das nun bedeutet, einen überzeugenden Aufsatz zu schreiben, eine brillante Schlußfolgerung zu ziehen oder eine intelligente Entscheidung zu treffen. Wenn Sie es nicht schaffen, sich an diese veränderte Situation anzupassen, werden Sie höchstwahrscheinlich irgendwann durch jemanden ersetzt, der dies beherrscht.

Strukturelles Denken

Genauigkeit

K U R Z T E S T

→ Wie genau arbeiten Sie beim Zusammensetzen von Dingen?

❶ Ohne Bedienungsanleitung bin ich völlig aufgeschmissen. Ich habe mich noch nicht einmal getraut, mein neues Autoradio ohne fremde Hilfe anzustellen.

❷ Wenn ich einen schriftlichen Bericht abfassen oder eine These vorbringen soll, scheine ich nie meine Punkte so darlegen zu können, daß sie dem Stoff gerecht werden.

❸ Beim Kochen muß das Rezept vor mir liegen – selbst wenn ich das Gericht schon x-mal gekocht habe.

❹ Anfangs brauche ich manchmal ein wenig Hilfe, aber wenn ich einmal den Dreh raushabe, dann kann ich es fortan auch!

❺ Das ist meine starke Seite. Ich liebe es z.B., die vielfarbigen Puzzles mit Dschungelhintergrund zusammenzusetzen!

Ein Ja bei Nummer 1 sollte Sie nicht zu sehr beunruhigen – es mangelt Ihnen nur ein wenig an Selbstvertrauen, Zustimmung bei Nummer 2 allerdings bedeutet, daß Sie darunter leiden. Auch Nummer 3 deutet auf mangelndes Selbstvertrauen. Klappen Sie das Kochbuch zu! Wie schlecht kann ein Hühnchenragout denn schon werden?! Nummer 4 ist vermutlich die ideale Vorgehensweise. Und Aussage 5 schließlich? Großer Gott! Sie müssen einen guten Nachbarn abgeben!

ÜBUNGEN

Lesen Sie das vollständige Gedicht sorgfältig durch, und anschließend das unvollständige. Wählen Sie die richtige, fehlende Zeile aus den vorgegebenen (die alle vom selben Autor stammen) aus:

➊ **Clemens Brentano:** aus „Wiegenlied"

Singet leise, leise, leise,
Singt ein flüsternd Wiegenlied,
Von dem Monde lernt die Weise,
Der so still am Himmel zieht.

Hier ist der Auszug:
Singet leise, leise, leise,
Singt ein flüsternd Wiegenlied,
Von dem Monde lernt die Weise,

Welches ist die richtige letzte Zeile?
(A) Wie die Bienen um die Linde.
(B) Der so still am Himmel zieht.
(C) Läßt nie mich allein.
(D) Mußt du bei der Wiege stehn.

➋ **Heinrich Heine:** aus „Ich hatte einst ..."

Ich hatte einst ein schönes Vaterland.
Der Eichenbaum
wuchs dort so hoch, die Veilchen nickten sanft.
Es war ein Traum.

Hier der Auszug:
Ich hatte einst ein schönes Vaterland.
Der Eichenbaum
wuchs dort so hoch, die Veilchen nickten sanft.

Welches ist die richtige letzte Zeile?
(A) Man glaubt es kaum.
(B) Das Vaterland wird nie verderben.
(C) Es war ein Traum.
(D) Die Jahre kommen und vergehn.

❸ **Theodor Storm:** aus „Hyazinthen“

Fern hallt Musik; doch hier ist stille Nacht,
Mit Schlummerduft anhauchen mich die Pflanzen:
Ich habe immer, immer dein gedacht;
Ich möchte schlafen, aber du mußt tanzen.

Hier der Auszug:
Fern hallt Musik; doch hier ist stille Nacht,
Mit Schlummerduft anhauchen mich die Pflanzen:
Ich habe immer, immer dein gedacht;

Welche ist die richtige letzte Zeile?
(A) Ich möchte schlafen, aber du mußt tanzen.
(B) Und du mußt tanzen; fremde Arme schmiegen sich an dein Herz.
(C) Es wird doch alles vergessen.
(D) Die Welt ist gar nicht lustig.

❹ **Conrad Ferdinand Meyer:** aus „Möwenflug“

Und du selber? Bist du echt beflügelt?
Oder nur gemalt und abgespiegelt?
Gaukelst du im Kreis mit Fabeldingen?
Oder hast du Blut in deinen Schwingen?

Hier der Auszug:
Und du selber? Bist du echt beflügelt?
Oder nur gemalt und abgespiegelt?
Gaukelst du im Kreis mit Fabeldingen?

Welche ist die richtige letzte Zeile?
(A) Eine schimmernd weiße Bahn beschreibend.
(B) Daß sich anders nicht die Flügel hoben.
(C) Hat zu meiner Jugendstunde sich lebende Flut gewiegt.
(D) Oder hast du Blut in deinen Schwingen?

→ **Lösungen:**
❶ B, ❷ C, ❸ A, ❹ D.

Die Genauigkeit trainieren

Nun, wie ist es bisher gelaufen? Wetten, daß Sie diesmal froh waren, nicht gegen die Zeit arbeiten zu müssen? Aber obwohl Sie die letzten Übungen nicht unter Druck lösen mußten, genügt vermutlich schon allein das Vorhandensein einer Uhr, um Sie unter Druck zu setzen. Seltsam, nicht?

Doch wir wollen noch eine andere „Angst" in Angriff nehmen: die Angst, auf sich alleine gestellt zu sein. Wir sind bereits so sehr dran gewöhnt, schriftlichen Anweisungen zu folgen, daß wir vergessen oder fast verlernt haben, selbständig denken zu *können.*

Nun, Sie dürften inzwischen wissen, daß wir Sie nicht mehr davonkommen lassen, oder? Wir sind einfach schon zu sehr daran gewöhnt, hier und da „Krücken" zu benutzen, und bevor wir uns dessen gewahr werden, sind wir geistig „aus der Form".

Wenn Sie „Anordnen und Zusammenbauen" und „strukturelles Denken" hören, denken Sie vielleicht an Ingenieure, die über Zeichenbrettern kauern, eifrig damit beschäftigt, ein fahrtüchtiges Auto zu konstruieren, das mit Elektrizität oder Erdgas läuft. Oder vielleicht an Fließbänder, an denen Roboterarme Autos zusammenbauen. Doch egal, ob es nun um ein Auto geht oder um Gedanken: Was zählt ist, wie die Dinge zusammenpassen und warum.

Eine prima Methode, um diese Fähigkeit zu trainieren, besteht darin, Sätze in Diagramme umzusetzen – eine Technik, die meiner Ansicht nach in Schulen stark vernachlässigt wird. Mit dem Zerlegen von Sätzen und dem Erstellen von Satzdiagrammen bzw. -schemata beschäftigt sich auch die strukturelle Linguistik (Sprachwissenschaft). Der folgende (natürlich nicht ernst zu nehmende) Satz wird darunter in Diagrammform dargestellt: „Etliche verärgerte Krokodile besetzten Bobs Büro im Verlag und forderten, daß es ihnen erlaubt werde, ein Buch über Menschen zu schreiben."

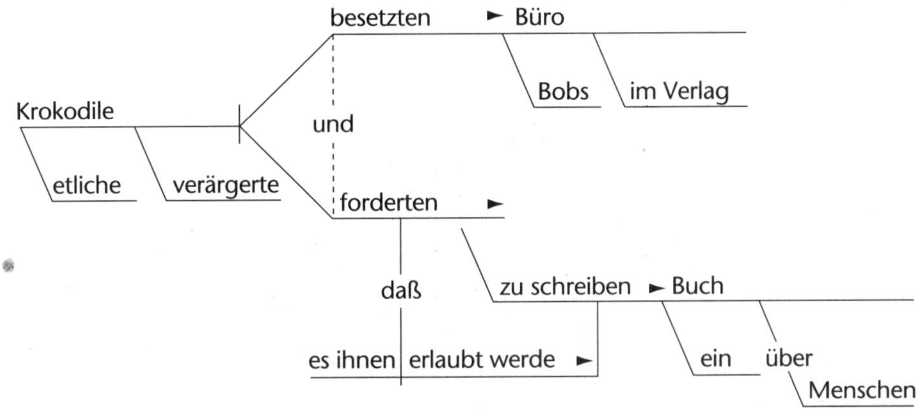

ÜBUNGEN

→ **Und noch einige Übungen. Gehen Sie genau wie oben beschrieben vor:**

❶ **Georg Heym:** aus „Der Abend"

Auf allen Inseln steigt des Herbstes Wald
mit roten Häuptern in den Raum, den klaren.
Und aus den Schluchten dunkler Tiefe hallt
der Waldung Ton, wie Rauschen der Kitharen.

Hier der Auszug:
Auf allen Inseln steigt des Herbstes Wald
mit roten Häuptern in den Raum, den klaren.
Und aus den Schluchten dunkler Tiefe hallt

Welches ist die richtige letzte Zeile?
(A) die hohe Nacht auf schattigem Kothurne.
(B) Wie Korybaten-Tanz dröhnt die Musik.
(C) der Waldung Ton, wie Rauschen der Kitharen.
(D) der Kirchenglocken ungeheure Zahl.

❷ **Georg Trakl:** aus „Im Winter"

Ein Schweigen in schwarzen Wipfeln wohnt.
Ein Feuerschein huscht aus den Hütten.
Bisweilen schellt sehr fern ein Schlitten
und langsam steigt der graue Mond.

Hier der Auszug:
Ein Schweigen in schwarzen Wipfeln wohnt.
Ein Feuerschein huscht aus den Hütten.
Bisweilen schellt sehr fern ein Schlitten

Welches ist die richtige letzte Zeile?
(A) Und Jäger steigen nieder vom Wald.
(B) Der Acker leuchtet weiß und kalt.
(C) Das Rohr bebt gelb und aufgeschossen.
(D) Und langsam steigt der graue Mond.

❸ **Gottfried Benn:** aus „Ein Wort"

Ein Wort – ein Glanz, ein Flug ein Feuer,
ein Flammenwurf, ein Sternenstrich –
und wieder Dunkel, ungeheuer,
im leeren Raum um Welt und Ich.

Hier der Auszug:
Ein Wort – ein Glanz, ein Flug ein Feuer,
ein Flammenwurf, ein Sternenstrich –
und wieder Dunkel, ungeheuer,

Welches ist die richtige letzte Zeile?
(A) Im leeren Raum um Welt und Ich.
(B) Und alles ballt sich ihm hin.
(C) Die weiße Perle rollt zurück ins Meer.
(D) Unsterblichkeit im Worte und im Laut.

❹ **Paul Celan:** aus „Ich bin allein"

Ich bin allein, ich stell' die Aschenblume
ins Glas voll reifer Schwärze. Schwestermund
du sprichst ein Wort, das fortlebt vor den Fenstern,
und lautlos klettert, was ich träumt', an mir empor.

Hier der Auszug:
Ich bin allein, ich stell' die Aschenblume
ins Glas voll reifer Schwärze. Schwestermund
du sprichst ein Wort, das fortlebt vor den Fenstern,

Welches ist die richtige letzte Zeile?
(A) Ich steh' im Flor der abgeblühten Stunde.
(B) Dein goldenes Haar Margarete.
(C) Und lautlos klettert, was ich träumt', an mir empor.
(D) Und spar' ein Harz für einen späten Vogel.

→ **Lösungen:**
❶ C, ❷ D, ❸ A, ❹ C.

Sie haben bestimmt auch schon davon gelesen, daß Paläontologen aus den Oberschenkelknochen eines vor langer Zeit ausgestorbenen Lebewesens auf dessen Größe und dessen Gewicht schließen können. Wie schaffen sie das? Die Länge und die Form des Oberschenkelknochens geben Aufschluß über Länge und Form der Beine, was wiederum Aufschluß gibt über das Gewicht, das die

Beine vermutlich in der Lage waren zu tragen. Daraus vermag man dann Rückschlüsse zu ziehen auf die anderen Körperproportionen usw. Mit genügend Informationen können Wissenschaftler annähernd bestimmen (oder „Anordnen und Zusammenbauen"), um welche Art von Lebewesen es sich gehandelt haben muß.

Die Geschichte bietet genügend Beispiele, wie man Dinge auf neue Art und Weise zusammengesetzt hat und dadurch plötzlich zu einer neuen Erkenntnis gelangt ist. Im frühen 19. Jahrhundert dachte man, „schlechte Luft" („Miasma" genannt) – z.B. das Methangas, das aus den Sümpfen aufstieg – sei für Krankheiten wie Malaria („mal-aria" bedeutet auf italienisch „schlechte Luft") verantwortlich. So gab Napoleon während seines Ägyptenfeldzuges tatsächlich eine „schlechte Luft"-Karte von Ägypten in Auftrag. Man erfand sogar eine Art „Luftpistole", mit der man einen Funken erzeugen und dann angeblich erkennen konnte, ob die Luft der Umgebung „schlecht" war. Und wohin hat das geführt? Unter anderem zu den Zündkerzen im Automotor.

Fragen über Fragen. Wieso führte die Erfindung des Pfluges schließlich zum Aufbau einer Hochkultur? Wieso brachte eine Zivilisation die Töpferkunst, die Schrift und das Geld hervor? Und auf welche Weise hat dieses Buch etwas mit dem Unterwäsche-Boom des 14. Jahrhunderts zu tun? Ganz einfach:

Nachdem im Hochmittelalter die Pestzeit überstanden war, kam Damenunterwäsche in Europa groß in Mode. Durch die Einführung des Spinnrades und des horizontalen Webstuhls war man in der Lage, mehr zu produzieren, die Stoffe wurden billiger, und auch die unteren Klassen konnten sich nun Leinen leisten. Der „Knochenmann", der ursprünglich Knochen eingesammelt hatte, die – zermahlen – die Grundlage für Dünger bildeten, wurde bald zum „Lumpen-und-Knochen-Mann", der abgetragenen Stoff sammelte. Wozu? Wer brauchte diese Lumpen in einer Zeit des Wohlstandes? Die Papiermühlen. Diese wuchsen rasch an, denn im Gegensatz zu Pergament war Papier billig, und von letzterem wurde schließlich mehr hergestellt, als man verbrauchen konnte. Bis ein Metallarbeiter namens Johannes Gutenberg zuerst die beweglichen Lettern und dann die Druckpresse erfand. Nun konnten Bücher in großen Mengen gedruckt werden, so daß sie den breiten Massen zugänglich wurden und zu ihrer Aufklärung und Bildung beitrugen. – Und etwa 500 Jahre später taucht eine Ausgabe von „Brainpower-Training" in Ihrer Buchhandlung auf und verschafft Ihnen eine hoffentlich angenehme Lektüre.

Augen-Gehirn-Koordination

Schnelligkeit

KURZTEST

→ Wie schnell sind Ihre „geistigen Reflexe"?

❶ Manchmal kann ich nicht auf Anhieb sagen, wie alt ich bin.

❷ Oft liegt mir ein Name oder ein Wort auf der Zunge, fällt mir aber partout nicht ein.

❸ Ich habe jetzt schon seit Jahren Kabelfernsehen, doch ich muß immer noch in der Programmübersicht nachschauen, wenn ich ein Programm suche.

❹ Nicht um alles in der Welt kriege ich Mathe in meinen Schädel.

❺ Während einer hitzigen Diskussion fühle ich mich richtig in meinem Element; denn wenn ich richtig wütend bin, kommen mir mit Blitzgeschwindigkeit Worte in den Sinn, die ich allerdings nicht ausspreche, weil ich sie hinterher bestimmt bereuen würde.

Stimmen Sie Aussage 1 zu, ist das völlig normal, keine Sorge. Wenn wir erst einmal über das Alter hinaus sind, in dem wir immer noch „einhalb" hinzufügten (als wir auf die Frage: „Wie alt bist du, mein Kind?" mit: „Neuneinhalb!" antworteten), dann ist es nicht mehr so wichtig, eine genaue Zahl nennen zu können. Auch Nummer 2 passiert häufig. Es ist nur ... hm ... wie heißt das Wort jetzt noch mal ...? Aber wenn es Ihnen wie in Nummer 3 geht, sollten Sie etwas unternehmen! Verstecken Sie Ihre Programmübersicht; Sie könnten ein wenig geistige Übung gut gebrauchen! Wenn Sie Aussage 4 zustimmen, ist das nicht ungewöhnlich; allerdings wird das Problem durch Üben nur teilsweise behoben, denn meist liegt es daran, daß man vor Mathe „Angst" hat. Und Nummer 5 schließlich? Das hört sich ganz nach mir an!

ÜBUNGEN

So, im letzten Kapitel befassen wir uns mit Musik. Wir werden Ihnen einige bekannte musikalische Symbole, deren Benennung und (in Klammern) unsere Abkürzung vorstellen. Nach jeder Zeichengruppe folgt eine leere Tabelle (für die Übungen). Machen Sie einige Kopien von jeder Seite, damit Sie die Tabellen jeweils mindestens zweimal ausfüllen können.

Gehen Sie folgendermaßen vor: Zuerst präsentieren wir Ihnen einen Abkürzungs- und Zeichenschlüssel. Prägen Sie ihn sich gut ein. Setzen Sie dann neben jedes Symbol in der Tabelle die richtige Abkürzung ein; gehen Sie dabei systematisch von links nach rechts vor, so, als würden Sie schreiben. Das heißt, tragen Sie *nicht* erst ein und dieselbe Abkürzung überall ein und dann die zweite usw. Sie können im Abkürzungsschlüssel nachschauen, so oft Sie wollen.

Hört sich die Übung zu einfach an? Das wäre sie auch – wenn Sie dabei nicht die Zeit stoppen würden! Denn darum geht es: Machen Sie diese Übung nicht in aller Ruhe, sondern so schnell Sie können. Stoppen Sie die Zeit, die Sie für den ersten Durchgang benötigen. Beschäftigen Sie sich dann einige Minuten lang mit etwas ganz anderem – essen Sie zum Beispiel einen Apfel, füttern Sie die Fische oder polieren Sie die Blätter Ihrer Pflanzen. Füllen Sie dann die Tabelle noch einmal aus, und versuchen Sie, diesmal schneller zu sein. Machen Sie wieder eine Pause, und versuchen Sie beim dritten Mal noch schneller zu sein.

Sie werden bemerken, daß die Abkürzungen aus dem Wort ersichtlich sind, wir also die Dinge nicht unnötig kompliziert haben, um Ihre Schnelligkeit herabzusetzen. (Die Abkürzung für „Violinschlüssel" ist z. B. VS; schreiben Sie also unter das Violinschlüsselsymbol „VS".) In diesen Übungen sollen Ihre „geistigen Reflexe" trainiert werden, nicht Ihr Gedächtnis, und deshalb geht es hauptsächlich um Schnelligkeit.

➔ Und hier nun Symbole, Abkürzungen und Tabellen:

Schlüssel:
𝄞 = Violinschlüssel (VS)
𝄢 = Baßschlüssel (BS)
𝄴 = 4/4-Takt (VT)
𝄵 = Alla-Breve-Takt (AT)

𝄞	𝄴	𝄢	𝄵	𝄴	𝄞	𝄵	𝄢	𝄞	𝄴	𝄵	𝄞	𝄴	𝄢	𝄵	𝄴	𝄵	𝄢
𝄢	𝄵	𝄞	𝄴	𝄢	𝄵	𝄢	𝄴	𝄞	𝄵	𝄢	𝄵	𝄞	𝄵	𝄢	𝄴	𝄞	𝄵
𝄵	𝄴	𝄞	𝄢	𝄵	𝄴	𝄞	𝄴	𝄵	𝄢	𝄞	𝄴	𝄢	𝄞	𝄵	𝄢	𝄴	𝄞
𝄢	𝄵	𝄴	𝄞	𝄢	𝄵	𝄞	𝄵	𝄴	𝄞	𝄵	𝄢	𝄴	𝄢	𝄵	𝄞	𝄢	𝄴
𝄴	𝄞	𝄢	𝄞	𝄴	𝄞	𝄵	𝄢	𝄞	𝄴	𝄢	𝄴	𝄞	𝄵	𝄞	𝄢	𝄴	𝄞

Schlüssel:
♯ = Kreuz (KR)
♭ = B (B)
𝄪 = Doppelkreuz (DK)
𝄫 = Doppel-B (DB)

♭	𝄪	𝄫	♭	♯	♭	𝄪	𝄫	♭	♯	𝄪	𝄫	𝄪	♭	𝄫	♯	𝄪	♭
𝄫	♭	𝄫	♭	♯	𝄫	𝄪	♯	𝄫	♯	𝄫	𝄪	𝄫	♯	♭	𝄫	𝄪	♭
♯	𝄪	♭	𝄫	♯	♭	𝄪	♯	𝄪	♯	♭	𝄫	𝄪	♯	𝄪	𝄫	𝄪	𝄫
♯	𝄪	♯	𝄫	♯	𝄪	𝄫	♯	𝄪	♯	𝄪	𝄫	♯	♭	𝄫	♭	♯	𝄫
𝄫	𝄪	♭	♯	𝄪	♭	𝄫	♭	𝄪	♭	♯	𝄪	♭	𝄪	𝄫	𝄪	𝄫	𝄪

Die Schnelligkeit trainieren

Was wir hier üben ist das geistige Äquivalent zur Augen-Hand-Koordination, nämlich eine Art Augen-Gehirn-Koordination. In der ersten Hälfte des Kapitels konzentrieren wir uns auf die Geschwindigkeit. Genau wie schnelle Reflexe eine Vase retten können, die gefährlich nahe am Tischrand wackelt, können sie Ihnen auch helfen, das Ausfahrtschild auf einer Autobahn wahrzunehmen, bevor Sie daran vorbeigefahren sind.

Mein Assistent war erst kürzlich mit einem Freund zusammen im Park. Dort beobachteten sie, wie Hunde auf dem Hundeplatz umhertollten. Plötzlich hörten sie es über sich in den Bäumen rascheln und beobachteten, wie ein unseliges Eichhörnchen hinuntersprang und hinter den feindlichen Linien landete – und das ohne Fallschirm! Nach einer unsanften Landung zwinkerte das Eichhörnchen erst einmal und sah sich dann etwa einem Dutzend Hunde gegenüber, die es mit großem Interesse beäugten. Aber bevor man auch nur ein Wort sagen konnte, schoß es wie der Blitz los und fand mit schlafwandlerischer Sicherheit die einzige Lücke im Zaun. Könnten wir ihm das nachmachen? Ja. (Fragen Sie nur einmal einen Fluglotsen oder einen Kampfbomberpiloten.)

Solche Reaktionen können durch diese Art von Augen-Gehirn-Koordination verbessert werden, und es gibt unzählige Methoden, um dieses Ziel zu erreichen. Sie können z.B. äußerst schnell SCRABBLE™, Dame oder Schach spielen. Haben Sie schon einmal bei einem „Schnell-Schach"-Spiel zugesehen? Mein Sohn ist internationaler Meister, und als er Schnell-Schach als Vorbereitung auf ein Turnier übte, machten er und seine Mitspieler ihre Züge in einem unglaublichen Tempo, nachdem sie die Uhren dementsprechend eingestellt hatten.

Aber gehen Sie die Verbesserung Ihrer Schnelligkeit langsam an; das heißt, lassen Sie sich zwar Zeit, setzen Sie sich aber ein vernünftiges Zeitlimit. Wenn Sie gerne Schach spielen, stellen Sie ihren Computer auf eine annehmbare Schwierigkeitsstufe ein oder spielen Sie mit einem Partner, der etwa gleich gut spielt wie Sie. (Ich für meinen Teil bräuchte jemanden, der die Pferde mit „Hüpfer" bezeichnet.) Wenn Sie merken, daß Sie mit der Zeit immer schneller ziehen können, erhöhen Sie auch die Geschwindigkeit. (Im Schach wird dadurch allerdings der Schwierigkeitsgrad sinken, denn der Computer macht „bessere" Züge, wenn er mehr Zeit zum „Denken" hat.) Diese Vorgehensweise verbessert zwar nicht Ihr Spiel, aber darum geht es hier auch nicht; sie sollen so gut spielen, wie Sie können – nur schneller. (Beim Schnell-Schach können die einzelnen Züge zwar nicht so gut analysiert werden wie beim normalen Schach, aber viele der Spitzenspieler spielen es zum Trainieren des Geistes.)

Natürlich muß es nicht unbedingt Schach sein. Vielleicht liegt Ihnen Dame mehr oder SCRABBLE™. Aber egal, was Sie spielen: Setzen Sie sich ein Zeitlimit für Ihre Züge. Seien Sie am Anfang großzügig. Reduzieren Sie dann nach ein, zwei Wochen das Zeitlimit. Warten Sie wieder eine Woche, und verringern Sie das Zeitlimit weiter. Nach ein, zwei Monaten werden sowohl Sie als auch Ihr Partner zufällige Zuschauer durch Ihre neugewonnene geistige Beweglichkeit überraschen.

Eine weitere gute Übung wäre ein Wettbewerb im Puzzle-Legen. (Früher habe ich das immer mit meinem Sohn und meiner Tochter gemacht, und wir verbrachten viele verschneite Winterabende damit, fröhlich Puzzle-Teilchen einzupassen. Sie brauchen dazu nur für jeden Mitspieler ein eigenes Puzzle-Set (mit dem gleichen Bild!); dann versucht jeder, so schnell wie möglich sein Puzzle zu vervollständigen. Auf diese Weise können Sie Geschwindigkeit sehr gut trainieren, und zudem macht es viel Spaß; und so wird aus einem normalen Zeitvertreib ein richtig konstruktiver für die ganze Familie.

ÜBUNGEN

→ Wieder einige Übungen nach dem bekannten Schema:

Schlüssel:

𝅝 = ganze Note (1N)
𝅗𝅥 = halbe Note (2N)
♩ = Viertelnote (4N)
♪ = Achtelnote (8N)
𝅘𝅥𝅯 = Sechzehntelnote (16N)
𝅘𝅥𝅰 = Zweiunddreißigstelnote (32N)

𝅝	𝅗𝅥	♪	𝅘𝅥𝅰	𝅘𝅥𝅯	♩	𝅝	♪	♩	𝅘𝅥𝅰	𝅘𝅥𝅯	♪	𝅘𝅥𝅯	𝅘𝅥𝅰	♪	𝅘𝅥𝅯	𝅝	𝅘𝅥𝅯
𝅘𝅥𝅯	𝅘𝅥𝅰	♪	𝅝	♩	𝅘𝅥𝅰	𝅘𝅥𝅯	𝅘𝅥𝅰	♪	♩	𝅘𝅥𝅯	𝅝	♪	♩	𝅘𝅥𝅯	𝅘𝅥𝅰	𝅘𝅥𝅯	𝅝
𝅘𝅥𝅰	𝅘𝅥𝅯	♪	𝅝	𝅘𝅥𝅰	♩	𝅝	𝅘𝅥𝅰	𝅝	♩	𝅘𝅥𝅰	♪	♩	𝅘𝅥𝅰	𝅘𝅥𝅯	♪	𝅘𝅥𝅰	𝅘𝅥𝅯
𝅝	𝅘𝅥𝅰	♩	𝅘𝅥𝅯	♪	𝅝	𝅘𝅥𝅰	♪	𝅝	♩	𝅝	𝅘𝅥𝅰	𝅘𝅥𝅯	𝅘𝅥𝅯	♩	𝅘𝅥𝅰	𝅘𝅥𝅯	𝅝
♩	𝅝	𝅘𝅥𝅰	♪	𝅘𝅥𝅯	𝅘𝅥𝅰	♩	𝅘𝅥𝅯	𝅘𝅥𝅰	♪	𝅘𝅥𝅯	♩	𝅘𝅥𝅰	♪	𝅘𝅥𝅯	♩	𝅘𝅥𝅯	𝅘𝅥𝅰

Schlüssel:

𝄻 = ganze Pause (1P)
𝄼 = halbe Pause (2P)
𝄽 = Viertelpause (4P)
𝄾 = Achtelpause (8P)
𝄿 = Sechzehntelpause (16P)
𝅀 = Zweiunddreißigstelpause (32P)

𝄽	𝄻	𝅀	𝄿	𝄾	𝄽	𝄻	𝄾	𝄼	𝄽	𝄾	𝄻	𝄿	𝄽	𝄼	𝄻	𝅀	𝄽
𝅀	𝄼	𝄿	𝄽	𝅀	𝄻	𝄿	𝄾	𝄽	𝄼	𝄾	𝄽	𝄻	𝄿	𝄼	𝅀	𝄽	𝄿
𝄾	𝄽	𝄿	𝄼	𝅀	𝄾	𝄽	𝄿	𝅀	𝄼	𝄿	𝄻	𝄽	𝄿	𝄼	𝄻	𝄾	𝄿
𝄻	𝄿	𝄽	𝅀	𝄻	𝄿	𝄽	𝄾	𝄼	𝄻	𝄿	𝅀	𝄽	𝄻	𝄾	𝄿	𝄻	𝄽
𝄼	𝄻	𝄽	𝅀	𝄽	𝄻	𝅀	𝄼	𝄻	𝄽	𝄻	𝅀	𝄼	𝅀	𝄻	𝄽	𝅀	𝄿

Da wir gerade von Pausen sprechen – wetten, Sie könnten auch eine gebrauchen? Aber wenigsten hatten Sie diesmal schon ein wenig Übung, und darauf kommt es uns ja an.

Daß man fähig ist, auf Informationen schnell zurückzugreifen und sie schnell zu verarbeiten, kann wesentlich zum eigenen Erfolg im Leben beitragen. Keinen Menschen interessiert es, ob Sie in der Lage sind, Schrödingersche Wellengleichung schnell (oder in diesem Fall effektiv) anzuwenden, aber wenn Sie in Ihrem eigenen Arbeitsbereich bei Zahlen nicht „schnell schalten", dann können Sie durch Mitarbeiter, Kunden oder die Konkurrenz schnell ausgetrickst werden. Oder noch schlimmer, Sie vermögen keine richtigen Entscheidungen zu treffen, bevor Sie nicht zuerst alles schriftlich ausgearbeitet haben – eine Vorgehensweise, die zwar bei größeren Projekten durchaus sinnvoll ist, Sie bei kleineren aber behindert.

Denken Sie daran: Sie sollen nicht schneller durchs Leben rasen und Energie verschwenden. Mit einer schnellen Auffassungsgabe brauchen Sie sogar viel *weniger* Energie als mit einer langsamen – und Sie haben mehr Zeit für die Dinge im Leben, die Sie lieben – egal, ob es sich dabei um Ihre Arbeit, um Spiele, Malen oder um Ihre Katze handelt.

Zudem gewinnen Sie durch eine schnelle Auffassungsgabe mehr Selbstvertrauen, und zwar zu Recht. Hätte die „Enterprise" die Klingonen so oft überlisten können, wenn Captain Kirk jedesmal gesagt hätte: „Nun ... hm ... also, vielleicht sollten wir darüber einmal beratschlagen"? Sicherlich nicht, oder er wäre die längste Zeit Captain gewesen! Ob Sie nun Chef(in) einer eigenen Firma sind, alleinerziehendes Elternteil, das Mühe hat, seine Rechnungen zu bezahlen oder Raumschiffkapitän – eine rasche Auffassungsgabe hilft Ihnen in vielen Situationen ein ganzes Stück weiter.

Augen-Gehirn-Koordination

Genauigkeit

KURZTEST

→ Wie genau sind Ihre „geistigen Reflexe"?

❶ Manchmal treffe ich Leute, die ich kenne, im Theater oder im Supermarkt, aber habe keinen blassen Schimmer mehr, wie sie heißen!

❷ Ich bin einer von denen, die nie auf einen Anrufbeantworter sprechen, da ich offenbar nicht imstande bin, eine einigermaßen vernünftig klingende Nachricht zu hinterlassen.

❸ Bei einem Test, bei dem man zwischen mehreren Antworten wählen kann, kreuze ich ziemlich schnell eine Antwort an; aber dann ändere ich oft noch meine Meinung, nur um schließlich festzustellen, daß ich beim *ersten* Mal recht hatte.

❹ Ich war in Mathe und in Rechtschreibwettbewerben schon immer gut.

❺ „Ich treff' so gut wie immer den richtigen Ton ..."

Nummer 1 ist völlig normal, Nummer 2 hingegen nicht, auch wenn es vielen Menschen so geht. Nicht verstimmt sein! Wir werden uns noch damit befassen. Und Aussage 3? Auch dieses Phänomen ist weit verbreitet, aber eigentlich kein Problem, sondern fast schon eine Binsenweisheit. Jeder hat bereits die Erfahrung gemacht, daß man eine auf gut Glück gewählte Antwort hinterher tunlichst nicht mehr verbessern sollte. Nummer 4 trifft nicht auf Sie zu? Dann willkommen im Klub! Nichts, worüber Sie sich Sorgen machen müßten, denn diese „Wettbewerbe" sind mit Absicht furchtbar knifflig, also nicht unbedingt repräsentativ für alle Aufgaben. Trifft Nummer 5 auf Sie zu, haben sie bereits vorgeblättert, nicht wahr?

ÜBUNGEN

Nun wieder einige Übungen; allerdings geht es in dieser Hälfte des Kapitels um etwas anderes als in der ersten:

Die musikalischen Symbole mit ihren Benennungen und unseren Abkürzungen bleiben dieselben; auch gibt es wieder Tabellen, die Sie ausfüllen sollen (machen Sie auch von diesen einige Kopien).

Ihre Aufgabe sieht folgendermaßen aus: Zunächst geben wir Ihnen einen „Schlüssel" für die Symbole. Prägen Sie sich diesen ein, und setzen Sie dann jeweils das korrekte Symbol in das leere Kästchen unter die Abkürzung. Gehen Sie wieder systematisch von links nach rechts vor. Auch dürfen Sie wie vorhin jederzeit einen Blick auf den Schlüssel werden.

Stoppen Sie auch bei dieser Übung wieder die Zeit; allerdings geht es hier nicht nur um Geschwindigkeit, sondern auch um eine sorgfältige Ausführung der Zeichen. (*Allzu* perfekt brauchen sie aber nicht zu sein – André Previn wird nicht nach Ihren Noten dirigieren!) Füllen Sie die Tabelle aus, und machen Sie dann einige Minuten Pause. Sie können in der Zeit ja den Apfel polieren, die Fische essen oder die Pflanzen füttern. Probieren Sie es dann noch einmal. Versuche Sie, zwar schneller zu sein, aber immer noch sorgfältig zu zeichnen. Und dann das Ganze ein drittes Mal, wieder noch etwas schneller.

Die Symbole (und ebenso die Abkürzungen) sind die gleichen, also müßten sie Ihnen langsam vertraut sein. (Unter der Abkürzung „VS" zeichnen Sie einen Violinschlüssel ein etc.) Und vergessen Sie nicht, daß Genauigkeit genauso wichtig ist wie Schnelligkeit.

➔ Und hier wieder die Schlüssel samt Tabellen:

Schlüssel:
Violinschlüssel (VS) = 𝄞
Baßschlüssel (BS) = 𝄢
4/4-Takt (VT) = 𝄴
Alla-Breve-Takt (AT) = 𝄵

AT	VS	BS	VT	VS	BS	VT	VS	BS	AT	VT	VS	AT	BS	AT	VS	VT	AT
VT	AT	VT	VS	VT	BS	VS	AT	VT	AT	BS	VS	AT	VS	BS	AT	VA	VT
VS	AT	BS	VT	VS	AT	BS	AT	VT	VS	AT	BS	VT	AT	VT	BS	AT	BS
VS	VT	AT	VS	BS	VT	VS	VT	BS	AT	VS	VT	BS	AT	VS	VT	BS	AT
AT	VS	BS	VT	VS	BS	VT	AT	VS	BS	VT	AT	BS	VS	VT	AT	VS	VT

Schlüssel:
Kreuz (KR) = ♯
B (B) = ♭
Doppelkreuz (DK) = 𝄪
Doppel-B (DB) = ♭♭

DB	B	KR	DB	DK	DB	KR	B	DB	DK	KR	B	DB	DK	KR	B	DK	KR
DK	KR	B	DB	B	DK	KR	B	DB	B	KR	DK	DB	B	DK	B	KR	B
DB	DK	KR	B	DK	KR	DB	DK	B	DB	DK	KR	DK	KR	B	DB	KR	DK
DB	B	KR	DB	B	DB	DK	KR	B	DB	B	DB	B	KR	DK	B	DB	B
KR	B	DB	KR	DB	B	DK	DB	DK	B	DB	KR	DK	B	DB	KR	DB	DK

Und auch Genauigkeit läßt sich trainieren

Sie sind intelligent, das wissen wir. Woher wir das wissen? Weil Sie dieses Buch lesen. Nein, lachen Sie jetzt nicht! Gerade diejenigen, die ihre Intelligenz steigern wollen, sind bereits ziemlich intelligent. (Die meisten Menschen, die ins Fitneßstudio gehen, haben kein Übergewicht oder sind aus der Form. Sie sehen bereits recht gut aus und wollen in Zukunft nur noch ein wenig besser aussehen.) Deshalb geht es in diesem Kapitel primär darum, Ihre bereits vorhandene Intelligenz etwas spontaner und permanenter zum Vorschein kommen zu lassen.

Eine gute Methode, wie Sie lernen können, schnell und doch genau zu denken, wäre, vor einer Menschenmenge zu sprechen. Aber da dies die meisten eher abschrecken würde, wollen wir nicht darauf beharren. (Ich weiß, ich weiß – allein der Gedanke läßt Ihnen schon die Haare zu Berge stehen!) Aber man kann ja auch klein anfangen. Wählen Sie ein Thema, in dem Sie sich gut auskennen. Sind Sie ein Schadenssachverständiger? Dann nehmen Sie als Thema Versicherungen. Sind Sie ein Künstler? Nehmen Sie Farben. Sind Sie ein Gourmetkoch? Nehmen Sie Wein. Stellen Sie einen Kassettenrekorder neben sich, versichern Sie sich, daß Ihnen keiner zuhört, und sprechen Sie dann ohne Vorbereitung innerhalb dreißig Minuten (nicht länger) alles, was Sie über dieses Thema wissen, auf Kassette. Hören Sie sich das Band an. Wie klingt es? War Ihr Vortrag strukturiert, informativ, haben Sie die wichtigsten Punkte erwähnt? Oder haben Sie einfach wie ein Wasserfall *alles* hervorgesprudelt? Oder wußten Sie nicht genug zu erzählen? Falls ja, hatten Sie offensichtlich Schwierigkeiten mit der geistigen Koordinationsfähigkeit – denn Sie können unmöglich in weniger als einer halben Stunde alles über Ihr Lieblingsthema losgeworden sein! Probieren Sie es noch ein paar Mal aus, und hören Sie beim Abspielen gut zu.

Versuchen Sie es auch einmal mit dieser Methode bei allgemein beliebten Themen wie Fernseh- oder Kinofilmen. Oder Sie können eine halbe Stunde lang über Ihr Lieblingsbuch referieren. Wenn Sie dies eine Weile geübt haben, sprechen Sie längere, ausführlichere Nachrichten auf Anrufbeantworter auf – legen Sie sich aber nicht schon im voraus etwas zurecht, das Sie sagen wollen. Das Ziel solcher Übungen ist es zu lernen, quasi aus dem Stegreif im Geist seine Gedanken zu koordinieren, und nicht, das Gedächtnis zu trainieren ...

Haben Sie sich nicht auch schon einmal gefragt, wie es Theaterschauspielern gelingt, ein ganzes Stück im Kopf zu behalten? Nun, eigentlich tun sie das gar nicht. Ihr Text ergibt sich sozusagen aus der Handlung heraus. Stellen Sie sich das so vor: Durch die Situation auf der Bühne plus den gerade gesprochenen Textpassagen weiß der Schauspieler (wenn er in seine Rolle richtig „hineingewachsen“ ist), was der Charakter, den er darstellt, jetzt logischerweise sagen müßte. (Wir wissen, daß dies eine grobe Verallgemeinerung ist, aber es ist gleichzeig ein gutes Beispiel dafür, wie sich die Augen-Gehirn-Koordination vom bloßen Erinnern unterscheidet.)

Lesen Sie ein Buch über ein bestimmtes Thema, und erzählen Sie dann einem Freund, worum es geht – das ist eine gute Übung, macht Spaß und bildet zudem noch. Angenommen, Sie wollen alles über Getreide wissen und kaufen sich ein Buch über dessen Geschichte. Sie denken, wir wollen Sie zum besten halten? Nein. Es gibt tatsächlich ein kürzlich erschienenes Buch mit dem Titel – unglaublich, aber wahr – *Die Geschichte des Getreides*. Bringen Sie das Gespräch auf dieses Buch, wenn Sie mit Freunden zusammen sind (achten Sie aber darauf, daß es gute Freunde sind, sonst vergraulen Sie sie noch). Und wenn Ihre Freunde anschließend dieses Buch genauso interessant finden wie Sie, lassen Sie es uns wissen. Wir melden uns dann bei Ihnen zu dem Kurs „Wie spreche ich in der Öffentlichkeit“ an.

ÜBUNGEN

Schlüssel:

𝅝 = ganze Note (1N)
𝅗𝅥 = halbe Note (2N)
♩ = Viertelnote (4N)
♪ = Achtelnote (8N)
𝅘𝅥𝅯 = Sechzehntelnote (16N)
𝅘𝅥𝅰 = Zweiunddreißigstelnote (32N)

4N	2N	1N	32N	2N	8N	4N	2N	16N	1N	4N	2N	1N	8N	2N	1N	8N	32N
32N	4N	32N	8N	4N	32N	1N	2N	16N	8N	16N	2N	4N	1N	8N	2N	16N	1N
1N	16N	8N	4N	1N	32N	2N	16N	2N	4N	1N	32N	8N	4N	1N	8N	16N	32N
16N	1N	8N	2N	4N	16N	32N	2N	1N	4N	2N	1N	8N	4N	1N	8N	16N	32N
32N	2N	1N	16N	8N	1N	4N	32N	2N	16N	4N	1N	8N	2N	4N	16N	1N	8N

Schlüssel:

𝄻 = ganze Pause (1P)
𝄼 = halbe Pause (2P)
𝄽 = Viertelpause (4P)
𝄾 = Achtelpause (8P)
𝄿 = Sechzehntelpause (16P)
𝅀 = Zweiunddreißigstelpause (32P)

1P	2P	4P	16P	8P	32P	4P	1P	4P	8P	2P	16P	1P	4P	8P	2P	16P	32P
1P	32P	4P	16P	2P	1P	8P	32P	4P	1P	8P	2P	16P	32P	4P	8P	2P	16P
16P	4P	1P	2P	8P	16P	4P	1P	2P	8P	1P	32P	1P	4P	2P	8P	16P	32P
32P	1P	2P	8P	1P	4P	16P	8P	2P	4P	1P	16P	8P	2P	4P	1P	32P	16P
32P	8P	1P	2P	4P	16P	1P	8P	2P	4P	16P	8P	2P	1P	16P	32P	4P	32P

Eine gute „Organisation im Kopf" oder eine gute Augen-Gehirn-Koordination ermöglicht Ihnen einen schnellen und leichten Zugriff auf die wichtigsten Dinge, die Sie einmal gelernt haben – genau wie Ihnen eine gut durchdachte Ordnung auf dem Schreibtisch oder in der Küche einen schnellen Zugriff auf das ermöglicht, was Sie brauchen. Und die Fähigkeit, Informationen schnell und genau zu verarbeiten, macht Sie nicht nur in den Augen Ihres Chefs „wertvoll", sondern auch in denen Ihrer Freunde – da sie dem Begriff „Verstehen" eine neue Dimension verleiht. Eine Augen-Gehirn-Koordination bezieht sich nicht nur auf Schnelligkeit, sondern auf Schnelligkeit in Verbindung mit Genauigkeit.

Die Augen-Gehirn-Koordination wird meist im Rahmen von Standard-Intelligenztests, Eignungstests und Leistungstests geprüft. Die unterschiedlichen Testverfahren werden verschiedenen zu erfassenden Fähigkeiten zugeordnet, die wir in diesem Buch geübt haben, wie Gedächtnis, Allgemeinbildung, Denkvermögen, Abstraktionsvermögen, (räumliches) Vorstellungsvermögen, Konzentration, Koordination, Sorgfalt, Schnelligkeit etc.

Sie sind am Ende von „Brainpower-Training" angekommen, und hoffentlich trifft nun der Stoßseufzer: „Ich glaub', ich hab' alles vergessen, was ich in der Schule gelernt habe!" nicht länger auf Sie zu! Aber klappen Sie dieses Buch nicht zu, um anschließend alle Anregungen gleich wieder zu vergessen! Unser Vorschlag: Blättern Sie noch einmal durch die Seiten, und suchen Sie sich ein Thema aus, das Sie fasziniert (und da gibt es sicher mehrere). Schließlich beeinflußten sicher ein, zwei Schulfächer damals Ihre Berufswahl oder Ihre Hobbys, oder? Haben sich Ihre Interessen im Laufe der Jahre geändert? Gibt es ein bestimmtes Thema, über das Sie immer schon einmal mehr erfahren wollten, aber nicht wußten, wo Sie anfangen sollten? Nun, hier ist Ihre Chance. Wir haben in unseren Übungen Themen aus vielen Bereichen angesprochen wie Psychologie, Weltliteratur, Wirtschaft, Philosophie, Humanbiologie, Mathematik, Naturwissenschaften, Film, Kunst, Religionswissenschaften, Politikwissenschaften, Weltgeschichte, Planimetrie, globale Geographie, Poesie und Musik. Intellektuell gesehen sind Sie nicht mehr dieselbe Person, die einmal dieses Buch zu lesen und mit ihm zu arbeiten begonnen hat. Sie haben einiges gelernt, was Sie vorher nicht wußten; einiges, das Sie gerne früher gewußt hätten; einige Dinge, die genau dem widersprachen, was Sie bisher für selbstverständlich gehalten hatten; und natürlich vieles, was Sie einmal gewußt, aber inzwischen vergessen hatten. Ziemlich lehrreich, das Ganze, oder? Allerdings war dieses Buch nicht als Lehrbuch gedacht. (Wir wollten ein Übungsbuch schreiben, das nicht trocken ist oder Ihnen mit eiserner Hand Übungen „aufzwingt". Sollten Sie jede Übung äußerst gewissenhaft gemacht haben, ist das klasse. Haben Sie gelegentlich einige ausgelassen, hier und da die Regeln geändert oder einige Übungen zweimal gemacht, ist das auch toll. Wie oft hatten Sie denn bisher die Chance, Ihre Lernmethode wirklich auf Ihre persönlichen Bedürfnisse zuschneiden zu können? Schließlich kennen Sie sich selbst am besten. In diesem Fall ist das *Ziel* am wichtigsten, nicht die *Mittel*, die man anwendet.)

Dieses Buch war als Anfang, als Anstoß gedacht. Nun ist es an Ihnen, alleine weiterzumachen. Vielleicht mit einem der Themen, die hier behandelt wurden. Oder, wie Shakespeare *nicht* sagte: „Machen Sie, daß Sie in die Bibliothek kommen!" (Oder war es ein Buchladen?) Lernen richtig angepackt ist ein befriedigender und beglückender Entdeckungsprozeß, und Neugier und Forscherdrang können bezaubernde Lehrer sein.

Über die Autorin

Marilyn vos Savant wurde in St. Louis, Missouri, als Tochter von Mary vos Savant und Joseph Mach geboren. Sie ist mit Dr. Robert Jarvik, dem Erfinder des Künstlichen Herzens „Jarvik-7", verheiratet. Sie leben in New York.

Vor fünf Jahren wurde sie im *Guinnessbuch der Rekorde* als Inhaberin des „Höchsten I.Q. der Welt" bei Kindern als auch bei Erwachsenen geführt und ist nun ebenfalls in der *Guiness Hall of Fame* verewigt. Sie ist Schriftstellerin und Lektorin; in ihrer Freizeit unterstützt sie ihren Mann bei seinem Programm „Künstliches Herz". Ihr spezielles Anliegen gilt der qualifizierten Schulung und Bildung in Amerika sowie der humanitären Medizin und Forschung. In bezug auf Politik und Religion beschreibt sie sich selbst als „keiner bestimmten Gruppe zugehörig" sowie als „nicht aktive" Feministin.

Marilyn vos Savant schreibt die *Ask Marilyn*-Kolumne (*Fragen Sie Marilyn)* für das US-Magazin *Parade*, in der sie Leserfragen analysiert und beantwortet. *Parade* ist eine Zeitschrift, die jeden Sonntag bei 353 Zeitungen als Beilage erscheint, eine Auflage von 36 Millionen Exemplaren hat und etwa 70 Millionen Leser erreicht – die größte Leserschaft der Welt. Ihr Buch *Number Blindness* ist 1995 als gebundenes Buch erschienen; *More Marilyn,* eine zweite Sammlung der besten Fragen und Antworten aus ihrer Kolumne, wurde als Hardcover im September 1994 veröffentlicht; *The World's Most Famous Math Problem: The Proof of Fermat's Last Theorem and Other Mathematical Mysteries* kam 1993 als Taschenbuch heraus; und *Fragen Sie Marilyn (Ask Marilyn),* die erste Sammlung von Fragen und Antworten aus ihrer Kolumne, liegt seit 1992 gebunden vor. Alle (englischsprachigen!) Bücher sind bei St. Martin's Press, New York, erschienen.

It was Poppa's Will, ein von ihr verfaßtes Bühnenstück, wurde als Sprechstück aufgeführt. Außerdem schrieb sie einen fantastisch-satirischen Roman mit dem Titel *The Re-Creation,* der von einigen Hochkulturen der Geschichte handelt, und einen futuristisch-politischen, fantastisch-satirischen Roman, der noch keinen Titel hat.

Doch Marilyn vos Savant ist weit davon entfernt, eine typische Intellektuelle zu sein. Laut ihrer eigenen Aussage kann man eine selbst zubereitete

Mahlzeit nicht mit Gold aufwiegen – sie engagiere sich auf diesem Gebiet nur deshalb nicht so stark, „weil sie ein Menschenfreund sei". Und was macht sie zum Zeitvertreib? Ein Buch lesen? Sich in die Natur zurückziehen? Sie sieht überrascht aus. „Keinesfalls", meint sie. „Mir macht es Spaß, mit Leuten auszugehen. Es ist nett, ab und zu in einen Park zu gehen, aber ich hätte keine Lust, im Grünen zu leben. Ich bin lieber von tausend Menschen umgeben als von tausend Bäumen." Ihr Hobby ist es, Freunden in aller Welt Briefe zu schreiben.

Register

Sachbegriffe

Abfolge von Ereignissen 234
Ablenkung 17
Abwechslung 177
Aha-Erlebnisse 118, 122
Algebra 99, 105
Allgemeinwissen 33
Analogien 218, 219–220, 222
Anthropologie 194
Assoziation 26
Auffassungsgabe 309
Aufmerksamkeit 163–165, 176, 195, 210
Aufsatz 70
Autoren 31–32, 34–37

Bedeutung 48, 49, 50, 58, 187
Betriebsanleitung 83, 84, 251
Beziehungen 219
Bezüge 222
Bild 100
Breitengrade 285
Briefe 70, 74
Bücher 33, 34, 37, 41, 314
Buchstaben 137
Buchstabencodes 146–147

Codes 132, 136, 142

Dame 307
Definition 75
Denken, selbständig 298
Denken, kreatives 124
Denken, logisches 100, 105, 110
Denksportaufgaben 100, 107–110, 111
Detail 165, 186
Diskutieren 74
Druck 298

ehrenamtlich arbeiten 42
Eignungstest 315
Eingebung 119
Einsicht 118–120, 122
Erfolgserlebnis 66
Erinnerungstechniken 290
Erkenntnis, neue 302
Evolutionstheorie 194

Fertigkeiten, handwerkliche 261
Film 147
Fragen 91, 92
Fremdsprachen 24–25, 147
Funktionstüchtigkeit 187
Funktionsweise 83

Gedächtnis 18, 20, 28, 124
Gedächtnisvorgang 17
Gedanken strukturieren 74
Gegenüberstellen 230
Gehirn 29
Gemeinsamkeiten 200–202, 206, 213
Genauigkeit 290
Gesamteindruck 187
Gesamtsinn 18
Geschäftsbrief 65
Geschwindigkeit 306, 307
Gesetze 201
Gewohnheit 176, 177
Gleichartigkeit 200–202
Gleichnisse 219
Globus 280
Glossar 57

Handlung 147
Hypothese 194

Ideen, neue 119
Informationen entschlüsseln 151
Informationen, verschlüsselte 142

Informationsgesellschaft 95
Inhaltsangabe 39, 42
Intelligenz 8, 50, 313
Intelligenztest 315

Karte, topographische 270
Klassiker 34, 37, 44
Komposition 187
Koordinaten 285
Kreativität 119, 126–127, 129–130
Kryptographen 137, 142
Kurs 41

Längengrade 285
Leistungstest 315
Lesen 33, 41, 50, 92
Leserbriefe 65
Lexikon 52, 57, 58, 75
Lexikon-Spiel 75
Linguistik, strukturelle 298
Literatur 33, 37
Logik 114–115
Logik, mathematische 100, 105

Merkvers 26
Metaphern 219
Muster 164
Nachrichten 44, 52
Namen 24, 25

Operationen, mathematische 105
Origami 260–261

Paläontologe 301
Passivität 223
Perspektive 255
Postkarten 75
Pro-und-Kontra-Argumente 74
Puzzle 307

Reihenfolge, chronologische 235
Reihenfolge, logische 234, 235
Reiseroute 281
Romane 41
Routine 291
Rückschlüsse 302

Satzdiagramme 298–299
Schach 306
Scharfsinn 210
Schlüsse ziehen 99
Schlüsselwörter 18, 66, 78
Schlußfolgerungen 119, 122
Schreiben 69
Scrabble 306, 307
Selbstvertrauen 119, 309
Sprache 137
Sprachwissenschaft 299
Standortbestimmung 285
Stichwörter 74, 78
Strukturen 137, 142, 146, 151
Strukturen, logische 78

Tagebuch 74
Telefonieren 66
Telefonnummern 25
Testverfahren 315
Textabschnitt 18
Theorie 114
Traumreise 281

Unterschiede 206, 210, 213, 214, 220

Verbindungen 222
Vergessen 29
Vergleiche 219, 230
Verstehen 95, 118–120, 315
Vorstellungskraft 124
Vorstellungsvermögen 86, 286
Vorstellungsvermögen, bildliches 110
Vortrag 313

W, die fünf 83
Wahrnehmung 195
Wahrnehmungsvermögen 147
Wiederholung 18, 20, 21
Wörterbuch 49, 58
Wortschatz 50, 52, 53, 57

Zahlen 24, 25, 309
Zahlencodes 136–137
Zeit 290, 293–294, 298, 309
Zeitlimit 290, 306, 307
Zeitung 65, 83
Zeitunglesen 57
Zusammenhang 111

Wissensgebiete

➔ Film
Ausleuchtung 138

Chaplin, Charlie 139
Citizen Kane 150
Crosland, Alan 145

Das Kabinett des Dr. Caligari 138
Das zauberhafte Land 148
Der General 140
Der große Eisenbahnraub 132
Der Jazzsänger 145
Dialog 150
Die Geburt einer Nation 134
Die Reise zum Mond 132
Disney, Walt 148
Dokumentarfilm 132
Dokumentation, 144

Einstellungswechsel 134
Eisenstein, Sergei 134
Erzählhandlung 134

Farbfilm 148
Flaherty, Robert 144
Fleming, Victor 148

Goldrausch 139
Griffith, D. W. 134

Handkolorierung 132
Horrorfilm 138

Im Westen nichts Neues 145

Keaton, Buster 140
Komödien 139–140

Lang, Fritz 144

Méliès, George 132
Metropolis 144
Milestone, Lewis 145
Montagetechnik 134
Murnau, Wilhelm 138
Musical 148

Nachsynchronisation 145
Nanuk, der Eskimo 144
Nosferatu – Eine Symphonie des Grauens 138

Panzerkreuzer Potemkin 134
Porter, Edwin S. 132

Rückblende 150

Schneewittchen und die sieben Zwerge 148
Schnitt 132, 134
Science fiction 144

Technicolor 148
Tiefenschärfe 150
Tonfilm 145

Vom Winde verweht 148

Welles, Orson 150
Wiene, Robert 138

Zeichentrickfilm 148
Zeitraffer 132

➔ Geographie
Afrika 279
Antarktis 284
Asien 278
Australien 284

Bundesstaaten der USA 266–268, 271–274

Europa 277

Gebirgsstaaten 273

Naher Osten 279
Neuengland-Staaten 266
Nordamerika 282

Pazifik 284
Pazifikstaaten 274
Plains 273

Südamerika 283

US-Staaten am Mittleren Atlantik 267
US-Staaten des Mittleren Westens 271
US-Staaten im Südosten 268
US-Staaten im Südwesten 272

➔ Geometrie

Dodekaeder 252, 253, 254, 262
Ikosaeder 252, 253, 254, 263
Körper, dreidimensionale 249–255
Oktaeder 249, 250, 252, 253, 254, 259
Polyeder, gleichseitiger 249–250, 252–254
Stereometrie 249–255
Tetraeder 249, 250, 257
Würfel 249, 250, 258, 260

➔ Geschichte

Abrüstungsverträge 237
Ägypten 241
Aufklärung 245
Christentum 242
Erster Weltkrieg 232
Französische Revolution 245
Griechenland 241
GUS 237
Hitler 232, 233
Industrielle Revolution 245–246
Kalter Krieg 236, 237
Korea 237
Mesopotamien 241
Mittelalter 242
Mussolini 233
Pariser Friedenskonferenz 232
Renaissance 244–245
Roaring Twenties 233
Römisches Reich 242
Rom 242
Russische Revolution 232
Vietnampolitik 237
Wirtschaftskrise 233
Zeitalter Napoleons 245
Zweiter Weltkrieg 235–236

➔ Humanbiologie

Aneurisma 90
Antibiotika 93
Atemwege 93
Atmungsorgane 84
Blase 94
Blutkreislauf 82, 90
Blutzirkulation 90
Blutzucker 81
Diabetes 90
Dickdarm 85
Enzyme 85
Erkältung 93
Flüssigkeitshaushalt 85
Gallenblase 93
Gallenflüssigkeit 93
Gallensteine 93
Gehirnzellen 89
Gerinnsel 90
Harnapparat 85, 94
Herzschlag 90
Hormone 81
Husten 93
Immunsystem 90
Infektion 81, 90
Luftröhre 84
Lungenbläschen 84
Magensäure 93
Moleküle 81
Muskelschwund 89
Nährstoffe 85
Nasenschleimhaut 93
Nervensystem 81, 89
Nieren 85
Nierensteine 94
Niesen 93
Paralyse 89
Schilddrüse 90
Schlaganfall 89, 90
Schmerz 89
Schmerzrezeptoren 89

Sodbrennen 93
Stoffwechsel 90
Synapse 81
System, endokrines 81, 90
Tonus 89
Verdauungstrakt 85, 93
Viren 93
Wachstum 81
Zentralnervensystem (ZNS) 81

→ Kunstgeschichte

Barock 179
Bosch, Hieronymus 155–156
Botticelli, Sandro 161–162
Buonarroti, Michelangelo 168–169
David, Jaques-Louis 188–189
da Vinci, Leonardo 166–167
de Goya, Francisco 190–191
Delacroix, Eugène 192–193
di Bondone, Giotto 157–158
Dürer, Albrecht 174–175
Masaccio 159–160
Mittelalter 154
Neoklassizismus 179
Raffael 172–173
Realismus 179
Renaissance 154
Rokoko 179
Romantik 179
Rubens, Peter Paul 180–181
Tizian 170–171
Velázquez 182–183
Watteau, Jean-Antoine 184–185

→ Mathematik

Gleichungen 97–98, 102–103
Textaufgaben 98–99, 103–104, 111–113
(siehe auch „Geometrie)

→ Musik

Achtelnote 308, 314
Achtelpause 308, 315
Alla-Breve-Takt 305, 312
B 305, 312
Baßschlüssel 305, 312
Doppel-B 305, 312
Doppelkreuz 305, 312
ganze Note 308, 314
ganze Pause 308, 315
halbe Note 308, 314
halbe Pause 308, 315
Kreuz 305, 312
Sechzehntelnote 308, 314
Sechzehntelpause 308, 315
Viertelnote 308, 314
Viertelpause 308, 315
4/4-Takt 305, 312
Violinschlüssel 305, 312
Zweiunddreißigstelnote 308, 314
Zweiunddreißigstelpause 308, 315

→ Naturwissenschaften

Aggregatzustand 121
Antike 116
Aristoteles 116
Astronomie 116–117, 124
Atmosphäre 125
Atom 121, 127
Chemie 121, 127
Einstein 130
Elemente 121, 127
Erdatmosphäre 117
Erdbeben 117
Erde 116, 117, 124, 125, 130
Erdkruste 117
Faltengebirge 117
Galilei 116
Gegenwirkungsgesetz 120
Gemisch 121

Geowissenschaft 117, 125
Gravitationsgesetz 120
Grundgesetz, dynamisches 120

Kepler 130
Kopernikus 116, 130

Licht 116, 124
Lichtjahre 116

Meteorologie 117, 125
Molekül 121

Newton 120, 127

Ozon 117
Ozonschicht 117, 125

Physik 120, 127
Planet 130
Ptolemäus 130
Pythagoras 116

Sonnensystem 116

Teilchen 121
Teleskop 124
Trägheitsgesetz 120
Treibhauseffekt 117

Verbindung 121

Weltall 116, 124

→ Philosophie

A posteriori 77
A priori 77
Aristokratie 68, 73
Aristoteles 63, 64, 67, 72
Ästhetik 76

Deduktion 76
Demokratie 68, 73

Epistemologie 76
Ethik 76

Höhlengleichnis 77

Induktion 76

Logik 76

Metaphysik 76
Monarchie 68, 72

Oligarchie 68, 73

Philosoph 63, 67, 72
Platon 63, 64, 67, 72
Politie 68, 73

Sokrates 63, 67, 72
Staatsform 68, 72, 73

Tugend 67, 72
Tyrannei 68, 73

→ Poesie

Benn, Gottfried 300
Brentano, Clemens 296

Celan, Paul 301

Gryhius, Andreas 288

Heine, Heinrich 296
Heym, Georg 299
Hölderlin, Friedrich 291

Klopstock, Friedrich Gottlieb 289

Meyer, Conrad Ferdinand 297

Novalis 293

Schiller, Friedrich 292
Storm, Theodor 297

Trakl, Georg 300

von Goethe, Johann Wolfgang 289, 292
von Hofmannswaldau, Christian Hofmann 288

→ Politikwissenschaft

Anarchie 217

Demokrat 228, 229
Demokratie 217, 228, 229

Französische Revolution 225, 226

Kapitalismus 220
Konservatismus 225–226
Kritizismus 221

Liberalismus 225, 226

Marx, Karl 221
Monarchie 216

Nationalsozialismus 216
Nazismus 216
Republik 217, 228, 229
Republikaner 228, 229
Rousseau 217
Russische Revolution 226
Sozialismus 221
Totalitarismus 216

→ Psychologie

Abwehrmechanismen 18–20
Adler, Alfred 23
Behaviorismus 23
Dementia Praecox 15
Extroversion 23
Freud, Sigmund 23
Gestalttherapie 27
Hysterie 15
Intellektualisierung 19
Introversion 23
Isolierung 19
Jung, Carl 23
Melancholie 15
Minderwertigkeitsgefühl 23
Neurosen 15–16, 23
Neurosen, narzistische 15–16
Obsession 15
Paranoia 16
Pawlow, Ivan 23
Phobie 15
Projektion 19
Psychoanalyse 23, 26
Psychotherapie 26
Reaktionsbildung 19
Reflex, konditionierter 23
Regression 19
Reversion 19
Skinner, B. F. 23
Sublimation 20
Therapie 26–27
Übertragungsneurosen 15
Umkehrung 19
Unbewußtes, kollektives 23
Verdrängung 19
Verhaltenstherapie 27
Verhaltenstherapie, kognitive 27
Verlagerung 19
Verleugnung 18
Verschiebung 19

→ Religion

Atman 208
Baptisten 203
Brahmanismus 208
Buddha 208
Buddhismus 208
Chassidismus 199
Christentum 197–198, 202–204
Christliche Wissenchaft (christian science) 204
Dharma 208
Gemeinden Christi 203
Hinduismus 208
Islam 199–200
Judentum 198–199, 205
Judentum, konservatives 198–199
Judentum, orthodoxes 198
Kami 209
Karma 208
Kastensystem 208
Katholizismus 197
Kirche Jesu Christi der Heiligen der letzten Tage (Mormonen) 204
Kirche, methodistische 203
Kirchen, reformierte 202
Kirchengemeinschaft, anglikanische 202
Konfuzianismus 211–212
Koran 199
Lutheraner 202

Nirvana 208
Ostkirchen 197–198
Pfingstbewegung 203
Protestantismus 197, 200–204
Reformation 197, 202, 203
Reformjudentum 198
Sakramente 197
Schia 199
Schiiten 199
Shintoismus 208–209
Sunna 199
Sunniten 199
Taoismus 212
Thora 198
Zeugen Jehovas 204

➔ Weltliteratur

Auf der Suche nach ... Zeit 39
Austen, Jane 32, 43
Boccaccio 36
Brontë , Anne 43
Brontë, Charlotte 32, 43
Brontë, Emily 32, 43
Dante 36
Dekameron 43
Der Zauberberg 39
Die göttliche Komödie 43
Dostojewski, Fjodor 31
Emma 42
Flaubert, Gustave 31
Hesse, Hermann 34
Homer 37
Ilias 43
Jane Eyre 42
Joyce, James 31
König Ödipus 43
Krieg und Frieden 40
Madame Bovary 40
Mann, Thomas 31
Melville, Herman 31
Moby Dick 40
Odyssee 44
Proust, Marcel 31
Romane 31, 32, 34, 39, 40
Schuld und Sühne 40
Shakespeare, William 34–35
Sophokles 37
Sturmhöhe 42
Theaterstücke 34–35
Tolstoi, Leo 31
Ulysses 39

➔ Wirtschaft

Artikel 47, 56
Auflage 47, 55
Bank 48, 56
Beitrag 47, 55
Beschäftigung 47, 56
Börse 48, 56
Bruttoinlandsprodukt 51, 60
Bruttosozialprodukt 51, 60
Export 47, 56
Kurs 47, 55
kurzfristig 51, 59
langfristig 51, 59
Lebenshaltungskosten 51, 60
Lebenshaltungskosten, Preisindex für 51, 60
Liquidierung 47, 55
Makro- 51
Makroökonomie 59
Markt, fester 51
Markt, freier 51
Marktwirtschaft, freie 59
Mikro- 51
Mikroökonomie 59
Planwirtschaft 59
Produktion 47, 55
Produktivität 47, 56
Schuld 48, 56
Steuer 47, 55
Vermögen 47, 55

Genehmigte Sonderausgabe für
Weltbild Verlag GmbH, Augsburg 1999

Übersetzung: Kirsten Nutto, Köln
Umschlaggestaltung: Eisele & Bulach, Augsburg
Umschlagmotiv: Computergrafik, Reinhard Eisele
Gesamtherstellung: Druckerei Alföldi, Debrecen
Printed in Ungarn
ISBN 3-8289-1823-9